KILLING KENNEDY

빌 오라일리 BILL O'REILLY
빌 오라일리는 미국에서 최고 등급의 케이블 뉴스쇼인 오라일리 팩터(The O'Reilly Factor)의 앵커다. 현재는 독립신문에 칼럼을 쓰고 있으며, 여러 권의 베스트셀러를 낸 저자이기도 하다. 또한 그는 미국에서 가장 많이 거론되는 정치 해설가로 손꼽힌다.

마틴 두가드 MATIN DUGURD
마틴 두가드는 《아프리카 속으로 : 스탠리와 리빙스턴의 서사적 모험》과 《콜럼버스의 마지막 여행》을 비롯하여 여러 권의 역사책을 집필하여 뉴욕타임스 베스트셀러에 이름을 올렸다. 또 멀리 달리기를 하면서 영감을 받아 쓴 에세이 모음집 《러너가 된다는 것》의 저자이기도 하다. 아내와 세 자녀와 함께 남부 캘리포니아에서 살고 있다.

킬링 케네디

KILLING KENNEDY

카멜롯의
영광이
스러지다

빌 오라일리 · 마틴 두가드 지음

김옥수 옮김

아름드리미디어

우리 조상에게,

뉴욕 주 용커스 케네디 가문 사람들에게,

성실하고 관대하고 정직하게 살아온 가족들에게

이 책을 바칩니다.

독자에게 보내는 서문

1963년 11월 22일

뉴욕 주 미네올라

오후 2시경

카민 디오다티 수사님 교실에서 종교학 입문 수업을 듣던 학생들은 깜짝 놀랐다. 라디오 뉴스가 확성기를 타고 카미네이드 고등학교 교실에 울려 퍼진 것이다. 텍사스 댈러스에서 존 F. 케네디 대통령이 총탄에 맞아 병원으로 실려갔다고 한다. 잠시 후, 대통령이 서거했다는 뉴스가 흘러나온다. 술렁이던 교실에 이번에는 정적이 흐른다.

1953년 이전에 태어난 미국인 대부분은 자신이 어디에서 무얼 하다가 케네디 대통령이 암살당한 뉴스를 들었는지 정확히 기억한다. 끔찍한 금요일 이후, 모든 사람이 착잡하면서도 슬픈 시간을 보냈다. 이런 일이 왜 일어났단 말인가? 누가 대통령을 죽였단 말인가? 우리나라에서 이런 일이 일어나다니! 이유가 도대체 뭐란 말인가?

케네디 대통령 암살 사건은 나하고 개인적으로 관련이 있다. 외할머니가 케네디 가문 출신인 데다 우리 집안 역시 아일랜드 혈통에 가톨릭을 믿어서 젊은 대통령과 그 가족에게 정서적으로 깊은 유대감을 느꼈다. 그래서 우리 친족이 총탄에 맞아 죽었다는 느낌마저 들었다. 롱아일랜드에 사는 아이라면 누구나 그랬듯이 나 역시 정치에 별다른 관심은 없었다. 하지만 어느 친척집을 찾아가도 거실 벽에 어김없이 케네디 대통령의 사진이 걸려 있던 광경이 지금도 눈에 선하다. 우리 친척들에게 케네디 대통령은 성인이었다. 나한테 케네디 대통령은 자동차 트렁크 뚜껑에 뇌수를 흩뿌리며 끔찍하게 죽어간 먼 친척이다. 재클린 여사가 사방에 흩어진 뇌수를 쓸어 모으려고 리무진 뒷좌석으로 기어가던 모습은 내 뇌리에서 오랫동안 떠나지 않았다.

마틴 두가드와 나는 수백만에 이르는 독자가 《링컨 죽이기》를 재미있게 읽는 걸 보고 정말 기뻤다. 우리는 세상 사람들에게 역사를 알리고 싶다. 어떤 사건이 왜 일어났는지, 독자들에게 유익하면서도 재미있는 방식으로 정확히 전하고 싶다. 에이브러햄 링컨의 마지막 시절을 자세하게 정리한 다음에 존 케네디로 넘어가는 건 어찌 보면 아주 자연스런 과정이다.

두 대통령에게 공통점이 많다는 사실은 이미 널리 알려져 있지만, 지금도 둘의 유사성을 비교해볼 때마다 놀랍기 그지없다.

- 대통령에 처음 당선된 해가 링컨은 1860년, 케네디는 1960년 이다.
- 두 사람 모두 금요일에 부인 옆에서 암살당했다.
- 후임자는 둘 다 남부 출신으로 이름은 '존슨'이며, 상원에서 활약했다.
- 앤드류 존슨은 1808년에 태어났고, 린든 존슨은 1908년에 태어났다.
- 링컨은 1846년에 상원의원으로 당선되었고, 케네디는 1946년에 하원의원으로 당선됐다.
- 두 사람 모두 대통령 현역 시절 자녀가 사망하는 아픔을 겪었다.
- 암살자 부스는 극장에서 총을 쏘고 창고로 도망친 반면, 암살자 오즈월드는 창고에서 총을 쏘고 극장으로 도망쳤다.

1963년 당시만 해도 케네디 대통령 암살 사건이 미국이라는 나라를 송두리째 뒤바꾸리라고 생각한 미국인은 거의 없었다. 요즘 시대는 사람들이 역사를 이해하기가 쉽지 않은데, 정치 상황 때문에 특히 그렇다. 이 책에서 우리는 뿌연 안개를 걷어내어 독자 여러분에게 모든 사실을 있는 그대로 보여주려고 노력할 것이다. 불행하게도 일부 사실은 여전히 밝혀지지 않았다. 마틴 두가드와 나는 증거가 말하는 대로 이야기를 전개할 생각이다. 우리는 음모론을 좋아하지 않는다. 하지만 아직까지도 드러나지 않고 앞뒤가 맞지 않는 점들에 대해서는 일정하게 문제를 제기할 생각이다.

　여러분이 이 책을 본격적으로 읽기 전에, 여기에 실린 내용들은 모두 사실에 근거했으며, 그 가운데에는 최초로 공개하는 사실도 있다는 점을 알아주기 바란다.

　케네디 대통령에 대한 진실은 아주 흥미진진한 측면도 있지만, 몹시 곤혹스러운 측면도 있다. 이 사람을 암살한 이유와 방식에 대한 진실은 아주 참담하다. 하지만 현대인이라면 누구나 그 내용을 알아야 한다. 이 책에 그 모든 내용을 담았다.

　이런 사실을 여러분에게 알릴 수 있다는 건 나로서는 크나큰 영광이 아닐 수 없다.

2012년 5월

뉴욕 주 롱아일랜드에서

빌 오라일리

1917년 4월 29일~1963년 11월 22일

서막

1961년 1월 20일

워싱턴 D.C.

오후 12시 51분

앞으로 살아갈 날이 3년도 채 남지 않은 한 사내가 성서에 왼손을 올린다.

얼 워런 대법원장이 눈앞에서 대통령 취임선서를 선도하고 있다.

"귀하, 존 피츠제럴드 케네디는 미합중국 대통령의 직무를 성실하게 수행하고……."

"나, 존 피츠제럴드 케네디는 미합중국 대통령의 직무를 성실하게 수행하고……."

신임 대통령은 대법원장을 똑바로 바라보면서, 발음을 생략하는 보스턴 억양으로 선서를 따라 한다. 이 대법원장의 이름은 훗날 케네디 자신의 죽음과 동의어처럼 쓰이게 된다(케네디 암살 이후 사건의 진상을 규명하기 위해 워런 연방대법원장이 이끄는 워런위원회가 구성되었다-옮긴이).

유력자 집안에서 태어난 신임 대통령의 세련된 말투에 유권자들은 미묘한 거리감을 느끼지만, 그의 열정적인 모습은 많은 사람에게 호감을 주었다. 신임 대통령은 선거유세를 하는 동안 부친이 소유한 엄청난 재산을 놓고 공공연히 익살스런 농담을 했을 뿐 아니라, 여타 당혹스런 문제들에 대해서도 솔직하고 유쾌하게 해명했다. 일반 미국인들은 미국을 훨씬 살기 좋은 나라로 만들겠다는 그의 말을 믿었다. 어느 작가는 케네디가 보여준 폭넓은 호소력을 이렇게 묘사했다.

"가난한 웨스트버지니아 사람들이 보스턴 출신 사내의 지지 요청에 기꺼이 화답했다. 네브래스카에서 이 사내는 오른손으로 익숙하게 탁자를 내려치며 미국을 '위대하─' 만들겠다고 설명했고, 거기에 살던 빈농들은 그의 말뜻을 알아들었다."

하지만 모든 사람이 케네디를 사랑한 건 아니었다. 투표에서 49퍼센트를 간신히 끌어모은 케네디는 리처드 닉슨을 아주 근소한 차이로 이겼다. 케네디가 한 말을 농부들이 알아들긴 했지만, 네브래스카 유권자의 62퍼센트는 닉슨한테 표를 주었다.

"최선을 다해 미합중국 헌법을 보존하고……."

"최선을 다해 미합중국 헌법을 보존하고……."

8천만에 달하는 미국 시민이 텔레비전으로 취임식을 지켜보고, 2만이 넘는 사람들은 직접 취임식에 참석했다. 지난밤에 20센티미터가 넘는 눈이 워싱턴 전역을 묵직하게 뒤덮는 바람에 군인들은 화염방사기를 이용해 도로에 쌓인 눈을 치워야 했다. 지금은 매서운 바람이 의회의사당 건물을 환하게 내리쬐는 햇빛 속을 휘저으며 사람들에게로 몰아치고 있다. 참석자들은 하나같이 체온을 유지하기 위해 슬리핑백이나 담요, 두터운 스웨터, 겨울 외투 같은 것들을 두르고 있다.

하지만 케네디 대통령 당선자는 추위에도 아랑곳하지 않는 듯하다. 그는 외투도 벗은 상태다. 마흔셋이란 나이에 걸맞은 뜨거운 열정을 유감없이 내뿜고 있다. 사실 그는 건강한 이미지를 강조하려고 외투도, 높은 모자도, 목도리도, 장갑도 일부러 입거나 끼지 않았다. 180센티미터가 넘는 체구에다 녹회색 눈동자와 매력적인 미소, 최근에 팜비치 자택에서 휴가를 즐기며 짙게 태운 건강한 피부가 인상적이다. 이렇게 겉모습은 건강의 화신처럼 보이지만 사실 케네디는 곤혹스런 병력의 소유자다. 가톨릭 종부성사를 본 게 벌써 두 번이다. 앞으로도 건강 문제는 케네디를 계속 괴롭힐 것이다.

"보호하며 지킬 것을……"

"보호하며 지킬 것을……"

사방을 에워싸고 지켜보는 저명인사와 친지들 중에는 케네디한테 매우 중요한 인물이 셋이나 있다. 첫 번째는 마지못해 법무장관으로 지명한 동생 '로버트'다. 법에 대한 지식보다는 참모로 정직하게 활동할 수 있을 거란 데 방점을 둔 인사(人事)였다. 케네디는 어떤 끔찍한 상황에서도 로버트가 언제나 진실만을 말하리란 걸 잘 알고 있었다.

대통령 뒤에는 신임 부통령 린든 존슨이 있다. 존슨은 자신 덕분에 케네디가 대통령에 당선됐다고 믿는데, 다른 사람들도 그렇게 말한다. 존슨이라는 러닝메이트가 없었다면 케네디는 텍사스에서 승리해 선거인단 24명을 확보하는 소중한 성과를 놓칠 수도 있었다. 실제로 케네디-존슨 러닝메이트는 텍사스에서 4만 6천 표라는 근소한 차이로 승리를 가져다주었다. 케네디가 재선에서도 성공하려면 그런 승리가 다시 한 번 이루어져야 한다.

세 번째 인물은, 워런 대법관 바로 뒤에 서 있는 그의 젊은 아내다. 신임 대통령이 살짝 눈을 들어 그녀를 바라본다. 짙은 색 정장에 잘 어울리는 모자를 쓴 재클린은 눈부시게 화사하다. 짙은 갈색 머리칼과 모피를 둘러친 목깃이 주름 하나 없는 얼굴을 에워쌌다. 잔뜩 상기되어 황갈색 눈동자를 반짝이는 그녀의 얼굴에서 새벽 4시까지 잠을 못 잔 피곤의 흔적은 찾아볼 수 없다.

어젯밤에는 프랭크 시나트라와 레너드 번스타인 같은 저명인사들이 잔뜩 참석한 취임식 전야제 행사가 있었고, 사람들은 술을 많이 마셨다. 재클린은 파티의 열기가 후끈 달아오르기 전에 조지타운에 있는 집으로 일찌감치 돌아왔지만 남편은 함께 오지 못했다. 재클린은 새벽 4시 직전에야 귀가한 케네디를 말똥말똥한 정신으로 맞았다. 흥분해서 잠을 못 이룬 것이다. 눈이 계속 내리면서 수많은 자동차가 발이 묶인 탓에 워싱턴 거리 곳곳에 즉석에서 피운 모닥불들이 길게 줄을 잇던 새벽녘이었다. 젊은 부부는 그 새벽에 마주 앉아 이야기를 나누었다. 케네디는 부친이 주최한 지난밤 저녁식사 이야기를 했다. 그러고 나서 두 사람은 코앞에 닥친 취임식 행사를 놓고 들뜬 마음으로 대화를 나누었다. 아주 특별한 날이 될 터이고, 이런 영광은 앞으로 수도 없이 누릴 게 분명했다.

케네디는 미국 시민들이 재클린을 좋아한다는 사실을 잘 알고 있다. 그래서 지난밤 리무진을 타고 눈 덮인 워싱턴 거리를 지날 때 대통령 당선자는 사람들이 재클린을 잘 볼 수 있도록 실내등을 켜달라고 부탁했다. 재클린은 우아한 매력과 탁월한 패션 감각과 미모로 미국인들을 사로잡았다. 프랑스어와 에스파냐어에도 능통했다. 남몰래 줄담배를 즐기는 애연가이고, 칵테일보다는 샴페인을 좋아했다. 남편처럼 미소가 환하게 눈부시지만 케네디는 외향적인 성격인 반면에 재클린은 내성적이다. 그래서 낯선 사람을 가까이 하는 경우가 거의 없었다.

재클린의 매력적인 겉모습은 처녀 때와 다름없지만, 7년 동안 결혼생활을 하면서 비극을 여러 번 겪었다. 첫째 아이를 유산한 데이어 둘째 아이도 유산했다. 하지만 이제 두 아이 캐롤라인과 존 주니어는 건강하게 자라고 있고, 젊고 씩씩한 남편은 매사추세츠 정치인에서 미합중국 대통령이 되는 꿈 같은 일이 일어났다.

이제 재클린한테 슬픔과 고통은 지나간 이야기다. 미래는 한없이 밝아 보인다. 케네디가 대통령이 된 것 자체가 하늘이 정해준 운명이 아닐까 하는 생각이 들 정도로. 브로드웨이 극장에서 이제 막 개봉해 히트 치는 연극의 대사처럼 "더할 수 없이 행복하고 상쾌하고 신비로운" 카멜롯(아서 왕 전설에 나오는 원탁의 기사들의 본거지. 아서 왕이 다스린 왕국의 수도이며 성의 이름이기도 하다-옮긴이)의 영광을 누리는 것 같다.

"……엄숙하게 선서합니다."
"……엄숙하게 선서합니다."

재클린 바로 옆에는 드와이트 아이젠하워 전 대통령이 있다. 케네디 뒤에는 린든 존슨과 리처드 닉슨, 해리 트루먼이 있다.

일반적으로 행사에 이런 저명인사 한 명만 참석해도 보안에 비상이 걸리게 마련이다. 하물며 이렇게 저명인사 여럿이 취임식에 참석해서 한자리에 모였으니 보안 담당자에게는 끔찍한 일이 아닐 수 없다.

대통령 경호대는 완전 비상이다. 대통령을 지켜야 한다. 55세의 나이로 경호대를 이끄는 보면은 트루먼 대통령 재직 시부터 경호대를 맡은 풍부한 경험의 소유자다. 그는 스포츠를 좋아하고 대중 속으로 들어가는 걸 좋아하는 케네디의 성향 때문에 이제부터는 경호대 역사상 무척 힘든 시기가 될 것이라고 예상했다. 전형적인 상고머리에 몸매가 날씬한 보면은 대통령의 안전을 위해 오늘만 해도 벌써 세 번이나 취임식 연단을 샅샅이 확인했다. 한 번은 연사용 탁자에서 파란 연기가 피어오르는 것을 보고 경호원들이 급히 달려갔다. 폭탄일 수도 있으니까. 다행히 탁자를 올리고 내리는 모터에서 피어오르는 연기라는 걸 확인했고, 그 문제는 모터를 끄는 것으로 간단하게 해결했다. 지금 보면이 이끄는 경호대는 많은 사람들이 대통령 쪽으로 너무 가까이 다가와 있는 것이 걱정되어 사람들의 움직임 하나하나를 놓치지 않으려 애쓰고 있다. 훈련을 제대로 받은 테러범이라면 권총 한 자루로 다섯 발만 제대로 쏘아도 신임 대통령은 물론 전임 대통령 두 명에다 전임과 신임 부통령 두 명까지 죽일 수 있다.

보면의 등골을 서늘하게 만드는 또 다른 사실도 있다. 미국에서는 1840년 이래 20년 간격으로 재직 중에 사망하는 대통령이 나왔다. 링컨, 가필드, 해리슨, 매킨리, 루스벨트, 하딩이 그랬다. 물론 이들 모두가 암살로 죽은 건 아니었다. 경호대의 철저한 경호로 지난 60년 동안에는 암살당한 대통령이 없었다. 한 달 전만 해도 경호대는 불만을 품은 전직 우편배달부가 다이너마이트를 터뜨려서 케네디를 죽이려던 걸 사전에 막았다. 그런데도 보먼의 불안은 조금도 가시지 않았다. 대통령이 20년 간격으로 사망하던 사이클이 과연 이번에는 깨질 것인가, 아니면 케네디 역시 그 희생의 제물이 될 것인가?

케네디는 자신이 재직 중에 사망할 수 있는 대(代)에 당선되었다는 사실에 전혀 신경 쓰지 않았다. 그런 미신 따윈 믿지 않는다는 것을 입증하기 위해 백악관에 들어간 첫날밤을 링컨 침실에서 보냈다. 링컨의 유령쯤은 조금도 두렵지 않다는 제스처였다.

"그러니 신이여 도와주소서."

"그러니 신이여 도와주소서."

선서가 끝나고 케네디는 가장 먼저 워런 대법관과 그 다음으로 존슨, 닉슨과 차례로 악수를 나눈다. 그러고 나서 아이젠하워와 마주 선다. 두 사람은 다정하게 웃고 있지만, 교환하는 눈빛의 의미는 사뭇 다르다. 아이젠하워는 기회 있을 때마다 케네디를 아랫사람 대하듯 '새파란 청년'이라고 불렀다. 그는 케네디가 풋내기라서 정부를 통솔할 능력이 없다고 생각했다. 아이젠하워는 제2차 세계대전에서 노르망디 상륙 작전을 지휘한 연합군 최고사령관이었던 자신이 당시 해군 중위에 불과했던 자에게 대통령 권한을 넘겨주어야 한다는 사실이 당혹스러웠다. 반면에 케네디에게 아이젠하워는 미국 사회가 안고 있는 심각한 문제들(자신한테는 가장 중요한 과제들)을 제대로 해결할 생각이 없는, 그저 늙은 장군에 불과했다.

케네디는 미국 역사상 가장 젊은 대통령 당선자다. 반면에 아이젠하워는 가장 늙은 대통령 당선자다. 이렇게 두 사람의 나이차가 현격한 현실은 현재 미국에 미국 사회를 바라보는 시각이 완전히 다른 세대들이 병존한다는 사실을 말해준다. 케네디는 취임 연설에서 이런 차이를 그 어느 때보다 극명하게 드러내기로 작정했다.

드디어 미합중국 35대 대통령 케네디가 아이젠하워의 손을 놓고, 왼쪽으로 천천히 몸을 돌려 대통령 표식이 새겨진 연단에 선다. 자신이 작성한 연설문을 확인한 케네디가 두 눈을 들어서 꽁꽁 얼어붙은 수많은 얼굴을 바라본다. 케네디도 사람들이 힘들어한다는 사실을 잘 알고 있다. 우선 행사 시작 자체가 늦어진 데다 리처드 쿠싱 추기경이 올린 기도가 너무 길었고, 86세가 된 시인 로버트 프로스트는 눈부신 햇빛 때문에 특별히 지은 취임식 기념 시를 제대로 낭송하지 못했다. 무엇 하나 계획대로 진행된 게 없는 것 같다. 추위에 입술이 새파래진 사람들이 갈망하는 건 거기에 대한 보상이다. 얼어붙은 워싱턴 정가를 완벽하게 뒤흔들 징표로 작용할 연설, 매카시즘과 끔찍한 냉전, 인종 분리와 차별에 맞서 싸우면서 갈기갈기 찢겨진 미국 사회를 치유할 연설이 필요했다.

역사학자로서 《용감한 사람들》이란 책을 집필해서 퓰리처상을 받은 케네디는 취임식 연설의 중요성을 누구보다 잘 알고 있다. 그는 자신이 연설할 내용을 몇 개월 전부터 고민했다. 지난밤에는 사람들이 재클린을 잘 볼 수 있도록 자동차 실내등을 켜두고, 자신은 미국의 3대 대통령 토머스 제퍼슨의 취임식 연설문을 다시 읽으면서 자신이 행할 연설문에 미비점은 없는지 고민했다. 겨우 네 시간밖에 못 자고 일어난 오늘 아침에도 손에 연필을 들고 연설할 내용을 검토하고 또 검토했다.

연설이 마치 시편처럼 광장에 울려 퍼진다.

"우리의 우방이든 적국이든 가리지 말고 지금 이 순간, 지금 이 자리에서 전합시다. 혁명의 불꽃은 이미 미국의 새로운 세대에게로, 금세기에 태어나 전쟁으로 단련되고, 힘겹고 쓰라린 평화에서 배우고, 우리의 오래된 유산을 자랑스러워하는 미국의 새로운 세대에게로 넘어왔다는 사실을 말입니다."

평범한 취임식 연설이 아니다. 약속이다. 케네디는 지금 미국의 가장 호시절은 아직 오지 않았다고 말하고 있다. 케네디는 자신이 미국에게 최고의 번영을 가져다줄 수 있다고 말한다. 다만 모든 사람이 각자 자신의 몫을 기꺼이 해낸다면. 연설문의 결정적인 대목에서 그의 목소리는 높아지고 커진다.

"여러분의 조국이 여러분을 위해 무엇을 해줄 수 있는지 묻지 말고, 여러분이 조국을 위해 무엇을 할 수 있는지 자문하십시오!"

우레와 같은 갈채를 받은 이 연설 내용은 명문으로 길이 남을 것이다. 1,400단어도 안 되는 취임 연설문에서 존 피츠제럴드 케네디는 미국의 비전이 무엇인지 정확히 밝혔다.

연설을 끝낸 케네디는 자신이 미국 시민에게 한 엄청난 약속을 실행할 때가 마침내 왔다고 느낀다. 가장 먼저 소련 편이 된 쿠바의 피델 카스트로 문제를 해결해야 한다. 그러고는 베트남이라는 멀리 떨어진 나라의 문제도 해결해야 한다. 지금 그곳에는 극소수 미군 군사고문단이 파견되어 오랜 전쟁으로 피폐해진 나라를 안정시키기 위해 고군분투 중이다. 미국 내부적으로는 마피아 범죄 조직과 인권운동이라는 중요한 문제도 시급히 해결해야 한다. 또 개인적인 차원에서는 로버트 케네디 법무장관과 린든 존슨 부통령 간의 갈등이 극단으로 치닫지 않도록 신경 써야 한다.

케네디 대통령은 할 일이 참 많다고 생각하면서 환호하는 군중을 둘러본다.

그런데 초대받은 사람들 모두가 취임식에 참석한 건 아니었다. 지난밤 전야제 파티에 참석한 유명 연예인들이 배정받은 귀빈석이 비어 있다. 가수 프랭크 시나트라와 배우 피터 로포드, 작곡가 레너드 번스타인을 비롯해 전야제를 주최한 주역들은 미국 역사의 이 중요한 현장에 참석할 기회를 얻었지만, 새벽까지 파티를 즐긴 탓에 늦잠을 잤고, 매서운 추위 탓에 취임식을 텔레비전으로 시청하는 쪽을 선택했다. 하나같이 "케네디 대통령이 두 번째로 취임할 때에는 꼭 참석하겠다"고 약속하면서 말이다.

하지만 두 번째 취임식은 이루어지지 않는다. 존 피츠제럴드 케네디는 악마와 만날 운명이기 때문이다.

워싱턴에서 7,200킬로미터쯤 떨어진 소련의 도시 민스크에서는 존 F. 케네디에게 투표하지 않은 한 미국인이 넌더리를 내고 있었다. 미 해병대 일등사수 출신 리 하비 오즈월드가 공산국가에서의 생활에 완전히 질리고 만 것이다.

오즈월드는 망명자다. 빈약한 체구에 약간은 잘생긴 오즈월드는 예전에는 미국 곳곳을 떠돌아다녔다. 그러다 사회주의 사상에 끌린 그는 소련이 자신을 받아줄 거라 확신하고, 19살이 되던 1959년에 미합중국을 떠나기로 결심했다. 하지만 모든 일이 예상 대로 된 건 아니었다. 오즈월드는 고등학교를 졸업하지 않았지만 모스크바 대학에 진학하길 원했다. 그런데 소련 정부는 이 요구를 받아들이는 대신, 그를 서쪽으로 640킬로미터나 떨어진 민스크의 전자회사로 보내버렸다. 오즈월드는 힘든 노동자 생활이 마음에 들지 않았다.

게다가 오즈월드는 여기저기 옮겨다니는 걸 좋아하는데 소련 정 부는 여행을 엄격하게 금했다. 그래서 그는 복잡하고 혼란스런 심 경으로 살아가는 중이다. 오즈월드의 아버지는 그가 세상에 태어 나기 전에 세상을 떠났다. 어머니는 아버지가 사망한 직후 재혼했 지만, 바로 이혼했다. 오즈월드는 어릴 때부터 가난한 환경 탓에 이 사가 잦아 텍사스와 뉴올리언스, 뉴욕 등지를 돌아다녔다. 해병대 에 입대하려고 고등학교를 중퇴할 때까지 오즈월드가 살던 주소는 스물두 군데였고, 다닌 학교만 해도 열두 개나 되었다. 개중에는 소 년원도 있었다. 법원 명령으로 소년원에서 정신과 진찰을 한 결과, 오즈월드는 "현실에서 겪는 다양한 결핍과 좌절을 환상에 빠져서 전지전능한 능력을 추구하는 방식으로 보상받으려 하는" 내성적인 성격의 사회 부적응자라는 진단을 받았다.

1961년의 소련은 개개인이 독자적으로 자신의 개성을 추구하 기에는 적합하지 않은 나라였다. 오즈월드는 난생처음으로 곤경 에 빠졌다. 매일 아침 일어나자마자 공장으로 터벅터벅 걸어가 선 반 기계를 돌리며 쉴새없이 일해야 했다. 게다가 동료 노동자들의 말을 거의 알아들을 수 없었다. 오즈월드가 1959년에 소련으로 망

1959년에 소련 시민권을
신청하는 리 하비 오즈월드.
(AP통신/베트만/코비스)

명한 사실은 미국에서도 여러 신문을 통해 보도되었는데, 미 해병
대 출신이 '영원한 충성'이란 해병대 구호를 배반하고 적국으로 넘
어간 사례는 (소련을 좋아해서 동료 해병들로부터 '오즈월드스코
비치'란 별명으로 불리긴 했지만) 극히 드물었기 때문이다. 그런데
지금은 별 볼일 없는 처지로 떨어졌으니, 오즈월드로선 도저히 받
아들일 수 없는 상황에 빠진 셈이다. 망명은 그에게 예상했던 보상
을 해주지 않았다. 결국 오즈월드는 일기에 고백한 대로 완벽한 환
멸에 빠져들고 말았다.

이때까지만 해도 리 하비 오즈월드는 존 피츠제럴드 케네디한테 나쁜 감정이라곤 전혀 없었다. 신임 대통령이나 그의 정책에 관해 아는 것도 많지 않았다. 해병대에서 일등사수로 복무했지만 과거 경력에 비추어볼 때 자신을 제외한 다른 누구에게 위협이 될 만한 요소도 없었다.

미국 전역이 케네디 대통령의 취임을 축하하는 동안, 이 망명자는 모스크바에 있는 미 대사관으로 편지를 보냈다. 아주 짤막한 이 편지의 핵심은 리 하비 오즈월드는 조국으로 돌아가길 원한다는 내용이었다.

제1부

죽을 위기를
넘기다

1

1943년 8월 2일

솔로몬 제도 블래킷 해협

새벽 2시

지금은 1961년 2월이다. 신임 대통령 책상에 야자열매 하나가 놓여 있다. 짧은 인생을 살면서 벌써 세 번이나 죽을 위기를 넘기고 살아남았으니 행운이 아닐 수 없는데, 서류를 누르는 독특한 열매를 보자 죽을 고비와 처음 맞닥뜨리던 순간이 떠오른다. 비서진은 신임 대통령이 대통령 집무실로 들어서는 순간, 야자열매가 한눈에 보이도록 배치했다. 야자열매는 케네디에게 용기를 시험한 (지금은 유명해진) 사건을 떠올려주었고, 그래서 케네디 대통령이 아주 특별한 야자열매가 눈앞에 있는 걸 좋아한다는 사실을 참모진은 잘 알고 있다.

고속어뢰정 109호 조타실에서.
(촬영자 모름/보스턴/존 F. 케네디 대통령 박물관 도서관)

　　18년 전으로 거슬러 올라간 1943년, 미군 고속어뢰정 세 척은
칠흑같이 어두운 밤에 남태평양 블래킷 해협을 돌며 '좁은 통로'라

고 알려진 위험 지역 근처에서 일본군 전함을 찾고 있었다. 길이가 24미터에 달하고, 선체는 5센티미터 두께의 마호가니로 만들어진 고속어뢰정은 강력한 패커드 엔진 세 개로 날렵하게 움직이며 일본 전함에 접근해서 마크8호 어뢰를 발사해 상대를 침몰시키는 능력이 있었다.

109호라고 쓰인 고속어뢰정을 지휘하는 선장은 젊은 중위였다. 그는 조타실에서 반쯤은 경계 태세를 갖추고 반쯤은 몽롱한 상태로 늘어져 있었다. 중위는 일본군 정찰기에 발견되지 않으려고 고속어뢰정 109호 엔진 세 개 가운데 두 개를 이미 껐다. 세 번째 엔진이 부드럽게 돌아가고 있었지만, 바닷속 깊은 곳에서 돌아가는 프로펠러축은 짙은 바닷물에 아무런 궤적도 남기지 않았다. 중위는 다른 고속어뢰정 두 척을 찾아보려고 바다를 살폈다. 하지만 달빛은커녕 별빛조차 없는 밤이었다. 주변이 어두워서 한 척도 보이지 않았다, 자신이 탄 109호가 그런 것처럼.

그런데 갑자기 일본군 구축함 '아마기리'의 엔진 소리가 들렸다. 선장은 정신이 번쩍 들었지만 이미 늦었다. 아마기리는 '동경 특급'(후부키급의 15번함과 특2형의 5번함을 말함 – 옮긴이)으로, 전술적으로 중요한 솔로몬 제도를 돌아다니며 초고속 전함으로부터 군대와 무기를 넘겨받아 주변 기지들에 보급하는 대담한 구축함이다. 깜깜한 밤을 이용해서 임무를 신속하고 완벽하게 수행해내곤 했던 아마기리는 이제 막 콜롬방가라 섬 근처 빌라에 병사 900명을 내려놓고 미군 폭격기한테 발견되어 침몰당하지 않도록 동이 트기 전에 서둘러 뉴기니 섬 라바울에 있는 일본군 요새로 돌아가는 중이었다. 선체는 축구장 길이에 선폭은 10미터에 불과한 아마기리가 시속 70킬로미터라는 놀라운 속도로 바다를 질주하는 모습은 마치 칼로 바다를 가르는 것처럼 보였다.

일리노이 하이랜드 파크 출신 '논쟁꾼' 조지 로스 소위 역시 고속어뢰정 109호 뱃머리에서 밤바다를 바라보고 있었다. 그가 원래 타던 군함이 최근에 미국 폭격기의 공격을 받고 침몰하자, 이번 임무에 옵서버로 자원한 것이다. 로스도 아마기리가 약 230미터 전방에 이르렀을 때에야 망원경으로 이를 포착했다. 그는 전속력으로 달려드는 아마기리를 발견하자 깜짝 놀라서 어둠 속을 가리켰다. 곧이어 선장도 아마기리를 발견하고 무섭게 달려드는 구축함을 향해 정면에서 어뢰를 발사하기 위해 고속어뢰정의 타륜을 재빨리 돌렸다. 그러지 않으면 배는 침몰당할 수밖에 없다.

하지만 고속어뢰정 109호가 방향을 전환하는 속도는 그리 빠르지 않았다.

결국 아마기리가 고속어뢰정의 마호가니 선체를 씹어나갔다. 구축함 칼날이 조타실을 살짝 비껴서 선체 오른편을 파고들었다. 구축함에 압사당할 뻔한 그 순간, 선장은 '바로 이런 게 죽는 거구나'라는 생각이 절로 들었다. 충돌하는 순간, 해병 열셋 가운데 두 명이 즉사했다. 연료가 폭발하며 화염이 치솟았고 두 명의 병사가 또 부상당했다. 가까이에 있던 고속어뢰정 162호와 169호는 배가 폭발하는 걸 보고 모두 죽었다고 판단해 생존자 수색을 포기했다. 그러고는 근처에 있는 다른 일본군 전함이 다시 나타날까 봐 지레 겁을 먹고 엔진을 최고 출력으로 올려 어둠 속으로 달아났다. 아마기리도 멈추지 않고 라바울을 향해 속도를 높였고, 일본 해병들은 자기네가 지나간 자리에서 불타고 있는 자그만 미군 함정을 지켜보았다.

이렇게 모두가 사라지고 나니, 바다의 어둠 속에는 고속어뢰정 109호 선원들만 남았다.

선장, 다시 말해 그 대형 구축함이 접근하는 것을 알아채지 못한 책임을 져야 할 사람은, 존 F. 케네디 중위였다. 날씬한 몸매에 햇빛에 타서 까무잡잡해진 피부를 가진 당시 26살이던 케네디는 하버드 대학을 다녔던 플레이보이로, 사귀던 덴마크 여성이 나치 스파이란 의심을 받자 부친의 강요로 해군 정보국에서 전투 현장으로 보직을 바꾼 처지였다. 케네디는 장남한테 모든 걸 기대하는 가정에서 둘째로 태어난 덕분에 지금까지 자기 마음 내키는 대로 사는 호사를 누렸다. 그는 어려서는 몸이 약했고, 나이가 들면서는 책과 여자에 빠져 살았다. 지도자 역할이라곤 고속어뢰정 109호 같은 조그만 전함을 지휘한 게 전부였고, 정치 지도자 따위에는 아무런 관심도 없었다. 그런 야망은 큰형 조지프 주니어한테나 필요한 것이었다.

하지만 지금 당장 그런 건 중요하지 않다. 케네디는 부하를 무사히 귀환시킬 방법을 찾아야 했다. 나중에 인생의 전환점으로 작용한 그날 밤 이야기를 해달라는 부탁을 받았을 때, 케네디는 어깨를 으쓱하며 "나도 어쩔 수 없었다. 우리 배가 침몰했다"고 대수롭지 않게 대답한다.

이런 태도는 케네디가 고속어뢰정이 침몰한 데다 부하 두 명이 전사한 책임을 지고 군법회의를 받아야 했다는 주장과 관계가 있다. 하지만 중요한 건 고속어뢰정 109호의 침몰 사건이 존 F. 케네디를 정치 지도자로 급부상시켰다는 점인데, 그건 지금 막 일어난

1931년 하이애니스포트 대저택에서 찍은 가족 사진.
(리처드 시어스/보스턴/존 F. 케네디 대통령 박물관 도서관)

일 때문이 아니라 곧이어 일어날 사건 때문이었다.

고속어뢰정 109호의 후미는 블래킷 해협 바닥으로, 깊이가 350미터나 되는 바닥으로, 벌써 가라앉기 시작했다. 방수 격실 덕분에 선미만이 가라앉는 걸 겨우 모면한 채 바다에 떠 있었다. 케네디는 생존한 부하들을 이곳으로 모아놓고 구조를 기다렸다. 그나마 아마기리가 지나가며 물살을 일으켜 109호 잔해에서 타오르던 불길에 끼얹은 덕분에 휘발유에 붙은 불이 무기나 연료탱크에 옮겨 붙을지 모른다는 우려를 내려놓을 수 있었다. 그러나 한 시간,

두 시간, 세 시간…… 아무리 기다려도 구조선은 오지 않는다는 사실 역시 분명해졌다. 케네디는 새로운 계획을 세워야 했다. 사방에 조그만 섬이 늘어서 있는 블래킷 해협에는 일본군 수천 명이 곳곳에 주둔해 있었다. 배가 폭발하는 광경을 섬에 주둔한 일본군들이 보았을 게 분명했다.

"일본군이 몰려오면 여러분은 어떻게 하고 싶은가?"

케네디가 부하들에게 물었다. 부하들을 살려야 할 책임이 있는데도 마음을 정할 수가 없었다. 선체는 조만간 완전히 가라앉을 게 뻔하고, 자신과 부하들이 지닌 무기는 기관총 한 자루에 권총 일곱 자루가 전부다. 일본군과 총격전으로 맞선다는 건 그야말로 바보 같은 짓이다.

1킬로미터 떨어진 지로 섬과 거기에 있는 일본군 진영이 한눈에 보이고, 8킬로미터 떨어진 콜롬방가라 섬과 벨라라벨라 섬에는 규모가 훨씬 큰 일본군 기지가 있다.

"선장님이 시키는 대로 하겠습니다."

부하 한 명이 대답한다.

하지만 케네디는 지휘자 역할이 불편했다. 109호에서 선장으로 몇 개월을 보냈지만 지금까지 한 일이라곤 어뢰정을 조종한 게 전부였다. 부하들 역시 케네디는 어뢰정을 지휘하는 일보다 여자 꽁무니나 따라다니는 데 더 관심이 많다며 불만이었다. 케네디는 주연이 아니라 조연에 익숙했다. 그는 어린 시절부터 권위적인 아버지에게 지시를 받아왔고, 카리스마 넘치는 형을 보며 자랐다. 아버지 조지프 P. 케네디는 미국에서 돈과 권력을 가장 많이 움켜쥔 사람 가운데 하나로, 대영제국 주재 미국 대사로 근무한 적이 있다.

1931년 팜비치에서 조지프 케네디, 그리고 두 아들 조지프 케네디 주니어와 존 F. 케네디. 조지프 케네디는 장남이 정치가로 성공하길 바랐다.
(E. F. 포울리/보스턴/존 F. 케네디 대통령 박물관 도서관)

28살이 된 형 조지프 주니어는 화려한 해군 전투기 조종사로, 유럽에서 대잠수함 전투에 참여해 나치와 싸울 예정이었다.

케네디 가족은 가장인 아버지에게 모든 지시를 받아왔다. 케네디 자신도 그런 관계를 꼭두각시 조종자와 꼭두각시의 관계로 비유했다. 조지프 P. 케네디는 자녀가 살아갈 방식을 결정하고 모든 행동을 감시하는 건 물론, 아들과 딸의 모든 이성 친구를 파악하고, 심지어 딸 한 명한테는 전두엽 절제 수술까지 시킬 정도로 권위적이었다. 그리고 당연히 장남한테는 정치인이 되라고 이미 정해주었다. 실제로 아버지는 1940년 민주당 전당대회에서 장남을 대의원에 당선시켰다. 반면에 케네디는 전쟁이 일어나기 전까지 글 쓰고 여행 다니며 시간을 보냈다. 케네디의 가족 가운데 상당수는 아직도 케네디가 작가가 되었어야 한다고 생각한다.

그런데 칠흑같이 어두운 태평양에서 아들은 아버지로부터 어떻게 하라는 지시를 받을 방법이 없었다. 그래서 케네디는 이렇게 말하며 시간을 벌었다.

"전투 교본에는 이런 상황에 대한 대처법이 없다. 이제 우리는 더 이상 군대 조직이 아닌 것 같다. 함께 의논해서 상황을 풀어나가자."

부하들은 명령에 따르는 훈련을 받았지, 작전을 토론하는 훈련은 받지 않았다. 부하들이 반발했지만, 케네디는 여전히 지휘관 역할을 수행할 생각이 없었다. 구조선이나 정찰기가 자신들을 찾으러 오기만 기다릴 뿐이었다. 그러는 동안에 아침은 정오로 바뀌고 109호는 물속으로 서서히 가라앉고 있었다. 이제 선체에 그대로 남는다는 건 일본군에게 잡히거나 상어한테 공격당해 죽는다는 걸 의미했다.

마침내 케네디가 나섰다.

케네디는 부하들에게 "헤엄쳐서 저기로 간다!"고 명령하며 남동쪽으로 5킬로미터 지점에 옹기종기 모여 있는 녹색 섬을 가리켰다. 손에 닿을 것처럼 가깝게 보이지만 지로 섬보다는 훨씬 멀었고, 일본군이 주둔할 가능성 역시 그만큼 적은 곳이었다.

부하들은 구명구 대신 나뭇조각에 매달려 발로 물을 차며 멀리 떨어진 섬을 향해 나아갔다. 하버드에서 수영선수로 활약했던 케

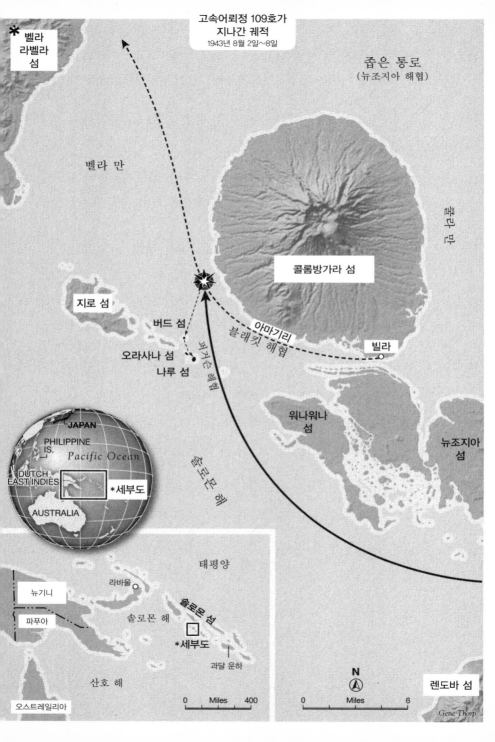

고속어뢰정 109호가
지나간 궤적
1943년 8월 2일~8일

벨라
라벨라
섬

좁은 통로
(뉴조지아 해협)

벨라 만

콜룸방가라 섬

쿨라 만

지로 섬

버드 섬

아마기리

블래킷 해협

빌라

오라사나 섬

나루 섬

퍼거슨 해협

워나워나
섬

뉴조지아
섬

솔로몬 해

JAPAN

PHILIPPINE IS.

Pacific Ocean

DUTCH EAST INDIES

*세부도

AUSTRALIA

태평양

라바울

뉴기니

파푸아

솔로몬 해

솔로몬 섬

*세부도

과달 운하

산호 해

오스트레일리아

0   Miles   400

N

0   Miles   6

렌도바 섬

Gene Thorp

네디는 심한 화상을 입은 부하를 앞세우고는, 부하가 입은 구명조끼 고리를 이로 물고 앞으로 당기면서 헤엄쳤다. 섬으로 나아가는 동안 케네디는 바닷물을 계속 들이켰지만 탁월한 수영 실력으로 5시간에 걸친 사투 끝에 부하들보다 먼저 해안에 도착했다. 화상을 입은 부하를 얕은 물에 내려놓은 케네디는 비틀거리며 해안으로 올라가 새로운 정착지를 탐색하기 시작했다. 커다란 섬은 아니었다. 한쪽 끝에서 반대편 끝까지의 거리가 고작 100미터로, 모래사장과 야자수 몇 그루, 섬을 에워싼 산호초가 전부였다. 하지만 어쨌든 이곳은 뭍이다. 15시간 이상을 바다에서 보낸 터라 뭍에 발이 닿았다는 사실이 반갑기 그지없었다.

나머지 부하들도 모두 도착했다. 300~400미터 앞에서 일본군 바지선 한 척이 지나갔다. 케네디 일행은 얼른 얕은 물에 머리를 담그고 숨었다. 땅으로 올라온 케네디는 근처 덤불 그늘에 그대로 쓰러졌다. 오랜 수영에 지친 데다 바닷물을 너무 많이 삼켜서 구역질까지 났다. 온몸이 완전히 녹초가 됐지만 케네디는 이제 뭔가 달라졌다. 몇 시간 전까지만 해도 지도자 역할을 회피했지만, 지금은 부하를 구할 사람은 자신밖에 없다는 사실을 자각한 것이다.

존 F. 케네디가 몸을 벌떡 일으켰다. 바로 행동에 들어가야 한다.

먼저 해안을 살폈다. 회색 기운이 감도는 하얀 모래사장이 경사를 이루며 물속으로 이어져 있었다. 부하들은 낮게 휘어진 야자수 아래서 휴식을 취하고 있었다. 케네디는 근처에서 케이폭 구명조끼로 싼 커다란 보따리를 발견하고 안도의 한숨을 쉬었다. 부하들이 고속어뢰정 109호에서 가져온 그 보따리 안에는 케네디가 앞으로 취하려는 행동에 꼭 필요한 물건이 들어 있었다.

보따리에서 선박용 랜턴을 찾아냈다. 비틀거리며 모래사장을 지나 부하들한테 다가간 케네디가 계획을 설명했다. 우선 인근의 다른 섬, 그러니까 고속어뢰정이 자주 순찰하는 퍼거슨 해협 근처에 있는 섬으로 헤엄쳐 가서 밤에 고속어뢰정이 지나가기를 기다렸다가 랜턴으로 신호를 보낸다, 고속어뢰정과 연락이 되면 부하들한테도 랜턴으로 신호하겠다는 계획이었다.

케네디는 헤엄칠 채비를 했다. 아직도 구역질이 나고 탈수 증상에다 먹은 것이 없어서 머리까지 어질어질했다. 하지만 무게를 줄이기 위해 셔츠와 바지를 벗고 38구경 권총을 줄로 묶어서 목에 걸었다. 고속어뢰정 109호에서 바다에 뛰어들 때는 군화를 벗어 목에 둘렀지만, 이번에는 날카로운 산호초에 발바닥이 찔릴까 봐 군화를 신기로 했다. 그리고 나서 벌거벗은 몸으로 케이폭 구명조끼를 단단히 움켜잡았다. 조끼로 감싼 랜턴이 이번 작전에 얼마나 중요한지 잘 알기 때문이다.

케네디는 다시 바다로 들어갔다. 근처 바다에 사는 거대한 창꼬치가 깜깜한 물속에서 갑자기 달려들어 헤엄치는 사람 생식기를 물어뜯는다는 소문이 머리에 떠올랐다. 바지까지 벗었으니 이보다 좋은 먹잇감도 없을 것이다.

칠흑 같은 밤바다로 홀로 걸어 들어가는 케네디의 군화가 산호초를 긁었다. 어서 산호초가 끝나고 모래사장이 나타나기만 바라면서 날카로운 산호초를 따라 계속 나아갔다. 그러나 산호초는 끝날 줄 몰랐다. 날카로운 산호초가 두 손과 다리를 파고들었다. 발을 헛디뎌 보이지 않는 구멍으로 빨려들 때마다 케네디의 상상은 거대한 창꼬치로 치달았다.

모래사장은 끝내 찾지 못했다. 그는 다시 용기를 내어 약간은 무모하게 방향을 바꾸었다. 군화를 구명조끼에 묶은 다음 오로지 어디에선가 나타날 고속어뢰정만을 기다리며 랜턴을 높이 들고 광활한 바다로 점점 더 깊이 들어갔다.

하지만 이날 밤은 물론이고, 그 뒤로도 미 해군은 퍼거슨 해협으로 고속어뢰정을 보내지 않았다. 케네디는 칠흑같이 어두운 바닷물에 몸을 담근 채 소음을 줄인 프로펠러 소리가 들리기만을 간절히 기다렸지만 아무 소용이 없었다.

결국 포기하고 부하들한테 돌아가려 할 때였다. 갑자기 해류의 방향이 반대로 바뀌었다. 케네디는 멀리 떨어진 블래킷 해협으로 휩쓸려 흘러갔다. 빠르게 휩쓸려가는 와중에도 케네디는 부하들에게 신호를 보내려고 미친 듯이 랜턴 불을 비추었다. 하지만 이 신호는 제대로 전달되지 못했다. 선장은 깜깜한 어둠에 묻혀서 멀리 떠내려가는 판인데, 부하들은 지금 보이는 불빛이 굶주림과 탈수 증상 때문에 보이는 헛것인지 아닌지를 놓고 논쟁을 벌였다.

케네디는 구명조끼에서 무거운 군화를 간신히 떼어내어 바다 밑으로 가라앉혔다. 그러면 잡아끄는 힘이 줄어서 훨씬 쉽게 헤엄칠 수 있으리라고 생각한 것이다. 그런데 그렇지가 않았다. 케네디는 태평양 한가운데로 한없이 떠밀려갔다. 아무리 죽을 힘을 다해 헤엄쳐도 반대 방향으로 계속 밀어붙이는 해류의 힘을 당해낼 재간이 없었다. 마침내 케네디는 해류에 저항하기를 포기했다. 깜깜한 바다에는 그를 도와줄 어떤 것도 없었다. 마음은 복잡한 생각으로 가득하고 몸은 갈수록 차가워지는 가운데 무기력하게 둥둥 떠내려 갈 수밖에 없었다. 케네디는 속을 알 수 없는 사람이었다. 수많은 여자와 잠자리를 한다는 안 좋은 평판도 있지만, 어쨌든 가톨릭 집안에서 성장했다. 최근 몇 달 사이에 신앙심이 흔들리긴 했어도, 지금은 믿음이 자신을 지탱해주는 유일한 기둥이다. 절망적인 상황이었지만, 케네디는 자기가 생각해도 신기할 정도로 희망을 잃지 않았다.

그는 랜턴을 끝까지 버리지 않았다.

케네디는 흡사 바닷물 위에 떠다니는 나무토막처럼 바다에 자신을 내맡겼다. 얼마나 지났을까, 손가락은 살갗이 쪼글쪼글해질 정도로 물에 불었고, 몸뚱이는 더욱 차가워졌다.

하지만 아직은 죽을 때가 아니었다. 캄캄한 밤이 지나고 태양이 떠오르는 순간, 케네디는 깜짝 놀랐다. 자신을 떠밀고 다니던 해류가 방향을 바꾸어 처음에 휩쓸렸던 장소로 다시 데려다놓은 것이다. 위치를 파악한 그는 다시 헤엄을 쳤고, 부하들에게 무사히 돌아갈 수 있었다. 몇 시간 동안 불을 밝히던 랜턴은 마침내 저절로 완전히 꺼지고 말았다.

하루하루가 속절없이 지나갔다. 케네디는 부하들과 함께 소라를 날것으로 먹고 잎사귀에 맺힌 이슬을 핥으면서 목숨을 부지했다. 자신들이 머무는 섬에 '버드 섬'이라는 이름도 붙였다. 나무 잎사귀마다 바닷새의 배설물이 잔뜩 들러붙어 있었기 때문이다. 가끔은 전투기가 나타나서 공중전을 펼치기도 했지만, 하나같이 구조하러 오는 비행기는 아니었다. 모두가 생명을 유지하려고 애쓰는 가운데 고속어뢰정 선원 특유의 동지애가 커다란 힘을 발휘했다.

그렇게 나흘이 흘렀다. 케네디는 일리노이 하이랜드 파크 출신 조지 로스 소위한테 함께 바다로 나가자고 설득했다. 이번에는 나루 섬으로 향했는데, 일본군과 맞닥뜨릴 가능성이 아주 높은 곳이었다. 굶주리고 목이 말라 부하들 몸뚱이가 바싹 말라 비틀어지는 끔찍한 경험을 하면서 죽어가느니, 차라리 포로로 잡히는 편이 낫겠다고 생각한 것이다.

한 시간이나 헤엄쳐 갔을까? 두 사람은 나루 섬에서 뜻밖에도 적군이 내버린 바지선 한 척을 발견했다. 일본군 두 사람이 카누를 타고 급히 도망치는 모습도 보였다. 케네디는 로스와 함께 바지선을 뒤져서 식수와 딱딱한 군용 건빵을 찾아냈다. 조그만 카누 한 척도 있었다. 케네디는 낮 동안에는 숨어서 시간을 보내다가 나루 섬에 로스를 남겨둔 채 노를 저어 1인용 카누를 몰고 퍼거슨 해협으로 향했다. 절박한 마음에 어이없는 도박을 벌이긴 했지만, 이제는 랜턴도 없으니 고속어뢰정이 지나가도 신호를 보낼 뾰족한 방도가 없었던 것이다. 케네디는 밤을 도와 위험을 무릅쓰고 부하들한테 다시 돌아왔다.

그런데 정말 운이 좋았다. 희소식이 기다리고 있었다! 일본군으로 착각했던 사람들이 사실은 현지 원주민들이었다는 것이다. 케네디와 로스를 발견한 원주민들은 인근 지역에 일본 군대가 있다는 사실을 알려주려고 노를 저어서 부하들이 있는 곳으로 직접 찾아왔다고 한다.

케네디가 그들을 직접 만난 건 이튿날 아침, 다시 카누를 몰고 나루 섬으로 가는 길이었다. 뱃길을 잘 아는 원주민들이 카누를 안내하여 그를 조지 로스에게 무사히 데려다주었다. 원주민들이 떠나기 전에 케네디는 땅에 떨어진 야자열매 껍질을 주워 글자를 새겼다.

"나루 섬…… 선장…… 원주민이 위치를 앎…… 이 사람이 안내할 수 있음…… 열한 명 생존…… 작은 선박 필요…… 케네디."

원주민들은 야자열매 껍질을 소지품에 숨기고 노를 저어 떠났다.

어둠이 깔리고 소나기가 퍼붓기 시작했다. 케네디는 로스와 함께 덤불 밑에서 잠이 들었다. 벌레한테 물리고 산호초에 긁힌 팔다리는 퉁퉁 부어올랐다. 원주민들이 나루 섬에 다른 카누를 숨겨둔 장소까지 알려주었으므로, 케네디는 로스한테 같이 카누를 타고 바다로 나가서 고속어뢰정을 한 번 더 찾아보자고 제안했다.

그런데 이번에는 파도가 거칠었다. 소나기와 바람이 바닷물을 뒤흔든 것이다. 파도가 2미터나 치솟았다. 케네디가 돌아가자는 명령을 내렸지만, 파도가 워낙 거세서 카누가 뒤집히고 말았다. 케네디와 로스는 뒤집힌 카누에 매달린 채 섬을 향해 있는 힘껏 발을 저었다. 잠시 뒤 거대한 파도가 암초에 부딪쳤고, 그 여파로 케네디는 카누를 놓치고 말았다. 바다가 밑에서 강한 힘으로 끌어당기며 몸뚱이를 빙글빙글 돌렸다. 이제 드디어 죽는구나라는 생각이 들었다. 그런데 이렇게 모든 희망이 완전히 사라진 것처럼 보이는 순간…… 몸뚱이가 불현듯 수면으로 불쑥 떠올랐다. 케네디는 숨을 크게 몰아쉰 뒤 암초를 향해 힘겹게 헤엄쳤다. 다행히 로스도 안 죽고 근처에 있었다. 소나기가 퍼붓는 가운데 두 사람은 날카로운 산호초가 발바닥과 다리를 찔러대는 고통을 참아내며 한 발 한 발 해안으로 걸어 나갔다. 이번에는 머릿속에 살아야 한다는 절박함이 가득 차서 창꼬치 따위는 끼어들 여지가 없었다. 기진맥진해서 모래사장에 도착한 두 사람은 일본군한테 들킬 수 있다는 걱정조차 잊은 채 그대로 쓰러져 잠이 들고 말았다.

케네디에게는 이제 남은 방법이 없었다. 부하를 구하기 위해 자신이 쓸 수 있는 방법은 다 썼다. 이제는 어쩔 도리가 없었다.

잠에서 깨어난 케네디의 눈에 가만히 서서 자신을 굽어보는 원주민 네 명의 얼굴이 신기루처럼 들어왔다. 해가 벌써 동쪽 하늘에서 떠오르고 있었다. 돌아보니 로스의 팔다리는 산호초에 찔린 상처 때문에 끔찍한 형상이었고, 한쪽 팔은 축구공만하게 부풀어올라 있었다. 케네디 자신도 세균에 감염되었는지 몸 곳곳이 쑤셨다.

"당신에게 줄 편지가 있습니다, 장교님."

원주민 한 명이 유창한 영어로 말을 걸어왔다. 케네디는 믿을 수 없다는 표정을 지으며 일어나 앉아 편지를 읽었다. 케네디의 구조 요청 글이 적힌 야자열매 껍질을 원주민들이 근처에 은신한 뉴질랜드 보병 파견대에 전달하자, 보병 파견대 지휘관이 답신을 보낸 것이다. 원주민의 카누를 타고 안전한 곳까지 나오라는 내용이었다.

케네디는 일본군 정찰기를 피하기 위해 원주민이 모는 카누 바닥에 납짝 엎드려 야자수 잎으로 몸을 덮고 파견대가 있는 뉴조지

아 섬으로 갔다. 카누가 해안에 이르자, 정글에서 젊은 뉴질랜드 지휘관이 나왔다. 그제야 케네디도 카누 바닥에서 일어나 배 밖으로 나갔다.

"안녕하시오? 나는 윈코트 중위요."

뉴질랜드 지휘관이 딱딱한 자세로 인사했다. 영국식 발음이 강했다.

"안녕하시오. 나는 케네디요."

케네디와 악수를 한 윈코트가 고갯짓으로 정글 쪽을 가리키며 말했다.

"우리 막사로 가서 차나 한잔 합시다."

곧이어 미 해군이 케네디의 부하들을 전원 구출했다. 이렇게 해서 고속어뢰정 109호를 둘러싼 무용담은 끝이 났다. 그리고 무용담이 끝난 그 자리에는 고속어뢰정 109호의 전설이 탄생했다.

케네디에게 대통령이 되는 길로 들어서도록 영향을 끼친 사건은 또 있었다. 형이 죽을 고비를 넘기지 못한 불행한 사건이 일어난 것이다. 형 조지프 케네디가 시험 삼아 조종하던 B24 폭격기는 1944년 8월 12일 영국 상공에서 폭발했다. 매장할 시신도, 존 F. 케네디가 책상에 올려놓고 그 비극적인 사건을 추모할 만한 유품도 남아 있지 않았다. 그런데 이 폭발 사고가 존 F. 케네디에게는 정치인으로 변신해서 지금의 막강한 자리에 올라서게 만든 계기가 되었다.

❖

　전쟁이 끝나고 6개월도 채 안 되어 케네디는 보스턴 지역 하원 의원 선거 민주당 경선에 출마하는 10명의 후보자 가운데 하나로 이름을 올렸다. 민주당의 텃밭인 보스턴에는 거물 정치인들이 줄 줄이 늘어선 터라 케네디한테는 승산이 거의 없었다. 그런데도 케 네디는 칠전팔기의 각오로 각 지역 선거구를 면밀히 검토했다. 케 네디는 우선 인맥이 좋은 제2차 세계대전 참전 용사 데이브 파워 스를 선거운동 참모로 끌어들였다. 정치계에서 떠오르는 샛별이던 파워스는 깡마른 젊은이가 "저는 잭 케네디라고 합니다. 이번 하원 의원 경선에 출마했습니다"라면서 자신을 소개했을 때, 처음에는 협조를 거절했다.

　그런데 우연히 1946년 1월의 몹시 추운 토요일 밤에 재향군인회 강당에서 케네디의 선거 연설을 듣고 파워스는 케네디에게 매료되 었다. 이날 케네디는 제2차 세계대전으로 아들을 잃은 전사자어머 니회에서 딱 10분간의 연설을 허락받은 상태였다. 케네디는 하원 의원 경선에 출마한 이유를 설명했다. 청중들의 눈에 심하게 떠는 케네디의 두 손은 들어오지 않았다. 대신 그들은 솔직하고 진지하 며 호소력 짙은 케네디의 목소리에 완전히 빠져들었다. 케네디는 가슴을 파고드는 비유를 사용해 자신 역시 전쟁에 참여했다는 것, 그리고 어머니들의 전사한 아들들은 모두 용감했으며, 그들의 희 생이 국가에 얼마나 큰 의미가 있는지를 강조했다.

　잠시 침묵하던 케네디는 형 조지프 케네디 주니어가 전사한 사실을 간접적으로 언급했다.

"여러 어머니께서 어떤 마음인지 저는 알 것 같습니다. 저희 어머니 역시 전사자어머니회 회원이시니까요."

케네디의 연설이 끝나자 어머니들은 너나 할 것 없이 연단 앞으로 몰려나왔다. 그들은 전사한 아들 생각에 눈물이 그렁그렁한 눈으로 젊은이의 손을 잡으며, 우리가 당신을 지지하겠노라고 말했다. 그 순간 데이브 파워스는 확신이 생겼고, 그 자리에서 케네디를 위해 일하겠노라고 약속했다. 그는 나중에 케네디의 '아일랜드 마피아'(아일랜드 혈통을 가진 존 케네디의 대통령 당선에 기여하고, 집권 후 케네디 행정부에서 활약한 보스턴 지역의 아일랜드계 인사들을 가리킴-옮긴이)로 알려지는 조직의 핵심 멤버가 되었다. 케네디의 참모가 된 데이브 파워스는 고속어뢰정 109호 사건을 선거운동의 핵심으로 포착했다. 그는 1943년 8월의 일화를 소책자로 인쇄하여 유권자들에게 우편으로 발송했다. 유복한 젊은이의 이타적이고 용감한 행동을 부각시켜 유권자의 관심을 끌어모은 것이다.

이리하여 존 F. 케네디는 마침내 하원의원에 당선될 수 있었다.

구조를 요청하는 글을 새겨넣은 야자열매는 대통령으로서 보낸 첫 몇 달 동안 자신이 어떻게 백악관에 입성할 수 있었는지를 케네디의 머릿속에 지속적으로 떠오르게 만드는 상징처럼 작용한다.

케네디는 날마다 탁자 위에 놓인 야자열매를 보면서 데이브 파워스의 날카로운 정치적 직관이 자신을 대통령으로 만드는 데 크게 기여했다는 사실도 잊지 않고 떠올렸다. 커다란 키에 케네디보다 다섯 살 많은 보스턴 출신 청년 데이브 파워스는 1946년 1월의 그 추웠던 밤 이후로 줄곧 케네디 밑에서 일하고 있다. 하지만 케네디가 대통령이 된 다음에는 특별보좌관으로만 일할 뿐, 내각이나 공식 자문으로는 참여하지 않는다. 대통령의 필요를 누구보다 잘 알아채는 절친이자, 케네디한테 변함없이 충성하는 동료로 지낼 뿐이다. 파워스는 대통령을 "공관에서 가장 재미있는 친구"로 묘사하곤 했는데, 그 말은 사실이었다. 케네디는 백악관에서 그야말로 탁월한 사교성을 발휘했다.

데이브 파워스는 케네디를 위해서라면 '무엇이든' 했고, 앞으로도 할 사람이다. 하지만 직관력이 뛰어난 파워스조차 '무엇이든'이 무엇까지 의미하는지 다 아는 건 아니었다. 그는 자신이 케네디가 처음으로 한 정치 연설을 지켜본 것처럼 그의 최후도 지켜보게 되리란 사실을 알지 못했다.

2

미합중국 대통령이 벌건 대낮에 벌거벗는다? 그것도 거의 매일, 정확히 오후 1시에! 이것이 바로 케네디의 요통 치료법이다. 케네디는 이 시간이 되면 집무실과 백악관 서쪽 건물 사이에 있는 실내 수영장으로 가서 섭씨 32도로 데운 물에 들어가곤 한다. 존 케네디는 하버드에 다닐 때부터 등이 아픈 요통에 시달렸는데, 대통령이 된 지금도 사라지지 않았다. 오히려 일본군 전함 아마기리 때문에 호된 시련을 겪은 뒤로 요통은 더 심해졌다. 수술까지 받았지만 별 소용이 없다. 만성 요통 때문에 너무 고통스러워 이따금 목발이나 지팡이를 짚고 돌아다니기도 한다. 하지만 일반 시민이 보는 앞에서는 그런 적이 거의 없다. 요통을 줄이기 위해 그는 수영 치료

만이 아니라 평소에는 코르셋을 입고, 잠잘 때에는 딱딱한 매트리스를 사용하며, 정기적으로 마취제까지 맞았다. 케네디가 이를 악문다는 건 등에서 통증이 일어난다는 신호였다. 측근들은 모두 그 사실을 잘 알고 있었다. 그러니 날마다 따뜻한 물에서 30분씩 평영을 하는 것이 케네디에게는 치료 과정의 일부였다. 그런데 그는 수영할 때에 수영복을 입지 않고 맨몸으로 물속에 들어갔다. 케네디는 진짜 남자라면 벌거숭이 상태로 평영을 할 만큼 자신감이 있어야 한다고 생각한다.

전임 대통령 드와이트 아이젠하워 시절에는 백악관 직원들이 설사 수영장에서라 해도 벌거숭이로 수영하는 대통령의 모습을 상상해본 적이 단 한 번도 없었다. 나이가 많은 장군 출신 대통령과 영부인 메이미는 전통을 중시했다. 그래서인지 아이젠하워 부부가 지낸 8년 동안 백악관에서 돌발 상황이 발생한 적은 거의 없었다.

그런데 지금은 모든 게 변했다. 케네디 부부는 아이젠하워 부부만큼 형식을 중시하지 않는다. 접견실에서 담배를 피우기도 하고, 줄서서 손님을 맞는 절차도 생략해 공식 행사를 훨씬 간편하게 진행하는 편이다. 영부인은 백악관 동쪽 공간에다 특별히 무대를 따로 만들어, 백악관 식구들이 첼로 연주자이자 작곡가 파블로 카살스와 가수 그레이스 범브리 등 저명 음악가들의 연주를 들을 수 있도록 했다.

젊은 대통령 부부가 아무리 활기차다고 해도 백악관은 여전히 무척 엄숙한 공간이다. 대통령이 틈틈이 휴식하며 원기를 회복하고 나면, 힘든 업무가 끊임없이 몰려든다. 매일 아침 7시에 일어나자마자 침대에서 신문을 읽는데, 거기에는 뉴욕타임스, 워싱턴포스

케네디 대통령과 믿음직한 측근이자 케네디가 이끄는 백악관에서
아일랜드 마피아의 일원으로 활약한 데이브 파워스, 1961년.
(애비 로위/보스턴/존 F. 케네디 대통령 박물관 도서관)

트, 월스트리트저널 등에서 급히 보낸 속보들도 있었다. 케네디는 글을 읽는 속도가 빨라 1분에 1,200단어를 이해할 수 있다. 그래서 정확히 15분이면 신문을 모두 읽고 전 세계에서 일어나는 갖가지 사건을 간략하게 정리한 서류로 넘어갔다.

그런 다음에는 침대에서 아침식사를 한다. 오렌지주스와 베이컨, 잼을 듬뿍 바른 토스트, 살짝 익힌 달걀 두 개, 크림을 넣은 커피 등 음식은 풍성했다. 하지만 케네디는 음식을 많이 먹는 편이 아니었다. 80킬로그램이 넘지 않게 몸무게를 세심하게 관리했다. 또한 습관을 중시하는 편인 대통령의 아침 식단은 날마다 거의 똑같았다.

식사가 끝나면 잠시 욕조에 몸을 담갔는데, 그때마다 깊이 생각하는 데 도움이라도 되는지 오른손을 끊임없이 톡톡 치곤 했다. 이런 버릇은 근무 시간 중 생각에 잠겼을 때도 나왔다.

9시 정각이 되면 대통령은 정확하게 집무실로 들어선다. 그런 다음 의자에 등을 대고 앉아서는 스케줄 담당 비서 켄 오도넬이 열거하는 하루 스케줄을 새겨듣는다. 그 후로 오전 내내 참모들을 만나 전 세계에서 일어나는 사건들에 관한 간략한 보고를 듣고, 자신이 직접 선임한 참모진들과 토론했다. 개중에는 좋은 친구 데이브 파워스와 홀리크로스 대학 미식축구 감독의 아들로 재치 만점인 켄 오도넬 외에도 안경 낀 특별보좌관이자 하버드 대학 역사학 교수 아서 슐레진저, 네브래스카 출신 특별 자문이자 고문인 테드 소렌슨, 신동 피아니스트 출신으로 대통령 언론보도 담당 비서를 맡은 피에르 샐린저 등이 있었다.

대통령 개인비서 에벌린 링컨 한 사람을 제외하면 케네디가 지휘하는 백악관은 카리스마 넘치는 지도자에게 깊이 충성하는 남자들로 가득했다. 그래서 대화 도중에 툭하면 거친 말이 나오곤 했다. 이렇게 된 데는 '뱃사람처럼 거칠게 말한다'는 말이 있듯이, 대통령이 해군 출신이라는 배경도 한몫을 차지한다. 한 번은 뉴욕타임스에서 자신이 한 말을 잘못 인용했다면서 케네디는 이렇게 말하기도 했다.

"나는 그 사업가를 개자식이라고 하지 않았어. 좆같은 자식이라고 했지."

하지만 가까이에 여성이 있으면 정중하게 예의를 갖췄다. 예를 들어 대통령은 자신의 개인비서를 항상 "링컨 부인"이라고 부른다. 또 거친 표현을 위장하는 방법도 썼다. 한 번은 영부인이 있는 자리에서 케네디가 신문 논설위원을 비난하면서 군대식으로 "Charlie-Uncle-Nan-Tare"라고 말한 적이 있는데, 머리글자만 따면 'cunt', 즉 '좆같은 놈'이다. 영부인이 어리둥절해서 무슨 말이냐고 묻자, 대통령은 능수능란하게 말머리를 돌렸다.

요통을 줄이기 위해 점심 전에 30분씩 수영을 했는데, 문제는 바쁠 때면 참모진은 물론이고, 언론사 기자까지 그 시간에 수영장으로 초청해 옆에서 물에다 발을 담그게 하고 업무를 보았다는 것이다. 그들도 똑같이 벌거벗고서! 케네디와 함께 수영을 자주 하는 데이브 파워스 같은 사람이야 그런 일에 익숙했지만, 다른 몇몇 백악관 참모진한테는 아주 어색한 일이 아닐 수 없었다.

대통령의 이런 독특한 수영 습관은 대통령이 성격이 털털한 부통령과 정반대 성향이라는 사실을 감춰주는 역할을 했다. 부통령 린든 존슨은 사람을 만나면 어깨를 잡고 등을 때리는 걸로 유명했지만, 케네디는 신체적으로 다른 사람과 일정한 거리를 두는 편이었다. 선거운동을 할 때야 어쩔 수 없었지만, 평소에는 사람들과 악수하는 간단한 신체 접촉조차 부담스러워했다.

수영이 끝나면 숙소에 올라가서 샌드위치와 수프로 간단하게 점심을 먹었다. 그런 다음 침실로 들어가 잠옷으로 갈아입고 45분 동안 낮잠을 잤다. 윈스턴 처칠 같은 위대한 역사적 인물들도 낮잠을 잤다. 케네디한테도 낮잠은 원기를 회복시켜주는 훌륭한 수단이었다.

시간이 되면 영부인이 와서 대통령을 깨우고, 대통령은 옷을 갈아입으면서 그녀와 대화를 나누었다. 대통령 집무실로 돌아온 케네디는 거의 매일 오후 8시까지 근무했다. 그렇게 정규 업무 시간이 지나고 나면 케네디는 종종 느긋하게 책상에 두 발을 올려놓고 참모진과 이런저런 이야기를 나누었다. 참모진은 대통령이 하루 중에 가장 좋아하는 시간이 바로 이때란 걸 잘 알고 있었다.

모두 퇴근하면 가족들이 사용하는 (참모진이 '숙소' 또는 '거처'라고 표현하는) 생활 공간으로 올라가 우프만 시가를 태우고 밸런타인 스카치를 얼음 없이 물만 타서 즐기면서 저녁식사를 기다렸다. 재클린은 늦은 밤에 정찬 파티를 열 때가 많았는데, 대통령도 이런 모임을 좋아했다.

사실, 케네디는 영화를 무척 좋아했다. 백악관 영화관은 전 세계 어떤 영화든 대통령이 원하는 시간에 상영할 수 있었다. 케네디는 제2차 세계대전을 다룬 영화와 서부극을 특히 좋아했다.

1961년 취임식 파티에 우아한 모습으로 참석한 재클린 케네디 영부인.
(애비 로위/보스턴/존 F. 케네디 대통령 박물관 도서관)

그런 대통령한테 영화 못지않게 즐거운 놀이가 있었으니, 그건
바로 섹스였다. 대통령은 등이 아프다고 해서 연애 활동까지 자제
하진 않았는데, 그건 아주 좋은 현상이었다. 한 친구가 언급했듯이,
적어도 하루에 한 번 이상 섹스를 하지 않으면 끔찍한 두통에 시달

리기 때문이다. 대통령은 재클린과 각방을 쓰면서 드레스룸만 공동으로 사용했는데, 이 말은 존 케네디가 섹스 상대를 영부인으로 국한하지 않았다는 의미다. 결혼생활은 행복했지만 케네디는 한 여인만 사랑하는 성격과는 거리가 멀었다.

대통령이 여자 꽁무니를 자주 쫓아다니는 것 말고도, 케네디 행정부가 아이젠하워 행정부와 특히 달랐던 건 영부인이었다. 다른 무엇보다 재클린 케네디는 31살로, 전대(前代) 영부인인 메이미 아이젠하워 나이의 절반도 되지 않았다. 전임 영부인은 백악관에 있는 8년 세월 동안 할머니가 되었는데, 여유 시간을 드라마를 보면서 보내는 지독한 구두쇠로 유명했다. 반면에 재클린은 보사노바 음악을 즐겼으며, 트램펄린에서 펄쩍펄쩍 뛰거나 역기를 드는 운동으로 몸매를 가꿨다. 그래서 남편처럼 재클린 역시 키 168센티미터에 54킬로그램이라는 날씬한 몸매를 꾸준히 유지했다.

재클린의 나쁜 습관은 하루에 담배(살렘이나 L&M)를 한 갑이나 피우는 것이었는데, 이런 습관은 임신 중에도 계속되었다. 최근에 대통령 선거운동을 할 때도 팔을 뻗으면 닿는 거리에서 측근 한 명이 담배에 불을 붙인 채 대기하고 있을 정도였다. 재클린은 필요할 때마다 그 담배를 한 모금씩 살짝살짝 빨곤 했다. 그런데 남편이 만성질환을 대외비로 했듯이, 재클린 역시 흡연 습관을 비밀로 했다.

열두 살 때에 부모가 이혼한 재클린은 부유하고 호사스런 어머니와 살았다. 그녀는 파리에서 대학 생활을 하기 전에 호화로운 여학생 기숙학교와 바사 컬리지를 다녔다. 그런 다음 미합중국으로 돌아와서는 수도에 있는 조지워싱턴 대학에 진학했고, 1951년에 졸업장을 땄다.

영부인은 성장하면서 사생활을 극단적으로 중시하고 속마음을 밖으로 드러내지 않는 법을 배웠다. 한 친구가 "사람들은 재클린이 어떤 생각을 하고 어떻게 행동하는지 몰랐고, 재클린도 사람들이 자신에 대해 모르기를 원했어요."라고 회상하는 것처럼 '베일에 싸여 자신을 신비롭게' 유지하는 걸 좋아했다.

실제로 재클린 케네디는 어느 누구한테도 자신을 있는 그대로 드러낸 적이 한 번도 없었다. 심지어 남편인 대통령한테도.

아주 멀리 떨어진 소련 민스크에서 리 하비 오즈월드는 정반대 문제를 겪고 있었다. 도무지 말을 멈추지 않는 한 아리따운 여인을 사랑하게 된 것이다.

3월 17일, 노동조합원 댄스파티에서 오즈월드는 빨간 드레스에 하얀 신발을 신고, 그가 보기에 머리는 '프랑스 패션' 스타일인 19살 미녀를 만났다. 마리나 프루사코바는 치아 모양이 고르지 않아서 웃는 건 자제하는 편이었지만, 두 사람은 그날 밤 함께 춤을 추었다. 오즈월드는 수다쟁이 마리나에게 첫눈에 반한 다른 잠재적 경쟁자들과 함께 마리나를 집까지 바래다주었다. 하지만 리 하비 오즈월드는 언제나처럼 안하무인이었다. 그는 다른 경쟁자들은 금방 잊힐 거라고 확신했다.

그리고 그 생각이 맞았다. 망명자는 일기장에다 "우리 두 사람은 한눈에 서로 반했다"고 적었다.

혼외 관계에서 태어난 마리나는 2년 전에 어머니가 세상을 떠난 뒤로 외삼촌 '일야'네 집에서 살았는데, 그는 소련 내무성 간부로 지역 공산당에서 존경받는 인물이었다. 마리나는 약사가 되는 코스를 밟다가 얼마 전에 관둔 상태였다.

오즈월드는 이런 사정을 포함해 마리나에 관해 아주 많은 것을 파악했다. 3월 18일부터 30일까지 하루도 빠지지 않고 밤마다 만나서 많은 시간을 함께 보냈기 때문이다. 그는 일기장에 이렇게 썼다.

"우리는 함께 걷는다. 나는 나에 대해서 아주 조금밖에 말하지 않았지만, 마리나는 자신에 관한 얘기를 정말 많이 했다."

오즈월드가 3월 30일 '제4병원'에 입원해 편도선 수술을 받으면서 두 사람의 관계는 급속도로 발전했다. 하루도 거르지 않고 병문안을 온 마리나는 오즈월드가 퇴원할 즈음 "나한테 완전히 빠지고 말았다." 두 사람은 4월 30일에 결혼했고, 마리나는 곧바로 임신했다.

리 하비 오즈월드의 생활 자체가 복잡해지기 시작한 것이다.

1961년 겨울, 백악관 바깥세상은 소란하게 돌아가고 있었다. 냉전이 극에 달했던 시기였다. 미국인은 소련은 물론이고, 소련이 보유한 핵무기에도 잔뜩 겁을 먹고 있었다. 최근에 피델 카스트로는 플로리다 남쪽 150킬로미터 지점에 있는 쿠바를 마침내 장악했다.

자녀 캐롤라인과 존 주니어에게 헌신하는 어머니 재클린.
존 주니어가 서쪽 침실에서 어머니의 목걸이를 가지고 장난치고 있다.
(세실 스토튼/보스턴/존 F. 케네디 대통령 박물관 도서관)

이는 소련에 우호적인 정권이 쿠바에 들어서리란 걸 예고했다.

미국 남부 한복판에서는 인종갈등이 고조되고 있었다.

또 '알약'이라는 말 한마디로 통하는 새로운 피임약이 시장에 나
왔다.

라디오에서는 처비 체커가 미국 젊은이들을 트위스트 세계로 인

도하고, 엘비스 프레슬리는 모든 여성에게 오늘 밤 외로우냐고 묻는다.

하지만 케네디가 이끄는 백악관 내실에서 재클린은 이런 정치적이고 사회적인 격변들과 완전히 차단된, 완벽한 가정 환경을 만들어내기 위해 애쓰고 있었다. 그녀는 모든 스케줄을 자녀들에게 맞추었다. 영부인은 유모가 아이를 돌보는 전통적인 육아방식에 얽매이지 않았다. 3살짜리 캐롤라인과 갓난아기 존을 키우는 데 재미를 붙여서 그녀는 각종 모임과 행사에 두 아이를 데리고 다니는 것을 마다하지 않았다.

게다가 백악관 생활에 갈수록 익숙해지면서 스카프와 두터운 외투로 변장한 채 자녀들을 서커스 공연장이나 놀이공원에 데려갔고, 비밀경호원이 그들의 뒤를 몰래 쫓아다니는 일도 빈번해졌다.

좀 더 시간이 지나자 영부인이 백악관 남쪽 잔디밭에서 자녀들과 함께 노는 모습도 흔하게 볼 수 있었다. 그 광경을 지켜본 한 사람은 재클린이 "어른이 아니라 조그만 소녀처럼" 보였다고 한다. 실제로 재클린의 목소리는 마릴린 먼로처럼 콧소리가 섞여 있어서, 진짜 어린애가 말하는 것처럼 들릴 때도 종종 있었다.

영부인은 전형적인 현모양처가 되고 싶었고, 남편에게 헌신했다. 하지만 고집스러우리만치 혼자 있는 걸 즐겨서 영부인이라면 누구나 견디어내던 백악관 고유의 수많은 다과 모임과 사교 모임을 단호하게 거부함으로써 백악관의 전통이 깨지고 말았다. 재클린은 그런 모임보다는 자녀와 시간을 보내거나, 백악관의 인테리어를 화려하게 바꾸는 데 몰두하는 걸 좋아했다. 하지만 미적 감각이 별로 없는 케네디는 백악관을 꾸미는 문제에 대해서는 심드렁했다.

재클린 케네디는 새로 입주한 백악관을 '대통령의 집'이라고 부르면서 토머스 제퍼슨이 살던 백악관에서 영감을 받아 프랑스 주재 전임대사와 함께 온갖 장식으로 공간을 치장하는 데 정성을 쏟았다.

케네디가 입주할 때는 트루먼 행정부의 실내 장식을 그대로 물려받았다. 가구도 대부분 오리지널이 아닌 복제품이었다. 그녀는 미국에서 가장 유명한 대저택이 웅장한 광채를 내뿜는 게 아니라 싸구려 모조품들의 집합소 같다고 느꼈다. 재클린은 이런 백악관 분위기를 탈바꿈시키기 위해 일류 수집가들로 팀을 구성했다.

재클린은 그런 작업을 끝낼 만한 시간이 충분하다고 생각했다.

적어도 4년, 어쩌면 8년.

당시 생각은 그랬다.

3

1961년 4월 17일

워싱턴 D.C./쿠바 피그스 만

오전 9시 40분

존 F. 케네디는 멍한 표정으로 정장 상의 단추를 채웠다. 지금 대통령은 불빛을 번뜩이며 백악관 남쪽 잔디밭에 착륙하기 위해 준비하는 전용 헬리콥터 '머린 원' 안에 앉아 있다. 그는 버지니아에 임대한 132만 제곱미터에 달하는 (비밀경호대가 '대저택'이란 암호명으로 부르는) 가족 휴양지 '글렌 오라'에서 아주 불편한 주말을 보내고 막 돌아오는 중이다.

대통령은 외모에 신경을 많이 쓰는 편이라 오늘만 해도 세 번은 의상을 완전히 갈아입었다. 그때마다 그는 빳빳하게 풀을 먹인 새 와이셔츠에 새 넥타이를 하고 '브룩스 브라더스' 양복점에서 특별 주문한 정장을 입곤 했다. 정장 상의는 언제나 짙은 회색이나 진한 파랑이다. 사실 존 케네디가 의상에 집착하는 건 단순한 허영심 때문이 아니다. 그보다는 같은 옷을 너무 긴 시간 입으면 불편해하는 독특한 성격 때문이라고 보는 게 맞다. 옷을 끊임없이 갈아입는 기벽 때문에 오래전부터 시중 들어온 조지 토머스는 오늘도 정신이 하나도 없다.

하지만 케네디는 지금 자기 외모에 신경 쓸 겨를이 없다. 그래도 옷을 다 입고 나면 늘 그러듯이 머리카락이 잘 자라도록 머리를 톡톡 치는 행동은 잊지 않았다. 습관을 바꾸기란 어려운 법이다.

지금 케네디의 온 신경을 붙잡고 있는 것은 쿠바 문제였다. 워싱턴에서 남쪽으로 2천 킬로미터쯤 떨어진 곳에서 전쟁이 벌어질 수 있다. 케네디는 국제법상 미군이 절대 공식적으로는 할 수 없는 일을 해낼, 반(反)카스트로 난민 1,400명을 파견해 섬나라 쿠바를 은밀하게 침공하는 작전을 승인했다. 이 '자유의 전사들'이 세운 목표는 말 그대로 쿠바 정부를 전복시키는 것이었다. 이 작전은 케네디가 당선되기 훨씬 전에 이미 수립되어 있었다. CIA와 합동참모본부 모두 반드시 성공할 수밖에 없다고 줄기차게 주장해온 작전이기도 했다. 하지만 작전 개시를 명령한 사람은 결국 케네디 자신이고, 작전이 실패할 경우 모든 책임을 져야 할 사람도 바로 케네디 자신이다.

UH-34호 헬리콥터가 백악관 남쪽 정원에 금속판으로 특별 제작한 헬기 착륙장에 내려앉자, 케네디는 곧바로 문을 열고 나와서 새로운 봄을 맞이하고 있는 풀밭으로 내려섰다. 겉으로는 침착하고 차분하게 보였지만 그의 배 속은 말 그대로 요동을 치고 있었다. 주말에 (위험한 공격을 최종 점검하면서) 겪은 스트레스 때문

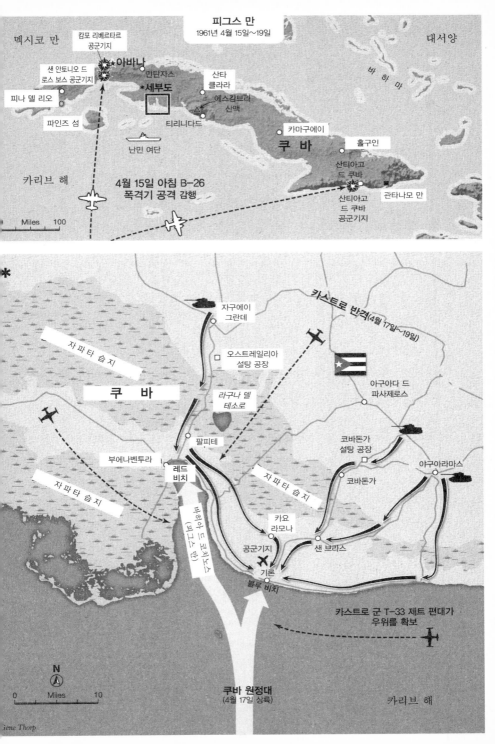

피그스 만
1961년 4월 15일~19일

멕시코 만

대서양

캄포 리베르타르 공군기지

아바나

샌 안토니오 드 로스 보스 공군기지

만탄자스

바하마

산타 클라라

세부도

피나 델 리오

파인즈 섬

에스캄브라 산맥

티리니다드

카마구에이

쿠바

홀구인

난민 여단

산티아고 드 쿠바

관타나모 만

카리브 해

4월 15일 아침 B-26 폭격기 공격 감행

산티아고 드 쿠바 공군기지

Miles 100

자구에이 그란데

카스트로 반격(4월 17일~19일)

오스트레일리아 설탕 공장

자파타 습지

쿠바

라구나 델 테소로

아구아다 드 파사제로스

팔피테

코바돈가 설탕 공장

부에나벤투라

야구아라마스

레드 비치

코바돈가

자파타 습지

자파타 습지

바하우드 코체노스 (피그스 만)

카요 라모나

공군기지

기론

샌 브라스

블루 비치

카스트로 군 T-33 제트 편대가 우위를 확보

N

0 Miles 10

쿠바 원정대
(4월 17일 상륙)

카리브 해

iene Thorp

에 설사를 심하게 했고 요로감염증에 시달렸다. 의사는 증세를 완화하기 위해 페니실린 주사와 유동식 식단을 처방했지만, 고통은 쉽게 가라앉지 않았다. 하지만 월요일이 되면 지금보다 훨씬 끔찍한 사태가 일어날 수 있다는 걸 대통령도 잘 알고 있었다.

대통령은 쥐 죽은 듯 조용한 백악관 장미정원을 과감하게 걸어갔다. 하지만 그 시간, 쿠바 난민으로 구성된 2506여단은 모래사장이 쭉 펼쳐진 쿠바 벽지(나중에 피그스 만이란 오명으로 기록될 해안)에서 옴짝달싹 못한 채 심각한 위험에 처해 있었다.

케네디는 장미정원을 지나서 회색 카펫과 흰색을 머금은 회색 벽지로 장식한 대통령 집무실에 들어섰다. 겨울에는 나뭇잎들이 모두 떨어지기 때문에 대통령 책상 뒤편 높은 창문 너머로 국립몰 기념공원을 내다볼 수 있다. 그 끝에, 행정부 청사에 가려 보이지 않지만, 링컨기념관이 자리잡고 있다. 하지만 케네디는 자리에 앉지도, 링컨기념관 쪽을 바라보지도 않았다.

쿠바에서 수행하는 작전 걱정에 의자에 앉을 수조차 없었다.

지난 한 주는 미국에게 좋은 시간이 아니었다. 4월 12일에는 소련이 인간을 우주로 쏘아올림으로써 원자탄 탄두 또한 미합중국 전역으로 날려보낼 수 있다는 사실을 만천하에 입증하며 세계를 깜짝 놀라게 했다. 미국으로서는 엄청난 강편치를 맞은 셈이었다. 두 강대국 사이에서 10년 동안 달아오른 냉전의 추가 이제 소련 쪽으로 확실하게 기울고 있었다. 워싱턴 정가는 친소련 성향의 카스트로를 전복시켜야 냉전에서 균형을 회복하는 지난한 과정에 들어설 수 있다고 믿게 되었다.

케네디는 쿠바 침공을 승인하면서 자신의 결정이 미국인들의 지지를 등에 업고 내린 결정임을 실감했다. 미합중국은 공산주의가 지구촌 전역으로 확산될까 봐 두려움에 휩싸여 있었다. 그걸 막기 위한 조치라면 어떤 정책이든 환영받을 수밖에 없다. 다른 나라를 침공한다는 사실이 외교적으로 부담이 크지만, 지금 대통령은 취임 한 달 만에 지지율이 78퍼센트까지 뛰어올랐으니, 정치적으로 도박을 벌일 만했다. 신문과 잡지는 케네디를 '전지전능'하다고 치켜세우며 젊은 대통령을 열렬히 지지했다.

하지만 모든 걸 아는 사람은 없다. 게다가 제아무리 미합중국 대통령이라도 모든 능력을 지닌 건 아니다. 결국 케네디는 엄청난 실수를 저지르며 불구대천의 원수를 만들어내고 만다. 피그스 만 작전이 끝날 즈음 카스트로는 물론이고, 미국 정부 최고위직 관료 가운데 한 명(책략에 뛰어난 CIA 정보부장 앨런 덜레스)까지 적으로 돌변하기 때문이다.

케네디는 대통령 집무실에서 켄 오도널에게 급하게 하루 스케줄 브리핑을 받고는 집무실 문 네 개 가운데 하나를 향해 성큼성큼 걸음을 옮겨 충성스런 개인비서 에벌린 링컨의 책상을 지나 국무장관 딘 러스크가 기다리는 각료 회의실로 들어갔다.

딘 러스크(케네디 행정부와 린든 존슨 행정부에서 8년간 국무장관으로 재직한 대표적인 냉전주의자로, 쿠바 침공과 베트남전쟁 개입, 중국 공산정부 불인정 등의 정책을 주도했다-옮긴이)는 로즈 장학금으로 옥스퍼드 대학에서 공부하고, 제2차 세계대전 동안 군 장교로 복무하며 중국-버마-인도 지역에서 전쟁 계획을 담당한 똑똑한 사내로, 피그스 만 침공 같은 비밀 작전을 계획하기에 적임자였다. 게다가 주말 침공에 앞서서 전략회의에 여러 번 참여한 경력도 있었다. 하지만 케네디는 딘 러스크를 국무장관에 앉히는 것을 그다지 탐탁지 않아 했다. 게다가 케네디가 대통령에 취임한 3개월 동안 신임 국무장관은 속내를 드러내지 않은 채 줄곧 모호한 입장을 취해왔다. 케네디한테 확실한 조언이 절박한 순간에도 러스크는 피그스 만 작전에 대한 전문가 특유의 염려는 물론, '세력이 빈약한 쿠바 난민 여단으로는 성공 가능성이 제로에 가깝다'고 판단했으면서도 그것을 내색하지 않았다.

러스크 한 명만 대통령에게 속마음을 감춘 건 아니다. 케네디가 보기에는 모두가 솔직하지 않은 것 같다. 전쟁터에서 보고가 올라오기를 기다리는 동안 존 F. 케네디에게는 솔직하게 진실을 털어놓을 사람이 절실했다.

위기를 감지한 대통령은 전화기를 들고 다이얼을 돌린다.

쿠바.

고온다습하고 럼주에 흠뻑 취한 낙원 같은 이곳은 원래 돈 많은 미국인들이 선호하는 대단히 호사스런 열대 휴양지다. 하얀 모래

톱이 펼쳐진 백사장은 감미로웠고, 카지노는 전설이었다. 어네스트 헤밍웨이는 쿠바가 지닌 다양한 매력을 글로 묘사했고, '다이키리'라는 럼주 칵테일에 푹 빠졌다. 메이어 란스키나 럭키 루치아노 같은 음지의 미국 범죄 조직 보스들에게도 마찬가지였다. 그들은 쿠바 수도 아바나에서 뉴욕에서만큼이나 편하게 지냈다. 또 미국의 여러 기업들도 수십년 동안 쿠바 특유의 기후와 철저하게 부패한 정부를 활용하여 방대한 사탕수수 플랜테이션과 유전과 목장을 설립하고 운영했다.

실제로 1898년 미국이 에스파냐와 싸울 때 루스벨트가 의용기병대를 이끌고 '산환 힐'을 공격해 쿠바를 에스파냐로부터 해방시킨 이후, 미국에게 쿠바는 아무런 부담 없이 평화를 누리는 관계, 한마디로 아주 손쉬운 나라였다.

1959년까지는.

풀헨시오 바티스타 장군의 친미정권은 극도의 부정부패를 자행하는 것으로 쿠바 인민들의 반란을 부추겼다. 이로 인해 치열한 내전이 4년 동안 지속되었고, 결국 돈 많은 쿠바 농민에게서 사생아 아들로 태어난 32살 피델 카스트로가 게릴라 군대를 이끌고 아바나로 입성해 바티스타 정권을 무너뜨리는 결과를 초래했다. (바티스타 장군은 포르투갈로 망명했는데, 운이 좋았다고 해야 할지, 암살단이 도착하기 이틀 전에 심장마비로 사망했다.) 미합중국은 바티스타 정권을 전복시킨 새로운 정부를 공식 인정하는 것으로 새로운 상황 전개에 대응했다.

카스트로는 음모와 술수에 능한 사람이었다. 가장 터무니없는 사례 가운데 하나는 1959년, 바티스타 정부를 무너뜨린 지 11일이 지난 날, 깜깜한 밤에 정치범 75명을 손을 등 뒤로 결박해 산티아고 외곽 들판으로 끌고 나간 사건이다. 군인들은 길도 아닌 곳을 걷게 하면서 걸음을 늦추거나 비틀거리는 죄수가 있으면 주저하지 않고 총검으로 찔렀다. 그런 가운데 일렬로 늘어선 군용 트럭들이 일제히 전조등을 켜자, 길이 15미터 깊이 2미터에 달하는 도랑 모양의 구덩이가 나타났다. 구덩이 옆에는 불도저 여러 대가 커다란 삽을 내린 채 조금 전에 판 흙을 거대한 구덩이로 다시 밀어넣을 준비를 하고 있었다.

이 작전은 철저하게 비밀리에 진행하려 했지만, 어느새 정보를 전해 들은 정치범들의 아내와 애인들이 그들을 주시하며 먼 거리를 쫓아왔다. 전조등이 거대한 무덤으로 변신할 장소를 비추는 순간, 여인네들은 공포에 떨며 비명을 질러댔다. 여인네들의 울부짖음이 고요한 밤공기를 뒤흔들었다. 카스트로 군대는 그녀들의 사랑하는 남편과 아들과 애인을 도랑 옆에 나란히 세우면서 울부짖는 여인네들에게 쉬지 않고 욕설과 야유를 퍼부었다. 여인네들은 울부짖으며 기도했다. 피할 수 없는 순간은 다가왔고, 기관총이 불을 뿜자 사랑하는 사람들은 어두운 구덩이로 떨어졌다.

이것은 피델 카스트로의 공포 시대가 시작되었음을 상징하는 사건이었다. 곧이어 쿠바 판사 한 명이 게릴라전을 펼칠 당시에 전투기를 몰고 카스트로 군대를 공격한 바티스타 정부의 공군 조종사들에게 무죄를 판결했다는 이유로 머리에 총알을 맞아야 했다. 카스트로는 대량학살을 저지른 공군 조종사들의 범죄는 유죄 판결을 받아야 마땅하다고 논평했다. 하지만 새로 임명된 판사도 그들에게 사형을 선고하는 대신 중노동형을 선고했다. 이번에도 판사는 살해되었다. 쿠바의 새로운 지도자 카스트로는 자기 입으로 말한 것처럼 "격렬한 성격에, 불끈할 때가 많고, 속임수에 능하고, 책략이 뛰어나며, 모든 권위에 반항하는" 인물이었다.

쿠바 시민들은 카스트로를 지지한 대가가 너무 크다는 사실을 곧바로 깨달았다. 하지만 해외에서 카스트로의 얼굴은 혁명 영웅을 상징했다. 영국의 한 신문은 "카스트로의 기다란 수염과 생기 넘치는 모습은 잔인한 폭정과 위선을 거부하는 남미의 상징이다. 그러니 카스트로가 일인 독재와 폭력을 거부할 게 분명하다"고 적었다. 1959년 4월, 카스트로는 매사추세츠 케임브리지에 있는 하버드 법대 대학원에서 연설했는데, 연설하는 내내 학생들은 카스트로에게 열광적인 환호와 박수갈채를 보냈다. 그가 다양한 법률 지식을 교묘히 활용해 쿠바에서 인신보호법의 중단을 선언했을 뿐 아니라, 《뉴욕타임스》가 1월 12일의 쿠바 대량학살 사건을 보도했는데도 말이다.

쿠바 지도자 카스트로는 미국에서 리처드 닉슨 부통령을 만나 깊은 감동을 주기도 했다. 닉슨은 아이젠하워에게 "우리가 확실히 깨달은 것 가운데 하나는 카스트로한테는 지도자가 될 만한 독특한 자질이 있다는 사실입니다"라는 내용이 담긴 4쪽 분량의 비밀문건을 전달했다.

그때 존 F. 케네디는 상원의원이었고, 대통령 선거운동을 시작하기 훨씬 전이었다. 케네디도 바티스타가 2만 명이 넘는 자국 시민을 살해한 잔인한 독재자라는 사실을 잘 알고 있었고, 따라서 카스트로가 집권한 게 나쁠 건 없다고 생각했다. 헤밍웨이가 그랬던 것처럼 케네디 역시 다이키리 칵테일을 즐겨 마셨다.

하지만 1959년에 이미 케네디와 카스트로는 바야흐로 20세기 최고의 경쟁자가 될 수밖에 없는 운명이었다. 두 사람 모두 카리스마 넘치고 이상을 추구하는 젊은이로서 추종자들로부터 전폭적인 지지를 받았다. 게다가 좋은 시가를 즐기는 취향이나 정치적으로 오랫동안 승승장구하다가 국가원수가 된 경력도 똑같았다. 심지어 권력을 잡는 도중에 깊은 좌절을 겪은 것까지도 비슷했다. 카스트로는 혁명에 뛰어든 초기에 교도소에 갇혔고, 케네디는 등에서 일어나는 극심한 요통과 신장 내분비선 이상 때문에 언제 목숨을 위협할지 모르는 애디슨병에 시달렸다. 어쩌면 놀라울 정도로 비슷한 두 사람의 성향과 경력이 어떤 상황에서든, 아무리 큰 대가를 치르더라도 물러날 줄 모르고 끊임없이 싸우는 우두머리 수컷의 기질로 나타났을 수도 있다.

혁명이 성공하면서 쿠바는 엄청난 대가를 치른다. 아바나 거리마다 붉은 피가 흘렀다. 미국이 진실을 깨닫는 건 시간문제였다. 카스트로가 권력을 잡고 13개월이 지난 1960년 2월, CIA는 국가안전보장회의의 정세 보고 자리에서 소련이 카스트로를 "적극적으로 후원"할 거라고 경고하면서 반카스트로 군대가 와해된 걸 안타까워했다. 그러자 아이젠하워 행정부는 CIA더러 과테말라 비밀기지에서 쿠바 난민들을 군사훈련시키는 계획을 승인했다. 카스트로 정권 전복 작전에 조용히 시동이 걸리기 시작했다.

1960년의 미국 대통령 선거에서 카스트로는 핵심 이슈로 부상했다. 케네디는 쿠바 상황을 예로 들면서 공산주의에게 약한 모습을 보인 아이젠하워 행정부를 신랄하게 비판했다. 케네디는 미국 시민들에게 이렇게 경고했다.

"1952년에 공화당 정부는 동부 유럽에서 철의 장막을 걷어내는 정책을 펼쳤습니다. 그런데 지금은 미합중국 해안에서 고작 150킬로미터 거리에 철의 장막이 생겼습니다."

이제 쿠바 침공이란 주제는 실시하느냐 마느냐의 문제가 아니라 언제 시행할 것인가 하는 시기의 문제가 되었다. 1960년 12월 31일 연설에서 카스트로는 미국에게 쿠바에 군대를 보내면 노르망디 상륙작전 이상의 손실을 보게 될 거라고 경고했다. 카스트로는 "우리를 침략해서 저항을 말살하려 든다면 저들은 결코 성공할 수 없을 것이다……. 남자든 여자든 명예를 아는 사람이라면 마지막 한 사람까지 저항할 것이기 때문"이라고 큰소리쳤다. 그리고 며칠 뒤인 1961년 1월 3일에는 "쿠바는 남미 전역에 혁명의 불꽃을 지필 권리가 있다"고 선언해서 미국인들의 냉전 공포에 불을 지폈다.

존 케네디가 대통령 업무를 인수하려고 준비할 즈음에는 미국 내 쿠바인 19명 가운데 1명이 정치범으로 수감되었다. 미국은 아바나와 이미 외교관계를 단절한 상태였다. 같은 해 1월 10일자《뉴욕타임스》는 "미국, 과테말라 미군기지에서 반카스트로 군대 훈련"이라는 1면 머리기사를 통해 미국 정부가 예정된 쿠바 침공 계획에 따라 의용대에게 게릴라 훈련을 시킨다는 사실을 폭로했다.

카스트로는 이 기사에 곧바로 반응을 보여, 표적이 될 가능성이 높은 지역에 지뢰를 설치하도록 명령했다.

워싱턴에서 앨런 덜레스 정보부장이 오랫동안 이끌어온 CIA는 피델 카스트로 죽이기에 혈안이 되어 있었다. CIA는 카스트로 암살 계획을 무려 600건이나 세우는데, 그 가운데에는 마피아가 음모를 꾸미며 시가를 폭발시키는 희한한 작전도 있었다. 드와이트 아이젠하워가 반군 훈련을 승인하고 1년이 지난 3월 11일, CIA는 새로 대통령에 취임한 케네디에게 쿠바 침공 계획을 공식 보고했다. 침공 시각은 훤한 대낮이고, 침공 장소는 암호명 '트리니다드'라는 해안이었다.

이번 작전은 케네디한테 커다란 딜레마로 작용했다. 한편으로는 아이젠하워의 냉전 정책을 끝내고 새로운 기틀을 만들겠다는 공약으로 대통령 선거를 치렀고, 다른 한편으로는 카스트로를 소재로 아이젠하워의 무능을 열심히 조롱했는데, 이제 와서 자신이 잔인한 독재자한테 아무 조치도 취하지 않는다면 공산주의를 용인하는 것처럼 보일 것이기 때문이다. 그런데 4월 7일《뉴욕타임스》는 또 다른 1면 머리기사를 싣는데, 이번에는 쿠바 반군이 훈련을 끝내고 침공 작전을 펼칠 준비를 한다는 내용이었다. 케네디는 신문만 봐도 원하는 정보를 모두 얻을 수 있으니 카스트로는 미국에 간첩을 보낼 필요도 없겠다고 사적인 자리에서 투덜거리기도 했다.

4월 12일, 과테말라 공산당은 미국이 지원하는 반카스트로 게릴라 군대가 며칠 안으로 쿠바를 침공할 것 같다고 모스크바에 보고했다. 하지만 소련은 믿을 수 없는 정보로 판단하고 이런 내용을 카스트로한테 전하지 않았다. 바로 그날, 케네디 대통령은 국민들에게 "어떤 상황에서도 미합중국 군대가 쿠바에 개입하는 일은 없을 것"이라고 약속하면서 미국이 쿠바 침공에 관여하는 일은 절대 없을 거라고 단언한다.

케네디는 미군이 재정을 지원하고 훈련시키고 작전을 짜주는 '반군'에 대한 언급을 조심스럽게 회피했다. 미군이 침공에 직접 참여하는 일은 절대 없을 것임을 약속함으로써 현실적인 분란을 가능한 축소하는, 치밀한 외교전을 펼친 것이다. 진실을 호도하는 발언이었지만, 한편으로는 침공 자체를 국가적인 차원이 아닌 개인적인 차원의 문제로 바라본다는 의미이기도 했다. 이제 미합중국과 쿠바의 대결은 존 F. 케네디와 피델 카스트로라는 두 사내가 서반구 전체의 이념을 놓고 벌이는 양보 없는 전쟁이 된 것이다. 이 때문인지 얼마 지나지 않아 두 사람은 서로에 대한 공격을 개인적인 차원에서 받아들이기 시작하는데, 결국 두 사람 모두 어떤 대가를 치르더라도 이기고야 말겠다는 결의를 불태우며 치열한 대결을 펼쳤다.

한편 모스크바에서, 수많은 사람들을 잔인하게 죽이며 소련 정치계의 정상에 올라선 또 다른 독재자 니키타 흐루쇼프는 머릿속이 복잡하기 이를 데 없었다. 그는 "코끼리가 생쥐를 두려워하는 이유를" 도무지 이해할 수 없었다. 카스트로는 미합중국을 끊임없이 비판함으로써 쿠바에서 인기몰이를 하는 중이었다. 따라서 미국이 쿠바 침공에 성공한다고 해도 쿠바 인민이 미국이 내세운 꼭두각시를 새로운 지도자로 받아들일 확률은 거의 없었다. 카스트로 지지세력은 미합중국을 상대로 끊임없이 게릴라 전쟁을 벌일 것이다. 그렇게 되면 소련이 쿠바의 새로운 지도자를 지원하는 차원에서 서반구에 군사기지를 만들 수 있으니, 흐루쇼프로서는 커다란 이익이 아닐 수 없다.

물론 흐루쇼프의 마음 밑바닥에는 카스트로나 쿠바에 아무런 관심도 없었다. 그에게는 세계를 지배하는 것만이 중요했다. 그러니 소련으로선 어떤 식으로든 미합중국을 혼란에 빠뜨리거나 세력을 약화시키는 건 환영할 만한 일이었다.

침공 날짜가 다가오는 동안 케네디 대통령은 CIA 계획에 문제를 제기했다. 트리니다드 해안은 노르망디 상륙 지역과 비슷한 점이 너무 많았다. 대통령은 외부에 있던 쿠바 난민들이 스스로 계획을 세워서 독자적으로 침공하는 것처럼 보이고 싶어했다. 그러려면 미국의 개입 사실을 숨겨야 했고, 병력과 보급품을 외딴 지역에 조용히 상륙시켜 남의 눈에 띄지 않게 잠입하는 작전이 필요했다.

그러자 CIA가 새로운 장소를 제안했다. '바이아 데 코치노스'라는 곳으로 '피그스 만', 즉 '돼지들 만'쯤으로 번역할 수 있는 곳이었다. 상륙 시각 역시 칠흑 같은 밤으로 변경했다. 트리니다드나 노르망디의 드넓은 해안 교두보와 달리 '피그스 만' 주변에는 앞을 헤아릴 수 없는 습지가 몇 킬로미터나 뻗어 있어, 안으로 들어오거나 빠져나갈 수 있는 길이 거의 없는 곳이었다.

그런데 미합중국은 육해공 합동으로 대규모 상륙 작전에 성공한 역사는 많지만 깜깜한 밤에 상륙한 경험은 거의 없었다. 임무를 성공적으로 완수하는 데 필요한 건 단 두 가지였다. 첫째, 반군이 상류한 직후 곧바로 해안을 벗어나 진입로를 확보하는 것. 둘째, 반군이 피그스 만으로 나아가는 동안, 반군 비행기가 하늘을 장악해 카스트로 공군을 쓸어버린 다음에 카스트로 군대와 탱크까지 궤멸시키는 것. 그런데 이 작전은 공군력에서 압도적으로 우세하지 않으면 실패할 가능성이 높다.

스파이 소설(또 제임스 본드)을 좋아하는 케네디는 비밀첩보원 세계에 대한 환상이 있었다. CIA 앨런 덜레스 국장은 60대 후반의 점잖고 중후한 신사로, 은밀한 작전을 펼치는 비밀첩보원 분위기를 상징한다. 그런 덜레스 국장이 케네디에게 침공 계획이 성공할 거란 확신을 불어넣었다.

처음에는 덜레스 국장을 믿었던 대통령이 기자회견에서 미군이 쿠바에 개입하는 일은 없을 것이라고 약속한 지 이틀 뒤인 4월 14일에 (나중에 피그스 만 침공으로 알려진) 자파타 작전의 개시를 명령했다.

4월 14일은 금요일이었다. 침공 작전이 시작된 다음에 대통령이 할 수 있는 일은 아무것도 없었다. 케네디는 재클린과 자녀들을 데리고 '글렌 오라'로 날아가, 쿠바에서 소식이 들어오기만 기다리며 주말을 초조하게 보냈다. 그리고 마침내 소식이 왔는데…… 유감스럽게도 좋은 소식이라곤 하나도 없었다.

작전은 쿠바 난민 '자유의 전사들'이 조종하는 B-26 폭격기 8대가 토요일 아침에 쿠바 공군기지 세 곳을 공격하는 것으로 시작되었다. 원래 계획대로라면 폭격기 16대가 동원되어야 했지만 케네디가 겁을 먹고 절반으로 줄이라고 명령했던 것이다.

결과적으로 폭격의 효과는 반감했고, 쿠바 공군기지는 별다른 타격을 입지 않았다. 하지만 피델 카스트로는 분노했고, 침공 작전에 개입한 미국을 공개적으로 비난하면서 케네디 행정부를 압박했다.

그러고 나서는 모든 일이 악화일로로 치달았다. 반카스트로 쿠바인 '자유의 전사' 160여 명이 토요일에 관타나모 만 근처 해안에 상륙할 예정이었지만 선박 고장으로 이 작전은 취소되었다. 이와 별도로 대량의 무기를 보유하고 미리 상륙해 있던, 일단의 자유의 전사들은 쿠바 군대에게 곧바로 체포당하고 말았다.

토요일 오후에는 쿠바 유엔 대사가 유엔총회에서 미합중국의 쿠바 침략을 맹비난했다. 이에 대해 아들라이 스티븐슨 미국 유엔 대사는 미군이 쿠바에서 전쟁을 벌이는 일은 결코 없다는 존 F. 케네디의 애초 약속을 그대로 되풀이했다.

이런 여러 사건이 벌어지는 동안 케네디는 시골에 숨어 있었다. 지금까지 벌어진 각각의 사건들은 모두 진짜 침공이 눈앞에 도래했음을 말해주고 있었다. 하지만 그 사이 케네디는 카스트로의 압박에 굴복했다. 두 번째 폭격을 취소한 것이다. 그런 조치가 침공 작전에 얼마나 치명적인지 잘 알면서도 말이다.

깜깜한 밤, 일요일에서 월요일로 넘어간 직후, 쿠바 난민 1,400명으로 구성된 2506여단 상륙 부대는 화물선과 상륙선으로 조그만 함대를 이루어 피그스 만을 향해 힘차게 나아갔다. 이들은 조국을 되찾는 꿈에 부풀어 마냥 들떠 있었다.

이들 가운데 군인 출신은 거의 없었다. 제2차 세계대전과 한국전쟁에 참전했던 미군이 다양한 사회계층으로 구성된 이들을 훈련시켰는데, 이들이 훈련받는 태도는 냉정한 미군 교관들도 감동할 정도였다.

하지만 그렇게 용감한 자유의 전사들은 해안에 상륙할 때까지 미국 대통령이 두 번째 폭격을 취소했다는 사실을 전혀 몰랐다. 이제 2506여단 전사들은 스스로 해안 교두보를 확보해야 했지만, 그건 거의 불가능한 임무였다.

월요일 새벽, 쿠바 난민 자유의 전사들이 카스트로 방위군을 맞아 처음 교전하던 바로 그 시각, 대통령은 '머린 원'에 올라타 워싱턴으로 날아왔다. 자유의 전사들이 불가능한 그 임무를 어떻게든 성공적으로 완수하기만을 기대하면서.

케네디를 제외하고 장미정원을 거쳐 대통령 집무실로 들어설 수 있는 사람은 린든 존슨 부통령과 로버트 케네디 법무장관 둘뿐이었다. 두 사람은 이 특권 말고도 또 하나의 공통점이 있었는데, 바로 서로를 경멸한다는 사실이다.

신장이 190센티미터나 되는 텍사스 출신 린든 존슨은 고등학교 교사로 사회에 첫발을 내디딘 이래 자수성가하며 화려한 경력을 쌓은 정치인이다. 커다란 덩치에 어울리지 않게 마음이 여리고 툭하면 불안정한 모습까지 보였다. 51세 린든 존슨은 본인도 알고 있는 것처럼 미국 역사에서 상원 다수파를 가장 강력하고 효율적으로 이끈 지도자로, 협력과 협상으로 다수표를 확보함으로써 중요한 법안을 통과시키는 데 발군의 실력을 보였다.

반면에 키 173센티미터가 살짝 넘는 로버트 케네디는 자기 형과

케네디 대통령과 동생 로버트 케네디 법무장관은 린든 존슨 부통령과 자주 다투었다.
(애비 로위/보스턴/존 F. 케네디 대통령 박물관 도서관)

마찬가지로 발음을 생략하는 보스턴 억양이 강했다. 부유한 집안에서 태어난 로버트는 스포츠광이었고, 선거를 거쳐 공직에 오른 적이 한 번도 없었다. 이 사실을 잘 아는 린든 존슨은 상원 지도자 출신인 자신이 상대적으로 경험이 부족한 로버트 케네디보다 한 수 위라고 생각했다.

두 사람이 반목하기 시작한 시기는 로버트 케네디가 린든 존슨을 만나기 위해 광활한 텍사스 목장으로 찾아간 1959년 가을로 거슬러 올라간다. 존슨이 1960년 민주당 대통령 후보 경선에서 자신의 경쟁자로 나설지 여부를 알아오라고 케네디가 동생을 보낸 것이다.

린든 존슨은 중요한 손님이 오면 드넓은 사유지로 데리고 나가 사슴을 사냥하는 습관이 있는데, 로버트 케네디 역시 예외가 아니었다. 처음에는 로버트와 존슨의 사이가 화기애애했다. 하지만 로버트가 사슴을 향해 총을 쏘면서 사태가 급변했다. 사냥총이 뒤로 튀는 바람에 로버트가 거기에 맞았고, 바닥으로 쓰러지며 한쪽 눈 윗자락이 찢긴 것이다. 존슨이 손을 내밀어 로버트를 일으켜주다가 자신도 모르게 상대에게 한 방을 먹이고 말았다.

"젊은이, 사내답게 총 쏘는 법을 배워야겠어."

지금까지 어느 누구도 로버트 케네디에게 그런 식으로 말한 사람은 한 명도 없었다. 잠깐 사이에 아주 큰 원한이 생긴 것이다.

1960년 대통령 선거가 임박했을 때 부통령으로 린든 존슨을 선택하는 걸 가장 강력하게 반대한 사람이 로버트였다. 그러나 아이러니하게도 로스앤젤레스에서 민주당 전당대회가 열리는 동안 존슨이 묵는 호텔에 직접 찾아가 부통령직을 제안한 사람도 로버트였다.

그런 가운데 피그스 만 사태가 벌어지면서 두 사람의 경력은 공식적으로 완전히 다른 방향으로 나아갔다. 로버트는 빠른 속도로 성장하여 정치적 무게감을 늘렸다. 대통령이 동생을 가리켜 '세상에서 두 번째로 힘 있는 사내'라고 말할 정도였다. 반면에 로버트를 '아직 코흘리개인 개자식'이라고 은근히 비아냥거리던 존슨은 상원을 떠난 걸 벌써 후회하는 처지가 되었다. 내리막길로 들어선 것이다. 케네디 대통령은 존슨을 믿지 않았고 너그럽게 대하지도 않았으며, 심지어 경멸하기도 했다. 케네디는 재클린한테 "존슨이 대통령이 된다면 나라가 어떤 꼴이 될지 당신은 상상할 수 있겠소?"라며 푸념을 늘어놓곤 했다.

루스벨트 행정부에서 첫 번째 부통령으로 재직한 존 낸스 가너가 표현한 것처럼 부통령직이란 '함부로 뱉어낸 끈적끈적한 침을 받아주는 타구' 역할과 비슷하다. 존 애덤스도 부통령직에 있으면서 "나는 아무것도 아니다"라고 말한 적이 있다. 이제 린든 존슨은 그런 말들이 정확히 무슨 뜻인지 알게 되었다. 이제 자신은 선거구 하나를 확실하게 장악한 사람도 아니고, 정치 권력을 누리는 사람도 아니며, 심지어 나름의 권위를 보유한 사람도 아니었다.

예를 들어 부통령에게는 전용 특별기가 없다. 그래서 업무상 출장이라도 가야 할 때에는 케네디 측근에게 대통령 전용기를 사용하게 해달라고 요청해야 한다. 공식적으로는 정부 서열 2위이지만, 존슨은 전용기 사용을 요청할 권한이 있는 다른 내각 구성원들과 다를 게 없다. 게다가 거부당하는 경우가 많아서, 그때는 미합중국 부통령이라도 민간 비행기를 탈 수밖에 없다.

하지만 존슨한테 가장 큰 모욕은 워싱턴에서 잃은 정치 권력이 아니라 고향 땅 텍사스에서 모든 영향력을 잃었다는 사실이었다. 대통령 선거 때에 텍사스를 케네디한테 넘기는 데 결정적인 역할을 한 사람은 존슨이지만, 지금은 자신의 자리를 대신한 랠프 야보로우 상원의원이 텍사스 정치계를 장악하고 있다. 또 해군부 장관 존 코널리는 주지사로 출마할 계획이 있다. 얼마 후면 두 사람이 텍사스 정치 권력을 나눠 갖거나, 어느 한쪽이 독차지하고 존슨은 잊힐 확률이 크다. 여기에 케네디가 대통령 재선을 노리면서 러닝메이트까지 바꾼다면 자신의 정치생명은 완전히 끝날 수밖에 없는 것이다.

하지만 지금 당장은 어쨌든 존슨도 장미정원을 거쳐 대통령 집무실로 들어설 수 있는 귀한 특권을 누리고 있다. 그런데 4월 17일 아침, 케네디가 전화기를 들어서 호출한 사람은 린든 존슨이 아니라 로버트 케네디였다. 대통령은 연설하려고 버지니아에 가 있는 동생에게 "상황이 생각과는 다르게 돌아가는 것 같아. 당장 돌아와"라고 지시한다.

지금까지 존 케네디는 동생은 국내 문제에 집중하게 만들고, 국제 문제는 다른 측근과 상의하는 편이었다. 평소에 전화로 자주 의논하는 상대이긴 해도 존 케네디 자신조차 동생을 형 덕분에 (사실은 동생을 법무장관으로 선임하라고 고집을 부린 아버지 덕분에) 출세한 사람 정도로 치부했던 것이다. 그러나 모든 게 흔들리는 상황이 닥치자, 케네디는 아버지가 지혜로웠다는 사실을 깨닫는다. 쿠바 작전을 준비하는 3개월 동안 로버트가 CIA 보고를 직접 들은 적은 없지만, 그는 대통령이 믿고 의논할 수 있는 인물 1순위였던 것이다.

덕분에 린든 존슨은 정치 권력의 핵심에서 또 한 걸음 멀어지는 처지에 놓였다.

대통령 집무실에서 존 케네디는 자신이 벌인 사태를 스스로도 중단할 수 없다는 사실에 당혹해하며 우두커니 서 있었다. 침공 작전을 취소할 수 있었던 시기는 고난도 훈련을 받은 2506여단의 장정들과 10대 소년들이 일요일 저녁 수송선에서 내리면서부터 해안까지 실어다줄 배에 올라타는 바로 그 순간까지였다.

모든 걸 원점으로 되돌리는 데에는 엄청난 용기가 필요하다. 측근이자 CIA 정보부장 앨런 덜레스와 합동참모본부에게 체면을 구기는 상황까지 감수해야 한다. 게다가 그런 조치는 자신이 국민들에게 내세운 공약과도 어긋날 수 있다. 하지만 이 힘든 선택을 주저하면, 자신이 이끄는 행정부가 자칫 황당한 처지에 놓일 가능성이 크다.

고속어뢰정 109호를 이끌던 젊은 지휘관 시절 이후로 참으로 많은 시간이 흘렀다. 그런데도 젊은 케네디는 아직 배워야 할 게 많았다. 에이브러햄 링컨이 깨달은 것처럼, 무엇보다 무력 사용을 직업으로 삼는 사람에게 군대 동원에 대한 결정을 맡기면 안 된다는 사실을 깨달아야 했다.

하지만 침공을 명령한 사람은 CIA도, 합동참모본부도 아닌 바로 존 F. 케네디 자신이다.

버지니아에서 급히 돌아와 대통령 집무실에 들어선 로버트를 보자마자 존 케네디는 말 그대로 우거지상을 하고 "침략자가 되느니 차라리 멍청이가 되고픈 심정이야"라며 탄식했다. 상륙한 해안에서 전해지는 소식들은 하나같이 좋지 않았다. 자유의 전사들은 주요 도로 확보는 물론, 전략 거점 확보에도 실패했다. 이제 2506여단이 해안에서 벗어나 내륙으로 진출할 방법은 없었다. 쿠바 군대는 그들을 완전히 포위했다. 침공 작전이 진퇴양난에 처한 것이다.

케네디는 로버트에게 괴로운 표정으로 자신이 두려워하는 예상하는 결과를 털어놓았다. 동생한테 말한다고 해서 보안이 새나가는 것도 아니고, 자신의 권위가 깎일 염려도 없다. 하지만 로버트가 바로 옆에 있는데도 케네디는 미합중국 대통령으로서 뼛속 깊이 외로움을 느낀다. 자신은 쿠바에서 끔찍한 사태를 일으켰다. 이제는 끔찍한 재난을 빛나는 승리로 뒤바꿀 방법을 혼자 힘으로 찾아내야 한다.

하지만 그렇게 될 운명이 아니었다.

4월 18일 목요일, 카스트로는 직접 T-34 탱크를 타고 해안까지 나와서 침략자들을 격퇴했다. 쿠바 군대 수만 명이 거점을 확보하고 반군의 진격을 막더니, 이번에는 바이아 드 코치노스를 드나들 수 있는 주요 도로 세 개를 모두 장악했다. 무엇보다 중요한 건 케네디가 공중 폭격을 취소한 덕분에 쿠바 공군이 T-33 제트기로 하늘을 손쉽게 장악했다는 사실이다.

4월 18일 정오에는 국가안전보장 담당 대통령 보좌관 맥조지 번디가 기죽은 목소리로 대통령에게 보고했다.

"쿠바 군대는 예상보다 강하고, 대중의 반응은 예상보다 약하고, 우리의 전술적 위치는 예상보다 나약합니다. 탱크부대에게 이미 해안 교두보 한 곳을 빼앗겼고, 다른 교두보들 역시 위험합니다."

그날 저녁, 자정이 막 지난 시각에 케네디는 하얀 넥타이를 하고 백악관 모임에 참석해서 침공 작전의 또 다른 실패 보고를 들었다. 그날 초저녁 상원 리셉션에 다녀온 직후였다. 위기를 겪는 와중에도 빠질 수 없는 공식 행사였다.

각료 회의실 벽에 카리브 해 지도를 붙이고, 거기에다 자석으로 만든 조그만 배로 침공 작전을 지원하는 선박들의 위치를 표시했다. 거기에는 에식스 항공모함과 주변에서 호위하는 구축함도 여러 척 있었다.

존 F. 케네디는 지도를 살피다가 회의적인 어투로 불쑥 말했다.

"나는 미합중국이 여기에 관여하는 게 싫어요."

미 해군을 지휘하는 알레이 버크 제독이 이 말을 듣고 헉— 하고 깊은 숨을 들이마시더니 진실을 털어놓았다.

"맙소사, 대통령 각하, 이미 관여했습니다."

침공 세력을 구하기 위한 마지막 시도로 대통령은 에식스에서 새벽 6시 30분부터 7시 30분까지 한 시간 동안 미군기 표시가 없는 제트기 6대로 공중 엄호 작전을 펼칠 것을 마지못해 승인했다. 제트기 6대와 쿠바 자유의 전사들이 조종하는 B-26 폭격기 편대가 만나 협력해서 쿠바 공군기를 꼼짝 못하게 하자는 것이다. 그러나 미 해군 조종사들은 지상군을 목표로 공격하거나 적극적인 공중전을 펼치면 안 된다는 단서를 다는데, 이건 케네디가 용기를 잃었다는 또 다른 신호였다.

자정 모임을 끝내고 대통령이 집무실에서 장미정원으로 나섰다. 자유세계의 운명과 천 명이 넘는 전사들의 운명이 그의 어깨를 무겁게 짓눌렀다. 대통령은 한 시간 동안 홀로 축축한 풀밭을 이리저리 서성거렸다.

4월 19일 아침에도 나쁜 소식이 들어왔다. 어이없게도 CIA와 펜타곤이 니카라과에 있는 자유의 전사 공군기지와 쿠바의 시간대가 다르다는 사실을 망각한 것이다. 그 결과 에식스 항공모함에서 출발한 제트기 편대와 중앙아메리카에서 출발한 B-26 폭격기 편대가 한 시간 간격을 두고 약속 장소에 도착했다. 두 편대가 아예 만나지도 못한 것이다. 결국 B-26 폭격기 여러 대와 조종사 여러 명이 쿠바 공군기에 격추당하고 말았다.

대통령 언론보도 담당 비서 피에르 샐린저가 그 소식을 듣고 백악관 숙소에서 혼자 눈물 흘리는 케네디의 모습을 목격했다. 재클린은 남편이 그토록 마음 아파하는 걸 본 적이 없었다. 케네디가 우는 걸 본 적이 두 차례 있지만, 머리를 두 손에 파묻고 흐느끼는 모습을 본 건 난생처음이라, 그녀는 깜짝 놀랐다.

로버트는 영부인한테 대통령 옆에 머무르는 게 좋겠다고 조언했다. 지금 대통령한테 필요한 건 위로라고 하면서. 이날 온종일 케네디는 여느 때와 달리 외모에 신경 쓰지 않았다. 머리는 헝클어지고 넥타이는 이상하게 삐뚤어진 채 대통령 집무실에서 상원의원을 만났다.

이날 린든 존슨은 완벽하게 소외당했다며 속으로 투덜댔고, 로버트 케네디는 형을 방어하기 위해 최선을 다했다. 로버트 케네디는 각료 회의실을 서성이면서 카리브 해 지도와 거기에 붙은 자석 선박을 이따금씩 노려보았고, "뭔가 조치를 취해야 해, 뭔가 조치를 취해야 한다고!"라는 말을 하고 또 했다. CIA와 군부 지도자들이 아무런 반응도 보이지 않자, 로버트는 몸을 홱 돌리며 매섭게 쏘아붙였다.

"당신들이 그 똑똑한 머리로 대통령을 이런 곤경에 빠뜨리고도 지금 당장 아무 조치도 취하지 않는다면, 러시아에서는 우리 형을 종이호랑이로 여길 거요!"

그러는 동안 대통령은 백악관 직원들이 걱정하지 않도록 울적한 마음을 숨기려는 노력조차 못하고 슬픔에 젖어 남은 하루를 보냈다. 전혀 다른 주제로 얘기를 나누다가도 문득문득 "내가 어떻게 그렇게 멍청할 수 있었지?"라며 혼자 중얼거리곤 했다.

4월 19일 오후 5시 30분경, 쿠바 군대는 피그스 만에 대한 통제권을 완벽하게 장악했다. 침공 작전이 실패로 끝난 것이다.

현장에 침투한 자유의 전사들은 모두 사살되거나 체포되었다. 그뿐이 아니다. 카스트로 군대는 식량과 무기를 실어 나르던 보급선을 포함해 작전에 사용한 선박을 10척이나 침몰시키고, B-26 폭격기도 9대나 격추시켰다.

이번 패배는 미합중국에게 엄청난 굴욕이었다. 케네디는 기자회견을 열어 모든 책임을 인정할 수밖에 없었다.

"승리하면 아버지가 100명 생기고 패배하면 고아가 된다는 속담이 있습니다. 중요한 건 정부를 이끄는 저한테 모든 책임이 있다는 사실입니다."

존 F. 케네디는 훗날, 피그스 만의 패배는 현 대통령인 자신이 적임이 아니라며, 미 군부가 민간 정부에 개입할 명분을 줄 수도 있었다고 회상한다.

하지만 6개월이 지난 다음에 자리에서 쫓겨난 사람은 앨런 덜레스 CIA 국장이다. 앨런 덜레스 자신은 물론이고 CIA로서도 쉽게 잊을 수 없는 모욕적인 사건이었다.

❖

피그스 만에서 대패하고 일주일 뒤, 케네디는 로버트를 포함해 참모진 전체를 각료 회의실에 소집했다. 국제 정책을 논의하는 자리에 법무장관인 자신이 참석한 건 아주 이례적이라서 대통령의 동생은 처음에는 입을 꾹 다물고 듣기만 했다.

대통령이 의자에 몸을 파묻은 채 연필로 이를 톡톡 치는 동안, 국무부 차관 체스터 보울스는 피그스 만 사태와 관련해 국무부는 어떤 책임도 없다는 내용으로 길게 작성한 문건을 읽어나갔다.

존 F. 케네디는 로버트의 분노가 부글부글 끓어오르는 걸 느낄 수 있었다. 형제가 보기에 보울스는 자기만 옳다고 주장하는 짜증스런 인간이었다.

동생을 평생 지켜본 대통령은 로버트의 자제력이 임계점에 도달해 곧 폭발할 것임을 알았다. 대통령은 이미 동생에게 자신을 위해 발언하는 걸 허락했다. 케네디는 무심한 얼굴 표정을 바꾸지 않고, 연필로 이를 톡톡 치며 기다렸다.

마침내 로버트 케네디가 입을 열었다. 사실 로버트는 다분히 의도적으로 체스터 보울스를 모욕하고 잔인하게 공격했다.

"그렇게 무의미하고 무가치한 말은 난생처음 듣는군요. 여러분이 어떤 조치도 취하지 못하는 건 보신에만 급급한 겁쟁이들이기 때문이에요. 일신의 안위를 지키는 데만 온 신경이 가 있는 거죠. 여러분은 모든 책임을 대통령한테 덮어씌우고 싶어합니다. 차라리 여러분을 모조리 자르고 사람들을 다시 모아서 국제정세를 논하는 편이 나을 것 같군요."

조금씩 커져가던 로버트의 목소리는 참석자 모두가 그의 분노를 감지할 만큼 커졌다. 대통령은 무표정한 얼굴로 그 광경을 그저 바라보고만 있었다. 새하얀 이를 연필로 톡톡 치는 소리 말고는 아무 소리도 들리지 않았다. 케네디의 참모 리처드 굿윈은 그때의 상황을 이렇게 회상한다.

"나는 로버트의 공격적인 어투와 그 내용에 대통령의 속마음이 고스란히 들어 있다는 사실을 바로 깨달았습니다. 두 사람이 미리 은밀하게 의견을 주고받은 거지요. 겉으로 보기에는 케네디 대통령이 온화하고 생각 깊고 감정을 잘 제어하는 것처럼 보였지만, 속에서는 매서운 분노가 끓어오르고 있었던 겁니다. 대통령의 내면이 단단하다는 걸 새롭게 깨달았습니다."

피그스 만 사건을 계기로 두 형제가 단단히 결속하면서 존 F. 케네디는 백악관의 업무 처리 방식을 바꾸기 시작했다. 그는 측근들 사이에서 논란이 많은 주제를 다룰 때는 로버트를 내세웠다. 반면에 로버트는 대통령을 위해 앞장서서 발언했고, 그로 인한 모든 비판과 반발을 감내하면서 대통령으로서 형의 권위를 지켜주었다. 린든 존슨이 현임 부통령이라면 로버트 케네디는 미래의 부통령이라는 말이 나올 정도였다.

놀랍게도 침공 작전 이후에 케네디의 지지율은 83퍼센트까지 치솟았다. 이로써 대통령은 미국 시민들이 카스트로에 대한 강력한 조치를 확실하게 지지한다는 사실을 다시 한 번 확인할 수 있었다. 또한 미국은 쿠바 지도자를 쓰러뜨리려는 음모를 비밀리에 계속 추진할 것이고, 카스트로는 대놓고 케네디를 적대할 것이며, 두 지도자는 결국 서로를 죽이려 한다는 광범위한 믿음이 더욱 단단하게 굳어갔다.

한편, 높은 지지율은 잠시나마 케네디를 20세기 들어 최고로 인기 많은 대통령으로 만들지만, 정작 케네디 자신은 국제사회에서 미국의 위신을 회복하려면 뭔가 조치가 필요하다는 사실을 깨달았다. 뉴욕타임스의 제임스 레스턴과 인터뷰할 때 그는 쿠바 문제에 대해서는 대답을 피하면서, "우리는 우리 힘을 확실하게 보여주어야 하는데, 그 대상으로는 베트남이 적격이다"라고 솔직하게 털어놓았다.

베트남.

미국이 그동안 완벽하게 외면해왔던 이 조그만 아시아 국가에서도 지금 공산주의 봉기가 한창 일어나는 중이다. 케네디 대통령은 머나먼 이국 땅의 이런 사태가 미국의 안전을 해친다고 생각했다. 1961년 5월, 케네디는 사실 확인 임무를 주어 린든 존슨 부통령을 베트남으로 보냈다. 이 조치는 부통령을 대통령 집무실에서 아주 멀리 보낼 수 있는 기회이기도 했다.

국가 안보도 중요했지만 대통령은 부통령을 앞세워 무기력한 정권이라는 비난에서 벗어나고 싶은 마음도 있었다. 케네디는 한 상원의원한테 이렇게 고백했다.

"나는 존슨의 침울한 얼굴을 똑바로 보기가 힘들어요. 각료회의에 들어와서는 잔뜩 찡그린 얼굴로 가만히 앉아 있기만 한다니까요. 입도 뻥긋 안 하고요. 표정이 정말 침울해요."

그 와중에 케네디의 친한 친구 플로리다 주 상원의원 조지 스마더스가 존슨에게 전 세계를 한 바퀴 쭉 돌아보라고 제안했다. 옆에 있던 케네디는 '정말 좋은 생각'이라며 적극 찬성했다. 그리고 이번 여행이 정말로 중요하다는 걸 보여주기 위해 부통령에게 대통령 전용기까지 내주었다.

존 F. 케네디가 피그스 만 침공 작전을 사전에 중단했다면 110명이 넘는 전사자도 나오지 않았을 것이고, 1,200명이 넘는 자유의 전사들이 카스트로한테 포로로 잡혀서 교도소에 갇히는 혹독한 사태도 벌어지지 않았을 것이다. 피그스 만 사건은 케네디의 대외정책 실행에 결함이 있다는 사실은 물론, 유권자들에게서 위임받은 권한까지 손상시켰다는 사실을 증명해주었다. 물론 유권자들이 그당시에 이런 사실을 깨달은 건 아니지만 말이다. 케네디는 단호한 결정을 내려야 할 때 우유부단했고, 엉뚱한 조언과 배려에 현혹되었다. 그렇게 된 이유를 파악하기란 불가능하다. 하지만 행정부가 첫 번째 중요한 시련을 만났을 때, 케네디가 지도력을 발휘하지 못했다는 사실은 의심의 여지가 없다.

1961년 4월의 비참한 경험을 통해 케네디 형제는 아주 분명한 교훈을 얻었다. 믿을 사람은 형제밖에 없다는 것! 각료들을 믿어서는 안 된다. 미국을 강대국으로 되돌려놓으려면 케네디 형제가 힘을 합쳐 효과적인 방법을 찾아내어 해외와 국내에서, 특히 워싱턴 D.C.에서 모든 적을 물리쳐야 한다.

그러는 동안, 미 국무부는 소련으로 넘어간 리 하비 오즈월드에게 미국 여권을 돌려주고 조국행을 허락한다. 오즈월드는 한시라도 빨리 소련을 떠나고 싶었지만 이번에는 2년 전처럼 의지가지없이 떠도는 망명자가 아니었다. 딸린 가족이 있었다. 오즈월드는 마리나는 물론이고 배 속에 있는 아기도 함께 여행할 수 있을 때까지 출발을 미루기로 결심했다. 그런데 마리나한테 자신들이 다른 곳으로 떠날 예정이란 사실을 알리는 것도 미루었다.

마침내 오즈월드는 자신들이 소련을 어쩌면 영원히 떠날 것 같다고 마리나한테 말한 다음, 6월 1일자 일기에 이렇게 썼다.

"마리나는 살짝 놀라더니, 하고 싶은 대로 하라며 나에게 힘을 실어주었다."

마리나는 지금까지 살면서 알고 지내던 모든 걸 뒤로한 채, 아직 자신이 잘 알지도 못하는 사내와 불확실한 미래를 향해 떠나야 한다는 사실이 황당했다. 하지만 마리나는 이 가혹한 현실을 그대로 받아들이기로 결심했다. 오즈월드에 대한 중요한 사실 하나를 확실히 깨달았기 때문이다. 바로, 오즈월드는 언제나 자기가 하고 싶은 대로 한다는, 어떤 장애물이 앞을 가로막아도 개의치 않는다는 것이었다.

그는 늘 그래왔다.

4

영부인은 혼자서 복도를 미끄러지듯 내려가며 180센티미터 높이에 달려 있는 'CBS의 눈' 로고가 새겨진 카메라를 향해 곧장 다가갔다. 의상과 립스틱을 새빨간색으로 통일해 커다란 입술과 풍성하게 올라온 황갈색 머리 스타일을 강조했다. 하지만 카메라는 흑백으로 촬영해서 방송하기 때문에, 재클린이 백악관을 돌아다니는 모습을 시청하는 4,600만 미국인은 이런 특징을 또렷하게 느낄수 없다. 전국의 수많은 미국인이 재클린을 주시하고 있다. 이번 프로그램은 사랑하는 '메종 블랑시'(Maison Blanche, 하얀 집을 뜻하는 프랑스어 – 옮긴이)를 복원한 자신의 노력을 만인에게 자랑할 수 있는 기회였다.

재클린은 앞에 카메라가 없는 듯이 자연스럽게 행동했다. 아주 가까운 친구 서너 명 말고는 아는 사람이 없는 듯 세상과 일정하게 거리를 두는 건 재클린이 평생을 살아온 방식이기도 했다. 그녀는 초연한 자세를 유지했지만 그렇다고 주변 상황에 전혀 관심이 없는 건 절대 아니었다. 그녀는 방송 각본을 직접 작성하고 편집했다. 그녀는 자기가 새로 들여놓은 가구에 담긴 역사와 부유한 기증자들 이름을 꿰고 있었다. 그래서 재클린은 방송에서 방이 54칸이나 되고 욕실이 16칸에 달하는 백악관을 수리한 상세한 내력은 물론이고, 건물 자체에서 살아 숨쉬는 170년 역사까지 완벽하게 설명해낼 수 있었다.

그런데도 방송을 시청하는 미국인들은 영부인이 모든 걸 아는 척 거만을 떤다고 느끼지 않았다. 아니, 재클린은 '영부인'이라는 호칭 자체를 싫어했다. 경주마 이름처럼 들린다나? 이처럼 자기 자신을 놀림거리로 삼는 그녀의 유머는 상류사회 특유의 억양에도 불구하고 차갑고 냉담한 사람이라는 느낌보다는 희한하게 수줍음 많고 연약하다는 인상을 주었다. 남자들은 그녀의 그런 모습을 섹시하다고 여겼고, 여자들은 쉽게 사귈 수 있을 듯한 친근한 우상으로 바라보았다. 남편이 대통령에 취임한 첫 1년 동안, 재클린은 쉽게 다가갈 수 있는 친근한 사람이라는 인상을 주면서, 미국은 물론이고 다른 나라 사람들에게서도 열화와 같은 사랑을 받았다.

1961년 6월에 드골 대통령을 만나기 위해 국빈으로 파리를 방문할 때만 해도 케네디 대통령은 이런 사실을 대수롭지 않게 생각했다. 피그스 만 사건이 발생한 게 고작 6주 전이라서 유럽 정치 지도자 대부분이 케네디를 우습게 여길 때였다. 하지만 재클린 케네디를 그렇게 여기는 사람은 없었다. 대통령 전용기가 오를리 국제공항에 착륙하는 순간, 사람들은 재클린을 매력적이고 우아하고 아름다운 여신으로 받들며 뜨겁게 환영했다. 대통령은 재클린만 따라다니며 끊임없이 터지는 플래시를 목격할 수밖에 없었다. 그리고 샤이요 궁에서 귀빈을 모아놓고 연설하면서 파리와 온 세상이 평가하는 자신의 현주소를 무표정한 얼굴로, 그러나 익살스럽게 우울한 말투로 정확하게 묘사했다.

"여러분에게 나 자신을 소개하는 건 적절치 않은 것 같습니다. 다만 나는 재클린 케네디와 함께 파리에 온 걸 아주 다행스럽게 여기고 있습니다."

영부인은 CBS 카메라 앞을 걸어가면서 백악관의 역사를 간략하게 언급하는 것으로 스페셜 촬영을 시작한다. 다양한 그림과 사진들이 스크린을 채우며 지나가는 동안, 시청자들은 그 사진들을 설명하는 내레이터 재클린의 차분한 목소리를 듣는다. 재클린의 이야기에는 백악관을 사랑하는 마음과 함께 드라마가 들어 있다. 루스벨트가 백악관 서쪽 건물을 확장해, 대통령과 참모진의 사무실을 백악관 주거 시설이 빼곡한 2층에서 멀찌감치 떼어내어 널찍한 업무 환경을 조성한 역사를 설명할 때는 말투에 흡족해하는 느낌이 배어 있다.

반면에 1948년에 백악관 집기를 모두 밖으로 빼내야 했던 사례를 설명할 때는 목소리에 슬픈 기운이 깃들었다. 트루먼 대통령의 서재에서 당장이라도 무너질 것 같은 강한 진동이 일어났던 것이다. 진단 결과, 수십 년 동안 수선도 하지 않고 보강재를 댄 적도 없어서 건물 전체가 무너지기 일보 직전이란 사실이 드러났다. 수많은 역사가 숨쉬는 바닥과 천장을 거대한 불도저가 달려들어 뜯어내는 사진이 스크린에 비치는 동안, 재클린의 목소리는 살짝 떨렸다.

"건물 내부를 완전히 파냈어요. 외벽만 그대로 남기고요. 건물 전체를 부수고 새로 짓는 게 훨씬 쉽고 비용도 적게 들지만, 백악관은 우리 미국인에게 위대함의 상징이기 때문에 외벽을 그대로 보존한 겁니다."

영부인은 과거부터 현재까지 백악관의 수리 사례 하나하나에 관심이 크다는 말로 독백을 마쳤다.

"대통령이 사는 집 내부를 원래대로 조금씩 복구했습니다. 외부 경관은 미국인이 오랫동안 지켜봐온 모습 그대로예요. 트루먼 대통령이 남쪽 현관에 발코니를 덧붙인 게 다를 뿐이죠."

각본에 적힌 마지막 멘트에는 은근한 비판이 숨어 있었다. 1947년에 발코니를 덧붙이면서 트루먼은 대대적인 비난을 받았다. 신성한 백악관 건물을 모독했다는 것이 그 이유였다. 그래서 재클린이 백악관 복구에 대한 이야기를 처음 꺼낼 때만 해도, 케네디 대통령은 행여나 트루먼 같은 비난을 듣게 되지나 않을까 몹시 불안해했다. 하지만 재클린은 평소와 달리 이번만은 남편의 입장을 고려하지 않았다. 아니, 고려는커녕 "트루먼의 발코니와는 다르다"고 강하게 주장했다. 자신은 건물 내부에 초점을 맞추어 1948년에 불도저가 시작한 작업을 마무리지을 것이며, 사람들은 이 시도를 틀림없이 긍정적으로 평가할 거라고 설득했다. 백악관을 관료가 사는 아주 커다란 집에서 대통령궁답게 변모시키는 게 바로 재클린이 세운 목표였던 것이다.

메이미 아이젠하워는 백악관과 그 내부에 설치한 다양한 가구를 개인 재산처럼 '우리 집'이나 '우리 카펫' 따위로 표현하기를 즐겼다. 그리고 핑크색을 대단히 좋아했다. 전임 영부인과 취향이 완전히 달랐던 재클린은 메이미가 들여온 싸구려 가구와 카펫을 모두 없애고 핑크색 위에 다른 색을 덧칠했다.

잠시 후 많은 미국인이 자기 눈으로 직접 확인하게 되듯, 이제 백악관의 주인은 재클린 케네디였다.

카메라 앞에 다시 나타난 영부인이 이곳저곳을 둘러보며 시청자들한테 새 집을 안내했다. 이번에는 CBS의 아나운서 찰스 콜링우드가 재클린을 따랐다. 재클린이 직접 디자인해 새로 단 커튼부터 펀드를 조성해 복구 비용을 조달하려고 제작해 6개월 사이에 35만 부나 팔린 새로운 가이드북까지 재클린의 개인적인 취향을 곳곳에서 찾아볼 수 있었다. 백악관을 국가 차원의 보물이 아니라 사무실 건물처럼 보이게 만들었던 분수대 같은 어울리지 않는 시설들은 모두 치웠다.

그게 전부가 아니었다. 영부인은 여러 창고와 국립미술관을 모두 정리해서 세잔이 그린 작품과 루스벨트가 사용한 머그잔, 제임스 먼로가 사용한 프랑스제 금식기류 같은 보물들을 찾아냈다. 케네디 대통령이 새로 사용하는 책상도 재클린이 찾아낸 보물이었다. '레졸루트 데스크'(Resolute desk)라고 불리는 이 책상은 '레졸루트'라는 이름의 침몰한 영국 군함에서 뜯어낸 목재로 조각해

1880년에 빅토리아 여왕이 러더포드 헤이스 대통령한테 선물한 것이다. 재클린은 백악관 기자회견실에서 전자제품 더미에 파묻혀 있던 책상을 찾아내자, 곧바로 대통령 집무실로 옮겼다.

백악관에서 오랫동안 근무한 직원을 제외하고 백악관 곳곳에 숨어 있는 비밀에 대해 재클린만큼 많이 아는 사람은 없었다. 하지만 그렇게 많은 비밀을 아는 재클린한테도 결코 알고 싶지 않은 비밀이 있었다.

첫 번째는 남편과 함께 잠자리에 드는 여성들의 명단이다. 그런데다 숫자도 워낙 많았다. 시카고 마피아 두목 샘 지앙카나를 케네디에게 은밀하게 연결해준 요부 '주디스 캠벨'처럼 대통령이 되더니 예전처럼 부드럽지 않다고 케네디에게 투덜대는 여자도 있었고, 케네디가 취임식 이전부터 만나온 27세 이혼녀 헬렌 차프차바제도 있었다. 데이브 파워스가 데려온 여자들도 있었다. 또 대통령의 애인들 가운데에는 재클린의 친구도 있었고, 재클린 밑에서 일하는 직원도 있었다. 그래서 매주 목요일이면 재클린은 남편이 자유롭게 바람피울 시간을 갖도록 버지니아 '글렌 오라'로 가서 승마를 하며 주말을 보내는 습관이 생겼다. 재클린은 월요일이 되어서야 돌아왔다. 재클린이 없는 동안 백악관은 대통령 세상이었다. 덕분에 정을 나누는 여성들의 명단도 나날이 늘어갔다.

재클린 케네디는 멍청이가 아니었다. 남편이 상원의원 때부터 바람을 피워왔다는 걸 잘 알고 있었다. 물론 재클린은 깊은 상처를 받았다. 그러나 영부인으로서의 체면이나 위신도 있는 데다, 무엇보다 남편을 사랑했기 때문에, 그리고 남편 역시 자신을 사랑한다고 믿기 때문에 대통령의 치부를 모른 척했다.

유럽 귀족 사회에 매료당해 있던 영부인은 힘 있는 사내는 바람을 피우는 게 일반적이고 자연스런 현상이라고 여겼다. 사랑하는 친정아버지 존 '블랙잭' 부비에도 툭하면 옆길로 샜다. 거기다 시아버지 조지프 케네디는 바람둥이로 악명이 높다. 세상에서 제일 막강한 권력을 가진 사내인 미합중국 대통령이라고 해서 다를 거라고 믿을 이유는 없었다. 게다가 이건 케네디 가문의 전통이기도 했다. 재클린은 막내 동서한테 "케네디 가문 남자들은 모두 똑같아, 그런 것 때문에 마음 상할 필요 없어, 모르는 척해"라며 위로하곤 했다.

한 번은 프랑스 기자와 함께 대통령 개인비서 에벌린 링컨의 사무실 앞을 지나가는데, 조그만 방 한쪽에 앉은 링컨의 조수 프리실라 웨어가 힐끗 보였다. 그 순간, 영어로 이야기하던 재클린이 돌연 프랑스어로 "저 여자애도 우리 남편과 잠자리를 한다는 소문이 돈답니다"라고 알려주었다.

하지만 겉으로 무심한 척한다고 해서 속마음까지 괜찮은 건 아니었다. 재클린은 친구들한테는 결혼생활을 몹시 힘들어하는 모습을 종종 보이곤 했다. 재클린을 진심으로 좋아하고 존경하는 비밀 경호원들 역시 영부인이 힘들어하는 모습을 자주 목격했다.

그렇게 고통스런 가운데서도 영부인은 현실주의자였다. 그녀는 항상 자신이 백악관을 언제 떠나 언제 돌아올 예정인지 켄 오도넬에게 정확한 시간을 알려주었다. 대통령이 정부와 지내는 현장을 맞닥뜨리고 싶지 않았던 것이다.

물론 영부인 자신도 애인을 사귀어볼 생각을 하기도 했다. 로버트 맥나마라 국방장관과 단둘이 저녁식사를 한 적도 많았다. 그럴 때마다 두 사람은 함께 시시덕거리고 시도 읽는다. 그리고 어쩌다 뉴욕을 방문하면 아들라이 스티븐슨 유엔 주재 미국대사 아파트를 찾아갔다. 둘은 발레나 오페라를 함께 관람하고 작별할 때는 늘 키스를 한다.

재클린은 이런 남자들에게 흥미를 느꼈다. 자신이 배우 윌리엄 홀덴과 바람피운다는 소문이 돈다는 것도 알았다. 하지만 재클린이 갈망하는 건 남편의 사랑이었다. 최근까지도 두 사람은 사랑을 나눌 때 그다지 열정적이지 않았다. 다른 무엇보다 전희가 거의 없었다. 그렇게 많은 여자와 바람을 피우면서도 대통령은 재클린과의 사랑은 의무방어전처럼 해치웠다. 재클린은 남편이 다른 여자와 자야 할 필요성을 느끼는 이유가 뭔지 곰곰이 생각하다가 결국 자신한테 문제가 있을지도 모른다고 생각하기 시작했다. 전 세계 수많은 남성들이 숭배하는 자신에게 남편이 성적 매력을 못 느끼는 데에는 뭔가 심각한 이유가 있지 않겠느냐고 생각한 것이다.

그런데 1961년 봄, 시동생 로버트의 버지니아 저택 '히커리 힐'에서 축구공을 가지고 놀다가 발목을 접지르는 일이 생겼고, 그때 로버트가 이웃에 사는 의사 프랭크 피너티에게 치료를 부탁했다. 피너티는 37세의 심장전문의로 조지타운 대학에서 의학을 가르치고 있었다. 게다가 얼굴도 무척 잘생기고 성격도 좋았다. 재클린은 피너티가 자기 말을 잘 들어준다는 걸 알아차렸다. 일주일이 지나 발목이 완치되자, 재클린은 피너티에게 가끔 전화로 대화를 나눌 수 있느냐고 물었다. 피너티는 깜짝 놀라면서도 기꺼이 동의했다.

그 제안을 하면서, 재클린이 마음속으로 섹스를 염두에 두었던 건 분명하다. 하지만 피너티 박사와 하는 섹스는 아니었다. 피너티와 여러 차례 대화를 나누면서 재클린은 남편이 관계하는 여자들의 이름을 알려주었고, 한걸음 더 나아가 그런 일 때문에 기분이 매우 안 좋다고 털어놓았다. 재클린이 말한 바에 따르면, 케네디 가문에서는 결혼이 "남자와 여자가 함께 살면서, 남자가 모든 걸 결정하고 아내는 남편을 우러러보는 관계"이고, 이런 개념은 침실에서도 적용돼 남자만 쾌감을 추구하는 식이라는 것이다. 그런데 재클린은 대통령이 아내의 쾌감에는 전혀 신경 쓰지 않고 사랑을 후다닥 해치우는 이유가 뭔지 정말로 궁금했다. 자기만 아는 대통령의 태도에 소외감을 느낀 재클린은 "남편은 순식간에 해치우고 그대로 곯아떨어진다"며 투덜댔다.

피너티 박사는 해결책을 제시했다. 앞으로는 사랑을 나눌 때 상대방한테 좀 더 많은 관심을 가져달라고 대통령에게 제안하라면서 그 내용을 글로 써서 보여준 것이다. 그러면서 재클린 자신도 대통령이 더 많은 쾌감을 느낄 수 있도록 노력하겠다는 얘기도 빠뜨리지 말라고 피너티 박사는 덧붙였다.

재클린은 마음을 단단히 먹고 케네디와 저녁식사를 하면서 단호한 어조로 그 문제를 꺼냈다. 대통령이 깜짝 놀란 표정으로 가만히 듣는 동안, 재클린은 평소에는 성적 욕망을 억누른 채 수줍어했지만, 이날만은 자신이 침대에서 무엇을 원하는지 구체적으로 열거했다. 남편이 어떻게 갑자기 그런 내용을 알게 됐느냐고 묻자, 재클린은 신부님과 산부인과 의사한테 듣기도 하고 책도 여러 권 보았다고 거짓말을 했다.

대통령은 강한 인상을 받았다. 피너티의 회상에 따르면, 대통령은 "아내가 섹스 문제로 그렇게 심각하게 고민할 거라고는 생각조차 못했다".

재클린은 피너티 박사한테 남편과의 잠자리가 좋아졌다고, 자신의 역할에 대한 오랜 고민도 완전히 사라졌다고 알려주었다.

대통령이 여기저기에서 벌이던 애정행각이 끝난 건 아니지만, 재클린은 남편이 자신과 하는 섹스에 만족한다는 확신은 얻을 수 있었다.

찰스 콜링우드 리포터는 마지막으로 이렇게 말한다.

"두 분이 사는 이렇게 훌륭한 저택과 영부인이 들여온 훌륭한 가구까지 모두 보여주셔서 정말 고맙습니다, 대통령 각하. 영부인에게도 감사의 말씀 드립니다."

스페셜 방송 마지막에 존 케네디도 아내와 함께 몇 분 동안 카메라 앞에 서서, 백악관은 미국을 상징하는 의미가 있는데 재클린이 아주 큰일을 했다고 설명한 것이다. 그러는 동안 영부인은 온화한 미소를 머금은 채 가만히 카메라를 바라보고 있었다. 그녀의 침착한 모습은 스페셜 방송이 끝날 때까지 그대로 유지되었다. 머리카락 한 올 흐트러지지 않았고 목에 두른 진주목걸이도 가지런했다.

하지만 그건 모두 거짓이었다. 사실, 백악관 둘러보기는 한 달 전에 촬영한 데다 한 시간짜리를 방송하려고 무려 일곱 시간 분량의 필름을 찍었다. 그리고 카메라가 멈출 때마다 재클린은 초조한 마음에 줄담배를 피워대거나 볼록하게 솟은 머리를 빗질로 말끔하게 단장했다.

게다가 스카치를 커다란 잔으로 한 잔 쭉 들이켜기도 했다.

재클린의 백악관 둘러보기 프로그램은 텔레비전 역사상 가장 높은 시청률을 기록했다. 영부인은 이 프로그램으로 특별 에미상까지 받았다. 전 미국인의 마음을 사로잡은 것이다. 재클린 케네디는 이제 슈퍼스타가 되었다.

그러는 동안에도 백악관 리모델링은 계속되었다. 교체 대상 품목 제일 밑에는 대통령 집무실 회색 커튼도 있었는데, 이것은 1963년 11월 말에야 비로소 교체되었다.

5

1962년 3월 24일
캘리포니아 팜 스프링스
오후 7시

존 F. 케네디는 피곤하지만 정신을 바싹 차린다. 대통령은 지금
휴양도시 팜 스프링스에서 연예계 거물 사업가 빙 크로스비의 스
페인 양식 저택 안뜰에 서 있다. 하지만 크로스비 자신은 여기에
없다. 케네디와 측근들이 주말을 편히 보내도록 이 안락한 저택을
빌려준 것이다. 케네디는 따뜻한 봄날 저녁에 사람들로 시끌벅적
한 풀장에서 진행되는 파티를 지켜보고 있다. 웃음소리와 첨벙이
는 물소리가 밤공기에 가득하다. 대통령은 풀장 너머에서 12만 제
곱미터에 달하는 사유지 너머로 불룩 솟아오른 바위산을 바라보았
다. 배경으로 근사한 사막이 펼쳐져 있다.

어제는 캘리포니아 버클리 대학에서 참석자 8만 5천 명에게 감

동적인 연설을 했다. 주제는 냉전 기간 내내 가장 중요한 화두인 민주주의와 자유였다. 그런 다음에는 공군 1호기를 타고 남쪽에 있는 반덴베르그 공군기지로 날아가, 난생처음으로 미사일 발사 실험을 지켜보았다. 날씬하고 하얀 아틀라스 로켓은 아무런 사고 없이 발사돼 미합중국이 심혈을 기울이고 있는 우주 경쟁에서 소련을 많이 따라잡았음을 입증했다. 반면에 소련은 바로 이번 주에 우주 탐사 결과를 미국의 강력한 냉전 경쟁국들과 공유하기로 합의한 상태다.

팜 스프링스 외딴 지역에 자리한 크로스비의 저택은 태평양 연안을 정신없이 돌아다닌 대통령이 주말을 한적하게 보내기에 딱 좋은 장소였다. 조금 전까지 진행되던 업무상 모임도 이제 끝났다. 드와이트 아이젠하워를 만나서 외교정책을 논의한 것이다. 이제 드디어 케네디한테 시가에 불을 붙이고 럼주 칵테일을 한두 잔 마실 여유가 생겼다.

하지만 대통령의 긴장이 완전히 풀린 건 아니다. 좋은 친구이자 오랜 후원자인 프랭크 시나트라의 저택에서 주말을 보내겠다는 계획을 취소하고 다른 사람도 아닌 공화당원 크로스비 저택으로 와서 프랭크 시나트라를 화나게 했기 때문이다. 하지만 그 문제는 나중에 처리할 생각이다. 오늘 밤에는 그저 재미있는 일만 즐기고 싶다.

아주 재미있는 일.

오늘은 토요일이다. 평소라면 재클린이 두 아이를 데리고 글렌 오라에 가서 주말을 즐길 시간이다. 하지만 모든 언론이 떠들어댄 덕분에 온 세상이 다 알듯이, 지금 영부인은 지구를 반 바퀴 돌아

영부인이 1962년 인도와 파키스탄을 국빈 방문하는 동안
라자스탄 피초라 호수에서 보트를 즐기고 있다.
(세실 스토튼/보스턴/존 F. 케네디 대통령 박물관 도서관)

서 인도와 파키스탄을 국빈으로 방문하는 중이다. 재클린이 출연
한 텔레비전 스페셜은 케네디가 오랫동안 느껴온 사실을 새롭게
확인시켜주었다. 재클린 부비에 케네디는 존 피츠제럴드 케네디한
테 정치적으로 가장 중요한 자산이란 사실을. 그래서 1964년 재선
에 도전하기 전에 재클린의 인기를 한층 끌어올릴 계획까지 세워

딸과 아들은 케네디 대통령이 업무를 보는 시간에 집무실에 찾아와서 뛰어놀 때가 많았다.
(세실 스토튼/보스턴/존 F. 케네디 대통령 박물관 도서관)

놓은 터였다.

　대통령의 노골적인 바람기가 결혼생활(그리고 공직생활)을 망가뜨릴 위험을 초래하기도 하지만, 그보다 더 심각한 경우는 평상시의 실용주의적 성격이 완전히 무너지는 순간이다. 그렇게 되면 자칫 자멸을 초래할 위기에 빠질 수도 있다.

지금이 바로 그 순간이다.

빙 크로스비 저택을 방문한 손님 가운데에는 할리우드에서 가장 매혹적이지만 어쩌면 가장 당혹스러울 여성도 있다. 바로 마릴린 먼로다. 거의 2년 동안 공들인 덕분에 결국 오늘 밤 존 F. 케네디는 마릴린 먼로를 품에 안을 것 같다.

미합중국 대통령이 시가를 한 모금 깊이 빨고 침실로 들어선다. 재클린은 1만 3천 킬로미터 떨어진 곳에 있다. 오늘 밤에는 무엇이든 마음대로 할 수 있다. 무엇이든. 재클린이 끼어들 염려는 전혀 없다.

"내 아내가 처음이자 마지막으로 코끼리에 올라탔어요!"

전날 존 F. 케네디가 캘리포니아 버클리 대학 연설에서 대수롭지 않게 한 말에 군중은 폭소를 터뜨리며 환호했다. 케네디가 재클린에 대해 이런 식으로 말할 때면, 수많은 청중은 대통령 부부 사이의 은밀한 대화라도 엿듣는 듯한 착각을 일으킨다. 사람들은 두 사람의 결혼생활에 관한 이야기라면 아무리 사소한 내용이라도 환호했다. 케네디는 자기 입으로 자기네 부부가 미국은 물론이고 전 세계에서 가장 매력적인 부부라고 말한 적이 한 번도 없지만, 대통령의 날카로운 정치 본능은 그런 사실을 또렷하게 느꼈다. 두 사람의 뜨거우면서도 순수하게 펼쳐가는 부부관계를 세상의 모든 연인이 부러워했다.

그건 사실이다. 케네디 부부는 서로를 사랑하는 게 확실하다. 존 케네디는 가족을 소중하게 여기는 아버지요, 남편이었다. 업무를 보는 동안에도 캐롤라인과 존 주니어가 대통령 집무실에서 뛰어노는 걸 허락할 뿐 아니라, 대통령 욕조에는 고무오리와 분홍 돼지가 둥둥 떠다닐 때가 많다. 어린 존이 좋아하는 장난감들이다. 게다가 아침마다 집무실로 내려가기 전에 몇 분이나마 재클린의 침실에 들르고, 매일 오후 낮잠을 잘 때면 아내가 어김없이 같은 시간에 찾아와서 깨워준다. 케네디가 옷을 입는 동안 두 사람은 그날 있었던 일에 대해 대화를 나누며 즐거운 시간을 보낸다.

대통령이 아내에게 불만이 있다면, 재클린이 경제 관념이 너무 없다는 것뿐이었다. 재클린은 미국 정부가 대통령한테 지불하는 보수보다 많은 돈을 의상에 소비했다. (존 F. 케네디는 재산이 1억 달러가 넘는다. 그래서 대통령 연봉 10만 달러는 흑인 대학연합 기금과 보이스카우트 같은 곳에 기부금으로 내놓았다.)

하지만 모두에게 매력적으로 보이는 케네디의 결혼생활에는 커다란 모순 하나가 있었다. 대통령이 겉으로는 아닌 척하면서 날이면 날마다 올라타는 코끼리가 바로 지칠 줄 모르는 성욕이었던 것이다.

영부인으로선 보조를 맞출 방법이 없었다. 가정을 꾸리고 백악관을 복구하고 아이를 기르고 바쁜 행사 일정을 소화하는 것만으로도 정신이 없는데, 대통령의 육체적인 욕구까지 충족시키려면 초능력자가 되어야 할 판이었다. 게다가 대통령은 한 여자만으로 만족하는 스타일이 아니었다. 재클린이 두 아이를 데리고 멀리 벗어나는 순간, 백악관으로 몰려드는 콜걸과 사교계 명사, 신인 여배우, 스튜어디스 등의 수는 엄청났다. 일반 남성이라면 도덕적으로

나 육체적으로 도저히 감당할 수 없는 숫자였다. 데이브 파워스가 어찌나 발 빠르게 여성들을 조달하는지, 대통령 비밀경호대는 그녀들의 이름과 국적을 조사하는 것조차 포기할 정도였다.

그런 상황을 위험하게 여기는 비밀경호원들만 해도 한둘이 아니었다. 대통령이 여성을 자꾸 바꾸면 자칫 협박으로 이어질 수도 있고, 피하주사를 사용한 은밀한 암살로도 이어질 수 있다. 그러니 이는 대통령직 자체를 파멸로 몰아갈 수 있는 위험 요소였다. 이 때문에 비밀경호대 내부에서도 자주 논쟁이 벌어졌다. 하지만 비밀경호대가 할 일은 대통령을 지키는 것이지, 가르치는 게 아니다. 그래서 경호원들 대부분은 대통령이 무얼 하든 눈을 질끈 감거나 감싸곤 했다. 백악관의 구성원이 되어 자잘한 일을 담당한다는 건 그일과 결혼한다는 의미다. 게다가 비밀경호원이 한 달에 50시간에서 80시간 연장 근무를 하면 1년에 천 달러 이상 수입이 늘어난다. 바보가 아닌 다음에야 도덕적인 이유 하나 때문에 그만한 수입을 포기할 사람은 없다.

눈길을 다른 쪽으로 돌리기는 백악관 출입 기자들도 마찬가지다. 대통령의 사생활은 그들의 관심사도 아니고 공중의 관심사도 아니다. 백악관 출입 기자들은 대통령이 충성심을 중시한다는 것을, 그런 충성심을 보이지 않으면 중요한 정보에 접근할 수 없다는 걸 잘 안다. 그러니 대통령이 바람을 피운다는 의혹에 관한 기사는 단 한 줄도 신문에 실리거나 방송에 나가는 일이 없다. 실제로 뉴스위크 워싱턴 지국장이자 대통령의 가까운 친구인 벤 브래들리는 끝까지 케네디가 바람피운다는 사실에 대해 아는 게 하나도 없다고 주장했다. 그러는 동안에도 대통령은 브래들리의 처제와 섹스를 했다.

케네디가 바람피우는 대상에는 백악관 직원들도 있다. 재클린의 비서 파밀라 터너와 케네디의 개인비서 에벌린 링컨 밑에서 일하는 프리실라 웨어가 그들이다. 이런 경우는 조달과 안전이란 관점에서 아주 바람직하지만, 또 다른 면에서 위험을 초래하기도 한다.

예를 들면, 대통령은 이따금 20대 비서 (비밀경호대에서 피들과 패들이라고 부르는) 프리실라 웨어와 질 코웬 두 명과 오후 수영 시간에 함께 있고 싶어했다. 그럴 때면 비밀경호원 한 명이 수영장 출입문 바깥을 지키며 아무도 들어가지 못하게 했다.

그런데 하루는 영부인이 풀장 입구에 나타나서 수영하러 들어가겠다는 것이 아닌가. 전에는 이런 적이 한 번도 없었는데……. 공포에 빠진 경호원은 문을 걸어 잠근 채 영부인은 수영장을 이용할 수 없다고 억지를 부렸다. 영부인이 사랑스런 분위기로 바꾸기 위해 열정을 쏟아붓는 백악관에서 말이다.

바깥의 시끄러운 소리를 들은 케네디는 재클린에게 들키기 전에 황급히 옷을 걸치고 재빨리 밖으로 도망쳤다. 경호원들의 회상에 따르면, 대통령의 아주 커다란 발자국과 여성들의 조그만 발자국들이 바닥 여기저기에 축축하게 찍혔지만, 재클린은 결국 그것을 보지 못한 채 화가 잔뜩 나서 그 자리를 떠났다고 한다.

대통령은 두뇌 한쪽으로는 피델 카스트로와 니키타 흐루쇼프 문제를 생각하거나, 드골 대통령과의 문제를 지혜롭게 해결할 방법을 찾는 데 에너지를 쓰지만, 다른 한쪽으로는 어떻게 하면 재클린한테 들키지 않고 마음대로 섹스를 즐길지 열심히 궁리했다. 그래서 백악관 생활에 익숙해질수록 바람피우는 사례도 부지기수로 늘어났다. 케네디의 비밀경호원 한 명은 이렇게 회상했다.

"우리는 '새로운 일도 아니잖아'라고 말하는 정도까지 되었습니다. 사방에 여자들이 있었으니까요. 어느 조 근무냐에 따라 여자가 들어오는 광경을 보느냐 아침에 나가는 광경을 보느냐가 다를 뿐이었지요. 진공청소기로 청소하거나 방문객을 안내하는 사람들이 백악관 여기저기에 널려 있는데도요. 개중에는 정기적으로 나타나는 여자도 있었어요. 하지만 재클린이 백악관에 없을 때만 그랬답니다."

며칠 동안 혼외정사를 못하기라도 하면 케네디는 완전히 다른 사람으로 돌변했다. 그 정도가 어찌나 심한지 비밀경호대에서는 재클린이 주말에 아이들을 데리고 멀리 떠날 때마다 안도의 한숨을 내쉬었다. 오랫동안 경호원으로 일했던 사람은 이렇게 인정했다.

"재클린이 백악관에 있으면 별로 좋지 않아요. 대통령이 두통에 시달리거든요. 섹스를 못하는 날에는 축 늘어지는 게 실제로 보여요. 호스로 물세례를 받은 수탉 같았으니까요."

존 케네디한테 섹스는 아킬레스건이었다. 백악관에 가까이 있는 사람들은 재클린이 있는데 대통령이 그런 짓을 저지르는 이유가 도대체 뭔지 정말 궁금해했다. 또 대통령이 이렇게 하는데도 나랏일이 잘 굴러가고 있는 것도 신기해했다.

법무장관으로 지명되고 몇 주일이 지났을 때, 로버트 케네디는 사자코에 권모술수가 능한 FBI 에드거 후버 국장에게서 특별한 서류를 받았다. 대통령의 혼외정사에 대한 증거 서류였다. 언론이 다른 쪽으로 눈을 돌리는 사이에 FBI는 독일 나치 스파이로 추정되는 여성을 만난다는 이유로 1940년대 후반부터 존 F. 케네디의 간통 현장을 추적해온 것이다. 그 사찰 서류는 공직자 감찰 차원에서 에드거 후버가 그간 추진해온 결과물이었다. 그는 FBI의 역할이 줄어드는 일은 결코 벌어지지 않으리란 것을, 그리고 미국에서 일어나는 어떤 불법 행위도 자신의 눈을 피할 수 없다는 것을 모든 사람들이 염두에 두길 원했다. 미합중국 대통령조차 국가안보 면에서는 FBI의 사찰 대상에서 비켜갈 수 없다는 걸 알리고 싶었다.

　케네디 대통령은 1962년 초에 팜 스프링스 방문 일정을 잡아놓은 상태였다. 그런데 미 법무부가 범죄 조직을 조사하는 과정에서 가수 프랭크 시나트라가 마피아 조직에 깊숙이 관여했다는 사실이 드러났다. 이로 인해 케네디 형제는 곤경에 빠졌다. 시나트라가 공공연하게 대통령을 후원하는 건 물론이고, 개인적으로 아주 가까운 사이라는 건 미국인이라면 누구나 알고 있었다. 그게 전부가 아니었다. 케네디의 여동생 패트리샤의 남편이자 영화배우 피터 로포드는 시나트라가 이끄는 연예사단의 일원으로 유명했다.

　팜 스프링스로 떠나기 몇 주 전, 후버는 로버트한테 새로운 파일을 전달했다. 그 파일에 따르면 상황은 훨씬 복잡했다. 후버의 새 파일에는 미합중국 대통령이 샘 지앙카나의 정부와 바람을 피웠다는 정보가 들어 있었는데, 샘 지앙카나는 미국에서 가장 악명 높은 조폭이자 마피아 두목으로 로버트 케네디가 궤멸하려고 애쓰는 바로 그 대상이었다. 샘 지앙카나의 정부 이름은 주디스 캠벨이었고, 그 파일에는 그 여성이 안보에 치명적인 인물이라고 묘사되어 있었다. 또 친누나 패트리샤는 모르지만, 그녀의 남편이 그런 모임에 가입할 수 있었던 것 역시 케네디 가문의 후광 덕택이었다. 시나트라는 오래전부터 권력 핵심부에 접근하려고 애썼다. 그 와중에 케네디 가문이 곧 미국에서 가장 강력한 가문으로 성장할 것이라고 판단하고, 로포드를 핵심 그룹에 가입시킨 것이다. 게다가 〈오션스 11〉 대본에 자금을 댄 사람이 다름 아닌 친누나 패트리샤였다. 그러면 자기 남편이 시나트라와 공동 주연을 맡을 수 있다고 생각한 것이다. 하지만 시나트라는 그 역할을 딘 마틴에게 주었다. 그는 피터 로포드를 자기 부하쯤으로, 할리우드 주변에 맴도는 사람이라면 모두 그런 것처럼 패트리샤는 남편을 유명 영화배우로 만들기 위해서라면 무슨 짓이든 할 여자쯤으로 여긴 것이다.

시나트라의 예상이 맞았다. 끊임없이 냉대를 받으면서도 로포드 부부는 시나트라 연예사단에 열심히 참여했다. 존 F. 케네디에게 팜 스프링스에 있는 시나트라 저택에 머물도록 주선한 인물도 바로 여동생 패트리샤였다.

로버트 케네디는 후버가 건네준 시나트라 사찰 서류를 읽고 나서 대통령에게 팜 스프링스에 가더라도 다른 곳에 머물 것을 권했다. 시나트라는 1960년의 대통령 선거에서 케네디를 위해 다방면으로 선거운동을 열심히 했을 뿐 아니라 취임식 축제를 공동으로 주최할 때에도 애를 많이 썼다. 만약 이번 방문을 취소한다면 시나트라는 그것을 모욕으로 받아들이고 케네디와의 오랜 정치적 유대

관계를 단절할 수도 있다. 그러나 로버트는 신경 쓰지 않았다.

사실, 로버트로서는 선택의 여지가 없었다. 조사에 따르면 시나트라는 범죄 조직의 거물 10명과 계속 접촉해왔다. FBI 사찰 보고서에는 시나트라가 마피아 두목한테 전화한 날짜와 시간은 물론이고, 마피아 두목이 시나트라에게 전화한 날짜와 시간까지 그대로 기록되어 있었다. 다음과 같은 결론과 함께.

"시나트라는 업무 성격상 때때로 지하세계의 인물들과 접촉할 수밖에 없는 것 같다. 그렇다고 해서 폭력조직을 이끄는 피체티 형제와 알 카포네 일가, 폴 에밀리오 다마토, 존 포모사, 샘 지앙카나 같은 인물들과 만나면서 재정적인 관계까지 맺는 걸 합당하게 여길 순 없다."

FBI는 1940년대 후반부터 시나트라를 줄곧 사찰해오면서 그가 럭키 루치아노와 마이키 코헨 같은 또 다른 유명한 악당들과 만난 사실을 차례대로 기록했다. 1947년 2월 초에는 시나트라가 루치아노 및 그 일당과 함께 아바나로 휴가를 가서 "경마와 카지노 도박을 하고 다양한 파티"에 참석한 모습을 사람들이 목격했다는 기록도 있었다. 이런 기록들이 치명적인 이유는 루치아노는 당시에 교도소에서 가석방을 받아 시칠리아로 추방당한 상태였기 때문이다. 그런데도 아바나에서 그렇게 거리낌 없이 돌아다녔다는 건 미 법무부를 얕보는 행동임이 분명했다.

관계가 있다고 추정되는 마피아 명단은 그 외에도 수없이 많았다. 하지만 로버트가 진짜 놀란 건 시나트라가 마피아에 연결되었다는 사실이 아니라, 케네디의 백악관이 시나트라를 통해 범죄 조직과 연결되었다고 해석할 수 있는 FBI의 증거였다. 실제로 후버는

케네디 대통령이 가깝게 지내던 프랭크 시나트라와 환담을 나누고 있다(캘리포니아).
(AFP/게티 영상)

케네디 가문이 프랭크 시나트라가 선물한 분홍색 사파이어 반지를
끼고 다니는 지앙카나 같은 마피아 거물과 밀접한 관계가 있음을
증명하는 서류를 몇 년에 걸쳐서 확보했다. 특히 끔찍한 건 지앙카
나가 팜 스프링스에 있는 시나트라 저택에도 자주 방문했다는 사

실이었다. 게다가 지앙카나의 정부 주디스 캠벨이 대통령 비서 에 벌린 링컨한테 여러 차례 전화한 사실까지도 기록되어 있었다. 이는 케네디의 백악관과 범죄 조직 단체가 모종의 관련이 있음을 뚜렷하게 암시하는 자료였다.

FBI가 보기에 프랭크 시나트라와 존 케네디는 농담도 많이 나누고 술도 자주 마셨으며, 여자도 한두 명 나누는 관계였다. 1960년 2월의 별도 수사에서 FBI는 케네디가 라스베이거스에 있는 샌즈 호텔에서 시나트라 연예사단과 함께 있는 광경을 목격하고는, "라스베이거스 전역에서 몰려든 쇼걸들이 상원의원이 묵는 호화 객실을 뻔질나게 드나들었다"고 기록했다. 시나트라는 1960년 로스앤젤레스 민주당 전당대회에서 연예사단을 이끌고 국가(國歌)를 불렀다. 그리고 하이애니스포트에 있는 케네디 가족의 저택을 자주 방문했으며, 한 번은 거실에 있는 피아노로 즉석 콘서트를 열어 참석한 손님들을 깜짝 놀라게 했다. 더구나 시나트라는 1959년, 히트곡 〈High Hopes〉를 개사해서 케네디 선거운동에 사용했다.

1960년 선거 기간에는 케네디 형제가 마피아를 이용해서 유권자에게 영향을 끼쳤다는 소문이 있다는 정보도 기록되어 있었다.

이번 보고서는 경고일 뿐이었다. 후버는 케네디 형제가 범죄 조직과 연결되었다는 사실이 얼마든지 여론에 알려질 수 있으며, 그런 불상사를 막을 사람은 자기밖에 없다고 로버트에게 알렸다.

존 F. 케네디는 로버트가 전하는 말을 듣고는 곧바로 시나트라와의 오랜 우정 관계를 끊었다. 완전히 끝냈다! 시나트라는 케네디를 궁지로 몰아 권좌에서 끌어내리는 올가미가 될 수도 있다. 대통령직보다 중요한 우정이 세상에 어디 있단 말인가. 냉혹하게 처리해야 할 일은 주로 로버트가 전담했지만, 가끔은 대통령 자신이 직접 나서기도 했다.

로버트는 피터 로포드에게 전화를 걸어 대통령이 시나트라 저택에 묵지 않을 거란 소식을 전하라고 일렀다. 그런데 시나트라에 의지해서 연예 활동을 하고 있는 로포드는 시나트라에게 대통령의 주말 방문이 취소되었다는 소식을 알리기가 두렵고 꺼려졌다.

이 소식을 전해 들은 존 F. 케네디가 로포드에게 직접 전화했다. 케네디는 매제인 로포드에게 "나는 대통령으로서 시나트라 저택에 머물며 샘 지앙카나 같은 갱 두목이 사용한 침대를 이용할 수 없다"는 확실한 메시지를 전달했다. 그러고는 두 가지를 부탁한다. 하나는 팜 스프링스에서 주말 동안 먼로를 만나기에 적절한 장소를 찾아달라는 것이었고, 또 하나는 꾸물대지 말고 빨리 시나트라한테 통보하라는 것이었다.

피터 로포드로서는 선택의 여지가 없었다. 전화를 할 수밖에. 첫 번째 부탁은 플로리다 주 공화당원 크리스 덤피를 통해 빙 크로스비와 접촉해서 해결한다. 대통령의 여성 편력은 공공연한 비밀이어서 외지에 있던 크로스비는 자기 집에서 무슨 일이 일어날지 상상하다가 아예 관심을 끊기로 마음먹는다. 크로스비 역시 할리우드에서 오랫동안 일한 터라 바람피우는 건 해가 날마다 뜨는 것만큼이나 일상적인 일이고 생각한 것이다.

그런데 시나트라에게 소식을 전하는 건 간단한 문제가 아니었다.

46세의 가수 시나트라는 여러 달 동안 대통령의 방문을 학수고대했다. 저택 인근에 있는 땅을 구입해서 비밀경호대가 묵을 숙소까지 지었다. 최고급 시설에 최첨단 전화선도 특별히 설치했다. 대통령이 사용할 침실에는 황금 명판을 걸어놓았다. "존 F. 케네디, 여기에서 묵다"라는, 기념비적인 순간을 영원히 기념할 명판이었다. 본채 여기저기에다 케네디의 사진도 걸었다. 또 자기네 마당에서 대통령 깃발이 휘날릴 수 있도록 깃대도 세웠다. 그것도 모자라 대통령 전용 헬리콥터가 착륙할 수 있도록 시멘트로 포장한 착륙장까지 특별히 새로 만들었다! 시나트라는 대통령의 방문에 잔뜩 흥분해 있었다. 대통령이 자신의 옛 애인 마릴린 먼로를 만나는 것에도 아랑곳하지 않을 만큼.

시나트라는 자기 집이 서부의 백악관이 될 거라고 확신했지만, 케네디 형제는 그런 건방진 태도를 몹시 당혹스럽게 여겼다. 재클린을 제외한 케네디 가족이 시나트라를 싫어한 건 아니지만, 언제든 스캔들이 터질 수 있는 화려한 가수와 그렇게 밀착된 관계를 맺고 있다는 사실을 대중에게 드러내고 싶지는 않았다.

마침내 로포드가 전화로 소식을 전했다. 시나트라는 처음에는 가만히 듣고 있었다. 하지만 그건 대통령이 자신의 우정을 거절했다는 사실을 깨닫는 순간까지였다. 시나트라는 수화기를 집어던지듯 쾅 하고 내려놓았다가, 결국 전화기를 바닥에 내던지며 하인한테 소리쳤다.

"대통령이 어디에 묵을 건지 알고 싶어? 빙 크로스비네 집이야! 바로 거기라고! 그놈은 공화당원이란 말이야!"

시나트라는 자신이 받은 모욕을 평생 잊지 않았다. 그는 로버트 케네디에게 온갖 욕설을 퍼부은 다음, 로포드에게 전화해 자기 모임에 더 이상 나오지 말라고 통고했다. 그러고는 집 안을 이리저리 뛰어다니며 벽에 걸어놓은 케네디 사진을 죄다 뜯어내고, 해머를 찾아들고 바깥으로 뛰쳐나가 헬리콥터 착륙장 콘크리트 바닥을 내리쳤다.

케네디는 사람들이 빙 크로스비 저택을 드나드는 광경을 뒷문 앞에 서서 물끄러미 바라보고 있었다. 비밀경호원들도 잔디 모퉁이와 사방에 둥그렇게 둘러친 관목 사이사이, 또 야자나무 그늘에 서서 주변을 살폈다. 마릴린 먼로는 벌써부터 대통령 곁에 서 있었다. 두 사람 사이가 친밀해 보이는 걸로 봐서 오늘 밤도 잠자리를 함께할 게 분명했다.

먼로는 벌써 술을 마신 상태였다. 그것도 많이. 적어도 겉보기에는 그랬다.

35세의 이 영화배우는 실제로는 절대 그런 여자가 아니었지만 스크린이나 현실에서 멍청한 여자 역할을 할 때가 많았다. 〈신사는 금발을 좋아해〉에서 상대역이 "나는 당신이 멍청한 줄 알았어요"라고 말하자, 먼로는 "저도 중요한 때에는 똑똑하게 행동할 수 있답니다. 하지만 남자들은 그런 걸 좋아하지 않아요"라고 대답한다.

이건 먼로 자신이 제안한 대사라고 한다. 노마 진 베이커는 어린 시절을 이 집 저 집 떠돌며 보내다가 10대 후반에 모델이 되었고, 1946년에 처음으로 영화에 출연하면서 이름을 마릴린 먼로로 바꾸었다. 그녀는 원래 머리색이 검은색이었으나 금발로 염색해, '멍청한 금발미인' 이미지를 트레이드마크로 만들었다. 그녀가 젊은 시절에 파란만장하게 살았던 경험은 〈백만장자와 결혼하는 법〉이나 〈7년 만의 외출〉, 〈뜨거운 것이 좋아〉 같은 영화들에서 연기로 빛을 발했다. 먼로는 세 차례 결혼하고 이혼했으며, 알코올과 약물 중독이라는 진단을 받았다. 이런 난잡한 생활은 영화배우로서 그녀의 경력을 서서히 무너뜨렸다. 하지만 아직은 요염하고 발랄하고 똑똑해서 정신이 맑을 때에는 지적인 매력을 그대로 발산했다.

케네디가 먼로를 처음 만난 건 1950년대 어느 날 저녁 모임에서였다. 그러다 케네디가 민주당 대통령 후보를 수락한 1960년 7월 15일 밤, 두 사람은 새로운 관계를 예고했다. 그날 밤 두 사람이 서로에게 드러내놓고 관심을 보인 것이다. 크게 당황한 케네디 참모진은 행여나 선거운동 도중에 간통 사건이 터질까 봐 노심초사했다. 두 사람을 지켜보던 패트리샤는 마릴린 먼로를 옆으로 끌고 가서 자기 오빠와 섹스하지 말라는 경고까지 했다.

하지만 그건 거의 2년이나 지난 이야기일 뿐이다. 1962년 2월 하순에 뉴욕에 있는 자기 집에서 만찬을 열어 마릴린과 케네디를 함께 초대한 사람은 얄궂게도 패트리샤 자신이었다. 마릴린은 늘 그렇듯 약속 시간에 늦었으면서도 당당하게 걸어 들어와서는 백포도주를 마셨다. 작은 구슬과 금속 장식들이 달린 드레스는 반짝거렸다. 전설적인 쇼 비즈니스 매니저 밀트 에빈스는 먼로가 만찬에 참석하기 위해 준비하는 과정(드레스를 머리부터 입으려고 애쓰는 장면)을 이렇게 회상했다.

"나는 여자가 그렇게 꽉 끼는 드레스를 입는 걸 본 적이 없어요.

드레스를 엉덩이 밑으로 끌어내릴 수가 없었다니까요. 물론 마릴린은 평소처럼 속옷을 하나도 안 입었어요. 나는 마릴린 앞으로 다가가서 드레스가 육중한 엉덩이 밑으로 내려가도록 양쪽 무릎을 꿇고, 있는 힘껏 끌어내렸답니다."

에빈스는 마침내 성공했고, 케네디는 에빈스가 끌어내려준 드레스를 입은 먼로가 파티에 모습을 드러낸 그 순간부터 자석에 끌리기라도 한 것처럼 그녀 옆으로 다가갔다. 사진사가 그 모습을 찍으려고 하자 대통령은 재빨리 등을 돌렸고, 사진사는 결국 두 사람이 함께 있는 장면을 잡아내지 못했다. 그런데도 비밀경호원은 예방 조처 차원에서 그 필름을 빼앗아갔다.

그날 밤이 지나기 전에 케네디는 3월 24일에 팜 스프링스에서 다시 만나자며 마릴린을 자연스럽게 초대했다. "재클린은 그 자리에 오지 않을 것"이라는 말까지 덧붙이면서.

빙 크로스비 저택에서 파티 분위기가 무르익는 오늘은 마릴린 먼로도 헐렁한 옷을 입었다. 파티 참석자들이 보기에 그녀는 "차분하고 편안한" 모습이다.

대통령은 먼로의 재치와 지성에 매료된 데다, 자신이 정복한 여성들 명단에 이렇게 유명한 섹스 심벌을 추가하게 되었다는 사실에 전율을 느꼈다. 케네디는 먼로가 자신을 세심하게 배려해주는 여자란 것도 알게 됐다. 케네디가 만성 요통을 하소연하자, 먼로가 등 마사지법을 물어보려고 잘 아는 동료 배우 랠프 로버츠한테 전화한 것이다. 먼로가 케네디에게 수화기를 넘겨주었다. 당시 로버츠는 자기와 통화하는 사람이 대통령이란 건 몰랐지만, 수화기 반대편의 목소리가 존 F. 케네디와 비슷하다는 생각은 했다고 한다. 로버츠는 간단한 등 마사지법을 알려주었다. 몇 분 뒤 전화를 끊으면서 로버츠는 불현듯 마릴린이 또 나쁜 짓을 저지르고 있다는 생각이 들었다고 한다.

그런데 먼로 자신도 어쩔 수 없었다. 먼로는 대단히 명망 있는 두 사내와 결혼했다. 야구선수 조 디마지오와 극작가 아서 밀러였다. 하지만 존 F. 케네디에 비하면 둘은 상대가 안 되는 사람들이었다. 먼로는 나중에 주치의에게 제삼자처럼 이렇게 말했다고 한다.

"마릴린 먼로는 군인이에요. 그리고 먼로가 따르는 최고사령관은 세상에서 가장 위대하고 강력한 사내랍니다. 사람들은 그 사람이 시키는 대로 하지요."

법무장관인 로버트도 그녀의 관심을 끌었다. 먼로는 주치의에게 로버트에 대해서도 말했다.

"해군이랑 비슷해요. 대통령은 선장이고 로버트는 선임 장교예요. 로버트는 나라를 위해서라면 못할 일이 없고, 나도 마찬가지예요. 하지만 나는 로버트를 당혹스럽게 만들지 않을 거예요. 나한테 존 피츠제럴드 케네디가 있다는 사실을 기억하는 한에서는요."

마릴린 먼로는 열정적이고 아름다웠지만 깨끗한 처녀는 아니었다. 케네디 형제가 성장한 가톨릭 세계에서는 여자가 세 번 결혼한 것이나 프랭크 시나트라와 잠자리를 가진 것은 도저히 용납할 수 없는 결함이었다. 케네디는 먼로가 극작가와 결혼하기 위해 이혼까지 시켰다는 사실을 잘 안다. 그런데 그보다 불길한 건 시간이

지나면서 먼로가 백악관으로 들어올 환상까지 품은 것처럼 보인다
는 것이었다. 그래서인지 케네디는 먼로한테 "영부인 자질이 없다"
고 확실하게 못 박았다고 한다.

그렇다. 팜 스프링스에서 대통령과 이틀 밤을 보내는 동안 마릴
린이 어떤 확신을 얻었는지는 모르겠지만, 케네디는 케네디대로
마릴린은 재클린을 대신할 수 없다는 확신을 얻었다. 마릴린은 자
신과 함께 보낸 특별한 시간을 기념하라면서 케네디한테 크롬으로
도금한 론슨 아도니스 라이터를 선물했지만, 대통령에게는 세계
최고의 섹스 심벌과 함께 보낸 시간을 떠올릴 기념품 따위는 필요
하지 않았다.

케네디와 먼로가 간통했다는 뉴스가 세상에 나간다면 그 폭발력
은 상상을 초월할 것이다. 케네디 비밀경호대는 물론이고 서로 끈
끈하게 연결된 케네디의 '아일랜드 마피아' 멤버들은 대통령이 이
런 위험을 끊임없이 감수하는 이유가 도대체 무엇인지 궁금했다.
그들 중 상당수는 아일랜드의 옛 씨족 지도자에게는 원하는 여자
와 마음대로 잠자리를 갖는 특권을 누리던 기질이 있었고, 케네디
도 그 기질을 그대로 물려받았다고 생각하기로 했다. 대통령의 아
버지 조지프 케네디 역시 최근에 뇌졸중으로 쓰러지기 전까지 똑
같이 행동하지 않았는가.

또 다른 사람들은 형이 전사하고, 갓난아기가 죽고, 자신 역시 죽
을 고비를 넘기는 등 개인적으로 여러 비극적 사건을 겪다 보니 그

리 됐다고 믿기로 했다. 케네디 대통령이 살아 있는 현재를 최대한 즐기기로 마음먹었고, 즐기는 데는 뭐니뭐니 해도 섹스만한 것이 없지 않느냐면서.

게다가 케네디는 만성 통증을 앓고 있다. 겉으로는 건강해 보이지만 신경성 위통과 요통, 애디슨병으로 고생한다. 육체적인 활동이라곤 걷거나 요트를 타거나 가끔 필드에 나가서 골프를 치는 게 전부다. 승마도 거의 하지 않는다. 그리고 케네디 가문의 오랜 전통인 미식축구에 참여하는 횟수도 예전에 비해 현저하게 줄었다.

이 모든 것들 대신 대통령이 선택한 육체적인 활동이 바로 섹스라는 것이다. 케네디는 위험과 모험을 즐기는 편이었고, 불법 행위를 하면서 흥분하는 성향이 있었다. 케네디 가문 사람들이 하나같이 말하듯이 존 케네디는 "쫓아다니는 걸 죽이는 것보다 재미있어 했다."

"생일 축하합니다, 대통령 각하."

팜 스프링스에서 주말을 함께 보내고 두 달이 지나서 마릴린 먼로는 뉴욕 메디슨 스퀘어 가든에서 전통적인 생일 축하 노래를 최대한 음탕하게 불렀고, 청중은 넋이 빠진 얼굴로 그녀를 바라보았다. 몸에 착 달라붙는 드레스는 그녀의 앞뒤쪽 사람들 모두를 유혹했고, 가쁜 숨소리는 수많은 상상을 불러일으켰다. 영부인 자질이 없다는 케네디의 무뚝뚝한 평가에 자극받은 마릴린이 팜 스프링스의 로맨틱한 밤을 다시 시작하려고 필사적으로 애쓰는 중이다. 마

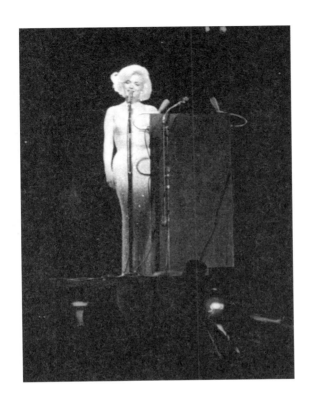

"생일 축하합니다. 대통령 각하." 마릴린 먼로가 1962년에 존 F. 케네디 생일파티에서 노래하고 있다. (게티 영상)

릴린이 마이크에 대고 가르랑거리는 고양이 소리로 말한다.

"생일 축하합니다."

이날은 1962년 5월 19일로 케네디의 진짜 생일 열흘 전이었다. 재클린은 이 자리에도 참석하지 않았지만 마릴린에 관해서는 모든 걸 알고 있었다. 하지만 권력자에게 쉽게 넘어가는 정서상 문제 있는 여자를 대통령이 이용했다는 생각에, 마음이 상하기보다 구역질이 났다.

대통령은 메디슨 스퀘어 가든 연단으로 오르면서 술을 마신 것처럼 보이는 마릴린과 한 번도 접촉하지 않았다. 하지만 마릴린을 쳐다보는 강렬한 눈빛은, 한 기자의 회상에 따르면, "정말 볼 만했어요. 눈빛으로 여성의 아름다움을 찬미하는 남자가 있다면, 바로 그 순간의 존 F. 케네디를 두고 한 말일 겁니다."

마릴린 먼로는 몇 번이나 백악관으로 전화를 걸 정도로 케네디에게 푹 빠져 있었지만, 막상 생일 축하 노래의 주인공은 무덤덤했다. 대통령은 프랭크 시나트라에게 그랬던 것처럼 마릴린하고도 최대한 거리를 두기로 한 것이다.

시나트라와 마찬가지로 마릴린도 케네디를 궁지로 몰아 대통령직에서 끌어내릴 수 있는 올가미였다. 적어도 이 순간만큼은 케네디가 성적 욕구를 극복하고 실용주의자로 돌아온 것이다. 물론 케네디는 성적 욕구를 충족하기 위해서라면 개인적으로 엄청난 위험도 기꺼이 감수하는 스타일이었다. 하지만 권좌와 관련된 문제라면 그는 도박을 하지 않았다. 먼로와 시나트라와 마피아를 자신을 권좌에서 끌어내릴 수 있는 적으로 간주하면서 일정하게 거리를 두는 편이 친구로 사귀는 편보다 훨씬 낫다고 보았다.

뉴욕의 충실한 지지자들을 모아놓은 생일파티 연단에서 대통령은 가톨릭 복사처럼 순결한 태도로 마이크에 대고 "이렇게 달콤하고 쾌활한 목소리로 생일 축하 노래를 들었으니, 이제 나는 정치에서 은퇴해도 여한이 없습니다"라고 말한다. 성적인 매력을 앞세운 속임수에 넘어가지 않겠다는 뜻이다.

그렇다고 대통령이 모든 혼외정사를 포기한 건 아니었다. 재클린의 침대에서 19살 처녀에게서 처녀성을 빼앗으며 이제 막 새로운 관계를 시작했으니 말이다.

대통령직은 힘겹고 외로운 자리다. 메디슨 스퀘어 가든에서 생일파티를 하는 동안은 그런 압박에서 잠시 벗어날 수 있다. 게다가 존 케네디는 생일파티의 덕을 톡톡히 보았다. 선거유세가 한창일 때 열린 생일파티에서는 민주당이 100만 달러가 넘는 후원금을 모금하기도 했다. 대통령은 이런 특별한 생일파티를 즐길 기회가 단 한 번밖에 남지 않았다는 사실을 알 리 없었다.

머나먼 소련 민스크에서 리 하비 오즈월드는 마침내 조국으로 돌아가는 데 필요한 복잡한 절차를 모두 마무리했다.

이제 그는 마리나와 생후 5주가 된 갓난아기 '준 리'와 함께 기차를 타고 모스크바에 있는 미국 대사관으로 가서 여행 서류를 받아야 한다.

5월 18일, 오즈월드는 '고린존트(지평선)' 전자공장에서 면직되었다. 그가 떠나는 걸 슬퍼하는 사람은 별로 없었다. 공장 책임자는 오즈월드가 지나치게 민감한 데다 부주의하고 창의력도 없다고 생각했다. 심지어 마리나까지 남편이 게으른 데다 지시받는 걸 싫어한다고 생각했다.

1962년 5월 24일에, 오즈월드 부부는 모스크바에 도착했다. 이

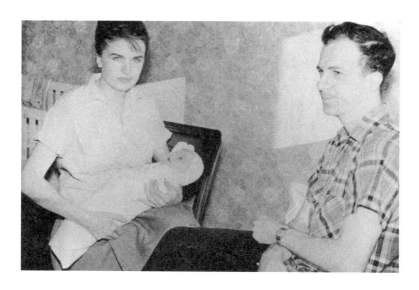

딸을 안은 마리나와 리 하비 오즈월드. 1962년.
(게티 영상)

날은 해군시험비행학교 조종사 스콧 카펜터가 미국인으로서 두 번
째로 지구 궤도를 순회한 우주비행사로 다시 태어난 날이었다. 케
네디 대통령은 전국적인 건강보험 채택 문제를 놓고 상원과 씨름
하다가 이 소식을 전해 듣고 즉석에서 카펜터의 용기와 실력을 칭
찬했다.

6월 1일, 오즈월드 부부는 모스크바에서 네덜란드로 가는 기차
에 올랐다. 주머니에는 미국에서 새로운 인생을 시작할 비용으로
미 대사관에게서 받은 약속어음 435달러 71센트가 들어 있었다.
6월 2일, 미 해군성 장관 존 코넬리는 텍사스 주지사 후보 민주당

경선에서 승리했고, 오즈월드 부부가 탄 기차는 브레스트에서 소련 국경선을 넘었다. 그리고 이틀 후에는 미국으로 향하는 여객선 'SS 마사담'에 오를 수 있었다. 오즈월드는 항해하는 내내 선실에서 꼼짝도 하지 않았다. 오즈월드는 마리나가 입은 싸구려 옷이 창피해 아내와 함께 사람들 앞에 나서고픈 마음이 전혀 없었다. 그는 코딱지만한 선실에서 정부 권력에 대한 환멸을 주제로 광기 어린 글을 쓰며 시간을 보냈다.

마사담은 1962년 6월 13일에 뉴저지 주 호보켄(프랭크 시나트라가 태어난 고향)에 도착했다. 오즈월드 부부는 세관을 무사히 통과해, 뉴욕 타임스퀘어 호텔에 조그만 객실을 얻었다. 거기에 머물며 돈을 구하는 대로 오즈월드의 형인 로버트가 사는 텍사스로 날아갈 예정이다. 오즈월드는 그곳에 가면 직장을 구하고 정착할 수 있으리라고 믿었다.

이튿날인 6월 14일 아침, 머나먼 베트남에서는 월남군이 미군 헬리콥터를 타고 공산주의 거점을 공격하는 작전을 펼쳤다. 하지만 이 작전 때문에 미국은 공산주의가 전 세계로 퍼지는 걸 막기 위해서 전쟁을 벌여서라도 동남아시아 사태에 직접 관여하려던 정책에서 한발 뒤로 물러나지 않을 수 없었다.

한편, 형이 돈을 빌려준 덕분에 리 하비 오즈월드는 가족과 함께 댈러스로 날아갈 수 있었다. 댈러스에는 불만에 가득 찬 사람들이 많았다. 모든 게 고통스럽다고 여기는 오즈월드의 마음을 그대로 반영하기라도 하는 것처럼. 미국 최남단인 이 지역은 선거 기간에는 케네디를 지지했지만, 처음으로 가톨릭 출신 대통령이 나온 데다, 케네디가 인종 문제에 지나치게 의욕을 보인다며 분통을 터뜨리는 사람들도 있었다. 심지어 이들 중에는 케네디한테 공산주의 경향이 있다고 보는 사람들도 있었다.

오즈월드 가족은 바로 이런 환경에 뛰어들었다. 그들은 마침내 '러브 필드'라는 댈러스 지역 공항에 발을 디뎠다. 이곳은 17개월 뒤에 대통령이 영부인과 함께 공군 1호기를 타고 착륙할 곳이기도 했다.

오즈월드는 자신이 미합중국으로 돌아왔는데 전국지 언론은 둘째치고 지역 언론조차 전혀 관심을 보이지 않는다는 사실에 낙담하고 분노했다. 하지만 그를 주목하는 쪽은 따로 있었다. 사실 오즈월드는 자신도 모르는 사이에 은밀하면서도 집중적인 관찰 대상이 되어 있었다.

6

미국 대통령은 유약한 인간이야!

적어도 소련 지도자 니키타 흐루쇼프는 그렇게 생각했다. 물론 신체적으로가 아니라 현실정치라는 치열한 국제정치 영역에서 그렇다는 이야기다.

흐루쇼프는 피그스 만 사태 이후 케네디를 유심히 지켜보았다. 그는 당시에 케네디 대통령이 보인 우유부단하고 연약한 모습이 대통령의 본래 성향인지 계속 탐색했다. 이오시프 스탈린의 자리를 잇기 위해 잔인한 정치 투쟁을 거쳐 권력을 거머쥔 68세의 흐루쇼프는 상대의 장점과 약점을 파악하는 방법을 잘 알았다. 그의 눈에는 케네디가 훌륭한 경쟁자로 보이지 않았다. 9월이 되면 흐루쇼프가 권력을 잡은 지 10주년 기념일을 맞는다. 그는 그날을 소련이 세계를 지배하는 기념일로 삼을 계획이다. 그러니 그 전에 미국 대통령을 굴복시킬 수 있다면 더할 나위 없이 좋은 일이다.

이 당시 소련은 지구 궤도에 우주선 한 대가 아니라 두 대를 동시에 발사해서 우주를 장악했다며 자화자찬하고 있었다. 게다가 각자 다른 우주선을 조종하는 우주비행사가 무선전화 장비로 서로 통신해서 소련의 탁월한 미사일 기술을 증명까지 한 터였다.

나아가 흐루쇼프를 비롯한 소련 정치국은 국제핵무기실험금지 협약을 비웃으며 북극에서 40메가톤급 핵무기 실험을 일주일 간격으로 두 차례나 실시했다.

또한 이들은 독일 베를린의 심장부에 140킬로미터에 달하는 장벽을 세웠다. 소련이 통제하는 지역과 서방 연합국이 통제하는 지역을 분리한 것이다. 사람들이 못 넘어오게 하기 위해서라기보다는 공산주의 동독 시민을 가두어서 자유로운 서독으로 도망치는 걸 막으려는 의도였다. 결과는 끔찍했다. 1962년 8월 23일, 동독 국경수비대는 19살짜리 철도경찰이 아직 공사가 끝나지 않은 장벽 구멍을 통해 서독 쪽으로 넘어가는 순간에 총을 쏘았다. 젊은 경찰은 몇 미터 남지 않은 자유 구역으로 기어서라도 가려고 몸부림치다가 결국 의식을 잃었다. 동독 수비대원들은 그가 죽어가는 장면을 지켜만 볼 뿐, 도와줄 생각을 하지 않았다.

일주일 전에도 젊은 독일인이 동독에서 도망치다가 총에 맞는 사건이 일어났다. 그때도 국경수비대는 총에 맞은 사람이 한 시간에 걸쳐 피를 흘리며 천천히 죽어가는 장면을 지켜만 보았다. 누구도 구하러 갈 수 없었다. 서베를린에서는 소련의 행동에 항의하는 시위를 벌였지만 아무 소용이 없었고, 비슷한 사건은 되풀이되었다.

소련의 이런 잔혹한 행위에도 케네디 대통령은 공공연하게 보복을 천명하거나 비판하는 경솔한 행위를 자제했다. 그런데도 미국인들은 변함없이 존 F. 케네디를 지지했다. 케네디는 미국 현대사에서 가장 인기가 높은 대통령으로 지지율이 70.1퍼센트에 달했다. 아이젠하워보다 6퍼센트가 높고 해리 트루먼보다는 무려 25퍼센트나 높은 수치다. 하지만 이런 미국 국민이라도 피그스 만 사태 같은 실수를 또 저지르면 대통령을 용서하지 않을 것이다. 따라서 케네디는 외교정책이라는 위험부담이 높은 분야에 아주 조심스럽게 대처하는 소극적 전술을 택했다.

하지만 린든 존슨은 외교 분야에서 소극적으로 대처하는 타입이 아니었다. 비밀경호대가 '지원병'이라는 암호명으로 부르는 부통령은 지금 무개차 앞좌석에서 일어서 있다. '중동의 파리' 레바논의 수도 베이루트가 존슨을 환영하고 있다. 존슨은 '페니키아 호텔'로 가는 도로변에 쭉 늘어선 군중을 향해 손을 흔들었다.

부통령은 어느 나라를 가든 군중 속으로 파고들어 LBJ라는 이니셜이 찍힌 볼펜과 라이터를 나누어준 다음, 격려 연설을 시작한다. 부통령은 다카르에 있는 나병 환자에게도, 카라치의 벌거벗은 거지에게도 기꺼이 다가가 악수를 나누며, 아메리칸 드림은 허구가 아니라고, 아무리 가난해도 희망은 있다고 말한다.

게다가 무엇보다 중요한 건 린든 존슨 자신이 이렇게 믿는다는 사실이었다. 존슨은 가난한 집에서 태어나 평균 이하로 살아가는 소외당한 사람들의 생활을 직접 체험해봐서 누구보다 잘 안다. 이 때문에 부통령은 자신을 수행하는 부유한 외교관들보다 허름한 차림으로 길거리에 늘어선 군중에게 감정적으로 더 깊은 친밀감을 느끼곤 했다.

눈 주변이 까무잡잡한 존슨은 셔츠가 땀에 흥건하게 젖을 만큼 열정적으로 일하는 거인으로 유명했다. 그런데 워싱턴에 있는 동안은 아무 권력도 쥐지 못한 현실을 한탄하며 침울하게 지내야 했다. 하지만 해외순방에 나서면 미국의 부통령이라는 직함에 어울리게 인기스타에 버금가는 환호를 받았다. 존슨은 그럴 때마다 기묘한 행동을 하기로 유명한데, 충동적으로 자동차 행렬을 세우고는 무개차 리무진에서 뛰어내려 인파 속으로 뛰어들기도 했다.

베이루트에서도 다르지 않았다. 이란, 그리스, 터키, 사이프러스, 이탈리아를 도는 19일에 걸친 해외순방에 나선 부통령의 일정은 이제 막 시작이다. 애초에 레바논은 707기에 연료를 넣기 위해 잠시 들르기만 할 계획이었다. 하지만 존슨은 자신 같은 미국의 최고위 관리가 레바논에 온 건 처음이란 말을 듣는 순간 생각이 돌변했다. 예정에 없던 레바논 공식 방문 일정이 시작된 것이다. 부통령은 곧바로 공항을 벗어나 베이루트 시내를 향해 달렸다.

교통 정체로 자동차 행렬이 속도를 줄일 즈음, 존슨은 도로변의 인파를 둘러보다가 멜론 가판대에 서 있는 아이들을 발견했다. 그는 운전사에게 멈추라고 지시했다. 직접 눈을 마주칠 요량으로 선글라스를 재빨리 벗은 그는 깜짝 놀라는 아이들에게 달려가 아메리칸 드림이 발휘하는 무한한 가능성에 대해 설파했다. 아이들은 대부분 갑자기 나타난 이 거구의 외국인을 어떻게 대해야 할지 몰라 몹시 당황했다. 그런데도 'Champion Spark Plugs'(미국 회사명-옮긴이)라는 글자가 인쇄된 모자를 쓴 한 10대에게 미합중국은 레바논의 '자유와 독립'을 지지한다고 역설했다.

존슨은 아이들을 상대로 두 팔을 흔들며 커다란 목소리로 연설했다. 비밀경호대가 또다시 안전을 무시한 부통령의 행동에 당혹스러워하며 급히 에워싸고서야 존슨은 잽싸게 몸을 돌려 무개차 리무진 앞자리에 다시 올라탔다. 그러고는 베이루트 심장부로 들어가면서 인파를 향해 당당한 자세로 쉴 새 없이 두 손을 흔들었다.

린든 존슨의 해외순방 격식은 꽤 까다로운 편이었다. 자신이 탈 리무진은 물론이고, 커티사크 스카치위스키와 물줄기를 독특하게 뿜어대는 샤워기를 늘 가지고 다녔다. 게다가 호텔에 묵을 때에는 2미터가 넘는 기다란 매트리스를 요구했다. 체구가 워낙 컸기 때문이다. 하지만 잠자는 시간은 그리 많지 않았다. 참모진이 모두 잠든 다음에도 린든 존슨은 워싱턴과 통화하거나, 외교전문을 읽으면서 늦게까지 일하는 타입이었다.

처음에 존슨은 자신을 해외순방 전권대사로 이용하려는 케네디의 저의에 강한 거부 반응을 보였다. 하지만 지금은 이런 역할을 굉장히 즐긴다. 워싱턴의 백악관 관계자들 중에는 권력을 갈망하는 존슨의 태도를 슈어드(에이브러햄 링컨 집권 시절 권력에 굶주린 국무장관-옮긴이)에 비유하면서 흥보는 사람들도 있다. 하지만 워싱턴에서야 뭐라든 외국에 나가면 존슨은 얼마든지 진짜 권력자가 될 수 있었다. 대통령을 대신해서 발언해야 했지만 기분이 내키면 자기 마음대로 내용을 비틀기도 했는데, 존슨은 이런 순간들을 은근히 만끽했다.

물론 케네디 형제는 이런 존슨이 너무 무책임하다며 짜증스러워했다. 예를 들어 아시아를 순방할 때에 존슨은 베트남 대통령 고딘 디엠을 높이 평가했는데, 사실 그는 공산주의자로 의심받는 베트남인들 5만 명을 고문하고 학살한 장본인이었다. 그런데도 존슨은 디엠이 '아시아의 윈스턴 처칠'이 될 거라고 엉뚱한 소리를 지껄여댔으니, 워싱턴으로서는 부통령이 제정신인지 의심하지 않을 수 없었다.

태국에서 존슨은 새벽 3시에 파자마 차림으로 기자회견을 열었다. 그리고 태국에서는 누가 자기 머리를 쓰다듬으면 모욕을 당했다고 여긴다는 보좌진들의 주의를 듣고서도 시내버스에 올라타자마자 커다란 손으로 승객들 머리를 쓰다듬기도 했다.

사이공에서는 이보다 훨씬 심했다. 찜통처럼 더운 호텔 객실에서 기자회견을 하던 존슨은 도저히 참을 수 없었던지 갑자기 옷을 벗고 온몸에서 흐르는 땀을 수건으로 닦았고, 새 옷으로 갈아입으면서 기자들의 질문에 대답했다.

하지만 베이루트에서는 굳이 옷을 벗을 필요가 없었다. 페니키아 호텔은 푸르른 지중해에서 딱 두 블록밖에 떨어져 있지 않아 시원한 바닷바람이 8월의 열기를 식혀주었다. 이번에는 어느 때보다 장기간 해외순방을 할 예정이지만 부통령은 개의치 않고 매순간을 즐겼다. 미합중국에서 벗어난 19일 동안의 하루하루가 그를 강력한 인물로 만들어주기 때문이다.

❖

한편, 국내에서 로버트 케네디는 완전히 다른 유형의 권력 투쟁에 직면했다. 이번 일은 7년 전에 발생한 사건에서 그 연원을 찾을 수 있다.

1955년, 에밋 루이스 보보 틸이라는 14살 흑인 소년이 친척을 방문하러 미시시피 삼각주에 있는 '머니'라는 마을을 찾았다. 시카고 출신인 에밋은 어머니가 성장한 외가 마을에 오기 위해 미국 최남단까지 꽤 장거리 여행을 했다. 소년은 어릴 때 소아마비를 앓으면서 말을 더듬는 습관이 생겼다. 키는 160센티미터밖에 안 됐지만 14살치고는 얼굴이 성숙해 보여서 어른으로 오해받을 때가 많았다. 하지만 자세히 들여다보면 아직 앳된 얼굴이었다.

에밋의 어머니는 아들에게 미시시피는 시카고와 완전히 다르다고 주의를 주었는데, 그건 날씨 이야기가 아니었다. 에밋이 시카고를 떠나기 일주일 전에도 외가 마을인 머니에서 그리 멀지 않은 법원 앞에서 흑인 한 명이 백인이 쏜 총에 맞아 죽었다. 사람을 죽였는데도 살인자는 처벌받지 않고 얼마 후 풀려났다.

에밋은 어머니에게 남부의 인종차별 풍토는 자신도 잘 안다면서 조심하겠노라고 약속했다. 그러나 지킬 수 없는 약속이 되어버렸다.

소년이 64세인 작은외할아버지 모세 라이트가 사는 방 두 칸짜리 조그만 집에 도착한 것은 1955년 8월 21일이었다. 그로부터 3일 후인 수요일에 에밋은 또래인 사촌들 여럿과 함께 브라이언트의 식료품 가게로 놀러 갔다. 인근 소작인들이 자주 이용하는 조그만 가게였다. 시간은 저녁 7시 30분경이었다. 이 가게의 주인은 군인 출신인 24살 로이 브라이언트였는데, 그는 뉴올리언스에서 샌안토니오로 보낼 새우를 전달하기 위해 텍사스로 떠났다. 가게는 21살 먹은 그의 아내 캐롤라인이 지키고 있었다. 까만 머리칼에 눈이 까맣고 덩치가 자그마한 여자였다.

에밋과 흑인 소년 7명은 1946년형 포드를 타고 상점으로 왔다. 모두 13살에서 19살 사이였다. 그들은 상점 입구에 놓인 탁자에서 체스를 두던 흑인 청소년 무리를 만났다. 수천 킬로미터 떨어진 곳에서 온 에밋은 그들과 어울리기 위해 청소년다운 허세를 부렸다. 지갑에서 백인 여자애 사진을 한 장 꺼내 아이들에게 보여주면서 함께 잠자는 사이라고 허풍을 친 것이다.

어느덧 20명 정도로 불어난 흑인 소년소녀들은 그 말을 도저히 믿을 수 없었다. 그런 식으로 인종이 섞인다는 얘기를 미시시피에서는 들어본 적이 없었다. 흑인은 공중화장실과 수돗물을 함께 쓰지 못하는 것은 물론이고 식당에서도 백인과 같은 테이블에 앉을 수 없다. 아니, 백인이 먼저 손을 내밀지 않는 한 백인과 악수하는 것조차 꿈도 꾸지 못할 일이었다. 흑인은 백인과 얘기할 때는 시선을 내리깔아야 하고, '나리'나 '마님', '아가씨'라고 부르면서 존경심을 표해야 한다. 이름을 부르는 건 절대 안 된다. 그래서 백인 여자애와 말을 나눈 건 물론이고, 옷까지 벗겨서 잠자리에 함께 눕기도 했다는 에밋의 주장은 아이들 사이에서 엄청난 불신을 불러왔다.

흑인 아이들이 에밋에게 증명해보라고 요구했다. 가게에 들어가서 캐롤라인 브라이언트에게 말을 걸어보라는 것이었다. 위험을 느낀 에밋은 뒤로 빼려고 했다. 그 모습을 본 흑인 아이들은 겁쟁이라고 에밋을 놀리기 시작했고, 에밋은 오기가 발동해 사탕 진열대로 가서 여주인에게 풍선껌 2센트어치를 달라고 말했다. 캐롤라인이 풍선껌을 건네자, 에밋은 상대방 손을 잡고 어린애가 둘이나 있는 유부녀에게 데이트를 신청했다.

시카고에서는 남자가 여자 손을 잡는 게 큰일이 아닐 수 있었다. 하지만 최남단 지역에서는 흑인이 백인과 피부를 접촉하는 것 자체가 금기였다. 가게에서 계산을 할 때도 흑인은 백인 손바닥 위가 아니라 계산대에 돈을 올려놓는다. 백인도 잔돈을 거슬러줄 때 계산대에 올려놓는다. 그런데 에밋은 백인 유부녀의 손만 잡은 게 아니라 데이트 신청까지 한 것이다.

캐롤라인은 깜짝 놀라며 손을 빼냈다. 그러나 에밋은 여기서 끝내기는커녕 이번에는 더 가까이 다가가 허리춤을 잡으며 설득했다.

"나를 겁낼 필요 없어요, 아가씨. 나는 전에도 백인 여자를 사귀었어요."

캐롤라인이 그를 밀쳤고, 에밋은 가게에서 나왔다. 화가 잔뜩 난 캐롤라인은 자동차로 달려가서 남편의 권총을 꺼내 들고 에밋을 쫓아왔다. 늦은 시간이라서 행여나 해코지를 당할까 봐 겁이 난 것이다.

하지만 에밋은 캐롤라인에게 해코지할 의도가 전혀 없었다. 그냥 장난이었다고 상황을 설명하고 싶었지만, 그는 급할 때 말을 더듬는 버릇이 있었다. 그리고 이렇게 말을 더듬게 되면 말 대신 차라리 휘파람을 부는 습관도 있다. 그래서 그는 이번에도 캐롤라인에게 휘파람을 불었다. 캐롤라인은 다시 충격에 휩싸였고, 그 광경을 지켜보던 흑인 소년소녀들도 똑같이 충격에 휩싸였다. FBI 조사 보고서에 따르면 그들은 "휘파람 때문에 문제가 일어날 거라고 예감했다. 그래서 에밋을 데리고 그 자리를 급히 떠났다."

집으로 돌아온 로이 브라이언트는 젊은 아내에게서 사건의 전말을 듣자마자 직접 수사에 나섰다. 8월 28일 새벽 2시 30분, 로이 브라이언트가 에밋의 작은외할아버지 모세 라이트의 집 대문을 두드렸다. 브라이언트 옆에는 밀람이 있었다.

밀람은 브라이언트보다 열두 살 위였다. 덩치가 크고 성격이 활달한 그는 전형적인 미시시피 출신으로 중학교 3학년을 마치고 제2차 세계대전에 참전해 독일에서 싸웠다. 두 사내는 콜트 45구경 권총 한 자루씩을 지니고 있었다. 브라이언트는 연발권총이었고 밀람은 자동권총이었다. 두 사내는 '말을 건 흑인이' 어디에 있느냐고 모세를 다그쳤다.

겁에 질린 모세가 두 사내를 조그만 뒷방으로 데려갔다. 그 방에는 에밋이 사촌 셋과 함께 잠을 자고 있었다. 밀람은 에밋의 얼굴에 손전등을 비추며 물었다.

"네놈이 말을 건 흑인이냐?"

"그렇다"는 대답이 돌아왔다.

"나한테 그렇다고 말하지 마. 머리통을 날려버릴 테니까. 옷이나 걸쳐."

모세는 아내와 함께 두 사내한테 한 번만 봐달라고 사정하다가 급기야 돈까지 주며 무마하려고 했지만, 브라이언트와 밀람은 그럴 생각이 없었다. 그들은 에밋을 밀람의 픽업트럭에 태우고 어둠 속을 달렸다.

그들은 에밋을 털러해차이 강변의 절벽으로 데려가서 권총으로 때린 다음, 절벽 밑으로 떨어뜨리겠노라고 위협해서 겁을 줄 생각이었다. 하지만 사방이 워낙 어두워서 밀람은 그곳을 찾지 못했다. 주변을 세 시간이나 맴돈 끝에 결국 밀람은 픽업트럭을 자기 집으로 몰고 갔다. 그 집 뒷마당에는 연장을 보관하는 두 칸짜리 헛간이 있었다. 두 사람은 에밋을 헛간으로 끌고 들어가서는 번갈아가며 권총으로 얼굴을 때렸다. 에밋의 얼굴은 맞아서 멍이 들긴 했지만 피가 나는 정도는 아니었다. 게다가 에밋은 기가 죽기는커녕 오히려 대들고 나섰다. 에밋이 소리쳤다. "개새끼들, 나는 네놈들이 두렵지 않아! 나도 너희랑 똑같은 인간이야!"

마침내 거구 밀람이 분노를 폭발했다. 밀람은 나중에 《월간 루크》와의 인터뷰에서 이렇게 말했다. "나는 약한 사람이나 괴롭히는 깡패가 아니에요. 흑인을 해친 적도 한 번도 없어요. 나는 흑인을 좋아해요, 자기 분수만 알면. 나는 흑인 다루는 법을 알아요. 그런데 몇 명한테 본때를 보일 때가 되었다는 생각이 든 거예요. 내가 제대로 본때만 보이면 흑인도 자기 분수를 깨달을 테니까요."

그런데 에밋은 자기 분수를 모르는 게 분명했다. 자신도 똑같은 인간이라고 하질 않나, 심지어 백인 여성과 잠자리를 했다는 말까지 떠벌이니 말이다. 인종차별이 덜한 시카고에서 통용되는 일반 상식대로 흑인과 백인은 평등하다는 에밋의 믿음에 밀람과 브라이언트는 폭발했다. 밀람은 이렇게 회상했다. "나는 헛간에 가만히 서서 그 흑인놈이 떠벌이는 말도 안 되는 주장을 들었어요. 그러다가 마침내 결정을 내렸지요. 그리고 말했어요. '시카고 꼬마, 너 같은 부류가 여기 와서 문제를 일으키는 건 정말 지겨워. 엿이나 먹으라고. 이제 나는 네게 본때를 보여주겠어. 그래서 나와 우리 친구들이 어떻게 할 수 있는지 모두에게 똑똑히 보여주겠어.'"

이제 밀람과 브라이언트는 에밋을 겁주는 것에는 더 이상 관심이 없었다. 그들은 에밋을 죽이기로 마음먹었다!

밀람은 근처에 있는 방적공장에서 얼마 전에 기계에 달린 환풍기를 하나 바꿨다는 사실을 기억해냈다. 떼어낸 환풍기라면 밀람이 마음먹은 계획에 딱 들어맞았다. 지름이 150센티미터나 되고 무게는 35킬로그램에 달하는 아주 거대한 환풍기였다. 두 사람은 방적공장으로 차를 몰고 가 내버린 환풍기를 훔친 다음, 밀람이 다람쥐를 사냥하러 자주 가는 은밀한 공간을 찾아 탤러해차이 강변을 따라갔다. 둘은 강제로 에밋한테 환풍기를 강가로 운반하라고 시켰다. 그런 다음 옷을 벗게 하고는 밀람이 물었다.

"지금도 나랑 똑같은 인간이야?"

"그렇다."

자신보다 적어도 열 살은 많은 두 사내 앞에서 벌거벗고 서 있는 처지였지만 에밋은 용기를 잃지 않았다. 에밋의 얼굴에서는 피가 줄줄 흘렀고 광대뼈는 부러졌으며, 한쪽 눈에서는 눈알까지 튀어나왔다.

"아직도 백인 여자랑 잤어?"

"그렇다."

밀람은 45구경 권총을 들어서 에밋의 머리에 대고 쏘았다. 총알이 조그만 구멍을 내면서 오른쪽 귀 옆으로 파고들며 14살 소년을 즉사시켰다. 밀람과 브라이언트는 가시철사로 에밋의 목을 둘둘 감아서 환풍기에 매달았다. 그들은 환풍기와 시신을 함께 굴렸다.

마침내 거대한 금속덩이를 매단 시신이 강물에 빠졌다. 그들은 집으로 가서 픽업트럭 뒷좌석에 고인 피를 닦아냈다.

몸에 무거운 환풍기를 묶었는데도 에밋의 시신은 물살에 떠밀렸다. 그리고 3일 뒤, 13킬로미터 떨어진 하류에서 물에 잔뜩 불은 채 둥둥 떠가는 시신을 어부들이 발견했다. 총알이 지나간 머리는 납작했다.

에밋의 시신은 시카고로 옮겨졌다. 장례식을 치르던 그의 어머니는 관을 열어서 자기 아들에게 가해진 범죄를 온 세상에 알리겠노라고 선언했다. 잔뜩 얻어맞은 데다 납작해져버린 에밋의 얼굴 사진은 잡지에 실려 전국으로 퍼졌다. 전국 각지에서 그 사진을 본 수많은 사람들이 살인자를 규탄했다.

하지만 미시시피에서는 아니었다. 나중에 경찰이 브라이언트와 밀람을 검거했지만, 두 사람은 3개월 뒤에 백인 배심원들의 무죄 판결로 석방되었다. 동일 범죄로 두 번 재판받지 않는다는 일사부재리의 원칙을 적용받은 두 사내는 나중에 자신들이 에밋 틸을 살해한 날에 대해 《월간 루크》 기자에게 자랑을 늘어놓았다. 모두가 사건의 진실을 알게 된 것이다.

1962년까지 존 F. 케네디는 인권투쟁에 앞장서고픈 마음이 별로 없었다. 흑인 친화적인 입장을 취하면 민주당 내부에서 공격해올 수 있다는 사실을 잘 알았기 때문이다. 실제로 케네디는 상원의원 시절에도 인종 문제에 대해 지극히 평범한 주장 이상을 한 적이 거의 없다. 1954년에 브라운(8살짜리 딸이 흑인이라는 이유로 집에서 가까운 백인 학교로의 전학을 거절당하자 토피카 교육위원회를 상대로 소송했다-옮긴이)이 교육위원회를 상대로 벌인 소송에서 모든 학교는 백인과 흑인을 통합하라고 명령한 대법원의 획기적인 판결 이후, 남부에서는 백인과 흑인 사이에 긴장이 한없이 고조되어 에밋 틸 살해 사건 따위는 더 이상 특별한 사례도 아닐 정도였다. 판결 직후, 미시시피의 한 지역 신문 사설이 "이번 판결 때문에 인간의 피가 남부의 흙 곳곳을 물들일 것이다"라고 한 예언이 그대로 맞아떨어진 것이다.

하지만 로버트 케네디는 1961년 5월에 조지아 대학교 법과대학에서 열린 '법의 날' 기념 강연을 시작으로, 자신이 지휘하는 법무부를 활용해 미국 전역에서, 특히 남부에서 인권을 강화하겠다는 원칙을 분명하게 밝혔다. 1619년 아프리카 노예를 미국에 처음 들여온 날부터 시작된, 끝날 줄 모르는 힘겨운 전투에 뛰어든 것이다. 로버트 케네디는 이 싸움에서 입장을 분명히 하면 아주 위험한 적들이 여기저기에서 새롭게 생겨날 수 있다는 사실을 잘 알고 있었지만 물러서지 않았다.

이런 기조에서 로버트 케네디는 1961년, '자유의 기수'라고 알려진 인권 활동가들이 인종차별과 싸우기 위해 버스를 타고 남부로 내려가는 걸 도왔다. 그레이하운드 회사는 버스가 부서질 것을 염려해 처음에는 북부 활동가들을 거부했으나, 로버트 케네디의 압력을 받고 양보했다.

하지만 로버트 케네디도 그 뒤로 일어날 사건을 막을 수는 없었다. 활동가들이 버스에서 내리는 순간, 성난 군중이 몰려들어 파이프와 방망이로 그들을 무차별 구타한 것이다. 이 야만적인 폭력 행위를 현지 경찰은 구경만 하고 있었다. 하지만 이런 폭력에도 불구하고, 아니 이런 폭력 때문에, 인권운동은 새로운 동력을 부여받았다. 이후 로버트 케네디는 침례교 목사 마틴 루서 킹이 카리스마 넘치는 웅변으로 가장 유명한 지도자 가운데 하나로 부상하는 과정을 관심 있게 지켜보았다.

킹 목사는 케네디 대통령만큼이나 진정성이 있었지만 다른 한편 불가해한 인물이기도 했다. 종교적 세계관에 깊이 빠져 있으면서도 혼외정사를 일삼은 것이다. 심금을 울리는 그의 화려한 웅변은 대담하고 감동적이었다. 그는 간디가 인도에서 그랬던 것처럼 목적을 달성하는 방법으로 비폭력을 주창했다. 그런데 어찌 보면 공산주의에 동조하는 것처럼 보이기도 했다. 그래서 로버트는 한편에서 킹 목사가 공산주의자일지 모른다고 의심하면서도, 다른 한편에서는 자유로운 연설을 보장해서 인권이란 대의를 밀고 나갈 수 있도록 보호해야 하는 묘한 처지가 되었다. 1958년에 미친 흑인 여성이 킹 목사의 가슴을 칼로 찔러 죽이려는 암살 시도가 이미 한 차례 있었던 데다가, 미국 남부를 돌아다니다가 자칫 매 맞아 죽을 수도 있다는 우려도 컸기 때문이다.

다른 한편에서 인권운동은 로버트 케네디에게 엄청난 골칫거리였다. 무엇보다 법무부의 핵심 조직인 FBI가 인권에 별다른 관심을 보이지 않을 뿐 아니라, 로버트의 또 다른 관심사라고 할 수 있는 범죄 조직 검거에도 관심을 보이지 않았기 때문이다. 에드거 후버는 공산주의 확산을 막는 데에만 모든 관심을 집중했다. 지금도 충분히 행복한데 군이 빌라도 총독 역할을 자처하여 인종 갈등으

FBI 에드거 후버 국장은 인권운동 지도자는 물론이고 대통령까지 사찰해서 문서로 기록했다.
(애비 로위/보스턴/존 F. 케네디 대통령 박물관 도서관)

로 인해 흐를 피를 자기 손에 묻힐 이유가 없었던 것이다. FBI가
1962년까지 채용한 흑인 수사관 역시 극소수에 불과했다.

그렇다고 후버가 킹 목사에게 완전히 무관심한 것도 아니었다.
하지만 그 관심은 인권운동이 미국을 해치려고 공산주의자들이 벌
이는 또 다른 음모라는 FBI 내부의 광범위한 믿음 때문이었다. 한
예로, FBI 분소 책임자 윌리엄 설리번은 킹 목사를 "공산주의와 흑
인 인권운동과 국가안보라는 관점에서 볼 때 앞으로 나라 전체에
서 가장 위험한 역할을 할 흑인"으로 규정했다.

❖

　로버트 케네디는 미국 남부 지역 대부분에서 흑인이 현실적으로 아무런 보호를 받지 못하며, 편견과 폭력에 시달리고 있다는 걸 잘 알고 있었다. 두 케네디 형제는 사회 문제보다 정치 문제를 중요하게 여기는 것이 케네디 가문의 전통인 데다가 북부의 유복한 자유주의 분위기에서 성장했다는 한계에도 불구하고, 인종차별 문제를 제대로 해결해야 할 필요성을 인식하기 시작했다.

　반면, 에드거 후버는 이런 일에 집착하는 건 멍청한 짓이며, 킹 목사의 연설은 얼마 안 가 잊히고 말 거라고 확신했다. 후버에게 인권운동은 한때의 유행에 불과했다. 그는 이런 유행 따위는 아랑곳하지 않고 제1차 세계대전 당시에 법무부에 몸을 담은 뒤로 끊임없이 벌여온 정치 게임에만 열중했다. 그는 대통령의 경솔한 행동은 빠지지 않고 기록으로 남기지만 흑인들의 시위 사태에도 불구하고 로버트 케네디의 열정적인 스타일에 대해서는 입도 벙긋하지 않았다. FBI 국장 자리를 지키는 것이 무엇보다 중요했다.

　물론 그렇다고 후버가 케네디 형제를 좋아할 필요는 없었다. 실제로도 그는 그 둘을 좋아하지 않았다.

　로버트는 존 F. 케네디가 1964년 재선에 성공하면 가장 먼저 할 일이 에드거 후버의 해고란 걸 잘 알고 있었다. 그래서 FBI 국장이 협조하지 않아도 참았다. 그는 FBI와 별도로 인권침해 사례를 조사할 것을 지시했다. 그러다 보니, 쉽게 풀리는 일이 거의 없었다. 예를 들어, 연방법원에서 에밋 틸 살해 사건을 처리하려면 상원에게 특별 판사를 승인받아야 한다. 하지만 이 간단한 절차도 재판을 무기한 중단하라는 상원의원의 명령 하나로 좌절되고 만다. 상원 소위원회에서 승인받으려던 서굿 마셜 판사는 흑인이었고, 재판 절차를 막은 상원의원은 백인이었다.

하지만 로버트 케네디는 미국 법무장관으로서 미국 헌법을 지키겠노라고 선서한 사실을 잊지 않았다. 따라서 에밋 틸 같은 소년이 피부색 하나 때문에 폭행당해 죽는 상황을 개선하는 것은 로버트의 명예로운 역할이었다. 그러니 로버트로서는 이번 전쟁에 나설 수밖에 없었다.

1962년 8월 16일, 텍사스 포트워스는 잔인할 정도로 더웠다. 에드거 후버가 공산주의와 벌이는 전쟁에서 전사로 활약하는 존 페인과 아널드 브라운 FBI 특별수사관은 리 하비 오즈월드를 살피기 위해 하루 종일 잠복 수사 중이었다. 두 사람은 오즈월드가 메르세데스 거리에 월세로 새로 얻은 연립주택 바로 아래쪽 도로, 그러니까 몽고메리 워드 백화점 모퉁이에 세워둔 아무 특징 없는 자동차 안에 앉아 있었다.

특별수사관 페인은 20년에 걸친 FBI 생활을 마무리하기까지 딱 두 달밖에 남지 않았다. 은퇴하면 휴스턴에 가서 연금으로 생활하면서 정형외과 의사인 동생과 동업할 생각이다. 지금까지 베테랑 수사관으로서 잘 살아왔지만 이제 얼마 안 있으면 인생의 또 다른 전환점을 맞이해야 한다. 페인은 50대 중반으로, 1942년 FBI에 들어오기 전에는 학교에서 강의를 하거나 관공서에서 일한 경력이 있고, 텍사스 주 변호사 시험에도 합격한, 좀 복잡한 경력의 소유자다. 이런 페인에게 오즈월드 사례는 새로울 게 별로 없었다. 처음 오즈월드가 소련으로 망명했던 당시, 페인은 소련에 있는 아들에게 우편환으로 25달러를 보냈다는 이유로 오즈월드의 어머니를 가볍게 조사한 적이 있었다. 공산주의자를 색출하는 문제에 관한 한, 후버가 이끄는 FBI는 아무리 사소한 문제도 결코 허투루 넘기지 않았다.

게다가 8주 전인 1962년 6월 26일, 오즈월드를 직접 면담한 사람도 존 페인이었다. 오즈월드 건은 국가안보에 치명적인 인물로 변할 수도 있는 망명 생활을 했다는 점 때문에 '국내 공안' 수사 담당자에게 배정되었다. 페인이 할 일은 소련이 오즈월드에게 미합중국을 위해(危害)하도록 특별 훈련을 시켰는지 아닌지 확인하는 것이다. 국내 공안 수사는 수사관 두 명을 배정해서 모든 언행을 교차 확인하는 게 원칙이다.

첫 번째 면담이 진행된 두 시간 동안, 페인은 뭔가 거슬리는 게 있었다. 우선 오즈월드의 태도가 마음에 안 들었다. 오만불손하고 무례했다. 게다가 질문에 대체로 애매하게 대답했다. 페인은 오즈월드가 미국으로 돌아오려고 애쓴 과정을 자세히 알고 있었다. 소련이 처음에는 마리나와 어린 딸을 보내지 않으려고 했던 사실도 알았다. 하지만 오즈월드가 아내 없이 떠나는 걸 거부하자 소련 당국도 결국 양보했다. 문제는 그에 대한 대가로 소련이 무엇을 요구했는지 오즈월드가 완전히 솔직하게 대답하지 않았다는 데 있다.

존 페인은 대단히 철두철미한 성격의 소유자다. 그 문제를 철저히 규명해야 한다. 그러니 리 하비 오즈월드를 한 번 더 면담하는 수밖에 없다.

오후 5시 30분, 마침내 두 수사관은 거리를 어슬렁어슬렁 내려오는 오즈월드를 발견했다. 용접공으로 새롭게 취직한 '레슬리 공업사'에서 집으로 가는 길이었다. 오즈월드는 취업 면접 당시에 거짓말을 했다. 사실과 달리 해병대를 명예롭게 제대했다고 말한 것이다. 실제로는 문제를 끊임없이 일으킨다는 이유로 해병대에서 쫓겨났다. 또 자신이 소련으로 망명했다가 미국으로 다시 돌아왔다는 사실 역시 고용주에게 알리지 않았다. 게다가 새 일을 시작한 지 겨우 한 달밖에 지나지 않았는데 벌써 힘겨운 육체노동에 질렸는지, 댈러스에서 훨씬 좋은 일자리를 찾고 싶어했다.

페인은 길을 걷는 오즈월드 옆으로 차를 몰아서 차창 밖에 대고 말한다.

"안녕, 오즈월드. 잘 지냈나? 우리랑 잠시 얘기 좀 나눌 수 있을까?"

"그럼 집으로 들어오실래요?"

오즈월드가 정중하게 말한다. 지난번에 면담한 페인을 기억한 것이다. 하지만 특별수사관 브라운은 새 얼굴이다. 지난 6월에 페인과 함께 찾아온 수사관이 아니다.

"으음, 그냥 여기에서 하자고. 우리 셋밖에 없는 비공식 자리에서. 그 편이 훨씬 좋을 거야."

페인이 대답하는 사이, 브라운은 밖으로 나가서 오즈월드를 뒷좌석에 태웠다. 페인은 운전석에 그대로 있었지만 브라운은 오즈월드 옆자리에 앉았다. 페인이 몸을 뒤로 돌려, 새로 구한 직장의 고용주가 놀라는 일이 없도록 일부러 직장을 찾아가지 않았노라고 설명했다. 또 집으로 들어가서 마리나한테 쓸데없는 걱정을 끼치고 싶지도 않으니 자동차 안에서 얘기하는 게 좋겠다고 말했다.

세 남자는 한 시간 조금 넘게 이야기를 나누었다. 숨 막힐 것 같은 습도를 조금이라도 줄이기 위해 차창은 열어놓았다. 그래도 세 사람 모두 땀을 줄줄 흘렸는데, 정장에 넥타이까지 한 두 수사관이 특히 더했다. 육체노동으로 힘든 하루를 보낸 오즈월드는 자신의 땀 냄새를 자동차 안에 가득 뿜어냈다. 이렇게 불편한데도 오즈월드는 예전보다 호의적이었다. 방어적인 태도가 줄었다. 오즈월드는 자신이 소련 대사관과 계속 접촉하는 건 사실이지만, 그건 마리나가 소련 시민이라서 대사관 측에 정기적으로 행적을 알려야 하기 때문이라고 설명했다. 그때 소련 정보부 관리를 만나지 않았느냐고 압박했더니, 오즈월드는 순진한 표정으로 자기 같은 사람에게 첩자질 시킬 사람이 어디에 있겠느냐고 오히려 되물었다. 나중에 페인은 "그는 소련 당국이 자신을 중요 인물로 여기지 않는다고 생각했습니다. 그리고 어떤 사실이든 파악하는 대로 즉각 알려주어 우리에게 기꺼이 협조하겠노라 약속했습니다"라고 증언했다.

그래도 페인은 여전히 꺼림칙했다. 그래서 애초에 소련으로 넘어갔던 이유가 뭔지 계속 추궁했다. 아무리 생각해도 이해가 되지 않았다. 미국 해병대는 '영원한 충성'이란 구호로 유명하다. 그런 해병이 조국인 미국을 등지고 자신에게도 위험할 수 있는 적국으로 넘어간 이유가 뭐란 말인가?

오즈월드는 이 질문에 확실한 대답을 하지 않았다. 개인적인 이유 때문이라고도 하고, 그냥 그렇게 됐다고도 하면서 얼버무렸다.

6시 45분에 오즈월드는 자동차에서 풀려나 집으로 돌아갔다. 사실, 두 수사관과 보낸 시간은 집 안에서 벌어질 갈등을 잠시 늦추는 효과가 있었다. 오즈월드는 지난 6개월 동안 끊임없이, 거의 매일, 그것도 가끔은 아주 폭력적으로 부부싸움을 했다. 미국으로 넘어오고 나서 둘의 싸움은 더욱 악화되었다. 마리나가 영어를 못했기 때문에 처음에는 미국에서 대화할 상대가 오즈월드밖에 없었지만, 지금은 댈러스에 있는 소규모 소련 망명자 모임에서 새로운 친구를 여럿 사귀었다. 개중에는 조지 드 모렌쉴트라는 남자도 있었는데, 이 사람은 CIA에 끈이 있을 뿐 아니라 재클린 케네디와 어릴 때 안면이 있던 사이였다. 그가 재클린의 고모 에디스 부비에 빌과 친했기 때문이다. 그런 사람이 마리나가 부부싸움한 이야기를 털어놓으면, 오즈월드가 아주 무례한 사람이라면서 마리나를 편들어주었다.

실제로 오즈월드 부부는 툭하면 싸웠다. 오즈월드는 마리나가 자기 손아귀에서 벗어나는 걸 좋아하지 않았다. 그는 마리나가 꾸리는 일상생활에 일일이 간섭했을 뿐 아니라 마리나가 영어를 배우는 것조차 싫어했다. 마리나가 밖으로 나다니며 다른 사람들을 만나면 마음대로 통제하지 못할까 봐 두려웠기 때문이다. 게다가 마리나는 심한 덧니가 창피해 치과에서 치열 교정을 받고 싶었지만, 오즈월드는 이마저도 허락하지 않았다. 그러면서 걸핏하면 불같이 화를 내거나 폭력을 휘두르는 것으로 권력욕을 충족시켰다.

마리나 역시 고분고분한 성격은 아니었다. 마리나는 돈도 잘 못 버는 주제에 아내에겐 관심도 없이 제멋대로 군다고 소리를 지르며 대들었다. 심지어는 현저하게 줄어든 섹스 관계를 빗대서 남자구실조차 제대로 못한다고 비꼬았다. 마리나는 평소에 오즈월드에게 끊임없이 잔소리를 늘어놓았고, 오즈월드가 위인전을 읽고 나서 자신을 위인과 비교라도 하면 신랄하게 빈정거렸다. 예전에 소련에서 사귀던 남자친구에게 편지를 써서 자신이 오즈월드와 결혼한 건 끔찍한 실수였다며 하소연한 적이 있는데, 불행하게도 우편요금이 부족해서 편지가 되돌아오고 말았다. 편지를 발견한 오즈월드는 봉투를 뜯어서 편지를 읽었고, 격분해서 또 마리나를 때렸다. 이상한 건 마리나가 그런 폭력을 감내했다는 사실이다. 후에 마리나는 그런 폭력적인 관계가 좋은 건 아니었지만, 그런 식으로나마 자신의 감정을 드러내는 것이 오즈월드 특유의 냉랭함으로 사람을 대하는 편보다는 덜 끔찍했기 때문이라고 말했다.

그러잖아도 거의 매일 부부싸움을 하는 판인데 갑작스런 FBI 조사까지 겹쳤으니, 집 안에 들어선 오즈월드가 특유의 폭언을 쏟아낼 건 불 보듯 뻔한 일이었다. 망할 놈의 연방정부라느니 하면서 끝없이 악담을 퍼부을 판이었다. 하지만 그날 밤에는 미국 사회주의노동당에서 새로 발간한 소식지 《노동자》가 오즈월드를 기다리고 있었다. 오즈월드는 의자에 앉아 잡지를 읽는 쪽을 택했다.

자동차에서 나눈 대화에 대한 최종 보고서를 작성하는 사람은 특별수사관 존 페인이 아니라 아널드 브라운이었다. 보고서는 1962년 8월 30일에 제출되었다. 그러나 리 하비 오즈월드를 소련이 미합중국을 공격하기 위해 심어놓은 소련 첩자로 간주할 근거가 있는지를 판단하는 사람은 20년 경력의 베테랑 페인이었다.

특별수사관 존 페인은 오즈월드의 대답이 나름 만족스러웠던 데다 은퇴할 날만 기다리던 터라, 리 하비 오즈월드에 대한 국내 공안 수사를 이제 종결하는 게 좋겠다는 보고를 올린다. 오즈월드는 권총도 소지하지 않았고, 별다른 위협을 가할 것 같지도 않았기 때문이다.

이로써 리 하비 오즈월드는 FBI의 관찰 대상 명단에서 제외되었다.

하지만 리 하비 오즈월드는 얼마 뒤 다시 FBI를 만나게 된다.

7

1962년 10월 16일

백악관

오전 8시 45분

미합중국 대통령은 침실 바닥에서 아이들과 뒹굴고 있었다. 텔레비전에서는 체력 단련 전문가인 잭 라란느가 아빠인 케네디와 딸 캐롤라인, 막내 존 주니어에게 발가락을 잡으라고 말한다. 케네디는 티셔츠와 팬티만 입은 상태다. 바닥에 깔린 카펫과 옆에 있는 안락의자는 기둥 네 개에다 크림색 덮개를 씌운 파란색 대통령 침대와 완벽하게 어울렸다.

존 F. 케네디가 아들딸과 함께 바닥을 뒹구는 동안, 재클린 표현에 따르면, 텔레비전 소리가 '워낙 커서' 재클린은 무슨 일인지 알아보려고 자기 침실에서 나왔다. 재클린은 어떤 상황에서든 남을 의식하지 않는 남편의 느긋한 면을 마음에 들어했다. 재클린도 한

눈에 알 수 있듯이, 아이들과 함께 지내는 아침은 케네디에게 가장 편안한 시간이다. 케네디는 아이들 훈육은 재클린한테 일임하고, 평소 덮어놓고 아이들을 귀여워하고 함께 놀면서 무한한 기쁨을 누렸다. 재클린은 두 아이가 아빠와 함께 너무 함부로 뒹군다며 걱정하지만, 대통령은 그걸 은총으로 받아들였다. 케네디는 요통 때문에 어린 존을 공중에 던졌다가 받는, 아들이 가장 좋아하는 놀이를 못하는 게 아쉬울 따름이었다. 그래서 참모진에게 부탁하거나 정부 고관이 찾아오면 자기 대신 그 놀이를 해달라고 부탁할 때가 많았다.

이제 대통령이 된 케네디는 더 이상 상원의원 사무실에 나가서 시간을 보내거나 선거운동을 할 필요가 없었다. 지금은 집에서 일한다. 덕분에 예전에는 혼자서 외롭게 보내던 아침 시간이 지금은 가족과 함께 떠들썩하게 보내는 시간으로 바뀌었다. 어느 때보다 두 아이를 가까이하며 함께 보내는 매 순간을 즐겼다. 아이들도 날마다 아빠의 침실에서 아침을 시작했다. 케네디는 목욕하고 면도하고 기지개를 켜고 식사할 때까지 아이들과 함께였다.

대통령은 막 목욕을 끝내고 옷을 입을 참이었다. 아이들은 아빠 방에서 만화영화를 보고 있었다. 재클린은 자기 침실로 돌아갈 수도 있고, 대통령 곁으로 와서 의자에 앉아 대화를 나눌 수도 있었다. 대통령은 등에 지지대를 두르고 조지 토머스가 준비한 맞춤 셔츠를 입는다. 이제 구두를 신을 차례인데, 의학적인 이유로 왼쪽 신발굽이 약간 높다. 구두까지 신고 나면 케네디는 옷장에 걸린 거울을 힐끗 보며 매무새를 다시 한 번 살핀다. 거울을 에워싼 틀에는 엽서와 가족사진, 그리고 성 스테판 성당과 성 마태 성당 일요일 미사 시간표 같은 자질구레한 메모지들이 빼곡하게 붙어 있다. 대통령은 미사 참석은 물론이고 고해성사도 빠뜨리지 않고 규칙적으로 했다. 하지만 고해소를 나올 때에 사진사들이 사진을 찍기라도 하면 역정을 냈다. 속죄하는 시간은 누구에게나 그렇듯 케네디에게도 은밀하고 창피한 시간이기 때문이었다.

낮 시간에도 존과 캐롤라인은 틈만 나면 대통령 집무실에 들어와 바닥이나 대통령 책상 밑에서 놀곤 했다. 재클린은 아이들이 언론에 노출되는 걸 극도로 꺼렸지만, 대통령은 많은 미국인이 어린 대통령 자녀를 아주 좋아해서 사소한 소식이라도 듣고 싶어한다는 걸 알기에 그 면에서는 너그러운 편이었다. 캐롤라인과 존은 자기도 모르는 사이에 유명인사가 되어 있었다. 사진사와 작가, 주간지, 월간지, 일간신문 할 것 없이 온갖 매체에 실린 두 아이의 모습을 확인하는 것도 어느새 미국인들의 하루 일과에서 한 부분을 차지하고 있었다.

이제 생후 2년이 되어가는 존 주니어는 대통령 집무실로 오는 길에 에벌린 링컨의 타자기 앞에서 타자 치는 흉내 내는 걸 좋아한다. 좀 있으면 만 6살이 되는 캐롤라인은 아빠를 찾아갈 때에 가족이 기르는 개 세 마리 가운데 한두 마리를 데려가는 걸 좋아한다. 실제로 두 아이는 개 세 마리에다 햄스터, 고양이, 잉꼬, 심지어 마카로니라고 이름 붙인 당나귀까지 기르면서 백악관을 동물원으로 바꾸어놓았다. 케네디는 강아지 털에 알레르기가 있지만, 아이들 앞에서 그런 말을 꺼낸 적은 한 번도 없다.

가끔은 대통령 자신이 백악관 3층에 새로 생긴 조그만 사설 학교를 찾아서 캐롤라인과 급우들을 깜짝 놀래켰다. 이 학교는 아주 독특했다. 재클린이 자신의 두 자녀와 동서 에델 케네디의 자녀를 보호하기 위해 차린 학교였다. 영부인은 아이들에게 최선의 교육을 제공하기 위해 교사를 두 명이나 초빙했다.

밤이면 대통령은 〈커다란 회색 늑대 보보〉에 나오는 회색 늑대를 소재로 이야기를 꾸미거나 〈하얀 상어와 까만 상어〉에 나오는 양말 먹은 괴물로 멋진 이야기를 꾸며서 아이들에게 들려주었다.

일정에는 없지만 두 아이가 집무실로 놀러 오기도 하고, 아빠가 교실에 불쑥 나타나기도 하고, 잠자리에서 아이들에게 이야기를 들려주기도 하고, 아침마다 아이들과 함께 바닥을 뒹굴기도 하는 시간들을 케네디는 소중히 생각하며 즐겼다. 존 애덤스가 백악관에 처음 입주한 1800년 이후의 모든 대통령이 그랬던 것처럼 케네디도 백악관 내부 생활이 아주 복잡하다는 사실을 깨달았다. 하지만 아침은 대통령이 연습할 필요도 없고, 긴장할 필요도 없으며, 무엇보다도 여러 사람이 호기심 가득한 눈으로 지켜보지 않는 유일한 시간이었다.

그러던 10월의 어느 화요일 아침, 대통령과 두 자녀가 함께 보내는 이 유쾌한 시간에 누군가가 침실 문을 두드렸다. 그리고 이때부터 모든 것이 바뀌었다.

국가안전보장 담당 대통령 보좌관 맥조지 번디가 방 안으로 들어섰다. 칼주름이 선 정장 바지에 반짝이는 구두가 안경을 걸친 호리호리한 학자의 인상을 무척 차분하게 만들어주었지만, 그의 속

마음은 혼란 그 자체였다.

번디는 아주 나쁜 소식을 전하러 왔다. 지난밤에 사실을 파악했지만, 대통령한테 보고할 시간을 일부러 늦추며 지금까지 기다렸다. 어제 케네디가 연설하러 뉴욕에 갔다가 아주 늦은 시간에야 백악관으로 돌아왔기 때문이다. 국가안전보장 담당 대통령 보좌관은 나쁜 소식을 전하러 침실로 들어서기 전에 대통령이 지난밤에 충분히 잤다는 것까지 이미 확인했다. 이 문제를 깨끗이 해결하기 전까지 대통령은 지금 이 순간부터 한시도 마음 편히 쉬지 못할 것이다. 맥조지 번디가 지금부터 케네디에게 알리려는 사실은 역사의 흐름까지도 바꿀 수 있는 치명적인 일이기 때문이다.

하지만 케네디에게 보고하는 43살 번디의 목소리는 차분했다.

"대통령 각하, 나중에 보시겠지만, 소련이 쿠바에 공격용 미사일을 배치했다는 확실한 증거 사진이 있습니다."

U-2 정찰기는 쿠바 상공을 비행하는 동안 소련제 중거리 탄도 미사일용 기지 6곳, 그리고 IL-28 중거리 폭격기 21대가 지금 이 순간에 미합중국에서 150킬로미터 떨어진 곳에 있다는 사실을 확인했다. 각각의 폭격기는 상공 수천 미터 높이에서 핵폭탄을 투하할 수 있다. 그리고 중거리 탄도 미사일(MRBM)은 미국 북서부 몬태나까지 날아갈 수 있다.

만일 핵탄두가 폭발하면 미국인 8천만 명이 한순간에 죽을 수 있다. 다른 수백만 명은 방사능 낙진에 고생하며 죽어갈 것이다.

대통령이 업무를 인수받고 나서 21개월 동안 이런저런 위기가 없었던 건 아니다. 하지만 피그스 만 사건이나 인권운동, 베를린 장벽 문제는 이번 사태와 비교 자체가 불가능하다.

❖

케네디는 피그스 만 작전 실패라는 엄청난 실수를 겪으면서 대통령의 역할이 무엇인지 깨달았다. 그래서인지 국가안전보장 담당 대통령 보좌관 맥조지 번디가 전하는 말을 신중히 들으면서도 1961년 4월과는 달리 차분했다. 서두르지 않았다. 오히려 케네디는 미합중국 대통령답게 오래전에 모든 정치적 이해관계를 초월한 사람인 양 행동했다.

케네디는 발을 조심스럽게 내디뎌야 한다는 걸 잘 알고 있었다. 피그스 만이 상처로 생생하게 다가왔다. 쿠바에서 또 헛발질을 하면 대통령직만이 아니라 자신의 두 아이에게도 치명상이 될 수 있다. 캐롤라인과 존 주니어를 원자폭탄에 잃을 수도 있다고 생각하니 온몸에 전율이 일었다. 소련이나 핵무기 문제를 거론할 때마다 케네디의 마음에는 늘 두 아이가 있었다. 사실 케네디는 국제핵실험금지협약을 체결하기 위해 애쓰는 이유를 '미국은 물론이고 전 세계에서 아직 태어나지 않은 세대의 대통령'을 위해서라고 설명하기도 했다.

케네디는 뉴멕시코 주의 핵실험 장소를 방문했을 때 최근의 지하 핵실험 폭발로 인해 생겨난 거대한 분화구를 보고 아연실색한 적이 있다. 더욱 곤혹스러웠던 건 물리학자 두 명이 얼굴에 환한 웃음을 머금은 채 분화구의 크기는 줄이면서 위력은 훨씬 강력한 폭탄을 만들 수 있다는 호언장담으로 자신을 설득했다는 점이었다. 케네디는 나중에 어떤 기자에게 이렇게 투덜댔다.

"그런 괴물을 실험하면서 어찌 그리 유쾌할 수 있답니까? 그들은 줄곧 실험을 계속한다면 훨씬 깨끗한 원자폭탄을 만들 수 있다고 말하더군요. 하지만 수천만 명을 죽이는 폭탄이 깨끗하든 더럽든 무슨 차이가 있단 말입니까!"

존 F. 케네디는 맥조지 번디에게 극비 국가안보회의를 당장 소집하라고 명령했다. 로버트에게도 전화해서 "아주 심각한 문제가 생겼어, 당장 여기로 건너와"라고 지시했다. 하지만 대통령은 겉으로는 평상시 일정을 소화하기로 결정한다. 아직은 쿠바에 대한 소문이 돌아서는 안 된다. 무엇보다 미국 시민을 공포에 빠뜨리고 싶지 않아서다. 게다가 어떤 상황인지 아직은 자신도 정확히 모르는데다 앞으로의 계획도 세워지지 않았다. 그런데 소문이 너무 일찍 새어나가면 기자들이 몰려들어 질문을 퍼부을 것이고, 거기에 대답을 못하면 연약하고 우유부단한 대통령이라는 인상만 줄 게 뻔하다.

'두 번째 쿠바 사태'를 비밀로 한 또 다른 이유는 케네디의 정치적 이해관계 때문이었다. 대통령은 소련이 쿠바에 공격용 무기를 배치하는 걸 결코 용납하지 않겠노라고 오래전부터 미국 시민들에게 장담해왔다. 그런데 국회의원 중간 선거를 겨우 몇 주 앞둔 시점에 자신이 내뱉은 장담에 흐루쇼프가 도전해온 것이다. 현재로서는 소련이 미사일을 실제로 발사하려고 하는지조차 파악할 방법이 없었지만, 어쨌든 그런 무기를 배치한다는 것 자체가 흐루쇼프가 미소 관계에서 우위를 차지하려고 끊임없이 책동한다는 사실을 말하고 있었다.

그런 일은 절대 일어나서는 안 된다. 중간 선거라고는 하지만 미국 전역에서 시행되는 투표라 케네디의 정책과 행정부를 평가하는 국민투표로서의 성격을 가질 수밖에 없다. 민주당은 지금 하원과 상원 둘 다에서 다수를 차지하고 있어, 케네디가 다양한 정책을 펼치는 데 상당히 유리한 환경이다. 하지만 국회에서 다수를 빼앗긴다면 상황이 복잡해질 뿐 아니라, 1964년 재선에서 패배할 수도 있다.

케네디가 자신의 정책에 좋은 평가를 얻고 싶은 데는 또 다른 이유가 있었다. 막냇동생 테디가 매사추세츠 상원의원에 출마한 것이다. 이번에 발생한 쿠바 사태에 대처하면서 뭔가 심각한 실수라도 한다면, 테디의 승리 가능성은 완전히 사라질 수 있다.

케네디는 막냇동생이 31살 나이로 공직에 출마하는 게 자랑스러웠지만, 선거운동 기간 동안에는 멀찌감치 거리를 두는 게 서로에게 좋다고 생각했다. "그의 형(존 케네디를 말함 - 옮긴이)은 이번 문제가 매사추세츠 시민들의 손으로 결정되기를 바라며, 따라서 대통령은 여기에 개입하지 않을 것"이란 냉정한 발언이 이 문제에 대한 대통령의 공식 입장이었다. 케네디는 테디의 출마를 둘러싸고 주류 언론들이 다룬 기사에 머리털이 곤두서곤 했는데, 그 가운데에는 케네디의 막냇동생이 상대적으로 경험이 부족하다고 비꼬는 《뉴욕타임스》 사설과 케네디 왕조를 경고하는 신문기사도 있었다.

대통령을 대놓고 공격하는 기사는 아니지만, 이에 영향을 받아 고향에서 테디가 낙선한다면, 그 결과는 케네디의 정치력 약화로 보일 것이고, 나아가 권력 누수로 이어질 수도 있다.

하지만 쿠바에 미사일이 배치되었다는 소문이 새나가는 걸 대통령이 원치 않았던 가장 중요한 이유는, 미국 대통령인 자신이 그 비밀작전을 파악했다는 사실을 소련 지도자에게 알리고 싶지 않았기 때문이다. 그렇게만 해도 상황이 불리하게 돌변하는 걸 억제하는 데 도움이 될 것이다.

10월 16일 아침에 보고를 들은 후, 하루 일과를 시작하기 위해 침실에서 나와 집무실로 걸어가던 케네디는 한 가지 사실을 깨달았다. 소련이 미사일을 발사하면 중간 선거도, 테디의 상원의원 출마도, 심지어 미국 시민들의 다양한 여론도 무용지물이 되고 말 것이라는 사실이다. 나아가 워싱턴 D.C.도, 미합중국도 없을 것이다.

앞으로 중요한 건 민주당이냐 공화당이냐가 아니다. 어떤 방법이 미국 시민에게 가장 바람직하냐는 것이다. 케네디가 대통령 집무실에 자리잡은 뒤로 괄목성장했다는 증거가 있다면, 그건 바로 이 순간에 보여준 그의 단호한 결단력일 것이다.

대통령은 오전 10시에 2주일 전에 우주에서 9시간을 보낸 머큐리 우주선의 우주비행사 월리 시라를 간단하게 만나고, 대통령 집무실에서 나와 옆방인 켄 오도넬의 사무실로 들어갔다. 스케줄 담당 비서인 켄 오도넬은 예전에 미국 유권자들은 더 이상 쿠바 문제에 관심이 없다고 장담한 적이 있다. 대통령은 지나가는 말처럼 가볍게 물었다.

로버트와 테디, 두 동생과 나란히 선 케네디 대통령.
(세실 스토튼/보스턴/존 F. 케네디 대통령 박물관 도서관)

"아직도 쿠바 문제가 중요하지 않다고 생각해요?"

"당연하지요. 유권자들은 쿠바 문제에는 전혀 관심이 없어요."

그러자 대통령은 맥조지 번디가 한 시간 전에 보고한 소식을 오
도넬에게 넌지시 알려주었다.

"믿기 힘든 일이군요."

"믿는 게 좋을 거요."

케네디는 짓궂게 못을 박고 경쾌한 걸음으로 대통령 집무실로 돌아갔다.

두 시간 뒤, 케네디는 다시 책상에서 일어났다. 각료 회의실 근처에 있던 캐롤라인에게 안채로 가라고 타이른 그는, 소련 미사일에 대한 비밀회의를 주재하기 위해 회의실로 들어갔다. 케네디는 회의 탁자 머리가 아니라 중앙에 앉았다. 로버트와 존슨 부통령은 그 맞은편에 앉아 있었다. 회의 참석자는 그 외에도 11명이 더 있었다. 전문성과 대통령을 향한 충성심을 기준으로 케네디가 직접 고른 각료들이었다.

U-2 정찰기에 찍힌 사진을 보면, 소련 미사일은 아직까지 발사대 설치에 열중하는 모양이었다. 치명적인 핵탄두는 아직 확보하지 못한 것 같았다. 토론 방향은 군사적인 해법으로 흘러갔다. 다양한 의견을 청취한 다음, 대통령은 자신이 생각하고 있는 몇 가지 대안을 제시했다. 첫 번째는 문제 지역에 국한해서 공습하는 방법이었다. 두 번째는 목표물 여러 곳을 광범위하게 폭격하는 것이었고, 세 번째는 쿠바 해역을 봉쇄해서 핵탄두를 실은 소련 선박의 접근을 원천적으로 차단하는 것이었다.

1시간 15분 동안 잠자코 듣기만 하던 로버트가 마침내 입을 열어 소련 미사일이 쿠바 땅에 배치되는 사태를 영원히 막을 수 있는 유일한 방법이라면서 전면적인 쿠바 침공안을 제시했다.

군사력이 유일한 해결책이라는 의견이 지배적인 가운데, 케네디는 왜 소련이 미사일을 배치하려는지, 그 이유가 몹시 궁금했다. 니키타 흐루쇼프가 굳이 미국과 전쟁을 벌이려는 이유가 뭐란 말인가?

아무리 생각해도 그 답을 알 수가 없었다. 하지만 두 가지는 확실했다. 미사일은 모두 제거되어야 한다는 것, 그리고 더 중요한 건, 핵탄두가 쿠바에 도착하는 사태는 반드시 막아야 한다는 것이었다.

철저히!

지금은 10월 20일 토요일 오후다. 존 F. 케네디는 시카고 도심에서 열리는 민주당 기금 마련 모임에 참석해서 주말을 보내는 중이다.

이틀 전에는 안드레이 그로미코 소련 외무성 장관을 개인적으로 만났다. 먼저 만나자고 요청한 쪽은 그로미코였다. 소련이 쿠바에 공격용 미사일을 배치한 사실을 미국이 파악했는지 확인해볼 요량이었을 것이다. 대화 주제는 베를린에서 일어나는 끔찍한 사건과 소련 지도자 흐루쇼프의 미국 방문 문제였다. 케네디가 자연스럽게 핵무기로 화제를 돌리자, 그로미코는 "소련은 쿠바에 공격용 무기를 제공하는 일은 절대 없을 것"이라고 뻔뻔스럽게 잡아뗐다. 대통령 면전에서 거짓말을 늘어놓은 것이다. 그래서 케네디는 그때부터 그로미코를 '거짓말쟁이'라고 부른다.

시카고는 긴장감이 감도는 워싱턴과 분위기가 완전히 달랐다. 공군 1호기가 오헤어 공항에 착륙하자 백파이프를 부는 악대와 현지 정치인들이 케네디를 열렬히 환영했다. 노스웨스트 고속도로변에는 대통령 차량 행렬을 보려고 50만에 달하는 인파가 길게 늘어섰다. 케네디는 금요일 밤에 식사 1인분에 100달러씩 받는 기금 마련 만찬 모임에서 연설을 했다. 미시간 호수에서는 하늘을 환하게 밝히는 불꽃놀이가 진행되었고, 사람들은 대통령의 옆얼굴처럼 보이는 마법 같은 불꽃 무늬에 환호했다.

이처럼 국민들은 케네디에게 열정적인 지지를 보냈지만 케네디의 속마음은 완전히 지옥이었다. 쿠바에서 진행되고 있는 사태에 대해서는 영부인에게도 말하지 않았다. 뒷날 이른바 '쿠바 미사일 위기'로 명명되는 사태가 일어난 지도 벌써 나흘째였다. 국가안전보장이사회에서는 핵 공격을 막을 적극적이고 호전적인 전략이 거의 확정되어, 전함 180척을 카리브 해로 파견하는 중이었다. 육군은 제1기갑사단을 텍사스에서 조지아로 재배치하는 중이고, 공군의 전술사령부는 전투기 500대 이상과 공중 급유기를 플로리다로 파견하고 그들에게 보낼 군수보급품 준비를 서두르고 있었다.

뿐만 아니라 전설적인 공군전술사령부는 B-47과 B-52 폭격기 편대가 언제라도 출격할 수 있도록 공군 조종사들을 모두 '비상' 대기시켰다. 미국의 장거리 폭격기 기지들은 대부분 메인과 뉴햄프셔, 미시간 북부 등 미합중국 북부 지역에 있었다. 그렇게 배치했던 핵심 이유는 간단하다. 그 지역들이 오래전부터 전쟁이 일어나면 주 타깃이 될 소련으로 날아가는 지름길이기 때문이다. 미 해군과 미 공군이 오랫동안 훈련해온 익숙한 작전은 이것이었다. 하지만 곧장 아바나로 출격하는 건 전혀 새로운 영역이다.

시카고 호텔에 묵고 있는 대통령이 영부인에게 전화했다. 재클린이 두 아이를 데리고 버지니아 글렌 오라 저택으로 갔기 때문이다.

"오늘 오후에 워싱턴으로 돌아갈 거요. 당신도 돌아오지 않겠소?"

케네디의 말에서 재클린은 '뭔가 이상한' 낌새를 느꼈지만 일단 장난스럽게 받아쳤다.

"당신이 여기로 오지 그래요?"

조금 전에 두 아이를 데리고 글렌 오라에 도착한 재클린은 풀밭에 누워서 따스한 가을 햇살을 즐기고 있었다.

재클린은 남편 목소리에서 묻어나는 왠지 묘한 말투를 놓치지 않았다. 남편은 버지니아에서 보내는 주말이 재클린 자신에게 얼마나 중요한지, 백악관의 압박에서 벗어나 있는 시간을 자신이 얼마나 소중하게 생각하는지도 잘 안다. 때문에 재클린에게 주말에 일찍 돌아오라고 권한 적은 지금까지 한 번도 없었다.

"왜 그러는데요?"

영부인이 다시 물었다. 재클린은 당시에 느낀 이상한 기분을 이렇게 회상했다.

"결혼생활에서 제일 중요한 건 배우자가 평소와 다른 목소리로 뭔가를 권할 때 그 느낌을 단번에 알아채는 것, 하지만 이유를 물으면 안 된다는 거예요."

그러나 재클린은 이유를 물었다. 케네디는 "그런 건 신경 쓰지 말고"라고 대답한 다음, "워싱턴으로 돌아오면 좋겠소"라고 다시 권했다.

그런데 대통령이 갑자기 마음을 바꾸었다. 사람은 이런 때일수록 가족과 함께 지내면서 긴장을 풀고 싶은 마음이 간절할 수밖에 없다. 결국 케네디는 핵전쟁이 일어날 수도 있다는 것을 재클린에게 털어놓았다. 역시 재클린에게는 자신의 안전보다 남편에 대한 염려가 먼저였다. 핵전쟁이 일어나면 대통령 가족은 메릴랜드 주의 대통령 피신처로 가야 하고, 자신과 두 아이는 케네디와 헤어져야 한다. 재클린이 다급하게 말했다.

"나를 캠프 데이비드로 보내지 말아요. 제발 부탁인데, 나를 다른 곳으로 보내지 말아요. 백악관 방공호에 피신할 공간이 없다면, 핵폭탄이 터질 때 잔디밭에 그냥 있을게요. 내가 원하는 건 당신과 함께 있다가 당신과 함께 죽는 거예요, 애들도 그렇고."

대통령은 알겠다고, 다른 데로 보내지 않겠다고 재클린을 안심시키며 전화를 끊었다. 케네디는 언론보도 담당 비서 피에르 샐린저에게 자신이 감기에 걸렸다는 사실을 언론에 알리도록 지시하고 워싱턴 D.C로 돌아갔다. 《뉴욕타임스》는 대통령이 '경미한 호흡기 질환에 걸려서' 3일 일정의 여행을 중단하게 되었다고 보도했다. 대통령이 제3차 세계대전을 막기 위해 워싱턴으로 돌아갔다는 사실을 언론은 아직 알지 못했다.

케네디가 워싱턴에 도착했을 때는 두 아이와 함께 재클린이 벌써 와서 자신을 기다리고 있었다.

쿠바 위기가 고조될수록 케네디의 백악관에는 낮과 밤의 경계가 사라졌다. 심한 요통 때문에 목발을 짚고 돌아다니는 대통령의 모습은 이 상황에 긴장감을 더했다. 케네디는 겨우 한두 시간 눈만 붙이고 일어나 대통령 집무실로 가 몇 시간 동안 전화기를 붙들고 있었다. 통화를 끝내면 침실로 돌아와 잠시 쪽잠을 청했다. 재클린은 요즘 들어 밤이든 낮이든 남편과 같은 방을 사용했다. 남편의 싱글 침대에서 함께 선잠을 잘 때도 있고, 더블베드 두 개를 겹쳐놓은 재클린의 침대를 사용할 때도 있다. 두 사람은 밤늦게까지 쿠바 위기의 해결책을 놓고 토론을 벌이기도 했다. 한 번은 잠에서 얼핏 깨어난 재클린이 침대 발치 쪽에서 남편을 깨우는 맥조지 번디를 발견했다. 케네디는 잠시도 지체하지 않고 벌떡 일어나 집무실로 갔다. 아마도 또 몇 시간씩 전화기를 붙잡고 비밀스럽게 통화할 것이다.

재클린은 이렇게 밤낮 구별 없이 보내던 때가 남편을 가장 가깝게 느꼈던 시기라고 회상했다. 재클린도 틈이 날 때마다 대통령 집무실을 찾아갔다. 또 두 아이와 함께 깜짝 방문해서 대통령의 기운을 북돋워주기도 했다. 케네디가 가장 좋아하는 마이애미 해산물 레스토랑이 워싱턴으로 급송한 음식으로 저녁 식탁을 차린 것도 재클린의 이 당시 심경을 잘 나타내준다. 대통령은 가끔 영부인과 함께 집무실을 살짝 빠져나와 장미정원을 천천히 거닐면서 커져가는 압박감을 털어내기도 했다.

집무실에서 대통령은 혼자가 아니었다. 재클린도 혼자가 아니었다. 로버트 케네디가 대통령 곁에서 늘 대화 상대가 되어주었고, 로버트의 아내 에델은 세 아이와 함께 백악관을 자주 방문해 재클린과 아이들 곁을 지켜주었다. 백악관 유모 마우드 쇼에게 핵전쟁이 일어났을 때 아이 돌보는 방법이 적힌 소책자를 건넨 사람도 에델이었다. 하지만 이 장면을 목격한 재클린은 바로 소책자를 낚아채며 동서를 야단쳤다.

"그러면 공포심만 늘어난다는 거 몰라? 그런 건 아이들한테 곧바로 전염된다고!"

평소에 미국 국민에게 보여주던 예의바른 영부인의 모습이 아니었다. 재클린은 이 역사적 순간에 자신이 해야 할 일을 잘 알고 있었다. 그것은 가족을 책임지는 주부이자, 아이를 지키는 강단 있는 엄마의 역할이었다.

대통령은 다른 어떤 경우보다 미합중국의 안전을 심각하게 위협하는 이번 사태를 놓고 극소수의 백악관 참모진들과 함께 이틀 동안 논의에 논의를 거듭했다. U-2 정찰기는 소련이 미사일 기지를 완성하려고 하루 종일 작업하는 모습을 찍었는데, 그건 며칠 안으로 미국을 향해 핵탄두를 발사할 수 있음을 말해주었다. 몇몇 기자들도 이 사실을 알아차린 게 분명했다. 하지만 참모진 가운데 케네디의 엄명을 어기고 이 특종 정보를 언론에 흘린 사람은 없었다. 의회 쪽으로 정보를 흘린 사람도 없었다.

그런데 10월 22일 월요일 밤이 되자, 이 모든 상황이 돌변했다. 존 F. 케네디 대통령이 텔레비전 방송에 나와서 쿠바 미사일 사태를 전 국민에게 알린 것이다. 핵탄두가 마침내 터지고서야 발표할 수는 없는 노릇이기 때문이다.

존 F. 케네디가 백악관 서재에서 미국 국민에게 인사한다.

"안녕하십니까, 미국 시민 여러분."

녹색이 감도는 회색 눈동자 아래가 움푹 파인 게, 흔히 보아오던 젊고 활력 넘치는 표정이 아니라 몹시 수척한 얼굴이다.

만성적인 갑상선 기능 저하로 얼굴은 푸석푸석하고, 파란 정장에 파란 넥타이, 풀 먹인 하얀 셔츠를 산뜻하게 차려입었지만 시청자들이 보는 건 흑백 화면이다. 지금은 워싱턴 D.C. 시간으로 오후 7시다.

이번에 백악관에서 촬영하는 방송은 10개월 전에 보낸 재클린의 경쾌한 방송과는 사뭇 다르다. 케네디는 지금까지 한 어떤 연설보다도 강력한 메시지를 전달해야 한다. 웃음기 없는 엄숙한 표정으로. 미국은 충분히 인내하고 양보해왔다. 하지만 이제 더 이상의 양보는 없다. 시청자들은 케네디의 두 눈에 서린 분노와 일말의 낙천적인 기대도 가질 수 없게 하는 그의 말투, 의연하지만 결연한 그의 목소리에서 심상치 않은 상황이 전개되고 있음을 감지했다.

"쿠바에서 공격용 미사일 기지 여러 곳을 건설 중이란 확실한 증거를 지난주에 확인했습니다. 기지를 건설하는 목적은 서반구에 대한 핵공격 능력을 끌어올리는 것 하나밖에 없습니다."

여기에서 대통령은 잠시 뜸을 들여 시청자가 제대로 이해할 시간을 주었다. 그러고 나서 지난 목요일에 소련 외무성 장관 안드레이 그로미코가 찾아온 사실과 쿠바 미사일 기지에 대해서 어떻게 말했는지 폭로하고, 그로미코를 거짓말쟁이라고 온 세상에 공포했다.

"제2차 세계대전은 우리에게 중요한 교훈을 주었습니다. 그건 호전적인 행위를 확인도 제지도 하지 않고 내버려두면 결국 전쟁을 불러올 수밖에 없다는 사실입니다. 우리나라는 전쟁에 반대합니다. 또한 우리는 우리의 맹세를 지킵니다. 따라서 우리의 확고한 목표는 서반구에서 미사일 기지를 철수시키거나 제거하여 우리나라는 물론 다른 어떤 나라에게도 미사일을 발사할 수 없도록 만드는 것입니다."

갈수록 대통령의 분노는 커져갔고, 그만큼 목소리도 점점 더 빨라졌다. 쿠바를 '꾸바'라고 발음할 정도였다.

연설이 끝나면 대통령은 재클린과 에델, 로버트, 그리고 몇몇 초대손님과 함께 위층에서 조촐한 저녁식사를 즐길 예정이다. 당연한 일이지만 저녁식사를 앞두고 방송으로 대통령의 연설을 듣던 초대손님들(디자이너 올레그 카시니와 재클린의 친동생 리 라지월)은 깜짝 놀랐다. 그러고는 곧 저녁식사가 예전처럼 편안한 백악관 모임이 될 수 없다는 사실을 깨닫는다. 새롭게 꾸민 백악관 2층 대통령 집무실에서 프랑스 산 포도주를 마셔도, 케네디가 평소처럼 말수를 줄이면서 손님을 쾌활하게 접대해도, 저녁 식탁에는 평생 잊지 못할 긴장감이 감돌 거란 사실을 직감한 것이다.

리 하비 오즈월드도 2천 킬로미터 떨어진 텍사스 댈러스에서 케네디의 연설을 지켜보았다. 하지만 대다수 미국 시민들과 달리, 오즈월드는 소련에게 쿠바에 미사일 기지를 설치할 권리가 있다고 믿는다. 소련이 미국의 테러 행위에 맞서 카스트로의 국민들을 보호하는 건 지극히 당연한 처사라는 생각이다. 오히려 소련에게 호전적인 입장을 취해 세상을 핵전쟁의 위험으로 몰아넣는 건 케네디 대통령이다. 오즈월드가 볼 때 악당은 존 F. 케네디였다.

오즈월드는 한 달 전에 마침내 포트워스에서 댈러스로 이사해, 브라이언과 노스 얼베이 거리 모퉁이에 있는 우체국에서 사서함 번호 2915를 빌렸다. 몇 주 전에 재거스-칠스-스토발이란 회사에 사진사 견습생으로 취업한 것이다. 어이없게도 미 육군 첩보부와 계약해서 쿠바 상공을 비행하는 U-2 정찰기에서 찍은 극비 사진들을 취급하는 회사였다. 오즈월드한테 그런 자리를 구해준 사람은 마리나의 소련 출신 친구 조지 드 모렌쉴트였다. 공산주의 확산을 저지하려고 열정을 불태우던 FBI가 냉전 분위기가 최고조로 치솟던 순간에 사찰 대상 중 한 명인 소련 망명자 출신이 U-2 정찰기의 극비 자료를 취급하는 업체에 버젓이 취업한 사실을 알고 있었는지, 알고 있었다면 그 점에 관심을 보였는지 아닌지는 확인되지 않았다.

텔레비전에 비치는 대통령은 주저없이 앞으로 나간다.

"따라서 우리 자신의 안전과 서반구 전체의 안전을 지키기 위해 본인은 헌법이 부여하고 상원이 승인한 권한에 따라 다음과 같은 긴급 조치를 지시합니다!"

소련이 보기에는 외교만 중시하던 유약한 대통령인 케네디가 자신의 본래 기질을 드러내며, 막강한 해군력으로 쿠바를 '봉쇄'해 소련 선박이 쿠바 해역에 들어서지 못하게 하겠다고 공언한다. 필요하다면 군사력을 사용해 침공할 태세다. 쿠바든 소련이든 미사일을 발사한다면 전쟁 도발로 간주하고 미합중국 역시 미사일로 보복하겠다고 단호하게 선언한다. 연설은 모든 책임을 적국 지도자에게로 돌리면서 클라이맥스로 치닫는다.

"본인은 흐루쇼프 의장에게 세계 평화를 위협하는, 은밀하거나 공공연한 도발 행위를 즉각 중단하고, 두 나라의 관계를 안정시킬 것을 요구합니다! 나아가 세계를 지배하려는 욕구를 포기하고 위험한 무기 경쟁을 끝내서 인류 역사를 바꾸려는 역사적인 노력에 합류할 것을 요구합니다!"

텔레비전을 시청한 사람들은 대통령의 강력한 연설과 거기에 실린 끔찍한 전망을 앞으로 영원히 기억할 것이다. 케네디는 예전에 "사람들은 진주만이 기습당한 날과 루스벨트 대통령이 서거한 날을 똑똑히 기억한다"고 말한 적이 있다. 이제 영원히 기억될 날의 목록에 쿠바 미사일 위기에 대응한 자신의 연설도 그 이름을 올린 것이다.

남자든 여자든 세상을 살아가는 동안 자신이 이런 끔찍한 뉴스를 접하던 순간에 어디에서 무엇을 하고 있었는지 영원히 기억하게 마련이다. 주변 사람들은 어떤 반응을 보였고 자신은 어떤 반응을 보였는지 잊지 않을 것이다. 다음 날 신문의 헤드라인이 무엇이었는지, 또 그 충격적인 소식이 세상을 바라보는 그들의 느낌을 어떻게 바꾸었는지, 해가 뜨고 해가 지며, 아이들이 까르르 웃는 평범하기 그지없는 일상이 얼마나 고마운 일인지 실감하게 되었다는 사실을 기억할 것이다.

비극적이게도, 얼마 후에 존 F. 케네디의 짧은 생애에 일어난 또 다른 사건 역시 잊지 못할 순간 가운데 하나로 합류한다. 그 사건은 쿠바와 미사일과 소련의 거짓말에 관한 뉴스를 훨씬 뛰어넘는 충격과 공포를 주지만, 케네디 자신은 그런 일이 과연 일어났는지 조차 모를 것이다.

그 사건은 오늘로부터 딱 13개월 뒤에 일어난다. 하지만 지금 당장은 쿠바 미사일 위기 하나로도 충분히 드라마틱하다.

존 케네디에게는 연설을 마칠 때 사람들 마음을 뒤흔드는 독특한 카리스마가 있다. 하원의원에 처음 출마해 보스턴 재향군인회 강당에서 했던 전사자 어머니회 연설이 그랬고, 1961년 대통령 취임 연설이 그랬고, 지금 전국적으로 방송되는 연설이 그렇다. 케네디는 청중의 마음을 사로잡아, 또는 본인이 자주 사용하는 표현대로 '열광하도록' 만들어, 무조건적인 지지를 이끌어낼 줄 안다.

"우리 목표는 무력을 동원한 승리가 아니라 정의를 세우는 것입니다. 자유를 포기한 대가로 평화를 누리는 게 아니라 자유와 평화를 모두 누리는 겁니다. 우리나라에서, 그리고 가능하다면 전 세계에서. 하느님이 원하신다면 우리는 그 목표를 이룰 겁니다."

이윽고 조명이 흐려지면서 백악관이 서서히 자취를 감춘다.

전 세계에 주둔한 미군은 즉각 전쟁 준비에 돌입했다. 모든 해군과 해병의 의무복무 기간은 무제한으로 늘어났다. 쿠바 주변에 방어선을 구축한 미군 전함과 잠수함은 쿠바로 들어가려는 소련 선박 25척을 멈춰 세우고 조사에 착수했다.

B-47 폭격기 509대대 소속 공군들은 에스파냐 토레혼 공군기지 숙소에서 확성기로 흘러나오는 대통령의 연설을 듣고 위기감이 급

격히 고조되었다. 이런 사정은 세계 곳곳에 주둔해 있는 모든 미군에게 동일했다. 젊은 폭격기 조종사 앨런 두가드 대위는 일주일 휴가를 받아 독일 여행을 떠나려고 짐을 싸던 중이었다. 그는 공군 방위 경계 태세가 데프콘 2단계로 올라가자, 여행은 물 건너갔음을 깨달았다. 이보다 더 높은 경계 태세는 핵전쟁이 임박했을 때 발동되는 데프콘 1단계밖에는 없다.

미 공군 폭격기는 이미 하루 24시간 공중 비행에 들어갔다. 유럽과 미국 상공을 시계 반대 방향으로 선회하다가 '공격' 명령이 떨어지는 순간, 소련 심장부를 타격할 준비를 마친 것이다. 이들이 비행하며 그리는 궤적은 앞으로 일어날 사태를 뚜렷하게 암시했다.

이들이 무착륙 비행으로 공중에 그리는 궤적이 의미하는 바는 단 한 가지, 미국이 소련을 공격할 만반의 준비를 마쳤다는 것이었다.

8천 킬로미터 떨어진 모스크바에서는 화가 잔뜩 난 니키타 흐루쇼프가 케네디의 텔레비전 방송 메시지에 답신을 작성하고 있었다.

소련 지도자는 외양이 화려한 케네디와 정반대였다. 158센티미터로 작달막한 키에 몸무게는 90킬로그램이 넘고, 대머리는 서커스단 광대를 연상시켰다. 오른쪽 눈 밑에는 커다란 사마귀가 있었고, 앞니는 많이 벌어졌으며, 국가 지도자답지 않게 카메라 앞에서 얼굴을 찡그리는 나쁜 습관도 있었다. 흐루쇼프가 1959년 미국을 방문해 비행기에서 내리는 순간, 인파 속에 서 있던 한 여자가 그를 보자마자 대번에 "정말 조그맣고 재미있게 생겼다!"며 큰 소리로 외칠 정도였다.

하지만 니키타 흐루쇼프한테 재미있는 구석은 전혀 없었다. 그는 외교를 '공포의 균형'이라고 믿는 사람이다. 쿠바에 미사일을 배치하기로 한 결정 역시 이런 관점에서 이루어졌다. 나중에 이렇게 언급한 게 좋은 증거다.

"우리가 모든 걸 은밀하게 진행하면, 그래서 미사일을 무사히 배치해 발사 준비를 마칠 때까지 비밀이 유지되면, 미국은 우리 미사일을 군사력으로 쓸어내는 위험한 결정을 내리기 전에 곰곰이 생각할 수밖에 없을 거라는 결론에 도달했다."

그런데 케네디 연설에 답신을 작성하는 지금, 소련 지도자는 입장을 교묘하게 바꿔서 단어를 조심스럽게 선택해가며 비서에게 구술한다.

"대통령 각하는 해역 봉쇄를 선언한 게 아니라, 우리가 귀하의 요구에 따르지 않으면 군사력을 사용하겠다고 협박하면서 최후통첩을 한 것입니다. 귀하가 한 말을 곰곰이 생각해보시오!"

한마디로 케네디의 '잘못'을 지적하면서 케네디를 가르치려 든 것이다.

"소련 정부는 국제 공해와 국제 공역을 사용할 자유를 침해하는 것이야말로 인류 전체를 핵미사일 전쟁의 한복판으로 밀어넣는 도발 행위로 간주합니다. 따라서 우리는 공해상에서 미국 전함이 저지르는 해적 행위를 구경만 하고 있지 않을 것입니다. 우리로선 자국의 권리를 보호하기 위해 적절한 조치를 취할 수밖에 없습니다.

소련 수상 니키타 흐루쇼프는 소련과 멀리 떨어진 서반구에서
케네디 대통령에게 도전하기 위해 쿠바 수상 피델 카스트로와 손을 잡았다.
(연합통신)

우리는 모든 수단을 확보하고 있습니다.”

쿠바에 미사일을 배치하는 계획은 흐루쇼프가 단독으로 내린 결정이었다. 소련공산당 중앙위원들 앞에서 자신의 계획을 발표한 것도 고작 3개월 전이었다. 그리고 나서 그는 피델 카스트로에게도 그 계획을 설명했다. 그는 미국 몰래 미사일을 배치할 수 있을 것이며, 설사 발견되더라도 케네디는 별다른 조치를 취하지 않을 거라고 믿었다.

그러면서 피그스 만 사태처럼 미국이 쿠바를 다시 침략할 경우

쿠바 미사일 위기
1962년 10월 16일~28일

CANADA

태평양

Denver

Chicago

Boston

New York

Kansas City

준중거리 탄도미사일(MRBM) 발사 범위 2천 킬로미터

워싱턴 D.C.

세인트루이스

미 합 중 국

버뮤다

댈러스

애틀랜타

샌안토니오

휴스턴

뉴올리언스

사바

미 해군
해역 봉쇄

쿠바로 가는 소련 선박

멕시코

멕시코 만

미아미

하바나

바하마

멕시코
시티

쿠 바

아이티

도미니카
공화국

푸에르토리코

벨기에

과테말라

온두라스

카리브 해

니카라과

태평양

코스타리카

파나마

VENEZUELA

N

0   Miles   400

COLOMBIA

Gene Thorp

미군 항공모함

소련 폭격기 공군기지

준중거리 탄도미사일
(MRBM) 기지

중거리 탄도미사일
(IRBM) 기지 설립
예정지

멕시코 만

하바나

바하마

쿠 바

0   Miles   100

관타나모 만

에 대비해 쿠바 인민들에게 베푸는 호의라고 주장했다. 흐루쇼프는 제2차 세계대전을 치러본 경험이 있는 소련 지도자인 만큼 다른 대륙으로 군수품을 공수해가면서 전쟁을 치르기란 불가능하다는 걸 잘 알고 있었다. 미국 코앞에 있는 쿠바는 미소전쟁이 일어났을 때를 대비해 군수품을 비축해두기에 가장 적합한 나라였다. 흐루쇼프가 카스트로를 설득해 배치하는 무기는 소련제였고 그걸 다룰 병사와 기술자들도 소련 사람이었으며, 거기에 장착할 핵탄두도 소련제이고, 그걸 쿠바로 운송하는 배도 소련 선박이었다.

정치위원으로 소련 군대에서 복무한 경험이 있는 흐루쇼프는 언어에 담긴 힘을 잘 안다. 그래서 소련이 쿠바에 미사일을 배치하는 건 완벽하게 '도덕적이고 합법적'인 행위이고, 소련 선박은 쿠바 해역에 들어가서 원하는 짐을 하역할 권리가 충분히 있다고 선언했다. 그런데도 미국 군함이 쿠바 해역을 봉쇄한다면, 그건 곧 전쟁 행위라는 것이다. 흐루쇼프는 두 번에 걸친 세계대전으로 자국의 영토는 심하게 훼손되었는데, 미합중국 영토는 아주 경미한 손상만 입었다는 데 분노하는 사람이었다. 히로시마에 떨어뜨린 원자폭탄의 폭발력이 TNT 2만 톤에 해당하는 걸 잘 아는 흐루쇼프는 자신의 핵탄두는 그것의 50배인 100만 톤에 달한다는 사실을 떠올리며 빙그레 웃었다.

니키타 흐루쇼프에게는 대량학살이 낯설지 않다. 제2차 세계대전 당시 100만 명 이상이 사망한 스탈린그라드 전투에 참여해 독일군 다수를 직접 심문하기도 했다. 하지만 그런 학살은 1930년대 초반에 젊은 흐루쇼프가 공산당 안에서 권력을 장악하기 위해 동원했던 잔인한 수단에 비하면 아무것도 아니었다.

소련을 30년 동안 지배하면서 사람을 수도 없이 죽인 이오시프 스탈린은 1934년에 모든 정적을 '대청소'할 것을 명령했고, 흐루쇼프는 이 지시를 수행하는 데 누구보다 앞장섰던 인물이다. 이 대대적인 숙청 작업으로 공산주의를 배신했다고 의심받던 수백만 명이 처형당하거나 시베리아 강제수용소로 끌려갔다. 흐루쇼프는 수천 명의 처형을 직접 명령했는데, 그중에는 자기 친구와 동료들도 있었다. 그는 1936년의 연설에서 소련의 위대한 승리를 훼손시키는 저항 세력을 없애는 방법으로는 처형이 제일 좋다고 선언했다. 이듬해에 스탈린은 흐루쇼프를 우크라이나 공산당 서기로 임명했다. 흐루쇼프는 임기 동안 현지 공산당 지도자들 거의 모두를 체포해서 처형하는 과정을 감독했다. 당시 우크라이나의 정치 지도자 수백 명이 살해되었는데, 살아남은 정치 지도자가 거의 없을 정도였다.

그런 흐루쇼프가 무자비한 권력을 휘두르며 이번에는 전 세계를 핵전쟁의 벼랑으로 몰아넣고 있다.

그런데 문제가 생겼다. 놀랍게도 상대역인 존 F. 케네디가 어떤 희생을 감수하더라도 끝까지 자국을 방어하겠다고 나선 것이다. "싸움이 벌어지면 망설이지 마라. 네가 가진 모든 것을 동원하라"는 러시아 속담의 신봉자인 흐루쇼프는 동지들에게 물러서는 일은 없을 거라고 장담한다.

18개월 전 피그스 만을 침공했을 때의 태도로 미루어보건대, 케네디는 이 속담의 조언을 따르는 인물이 아니다. 그래서 니키타 흐루쇼프는 미합중국 대통령이 이번에도 똑같은 실수를 저지를 것이라는 데 판돈을 걸었다.

10월 24일 초저녁, 흐루쇼프는 자신이 구술한 편지를 케네디에게 전송할 것을 명령했다. 편지에서 소련 공산당 지도자는 미국 대통령이 언급한 해상 봉쇄는 '해적 행위'에 다름 아니므로 소련 선박들에게 그걸 무시하라는 지시를 내렸노라고 단호하면서도 뻔뻔스럽게 주장했다.

케네디 대통령이 흐루쇼프의 편지를 받은 것은 10월 24일 오후 11시 직전이었다. 그런데 그로부터 세 시간도 지나지 않아 답장을 보냈다. 답장에서 케네디는 해상 봉쇄는 꼭 필요한 조치라고 차갑게 응수하면서 이번 위기에 대한 모든 책임은 흐루쇼프와 소련에게 있다는 걸 다시 한 번 확인했다. 한 발짝도 물러서지 않을 것임을 분명히 한 것이다.

곧이어 미 해군 함대가 쿠바를 향해 출발했다. 특이한 건, 대통령의 전사한 형 이름을 딴 구축함 '조지프 케네디' 호가 위험천만한 해상 봉쇄 작전에 나섰다는 사실이다. 이 특이한 우연을 알게 된 재클린이 남편에게 물었다.

"당신이 보낸 거예요?"

"아니야. 정말 희한하지?"

10월 26일 금요일, 미국이 결국 한발 물러서리라고 예상하는 소련 지도부의 기대와 달리 존 F. 케네디는 오히려 쿠바 침공 계획을 다듬었다. 계획은 치밀할수록 좋은 법이다. 케네디는 마이애미에 있는 쿠바 출신 의사들의 명단을 작성하라고 지시했다. 쿠바로 긴급 투입해야 할 경우에 대비한 조처였다. 그리고 민감한 레이더 설비를 장착한 군함 한 대는 쿠바 해역에서 멀찌감치 물러나 있을 것도 지시했다. 레이더 장비를 보호하기 위한 조치였다. 케네디는 쿠바에 진입할 군함들이 집결할 장소를 확인하고, 심지어 쿠바 국민에게 떨어뜨릴 전단지에 적힌 표현까지 꼼꼼하게 검토했다. 그러는 동안에도 "군사 행동이 시작되면 우리한테 미사일이 날아올" 가능성을 가장 염두에 두고서.

케네디는 측근에게 이제 자신과 흐루쇼프는, '서로 지구 반대편에 앉아서 문명의 종말'을 결정할 본격적인 대결에 들어갈 것이라고 논평한다.

이건 눈싸움이다. 먼저 눈을 깜빡이는 사람이 진다.

존 케네디는 예전에 니키타 흐루쇼프가 눈을 깜빡이는 걸 본 적이 있다. 대통령 취임 초기이자 피그스 만 사태 직후, 두 사람은 빈에서 정상회담을 개최했다. 흐루쇼프는 서베를린 문제와 관련하여 젊은 상대역을 몰아세웠다. 소련이 관리하는 동베를린에서 미국과 제2차 세계대전 연합국이 관리하는 서베를린으로 자유를 찾아 목숨을 걸고 탈출하는 사람이 계속 늘어나는 상황에서 베를린 전체를 소련의 통제하에 두어 이런 사태를 막고 싶었던 것이다. 그러나 케네디는 물러서지 않았고, 흐루쇼프는 베를린 장벽을 세워서 체면치레를 하는 것으로 마음을 달래야 했다.

하지만 이번에는 시간이 흐루쇼프 편이었다. 쿠바에 건설하는 미사일 발사 시설은 이제 거의 완성 단계에 이르렀다.

그래서 전 세계가 임박한 파멸의 순간에 대비하느라 분주하던 10월 26일 초저녁, 흐루쇼프는 볼쇼이 발레단의 공연을 관람했다. 그는 소련 지도부 동지들에게 이렇게 말하면서 공연 관람을 권했다고 한다.

"우리 국민과 외국인들도 이걸 봐야 해요. 마음을 차분하게 만들거든요. 만약 나 흐루쇼프와 각국 지도자들이 지금처럼 단체로 극장에 간다면 아마 온 인류가 평화롭게 잠들 수 있을 거요."

그러나 니키타 흐루쇼프는 모스크바에서 가장 걱정이 많은 사람인 데다가 지금 같은 상황에서는 어떻게 해도 마음이 편할 턱이 없었다. 최소한 12척의 소련 선박이 미 해군 전함에게 제지당하거나 자발적으로 방향을 돌렸다. 가볍게 무장한 러시아 선박의 화력은 미 해군과 상대가 되지 않았다.

발레를 관람한 후, 흐루쇼프는 치명적인 사태가 발생할 경우에 대비해 크렘린에서 밤을 꼬박 새웠다. 평소와 달리 수심이 가득한 소련 지도자는 문득 어떤 생각이 떠올랐다. 그래서 자정이 막 지난 시각에 일어나 앉아서 케네디 대통령에게 새로 보낼 편지를 구술했다.

케네디가 편지를 받은 건 모스크바 시간으로 새벽 2시, 워싱턴 시간으로 오후 6시였다. 케네디는 임박한 쿠바 침공에 대비해 마지막까지 세밀하게 계획을 조정하는 데 하루를 다 소진했다. 이제 그는 뼛속까지 지쳤다. 모든 에너지가 고갈되었는지 온몸 이곳저곳이 쑤시지 않는 곳이 없었다. 대통령은 2형 자가면역성 다선증후군 (APS-II, 이로 인해 갑상선 기능저하증과 에디슨병이 발병했다)에 오랫동안 시달려왔다. 특히 에디슨병 때문에 수시로 몸 상태를 면밀하게 확인해야 한다. 에디슨병이 몸에 필요한 호르몬 생성, 즉 혈압과 심장혈관과 혈당을 조절하는 코르티솔 생성을 방해하기 때문이다. 자칫 방치했다가는 탈진과 체중 감소, 쇠약, 심지어 생명까지 위태로울 수 있다. 그래서 에디슨병이란 진단을 받기 전인 1946년, 케네디가 행군 도중에 쓰러지며 얼굴이 시퍼렇게 변했을 때 사람들은 케네디에게 심장마비가 온 것으로 여기기도 했다.

이 시점에서 그런 일이 벌어져서는 절대로 안 된다.

케네디는 에디슨병의 악화를 막기 위해 하이드로코르티손과 테스토스테론 주사를 맞는다. 만성적인 대장염과 설사를 막아줄 진경제와 요로감염 처치를 위한 항생제도 먹어야 한다. 이처럼 다양한 질병에다 끔찍한 요통까지 겪어야 하니, 웬만한 남자라면 일찌감치 잠자리에 들겠지만, 대통령은 그럴 수가 없다. 게다가 지금은 위기 상황이 아닌가. 그래서 존 케네디는 만성적인 통증이든 간헐적인 통증이든 아랑곳하지 않고 마치 철인처럼 일에 몰두한다.

재클린은 남편이 이런저런 선거에 나설 때마다 밤늦게까지 기금 마련 만찬에 참석하고도 동이 트기 전에 일어나 공장이나 강철 제련소 입구에 서서 출근하는 노동자들과 일일이 악수를 나누는 모습을 자주 지켜봐온 터라, 이제 그런 일로 더 이상 걱정하지 않기로 결심했다. 하지만 이번에는 다르다. 남편이 도대체 얼마나 오래 버틸 수 있을지 감을 잡을 수 없다. 요통을 조금이라도 줄여보려고 회의 때면 흔들의자에 최대한 편하게 앉는 꼴사나운 광경까지 연출하고 있지 않은가.

그보다 불길한 건, 남편이 15년 전에 에디슨병 때문에 하마터면 죽을 뻔했던 일이 자꾸 떠오른다는 것이다. 또 1954년에는 퇴행성 질환을 치료하기 위해 척추에 금속판을 삽입했다가 수술 후에 세균 감염으로 혼수상태에 빠졌던 사건도 있다. 당시에도 케네디는 15년 전에 그랬던 것처럼 가톨릭에서 임종을 앞둔 사람이 치르는 종부성사를 치렀다. 그리고 다시 살아났다.

존 F. 케네디가 죽음을 물리친 건 (고속어뢰정 109호, 에디슨병, 요통 수술) 모두 세 번이다. 재클린은 미합중국 대통령인 자기 남편이 겉보기와 달리 강인한 사람이라는 걸 잘 안다. 그러니 이번에도 잘 견디어낼 것이다, 늘 그래왔으니까.

하지만 영부인은 국가안전보장이사회의 나머지 구성원들이 끝까지 잘 견딜지도 걱정스러웠다. 그래서 사람들이 토론할 때면 문가에 귀를 대고 엿듣기도 했다. 팽팽한 긴장감이 느껴졌다. 인류를 구하기 위해 '인간이 견딜 수 있는 한계'를 넘나들며 일하는 분위기가 확실했다.

맥조지 번디 역시 국가안전보장이사회 구성원 모두가 쓰러지기 일보 직전이라고 생각했다. 벌써 2주 동안이나 밤을 꼬박 새우며 밤낮없이 일하지 않았는가! 하지만 아무리 성실한 사람들이라도 극도의 피로 때문에 신경이 곤두서게 되면, 이런저런 견해차로 논쟁하다가 감정이 상할 수 있고, 그러면 몇 년 동안 관계가 틀어질 수도 있다. 게다가 이들 가운데 목소리가 제일 큰 커티스 E. 르메이 공군 사령관은 쿠바를 지도상에서 완전히 지워버려도 문제될 게 없다는 과격한 주장을 서슴지 않고 있다.

바로 그 무렵, 흐루쇼프의 편지가 도착했다. 편지는 지극히 개인적으로 한 지도자가 다른 지도자한테 옳은 일을 하라고 호소하는 내용이었다. 소련 지도자는 자신이 핵전쟁을 일으키려고 하는 게 아니라면서, "죽기 전에 온 세상을 파괴해서 깡그리 없애려는 정신병자가 아니고서야 그렇게 할 사람은 없다"고 주장했다. 소련 통치자는 이런 식으로 자기 변명을 늘어놓다가 케네디에게 이러는 이유가 도대체 뭐냐고 물었다.

그러고는 당혹스럽게도 편지 말미에 케네디에게 협상을 제안한다. 관심을 제일 많이 끈 대목은 이렇다.

"자제력을 잃은 게 아니라면, 그래서 앞으로 일어날 사태를 제대로 인식한다면, 대통령 각하, 귀하가 매듭을 꼬아놓은 전쟁이란 밧줄을 우리와 귀하가 양쪽에서 끌어당기는 사태가 벌어져서는 안 됩니다. 우리 둘이 잡아당기면 당길수록 매듭은 단단히 꼬일 겁니다. 그러다 보면 너무 단단하게 꼬여서 그걸 묶은 사람조차 풀 수 없을 것이고, 결국에는 매듭을 잘라내야 할 수도 있습니다."

국가안전보장이사회 구성원들은 이 내용이 완전한 조건부 항복을 의미한다고 믿지는 않았지만, 항복의 시작이라는 데는 모두 동의했다.

케네디는 몇 주 만에 처음으로 희망을 느꼈다. 그렇다고 해상 봉쇄를 풀지는 않았다. 소련 선박 10척 정도가 쿠바 해역에 설정된 해안 봉쇄선을 향해 여전히 다가오고 있었는데, 방향을 돌릴 징후가 전혀 보이지 않았던 것이다.

다음 날 오후, 쿠바의 지대공 미사일이 미군 U-2 정찰기 한 대를 격추시켰다는 소식이 들어왔다. 순간, 긴장이 고조되었다. 조종사 루돌프 앤더슨 주니어 소령은 전사했다.

합동참모본부는 대통령에게 48시간 안에 미군 폭격기를 동원해서 대대적으로 쿠바를 공습해 보복할 것을 요구했다.

그보다 나쁜 소식은 정찰기에서 찍은 사진들이 소련 미사일 가운데 준중거리 탄도 미사일(MRBM) 발사대 24기와 미사일 42기를 설치 완료했음을 증명해주었다는 것이다. 이제 핵탄두만 장착하면 MRBM을 당장이라도 발사할 수 있다. 비행 범위가 2천 킬로미터에 달하니, 워싱턴까지 날아올 수 있다. 워싱턴 D.C.에 있던 소련 대사관의 외교관들은 곧 전쟁이 터지리라 예상하고 민감한 서류들을 불태우기 시작했다.

위기는 끝나지 않았다. 핵전쟁 위기가 이렇게 고조된 적은 없었다. 미합중국 역시 쿠바 침공을 기정사실화했고, 국가안전보장이사회에서는 앞으로 로버트 케네디가 아바나 시장을 맡아야겠다는 짓궂은 농담까지 오갔다.

백악관 스케줄 담당 비서 켄 오도넬은 10월 27일 토요일 저녁에 있었던 국가안전보장이사회 회의를 "우리가 백악관에서 지낸 기간 중 가장 암울했던 시간"이란 표현으로 당시의 분위기를 적절하게 전달해준 바 있다.

케네디 대통령은 로버트를 워싱턴 주재 소련 대사와 비밀리에 만나도록 했다. 그 회합에서 로버트는 미사일을 제거하면 쿠바를 침공하지 않을 것이고, 소련이 발사 범위에 들어간다는 이유로 터

키에 배치한 미군 미사일을 철수하라는 흐루쇼프 요구를 수용할 수 있다는 미 대통령의 협상 조건을 제시했다. 물론 터키 측에서 싫어할 테지만, 그리고 엄밀히 따지면 나토가 관리하는 미사일이 긴 하지만, 대통령은 전쟁만 피할 수 있다면 이 정도는 기꺼이 양보할 수 있다고 생각했다.

자칫하면 앞으로 몇 시간 안에 전쟁이 일어날 수도 있는 상황이 아닌가 말이다.

마침내 흐루쇼프가 눈을 깜빡였다.

공산당 지도자는 케네디가 허풍을 떤다고 확신해서 소련 군대를 전면전에 대비시키지 않았다. 하지만 첩보부에서는 미합중국이 쿠바를 실제로 침공할 계획이라는 정보를 가져왔다. 그런 사태가 벌어진다면 소련으로서는 핵미사일을 발사할 수밖에 없다. 그러지 않으면 흐루쇼프와 소련은 국제적인 웃음거리가 되는 걸 감수해야 한다. 게다가 세상 사람들은 존 F. 케네디가 니키타 흐루쇼프보다 강하다고 여길 게 분명했다.

소련 지도부나 국민들에게 그보다 더한 굴욕은 없다. 게다가 흐루쇼프는 권좌에서 밀려날 수도 있었다.

이럴 가능성이 있는데도 소련 지도자의 전투 의지는 갈수록 사그라들었다. 사실 '정말 조그맣고 재미있게 생긴' 이 사내는 전쟁 문제가 나오면 내성적으로 변하곤 했다. 그는 제1차 세계대전 당시에 발진티푸스로 첫 번째 부인을 잃었다. 흐루쇼프가 "전쟁으로 도시와 마을들은 온통 죽음과 파괴로 가득했다"고 말했을 때, 그는 사랑하는 부인 에프로시니아를 떠올렸을 가능성이 많다. 소련의 독재자는 미국 대통령이 한계선까지 몰려도 굴하지 않고, 차라리 핵전쟁을 일으키는 쪽을 택할 것이라는 사실을 깨닫는다. 그렇게 되면 미합중국은 영원히 사라진다. 하지만 그건 소련도 마찬가지다.

일요일 오전 9시에 모스크바 라디오 방송은 소련 인민들에게 흐루쇼프 의장이 세상을 파멸에서 구했노라는 소식을 전한다. 뉴스 해설자는 존 F. 케네디를 직접 겨냥해서, 소련은 "귀하가 공격용으로 낙인 찍은 무기를 해체해서 상자에 싣고 소련으로 돌아오는 쪽을 선택했다"는 말까지 덧붙였다. 13일이라는 짧지만 긴 시간을 들이고서야 마침내 쿠바 미사일 위기가 막을 내린 것이다.

댈러스에서는 리 하비 오즈월드가 이 모든 과정을 주의 깊게 지켜보고 있었다. 그는 이 '전쟁'의 성패에 흔들리지 않고 미국 사회주의노동당에 가입하는 것으로 소련과 쿠바에 대한 유대감을 보여주기로 결심했다.

오즈월드는 오매불망 마리나가 오기만을 기다리며, 엘스베스 가에 새로 구한 2층 벽돌집에서 혼자 지내고 있다. 마리나와 아기는 친구들과 함께 아직 포트워스에 살고 있다. 오즈월드는 툭하면 싸우면서도 아내가 그리웠다. 11월 3일, 드디어 마리나가 댈러스에 도착했다. 더불어 부부싸움도 다시 시작되었다. 마리나는 새로 구한 지저분한 벽돌집을 '돼지우리'라고 불렀다. 두 사람은 이틀 내내 서로에게 고함을 질러댔다. 오즈월드는 "제대로 본때를 보여주겠다"고 맹세한 다음, 마치 죽이기라도 할 것처럼 한참 동안 아내를 사정없이 때렸다.

인내심이 한계에 이른 마리나는 다시 집을 나갔고, 그녀는 소련 친구 집으로 들어갔다. 이참에 완전히 갈라설 요량으로 오즈월드한테 새로 들어간 집 주소도 알려주지 않았다. 오즈월드를 싫어하던 댈러스에 있는 소련공동체 구성원들도 그가 아내 찾는 걸 돕지 않았다.

자신이 위대한 인물이며, 언젠가는 아주 큰일을 해내리라고 늘상 자부하던 리 하비 오즈월드였지만, 오해받고 버림받아 혼자가 된 지금, 그의 가슴속에 쌓여가는 것은 소리 없는 분노였다.

오즈월드는 이제 모든 걸 포기하고 싶다.

1962년 11월 6일, 막냇동생 테디 케네디는 쿠바 위기 해결의 최대 수혜자가 되었다. 매사추세츠에서 압도적인 표차로 상원의원에 당선된 것이다. 이로써 케네디 형제 세 명이 함께 워싱턴 정가에 진을 치게 되었다. 게다가 쿠바 미사일 위기 덕분에 대통령의 지지율이 79퍼센트까지 치솟았다. 그러나 케네디 영향력이 커지는 걸 모두가 좋아한 건 아니었다. 합동참모본부는 이제 쿠바를 침공할 기회는 영원히 사라졌다며 존 F. 케네디에게 불만을 품었다. 피델 카스트로는 소련에게 배신당했다고 느꼈다. 게다가 소련의 꼭두각시 노릇을 했다는 이유로 라틴아메리카에서의 영향력이 곤두박질 치고 말았다. 화가 머리끝까지 솟은 카스트로는 케네디에게 욕을 해댔다.

그럴 만한 이유가 있었다. 쿠바 미사일 위기가 해결됐다고 해서 미국의 카스트로 제거 시도가 끝났다는 의미는 아니었기 때문이다. 케네디가 흐루쇼프에게 자신은 쿠바 문제에 간섭하지 않겠노라고 약속했지만, 그렇다고 CIA가 추진하던 '몽구스작전'까지 무산된 건 아니었다. 케네디가 고안한 몽구스작전은 쿠바 난민을 쿠바로 잠입시켜 카스트로에 대한 반란을 조장하는 작전이다. 처음에는 마피아도 카스트로 암살을 주요 목표로 하는 이 작전에 은밀하게 가담했다. 대통령이 몽구스작전의 최종 목표를 언급하면서 암살이란 단어를 직접 입에 올린 적은 한 번도 없지만, 어쨌든 마피아는 군대도 정부 기관도 아니다. 따라서 이들이 개입하면 난민 반란으로 정권을 전복하는 작전과 병행해서 지도자 암살도 암암리에 추진할 수 있는 것이다.

쿠바 미사일 위기가 고조되는 동안 존 F. 케네디와 로버트 케네디의 유대관계는 어느 때보다 공고해졌고, 린든 존슨은 다시 한 번 바닥으로 곤두박질쳤다. 부통령이 처음에 대통령의 뜻과 어긋나게 매파 장군들 편에 서서 전면적인 침공을 주장하는 치명적인 실수를 저지른 것이다. 로버트는 이와 전혀 다른 견해를 펼쳤다. 쿠바를 공습하면 국제사회는 진주만 공습을 그대로 떠올릴 거라고 주장한 것이다. 이는 존 F. 케네디의 의견과 일치했다.

위기를 성공적으로 극복한 지금, 존 F. 케네디는 한껏 고무되었다. 쿠바 미사일 위기를 성공적으로 해결한 업적을 에이브러햄 링컨이 안정적인 리더십으로 남북전쟁을 종결한 업적에 스스로 나서서 비교할 정도였다. 그래서 로버트에게 "나도 오늘 밤 극장에 가야 하는 거 아니야?"라고 농담했다. 링컨과의 동일시가 엉겁결에 링컨이 전쟁을 끝내고 연극을 관람하다가 암살당한 상황까지 간 것이다.

사실 케네디는 모든 점에서 링컨을 연상시켰다. 취임 첫날밤에 링컨 침실에서 잠자고, 링컨이란 이름을 사용하는 개인비서를 고용하고, 플라스틱 방탄 덮개를 둘러친 링컨 콘티넨털 리무진을 탄다. 그래도 평소라면 누구도 이런 유사성을 떠올리지 않았을 뿐 아니라, 설사 떠올랐다 해도 입 밖으로는 절대 뱉어내지 못할 금기사항으로 치부되었을 것이다. 하지만 긴장감에 손톱까지 깨물던 위기를 이제 막 극복한 데다 대통령 스스로 던진 짓궂은 농담이었던지라 누구도 불길한 예감을 떠올리지 못했다.

어쨌든 이 순간 뚜렷이 부각된 것은 운명과 싸워 이긴 한 위대한 인간의 모습이었기에, 법무장관은 대통령과 함께 폭소를 터뜨리면서 "형이 극장에 간다면 나도 함께 가야겠네요"라고 대답한다.

지금 얼마나 끔찍한 말을 했는지, 두 사람은 전혀 모른다.

제2부

막이
서서히 내려오다

8

1963년 1월 8일

워싱턴 D.C.

오후 9시 30분

재클린 케네디는 햇볕에 태운 어깨를 그대로 드러낸 어깨끈 없는 올레그 카시니 드레스를 입고 매력을 한껏 발산하는 중이다. 양쪽 귀에는 전설적인 보석 세공사 해리 윈스턴이 제작한 다이아몬드 귀고리를 달았고, 양손에는 팔꿈치까지 올라오는 하얀색 장장갑을 착용했다. 그녀는 자신이 숭배하는 남성 작가 앙드레 말로와 잡담을 나누고 있다. 지금은 나이 61세로 프랑스 문화성 장관이다. 영부인은 가족과 함께 플로리다 팜비치로 크리스마스 휴가를 가서 충분한 휴식을 취한 뒤라 두 눈이 반짝반짝 빛났다.

오늘 밤의 영부인은 정말로 아름다웠다.

국립미술관 서관 조각 작품 전시실을 가득 채운 사람들은 아무도 모르지만, 영부인은 지금 임신한 상태다.

대통령은 1미터도 안 되는 거리에 있는 아내는 거들떠보지도 않고, 나이가 고작 대통령의 절반에 불과한 '리자 게라디니'라는 이름의 흑발 미인에게서 눈을 떼지 못한다. 올리브처럼 부드러운 피부와 어울리는 빨갛고 도톰한 입술이 매력적인 눈부신 여인이다. 여인이 수줍은 표정으로 미소를 머금는다. 깊이 파인 드레스 목선이 풍성한 가슴을 암시한다. 모든 점에서 영부인과는 완전히 다른 매력을 풍기는 여성이다.

홀 안에 가득한 텔레비전 카메라와 신문기자, 천 명가량의 초대 손님들이 하나같이 대통령의 동작 하나하나를 지켜보고 있지만, 매혹적인 젊은 여성을 바라보는 대통령의 시선은 당당하다. 자신은 미합중국 대통령으로서 이제 막 핵전쟁의 위험에서 세상을 구한 사람이 아닌가! 모든 게 뜻대로 진행되고 있다. 20살을 갓 넘어 보이는 사랑스런 여인을 감상하는 사소한 실수쯤이야 얼마든지 용납될 거라고 케네디는 자신한다.

존 F. 케네디는 사방에서 쏘아대는 무수한 시선들과 숨바꼭질하며 젊은 리자에게 미소를 보냈다. 하지만 쿠바 미사일 위기를 겪으면서 대통령의 여성관은 바뀌었다. 이제 그는 다른 어떤 여성보다도 재클린이 소중하다는 걸 안다. 지구 전체가 멸망할 뻔한 사태를 겪으면서 자신이 아내와 자녀를 얼마나 끔찍하게 사랑하는지 깨달은 것이다, 적어도 이 순간만은 그랬다.

의회는 내일 개회하고, 대통령 연차 교서를 발표할 날은 일주일이 채 남지 않았다. 케네디는 '법을 개정해서 연방소득세를 대폭 삭감'하는 것이 세계경제에서 미국이 경쟁력을 갖는 데 '아주 중요하고 반드시 필요한 조치'라며 밀어붙일 계획이다. 하지만 세금 삭감은 민주당이 지배하는 의회에서 논쟁의 여지가 많은 뜨거운 감자다. 미국 대통령으로서의 책임을 생각하면, 리자 게라디니를 충분히 즐길 시간을 갖기에 오늘 밤은 적당하지 않다.

대통령이 다른 곳으로 자리를 옮긴다.

하지만 재클린은 거기에 머물며, 앙드레 말로에게서 눈길을 돌려 사람들을 매혹하는 젊은 여인을 바라본다. 사실 리자 게라디니는 초대받고 참석한 '사람'이 아니라 전시관 벽에 걸린 그림이다. '라 지오콘다' 또는 '모나리자'로 더 유명하다. 레오나르도 다빈치가 16세기 초반에 다섯 아이를 낳은 어머니이자 가정주부인 여자를 의자에 앉혀놓고 그린 초상화다.

재클린은 모나리자를 여기에 전시할 수 있게 된 것이 정말 뿌듯하고 자랑스러웠다. 세상에서 가장 유명한 그림을 워싱턴 국립 박물관으로 가져오는 건 재클린의 오랜 꿈이었다. 그래서 1년 전에 앙드레 말로한테 정중하게 요청했고, 말로는 미국을 문화 불모지로 여기는 파리 시민들의 반발을 무릅쓰고서 기꺼이 허락해주었다.

사실 모나리자가 밖으로 나온 건 이번이 처음은 아니다. 나폴레옹은 자기 침실에 모나리자를 걸어놓고 아침마다 쳐다보았다. 1911년에는 루브르 박물관에서 도난당해 2년 동안 파리로 돌아오지 못했다. 제2차 세계대전 당시에는 나치 손아귀에 들어가는 걸 막기 위해 보관 장소를 옮겨 다녀야 했다. 이런 사연을 지닌 레오나르도 다빈치의 걸작을 미국으로 가져왔으니, '모나리자 팬'들이 곧 벌떼처럼 몰려들 것이다. 모나리자를 프랑스로 돌려보내는 3월이 되기 전까지 수백만의 미국인이 그림을 보려고 국립박물관 앞에 길게 줄을 설 것이다. 그때 그들은 자신들에게 이런 기회를 준 재클린을 한 번쯤은 떠올릴 것이다.

국립박물관 존 워커 관장은 460년이나 된 모나리자 그림을 한겨울에, 그것도 드넓은 대서양 바다 건너로 이송하다가 충격이라도 받아 훼손되거나 도난이라도 당할까 봐, 그 때문에 자신의 경력이 치명상을 입을까 봐 애초에 빌려오는 것 자체를 반대했다. 그래서 케네디가 측근과 함께 쿠바에 배치한 소련 미사일 문제를 처음 다루던 10월 17일, 워커는 영부인한테 전화해서 그림을 미국으로 가져오는 건 정말 끔찍한 생각이라고 에둘러 말하기도 했다.

그러나 모든 미국인이 그런 것처럼, 워커의 초미의 관심사도 순식간에 쿠바 미사일 위기로 바뀌었다. 모두들 라디오와 텔레비전에서 흘러나오는 사태의 전개에서 눈을 떼지 못했다. 워커는 뉴스를 통해 드러난 재클린의 모성애와, 남편과 함께 끝까지 백악관에 남겠다는 고집에 깊이 감동했다. 영부인은 단지 프랑스 문화에 깊이 빠져든 허영심 많은 젊은 여성이 아니었다. 속이 꽉 찬 여인이었다.

워커는 마음을 바꾸었다. 그리고 쿠바 미사일 위기가 끝나기도 전에 모나리자를 미국으로 가져오는 절차에 들어갔다. 게다가 케네디가 세상에서 가장 뛰어난 보디가드들(대통령에게 날아오는 총알을 자기 몸으로 기꺼이 막을 사람들, 바로 대통령 경호대)에게 소중한 예술작품을 경호하라는 지시로 경호 문제를 덜어주었기에 그만큼 부담감도 덜어낼 수 있었다.

대통령 경호원의 암호명은 '창기병'(Lancer)이고, 영부인 경호원의 암호명은 '레이스'(Lace), 캐롤라인과 존 주니어의 경호원은 '서정시'(Lyric)와 '종달새'(Lark)다. 대통령 가족에게 소중한 생명과 물건에는 모두 암호를 붙였다. 린든 존슨은 지원병(Volunteer)이고 대통령의 링컨 리무진은 SS-100-X, 딘 러스크는 자유(Freedom), 백악관은 성(Castle)이다. 대통령이 백악관에 없을 때는 대통령 숙소를 목탄(Charcoal)이라고 불렀다. L은 대통령 가족, W는 백악관 측근, D는 경호원에게 붙이는 식으로 같은 부류는 첫 글자를 같이 했다.

비밀경호대는 케네디를 하루 24시간 보호하는데, 이는 100년 전 에이브러햄 링컨의 상황과는 판이한 대조를 이룬다. 링컨 시절에는 비밀경호대가 존재하지 않았다. 링컨이 암살되고 3개월 뒤에야 비로소 경호대가 설립되었다. 하지만 초기에 맡은 핵심 역할은 대통령 경호보다는 위조지폐 단속이었다.

링컨이 살아 있을 때만 해도 일반 시민이 아무 때나 자유롭게 백악관에 들어올 수 있었고, 심지어 기념품이라며 대통령 관저에 있는 물건을 훔치는 사람도 부지기수였다. 그래서 내무부는 워싱턴 경찰국에서 비밀경찰을 선발해 이 대형 건물을 지키도록 했다. 그러나 남북전쟁이 끝나가면서 에이브러햄 링컨에 대한 암살 위협이 고조되자, 비밀경찰은 보호 대상을 건물이 아닌 대통령으로 전환했다. 오전 8시에서 오후 4시까지 경찰관 두 명이 주변을 지키고 한 명은 자정까지 지키며, 마지막 한 명은 야간을 맡았다. 비밀경찰관들은 각자 38구경 권총을 소지했다.

하지만 링컨 대통령 암살 사태가 증명하듯, 신변의 안전이 완벽하게 보장된 적은 한 번도 없었다. 링컨이 머리에 총알을 맞은 밤에 당직이었던 경찰관 존 파커는 근무지를 이탈해 근처 술집에서 맥주를 마셨다. 이렇게 당직자가 자리를 비운 사이에 미합중국 대통령이 살해되었는데도 존 파커는 직무 유기에 따른 처벌을 받지 않았을 뿐 아니라, 경찰관직을 계속 유지하는 믿을 수 없는 일까지 벌어졌다.

링컨이 암살당하기 전에만 해도 미국인 대부분은 자기네는 정치 지도자를 죽이는 국민이 아니라고 믿었다. 링컨 자신도 그러했다. 존 윌크스 부스가 링컨을 향해 쏜 총알 한 발이 그런 믿음을 뒤흔든 건 사실이지만, 그럼에도 대통령은 안전하다는 신화를 계속해서 믿는 사람도 많았다. 링컨 암살을 이례적인 사태로 간주한 것이다. 16년 후에 두 번째로 제임스 가필드 대통령이 암살당할 때에도 그런 인식은 달라지지 않았다. 그리고 1962년까지 부통령은 경호 대상이 아니었다. 부통령직은 할 일이 없는 자리라는 인식이 컸던 것이다.

큼지막한 38구경 권총을 허리에 찬 존 F. 케네디 경호원들의 정장은 언제나 불룩하다. 하지만 그 외의 다른 측면들에서는 거의 눈에 띄지 않는다. 대통령 경호대는 '완전무결한 경호'를 신조로 삼는다. 그래서 행동 하나하나가 프로페셔널하다. 이들은 모두 체격이 좋은 남성들로, 대부분 대학 교육을 받은 데다 군인 출신이다. 업무 시간에 맥주를 마신다는 건 상상할 수도 없다.

경호원 8명이 8시간씩 3교대로 근무하는데, 모두 다양한 무기를 능숙하게 다루도록 훈련받는다. 백악관 서관 북쪽 입구에 있는 조그만 사무실이 대통령 경호대 본부인데, 창문이 하나도 없다. 이곳 무기고에는 산탄총과 톰슨 기관단총 등 막강한 화력이 갖춰져 있다. 대통령 암살 기도를 막기 위한 다양한 보안 장치도 백악관 정문부터 대통령 집무실 앞의 흑백 타일 복도에 이르기까지 이중삼중으로 설치되어 있다. 대통령이 일할 때면 경호원 한 명은 반드시 집무실 문 앞을 지킨다. 경호원을 부를 일이 있으면 케네디는 책상 밑에 있는 비상벨만 누르면 된다.

하지만 백악관을 벗어나면 누구라도 손쉽게 대통령을 공격할 수 있다. 최근에 프랑스에서 일어난 사태가 좋은 사례다. 드골 대통령은 자신이 거주하며 일하는 엘리제궁에서는 완벽한 경호를 받는다. 하지만 1962년 8월 22일, 자동차를 타고 프티 클라마르 근교를 달리던 중 테러리스트에게 무차별 총격을 당했다. 범인은 총알을 무려 157발이나 쏘았다. 이 가운데 14발이 드골이 탄 시트로엔 자동차를 맞혀서 바퀴 두 개가 터졌지만, 운전사가 탁월한 실력으로 핸들을 꺾은 덕분에 드골 대통령은 안전한 곳으로 무사히 피신할 수 있었다. 이 사건의 암살 음모 주동자는 파리에서 재판을 받았다. 미국에서 모나리자가 전시되던 중이었다. 프랑스 공군 중령으로 퇴역한 불평분자 장 마리 바스티엥은 결국 사형 판결을 받아 프랑스 역사에서 마지막 사형수가 되었다.

미국인 중에 장 마리 바스티엥 같은 인물이 대통령을 공격하는 사태를 미연에 방지하기 위해 대통령이 백악관 밖으로 나갈 때에는 경호원들 중 8명이 행선지에 미리 가서 조사를 한다. 그리고 대통령이 외부로 나간 순간부터 다른 경호원 8명이 인간 방패를 형성하며 철저하게 경호한다.

이런 경호원들에게 무엇보다 힘든 건 존 F. 케네디의 거리낌 없는 쾌활함이다.

국민 앞에서 원기왕성하게 보이고 싶어하는 케네디는 위험을 무릅쓰고 인파에 둘러싸여 악수를 나눌 때가 많다. 이럴 때마다 경호원들은 기겁을 한다. 대통령의 일정을 파악하고 총을 준비한 미치광이가 있다면 언제라도 손쉽게 총을 쏠 수 있다. 경호원들은 그런 사태가 발생하면, 국가의 안녕을 위해서 대통령과 총알 사이로 뛰어들어 기꺼이 자신을 희생하리라 마음먹고 있다.

그나마 다행이라면, 경호원들이 존 F. 케네디를 진심으로 좋아한다는 것이다. 대통령은 경호원들의 이름을 모두 알 뿐 아니라 서로 농담을 주고받으며 허물없이 지내는 걸 좋아한다. 그렇지만 경호원들은 케네디가 미합중국 대통령이란 사실을 잊지 않는다. 그들이 얼마나 예의바른지는 언제나 스스럼없이 다정하게 대해주는 대통령에 대한 정중한 호칭에서도 잘 나타난다. 대통령 앞에서는 '대통령 각하'라고 부르고, 경호원들끼리 얘기할 때에는 '보스'로 통하며, 손님이나 방문객에게 얘기할 때에는 '케네디 대통령'이라고 칭했다.

경호원들은 재클린도 똑같이 좋아했다. 영부인 경호를 책임지는 클린트 힐은 키 180센티미터에 '강한 빛'(Dazzle)이란 암호명을 사용하는데, 영부인과 서로 비밀을 털어놓는 막역한 친구 사이이기도 했다.

그러니 경호대가 모나리자까지 지키는 건 당연하다고 할 수 있다. 앞으로 다빈치의 그림을 에워싸고 환호할 인파는 케네디와 재클린이 전 세계 곳곳을 돌아다닐 때 환호성을 내지르며 달려드는 인파와 다를 게 없다.

모나리자를 미국으로 실어 보낼 때, 프랑스 사람들은 초호화 여객선 'SS 프랑스' 호의 특실에 그림을 싣고 하루 24시간 내내 경호했다. 비행기 추락 사고가 일어날 경우, 그림까지 영원히 사라지는 불상사를 막으려고 선박을 이용한 것이다. 또한 호화 여객선이 침몰할 경우에 대비해서 모나리자를 넣은 금속 상자는 물에 둥둥 뜨도록 특수 제작되었다. 모나리자를 배에 실은 사실을 통보받은 사람은 여객선 선장밖에 없었다. 워낙 경계가 삼엄하다 보니 승객들은 그 금속 상자에는 아마도 핵폭탄이 들었을 거라고 추측했다. 하지만 금속 상자에 들어 있는 진짜 내용물에 대한 이야기가 새어나가자, 그 위대한 명화와 자신들이 함께 배에 타고 있다는 사실에 감격한 승객들은 선상에서 쉼없이 모나리자 파티를 벌이면서 특별한 페이스트리 케이크를 먹고 술 마시기 시합까지 벌였다.

배가 뉴욕에 닻을 내리자 곧바로 그림을 넘겨받은 대통령 경호대는 무슨 일이 있어도 멈추지 않는 자동차 행렬을 이루어 모나리자를 워싱턴 D.C.까지 운송했다. 비행기를 타면 간단하겠지만 이번에도 추락 위험 때문에 4시간이나 달리는 쪽을 선택한 것이다. 도로를 달리는 동안 자동차 지붕에는 경호원 저격대를 배치했고, 경호원 존 캠피언은 까만색 '국립미술관' 특수 화물자동차 안에 모나리자와 나란히 앉았다. 화폭에서 조그만 점 하나도 떨어지는 일이 없도록 도로에서 받는 충격을 모두 흡수하는 매우 육중한 스프링을 장착한 자동차였다.

워싱턴에 도착한 다음에는 천장이 높고 둥근 방에 모나리자를 넣고 철제문을 단단히 잠갔는데, 실내 온도를 16.6도로 완벽하게 유지하는 방이었다. 행여나 전기가 끊길 때는 예비 발전기가 자동으로 돌아가도록 되어 있었다. 거기에다 대통령 경호대는 실내에 CCTV까지 설치해서 경비를 늦추지 않았다.

그들이 다빈치의 걸작을 보호하려는 노력은 정말 대단했다. 하지만 대통령을 지키는 것과 인류의 문화자산을 지키는 것 사이에는 아주 커다란 차이가 있다. 어쨌든 모나리자는 그림에 지나지 않는다. 모나리자가 성난 시민에 의해 훼손당한 건 세 차례다. 예술품 파괴자들은 한 번은 스프레이를 뿌리려 했고, 한 번은 칼로 공격했고, 한 번은 머그잔을 던졌다. 게다가 한 번은 도난까지 당했다. 하지만 리자 게라디니 자신은 거의 5세기란 세월 동안 무덤에 묻혀 있다. 총에 맞아 죽을 일은 없다.

하지만 현재 살아 있는 대통령은 다르다.

그래서 경호대는 단 한순간도 경계를 늦추지 않는다.

적어도 아직까지는.

케네디가 모나리자 제막식에 참석한 귀빈들 앞에서 말한다. "정치와 예술, 행동하는 삶과 생각하는 삶, 다양한 사건이 일어나는 세상과 상상의 나래를 펼치는 세상은 하나입니다." 모나리자는 보스턴 특유의 발음에 따라 '모너리저'가 되었다.

대통령과 영부인이 지금 이 순간보다 인기가 높았던 적은, 그래서 미국 자체와 동일시된 적은 없다. 게다가 부부 사이가 어느 때보다 가까웠다. 경호원들은 케네디가 다른 여자에게 관심을 덜 보이는 걸 알아챘고, 친구들은 대통령으로 취임한 지 2년 동안 형식적인 느낌이 다분했던 부부관계가 새로운 단계로 들어섰다는 걸 알아챘다. 서로에게 쓰는 말투도 예전보다 훨씬 다정했다. 두 사람은 이제 누가 봐도 미국 대통령 역사상 가장 부부애가 넘치는 모습을 하고 있다. 덕분에 패션 디자이너 올레그 카시니는 미합중국을 "인간이 상상할 수 있는 가장 멋진 부부가 대표하는, 세상에서 가장 강력한 국가"라고 정의하기에 이른다.

실내를 가득 메운 사람들의 면면을 봐도 카시니가 한 말에 고개가 절로 끄덕여질 것이다. 대법관, 국회의원, 부유한 외교관, 정유회사 소유주 같은 거물들이 한자리에 모여 경의를 표하고 있다. 사람들은 모나리자를 냉전체제와 연결시킨 대통령의 멋진 연설 뒤에, 세세한 부분까지 지휘하며 아주 특별한 밤을 모두에게 선사한 재클린이 있다는 사실을 잊지 않는다. 모나리자가 방탄유리 뒤에서 눈부신 빛을 발산하고 있지만, 대부분의 참석자는 15초 정도만 바라보고 나서 곧바로 재클린에게로 눈길을 돌린다. 그들은 재클린의 미모와 균형 잡힌 몸매, 우아한 매력에 감탄을 금치 못한다.

이날 밤의 주인공은 모나리자가 아니라 영부인이었다.

❖

　재클린은 언제부턴가 케네디가 이끄는 백악관을 신화에 나오는 공간(나중에 언급한 바에 따르면 '미국의 카멜롯')으로 여기게 되었다. 영부인은 리처드 버튼이 전설적인 아서 왕 역을 맡고, 사랑스런 줄리 앤드류스가 귀네비어 왕비 역을, 로버트 굴렛이 랜슬롯 경의 배역을 맡은 브로드웨이 뮤지컬 〈카멜롯〉을 염두에 두고 있는 것이다. 무대의 배경인 카멜롯은 냉엄하고 혹독한 세상에서 행복하고 여유로운 오아시스를 상징한다. 케네디가 이끄는 백악관을 냉전이 판치는 세상에서 이상주의를 지키는 보루이자 신화적인 공간으로 여기는 재클린의 이런 견해에 공감하는 미국인들은 갈수록 늘어났다.

　심지어 대통령도 카멜롯에서 영감을 받았다. 재클린은 대통령이 밤에 잠자리에 들기 전, 전축을 틀어 브로드웨이 사운드 트랙을 듣는 일이 잦았다고 회상한다.

　하지만 카멜롯에도 어두운 면은 존재하게 마련이다. 존 F. 케네디의 경호원들도 그 사실을 잘 알았다.

　그런 어두운 면은 대통령 지지도 조사에서도 드러났다. 미국인의 70퍼센트는 존 F. 케네디를 사랑하지만, 나머지 30퍼센트는 싫어한다. 카스트로는 케네디가 죽기를 바라는 게 확실하고, 마이애미에 있는 쿠바 난민 공동체는 피그스 만 작전 실패에 원한을 품고 복수를 다짐했다. 남부 지역에서는 인종평등을 밀어붙이는 대통령을 향한 분노가 광범위하게 퍼져 있다. 그래서 남부 민주당원들은 공직을 유지하자면 대통령의 국내 정책에 강력하게 반대하는 정치적 선택을 할 수밖에 없다고 말한다.

이곳 워싱턴에서 CIA는 존 케네디가 로버트 케네디를 책임자로 앉혀서 자신들을 확실하게 장악하려 한다는 소문이 떠돌아 아주 불쾌해한다. 그리고 펜타곤의 군부 지도자 상당수는 케네디의 판단을 믿지 않았다. 군부가 자신을 공직에서 제거하려고 시도할 수 있다는 말을 대통령이 공개적으로 언급한 것이 화근이었다.

마지막으로 마피아가 있다. 케네디를 대통령 각하가 아니라 존이라고 부를 정도로 가깝게 지내던 샘 지앙카나는 케네디가 오랜 우정을 배신하고 로버트와 법무부를 동원해 마피아를 마녀사냥하듯 몰아붙이고 있다고 분개했다. 그는 "우리는 그 사람을 위해 엄청나게 고생했다. 그런데 그 사람은 자기 동생을 시켜서 우리를 사사건건 괴롭힌다"고 말했다.

케네디는 다양한 적들이 사방에 깔려 있다는 걸 잘 안다. 밤마다 음반에 전축 바늘을 올려 카멜롯을 들으면서 세상사를 잊으려 해보지만, 그런다고 해서 이런저런 위협까지 사라지는 건 아니지 않는가.

대통령 경호대가 리 하비 오즈월드란 인물을 파악하고 있었는지를 확인할 수 있는 기록은 없다.

사실 이들이 오즈월드를 모른다고 해서 이상할 것은 없다. 천하의 대통령 경호대가 해병을 제대하고 텍사스 댈러스에 사는 사람까지 파악할 이유가 어디에 있겠는가?

오즈월드는 마리나와 다시 합쳤다. 두 사람이 함께 살면 어쨌든 뜨거운 열기가 가득했는데, 이번에도 예외가 아니었다. 마리나는 또다시 임신했다.

재클린과 마리나의 생활 환경은 서로 완전히 달랐지만, 삶이 완전히 바뀌는 임신 초기의 젊은 여성이라는 공통점이 있었다. 재클린은 9월, 마리나는 10월에 출산 예정이다. 두 사람의 공통점은 또 있었다. 재클린처럼 마리나도 존 케네디를 아주 잘생기고 멋진 사람이라고 여겼다. 마리나의 이런 취향에 그렇잖아도 정서가 불안정한 그녀의 남편은 평소보다 심한 질투심을 느꼈다.

리 하비 오즈월드는 여전히 열정과 분노가 교차하는 삶을 살고 있었다. 1963년 1월 27일, 사람들이 모나리자를 보기 위해 워싱턴 거리에서 열 열(列)이나 되는 줄을 설 때, 오즈월드는 우편으로 29달러 95센트짜리 38구경 권총 한 자루를 주문했다. 오즈월드는 운송비를 포함해 10달러짜리 지폐 여러 장을 봉투에 넣어 부쳤다. 'A. J. 하이델'이라는 가명을 써서 권총을 사서함으로 배달시킨 그는 그 사실을 마리나한테 비밀로 했다.

이 당시 오즈월드에게 권총을 사용할 특별한 계획이 있었던 건 아니다. 지금까지 자신을 위협하는 사람은 없었다. 그래서 당장은 누굴 죽이거나 할 생각이 없다. 그는 그냥 권총을 지니는 것만으로도 좋은 일이라고 여긴다…… 만약을 대비해서라도.

❖

 1월이 끝나면서 모나리자가 워싱턴 D.C.에 머물기로 한 기간도 끝이 났다. 2월 4일, 그림은 다시 삼엄한 경호를 받으며 뉴욕에 도착했다. 모나리자는 뉴욕에서 훨씬 더 많은 사람들의 환영을 받았다.

 1월은 대통령 부부에게 정말 굉장한 달이었다. 모나리자가 풍기는 신비로운 매력에 빠져서 냉전으로 인한 긴장을 잠시나마 잊을 수 있었다. 케네디가 대통령에 취임한 지 2년이 지난 지금, 케네디 부부가 미국의 운명을 확실하게 움켜쥐었다는 사실을 모르는 사람은 이제 거의 없다.

 그렇다면 재클린의 생각대로 여기가 카멜롯이거나 적어도 그 일부일 수 있다. 재클린의 카멜롯에는 어두운 측면이 없다. 하지만 현실에서는 어두운 측면이 없을 수 없다.

 재클린이 카멜롯을 생각할 때면 연극에 나오는 마지막 장면을 떠올린다. 아서 왕이 놀라운 힘과 희망을 다시 회복하는 장면이다. 하지만 재클린은 나머지 장면은 빠뜨린다. 카멜롯에 가득한 비극과 내부 투쟁, 그리고 배신 등의 장면들이다. 거기에는 위험과 죽음이 있다. 마지막 커튼을 내리기 전에 원탁의 기사 절반 이상이 살해된다.

 그리고 재클린이 자신과 동일시하는 귀네비어 왕비는 혼자가 된다.

9

카멜롯에서 가장 외로운 남자는 미합중국 대통령이 되고 싶다.

지금 린든 존슨은 온몸에 조명을 받으며 서 있다. 바로 앞에는 연설대가 있고 그 위에 타자기로 작성한 연설 원고가 있지만, 존슨은 원고에 집중하지 않는다. 대통령 당선이라는 불가능한 꿈을 언젠가 현실로 만들어줄 유권자들 가운데 식탁 두 개에 둘러앉은 사람들에게 유별난 관심을 보인다.

린든 존슨은 다른 무엇보다도 권력을 다시 차지하고 싶다. 그는 권력을 숭배한다. 그런 황홀한 기분을 다시 한 번 느낄 수 있다면 무슨 짓이라도 할 수 있을 것 같다.

무슨 짓이라도!

부통령은 자신의 정치 도박이 성공할 수 있을지 전전긍긍하고 있다. 그래서 초조한 마음으로 실내를 다시 둘러보며 '흑인 식탁'에 시선을 맞춘다.

로버트 케네디 또한 미합중국 대통령이 되고 싶다.

1968년 선거까지 5년이 남은 현재, 고어 비달 기자는 《에스콰이어》 3월호 기사에서 민주당 경선에서 로버트가 린든 존슨을 이길 거라는 예측을 내놓는다.

요즘 들어 로버트 케네디는 강력한 정치 지도자로 성장했다. 그래서 부통령 린든 존슨은 1968년 경선에서 자신이 밀리지 않을까 걱정이 태산이다.

모든 게 아주 손쉬워 보인다. 존 F. 케네디는 1968년까지, 다음에는 로버트가 백악관을 차지해 1972년 재선까지 성공하면, 그 다음에는 테디가 1976년과 1980년에 대통령에 당선될 수도 있다. 케네디 왕조가 앞으로 20년 동안 미국 대통령을 독차지할 기세다. 지금 당장은 거의 확실해 보인다.

하지만 정치에 확실한 건 없다. 린든 존슨조차 모르는 사악한 세력이 지금 이 순간 로버트를 공격 목표로 삼아 법무장관 하나가 아니라 케네디 왕조 전체를 몰락시키려는 음모를 꾸밀 수도 있다.

1962년 8월 5일, 마릴린 먼로가 벌거벗은 몸으로 침대에 엎드린 채 발견된다. 죽은 것이다. 경찰 수사관은 외상 흔적을 전혀 찾지 못했다. 나중에 로스앤젤레스 검시관은 여배우가 신경안정제 과다 복용으로 사망했다는 결론을 내렸다. 그런데 위장은 거의 텅 비어 있었고, 어떤 약물도 검출하지 못했다.

대중들은 마릴린이 죽은 사실을 알자마자 단번에 그 원인을 그녀의 난잡한 생활 탓으로 돌렸다. 선정적인 언론이 그녀를 약물 중독자로 몰아갔기 때문이다. 그래서 매혹적인 여배우에게 무슨 일이 있었는지 자세히 조사하라고 요구하는 사람은 거의 없다.

하지만 범죄 조직 주변에서는 어두운 소문이 돌아다닌다. 몽구스작전을 추진하는 과정에서 맺었던 CIA와 샘 지앙카나의 연결선이 지금도 은밀하게 가동 중이라는 것이다. 그 주장에 따르면, 지앙카나와 CIA가 손잡고 살해 음모를 꾸몄다는 것이다. 그들은 청부 살인업자 4명을 마릴린의 집으로 잠입시켜 테이프로 그녀의 입을 막고 치사량에 해당하는 신경안정제와 수면제를 항문에 좌약으로 삽입하게 했다. 좌약을 사용한 이유는 입으로 약을 투여하면 토하는 경우가 종종 있기 때문이다. 그리고 나서 마릴린이 사망하자 그들은 입에서 테이프를 떼어내고 시신을 깨끗하게 닦았다고 한다.

지앙카나가 나선 이유는 법무부를 동원해 범죄 조직을 수사하는 로버트 케네디에게 복수하기 위해서였다. 마피아 내부에 도는 소문에 따르면, 로버트를 살인 사건에 연루시킬 목적으로 마릴린을 죽였다는 것이다. 그러나 마릴린 먼로가 갑자기 사망했다는 익명의 제보가 로버트에게 접수되면서 그 계획은 물거품이 되고 말았다. 법무장관은 매형 피터 로포드에게 마릴린 저택에서 케네디

가문이나 대통령과 관련된 증거를 철저하게 제거하라고 지시했다. 로포드는 프레드 오태시라는 사설탐정을 시켜 잽싸게 이 일을 처리했다. 마릴린이 쓴 일기까지 없앨 정도로 완벽하게.

그런데 마릴린의 통화 기록까지 없애지는 못했다. 거기엔 마지막 48시간 동안 마릴린이 누구와 통화했는지가 고스란히 담겨 있다. 그래서 로버트 케네디가 FBI 에드거 후버 국장에게 기록을 삭제해줄 것을 부탁했다는 주장으로 이어진다. 그런데 FBI는 기록을 삭제했지만, 로스앤젤레스 경찰국장 윌리엄 파커는 먼로가 사망한 사실을 정치적 협박용으로 이용하려고 통화 기록을 모두 복사했고, 이 기록을 몇 년째 자신의 차고에 보관 중이라는 이야기다. "로버트 케네디가 대통령이 되면 에드거 후버의 자리를 차지할 보증수표"라면서 말이다.

그런데 소문과 달리 훗날 피터 로포드는 로버트가 그날 밤 먼로의 저택에 있었다고 주장한다. 아내와 네 자녀와 함께 베이 에어리어에서 머물던 도중, 비행기로 그곳까지 날아갔다는 것이다. 로포드의 주장에 따르면, 검증된 건 아무것도 없지만, 마릴린이 존 F. 케네디와의 관계를 언론에 폭로하려고 해서 로버트가 그런 사태를 방지하기 위해 로스앤젤레스까지 급히 날아갔다는 이야기가 된다.

로포드의 주장과 마피아 내부에서 돌던 소문들은 그때마다 치밀한 조사가 이루어졌지만 지금까지 사실로 입증된 건 하나도 없다. 로버트도 마릴린과 잠자리를 가졌다는 소문 역시 마찬가지다.

확실한 건 1962년 여름에 마릴린 먼로가 로버트한테 여러 차례 전화했다는 사실이다. 당시는 존 케네디에게 결별 통고를 받고 마음이 심란해진 먼로가 케네디와의 관계를 할리우드에서 공개적으로 떠들어대던 때였다. 언론은 그 부분에 대해 질문을 퍼붓기 시작했고, 1964년 재선에서 새로운 문제로 불거질 가능성이 많았다. 하지만 마릴린이 사망한 날 밤에 로버트가 가족과 함께 머문 캘리포니아 북부 산악지대인 베이 에어리어는 가장 가까운 공항이 한 시간 거리에 있고, 자동차로 로스앤젤레스까지 가려면 5시간이 걸리는 곳이다. 로버트가 아무도 몰래 빠져나와 직접 먼로의 집으로 갈 수는 없었다는 뜻이다.

자살이든 타살이든 마릴린 먼로의 죽음에 로버트 케네디가 관여했다는 주장은 오늘날까지 구체적인 증거가 전혀 없는 음모론으로만 존재한다.

하지만 먼로가 비밀을 폭로하면 차기 대통령 선거를 완전히 망칠 수 있었다는 데는 의문의 여지가 없다. 사람들은 존 F. 케네디를 가정에 헌신하는 인물로 여겼다. 화려한 먼로와의 지저분한 관계가 구체적으로 세상에 알려지면 카멜롯 이미지가 망가지는 건 불보듯 뻔한 일이다.

로버트 케네디는 형이든 자신이든 추문이 자꾸 들춰지고, 사실이든 거짓이든 자꾸 사람들의 입방아에 오르내리는 상태에서는 대통령직을 확실하게 장담할 수 없다는 사실을 깨달았다. 이 말은 핵심 경쟁자 린든 존슨을 이기려면 자신의 혐의를 덮을 정도의 더 큰 혐의를 상대에게 씌우는 가외의 노력을 해야 한다는 의미였다.

결국 로버트 케네디는 마피아 수사에서 가만히 발을 뺐다.

오랜 친구를 불필요하게 자극하는 건 전혀 도움이 안 된다고 판단한 것이다.

린든 존슨은 새로운 친구를 사귀는 중이다. 그는 세인트오거스틴 만찬 연설에 흑인 유권자가 참석한 걸 보고 감동에 젖는다. 지금은 월요일 초저녁, 도시 설립 500주년을 기념하기 위해 모인 자리다. 물론 린든 존슨은 500주년 기념식 따위엔 아무런 관심도 없다. 중요한 것은 바로 자신이 플로리다까지 날아온 이유, 그러니까 이 상징적인 행사를 통해 흑인 유권자의 마음을 사로잡는 것이다.

린든 존슨의 갈색 눈동자가 '폰세 데 레온 호텔' 레스토랑에 모인 청중을 쭉 훑어본다. 백인만 보이는가 싶더니 드디어 이른바 '흑인 식탁'이 눈에 들어온다. 부통령이 연설을 수락하는 조건으로 내건 인종 화합의 상징이다.

존슨은 두 개의 식탁에 둘러앉은 사람들, 남부 백인들로 가득 찬 곳에 끼어든 몇몇 까만 얼굴들을 바라본다. 거기에 앉은 흑인들은 자신이 연설하는 동안 소박한 표정으로 머리를 끄덕인다. 그들은 이 자리에 참석할 수 있는 것만으로도 고마워하고 있다. 그들에게 오늘 밤은 린든 존슨 덕분에 난생처음으로 흑인이 화려한 호텔에서 식사를 하게 된 기념비 같은 시간이다. 달랑 두 개 식탁뿐이고, 이런 변화 역시 오늘 밤뿐이지만, 적어도 린든 존슨은 워싱턴으로 돌아가서 자신이 인종평등 투쟁의 최전선에 섰다고 떠벌릴 수 있다.

존슨에게 지금 같은 경우는 권력을 한껏 누리는 시간이다. 워싱턴 밖으로 나오면 그도 거물이다. 사람들이 존경한다. 지역 유지들도 찾아오고, 지역 신문도 자신의 방문을 대서특필한다. 존슨 특유의 정력적인 악수를 나누려고 사람들이 몰려든다. 두툼한 손으로 상대의 손을 오래도록 움켜쥐고 얘기를 나누면서 친밀감을 끌어내는, 상원 시절에도 많은 표를 긁어모은 존슨만의 악수법이다.

그러나 워싱턴으로 돌아가면 이런 대접을 받지 못한다. 오히려 워싱턴에서 그는 투명인간 취급을 받는다. 존슨한테 케네디가 이끄는 백악관은 카멜롯이 아니다. 존슨은 자신이 케네디의 백악관 시절에 겪은 일들을 일종의 거세에 비유했다. '불깐 수소'나 '거세당한 강아지' 취급을 받았다는 것이다. 중요한 모임이 열려도 대통령은 린든 존슨을 일부러 초대하지 않는다. 뒤에서 흉을 보기도 한다. 백악관 만찬 파티에 어쩔 수 없이 초대하는 경우에도 무시하기 일쑤다.

존슨을 무시하는 사람은 대통령만이 아니었다. 로버트 케네디는 존슨을 사이비 정치인이라고 깎아내렸다. 재클린도 일정하게 거리를 유지했다. 백악관 직원들까지 노골적으로 경멸하곤 했다. 존슨이 '하버드 출신들'이라고 비꼬곤 했던 그 무리들은 툭하면 옷이 어울리지 않는다고 놀렸고, 뒤로 넘긴 올백머리가 너무 반질반질하다며 놀렸고, 텍사스 산골 출신 특유의 비음을 가지고 놀렸다. 한 번은 존슨이 어느 파티에서 식전에 먹는 '오르되브르'를 '호어 도브스'(whore doves, 나긋나긋한 매춘부)라고 발음하는 실수를 저지르자, 워싱턴 전체가 존슨이 산골 출신 티를 팍팍 냈다며 놀려댔다.

존슨을 경멸하는 별명 하나는 '남부 아저씨'였다. 1960년 선거에서 남부의 지지를 이끌어내 케네디를 당선시킨 일등공신이 아니라 뭘 모르는 촌뜨기이기라도 한 것처럼. 개중에는 존슨을 '크레이터 판사'라고 부르는 사람도 있었는데, 1920년대에 뉴욕에서 갑자기

사라진 이후에 단 한 번도 모습을 드러내지 않은 공직자에 빗댄 별명이었다. 존슨은 어떤 백악관 직원이 만찬 파티에서 "린든? 린든 누구?"라고 농담하는 소리까지 들었다.

하지만 존슨은 사라질 사람도 아니고 촌뜨기도 아니었다. 상원에 있을 때에는 다수파를 이끌며 어려운 법안을 능수능란하게 통과시켰다. 존슨이 좋아하는 성서 구절은 〈이사야서〉 1장 18절 "와라, 우리 함께 시비를 가리자"로, 정치적 승부에 대한 그의 열정을 엿볼 수 있다.

사실대로 말하자면, 부통령은 매콤한 사슴고기 소시지부터 커티사크 스카치와 비엔나 왈츠까지 즐기는 복잡한 인물이다. 게다가 대통령처럼 성욕도 왕성했다. 다만 잠자리 상대들을 훨씬 신중하게 관리할 뿐이다.

이런 신중한 자세는 정치에도 그대로 적용되었다. 그는 떠들어대기를 좋아했지만 행여 대통령에게 빌미를 제공하는 사태를 아예 일으키지 않으려고 각종 모임에서 완벽한 침묵을 유지하는 것으로 자신의 성향을 억눌렀다. 하지만 아무리 존슨이라도 끊임없이 쏟아지는 모욕을 꾹꾹 참아내기란 힘든 일이 아닐 수 없다. 불안하고 우울한 표정의 부통령은 툭하면 눈치만 보는 사람이 되어갔다. 식욕도 없어졌다. 몸무게가 줄어서 그러잖아도 헐렁한 정장이 포대자루 같고, 코와 양쪽 귀만 도드라져 보인다. 정치가를 풍자해서 그린 만화 캐리커처 같다.

린든 존슨은 할 일이 없다. 전화벨이 울리는 경우도 무척 드물었다. 행정부 청사 부통령 집무실 창밖으로는 도로 건너편에 있는 백악관이 보인다. 존슨은 백악관을 오가는 사람들 모습을 물끄러미 바라보거나, 가끔은 집무실에서 나와 백악관 서관 복도를 어슬렁거리기도 한다. 참석할 모임이나 자신이 결정할 사항이 없는지 찾아보는 것이다. 이따금은 케네디 대통령과 눈이 마주쳐서 대통령이 자신더러 안으로 들어오라고 청하는 행운을 얻기 위해 대통령 집무실 앞에 자리를 잡고 앉아 있을 때도 있다.

하지만 그런 경우는 갈수록 줄어들었다. 대통령이 부통령과 단둘이 보낸 시간은 1963년 한 해 동안 두 시간이 채 되지 않았다.

그런데도 존슨은 이런 식의 무시를 지그시 참았다. 부통령 자리가 아니면 자신은 아무것도 아니기 때문이다. 텍사스에는 자신이 출마할 수 있는 상원의원 경선이 없었고, 주지사 자리는 이미 4개월 전에 케네디의 측근인 존 코널리가 차지했다. 하지만 몇 년만 더 견디면 자신도 미국에서 가장 강력한 자리에 도전할 수 있다.

린든 존슨이라고 해서 대통령이 되면 안 된단 법이 어디에 있단 말인가! 자신은 하원의원으로 12년을 보냈고, 상원의원으로 또 12년을 보냈을 뿐 아니라, 다수파를 6년이나 이끌었다. 외교정책이나 국내 입법에도 정통하고, 밀실에서 처리할 정도의 미묘한 문제라면 완벽하게 조언할 자신이 있다. 미국에서 본인만큼 준비된 대통령은 없다.

지금, 린든 존슨은 세인트오거스틴 호텔 레스토랑에 인종 평등을 상징하는 흑인 식탁 두 개를 배치해서 정치생명을 되살리려고 분투하는 중이다. 공식적으로는 도시 설립을 기념하는 자리이지만, 린든 존슨한테는 자신이 인종차별의 철폐를 적극 지지하는 사람임을 공식적으로 천명하는 자리이기도 하다.

남부에서 인종차별 철폐 투쟁이 고조되는 동안 케네디 형제는 의도적으로 린든 존슨을 배제했다. 남부 출신 정치인답게 권력을 잡기 위해 인권투쟁을 정치적으로 이용할 거라고 본 것이다.

존슨 자신도 인권투쟁이 얼마나 중요한지 잘 안다. 그래서 존 F. 케네디가 펼치는 인권신장 캠페인에 앞장서기 위해 온 힘을 다 쏟고 있다.

존슨한테 인권운동은 옳고 그른 걸 따지는 문제가 절대 아니다. 정치적으로 바람직한 입장이 어느 쪽인가의 문제일 따름이다.

권력을 빼앗기고 거세까지 당한 린든 존슨은 자기 노력의 효과가 나타나기를 숨죽여 기다리고 있었다.

3월 4일, 린든 존슨이 세인트오거스틴에서 연설하기 딱 일주일 전, 로버트 케네디 법무장관은 기자들 앞에서 《에스콰이어》 기사에 대해 "지금 당장은 출마할 계획이 전혀 없다"고 답변한다. 그러자 기자들은 이 말을 "출마하겠다"는 뜻으로 받아들인다.

하지만 과연 로버트에게 그만한 자질이 있을까? 로버트 케네디는 변호사이지만 재판에 나가서 사건을 다룬 적이 한 번도 없으며, 법무장관 자리도 아버지와 형 덕분에 차지했다. 그런데도 법무부 장관 역할은 사실상 도외시한 채 대통령의 대변인이자 상담자 역할에 몰두했다. 그래서 CIA는 법무부 장관으로서 로버트의 결정들을 노골적으로 불신한다. 버지니아 랭글리 CIA 본부 직원들이 가장 선호하는 차량 스티커가 '처음에는 에델, 이번에는 우리'일 정도였다.

하지만 빠르게 변화하는 세상에서 늙은 존슨은 지긋지긋한 냉전을 상징하는 반면, 로버트 케네디는 젊고 활력 넘치는 카멜롯을 상징하는 존재였다. 젊고 활기찬 백악관의 에너지가 미국 사회에 어느 정도 영향을 끼쳤는지는 알 수 없지만, 미국 사회 곳곳에서 새로운 변화들이 용트림하기 시작했다.

비틀스라는 영국 록그룹이 첫 번째 앨범을 발표했다.

〈아이언 맨〉이라는 새로운 만화가 등장했다.

베티 프리단이 《여성의 신비》라는 책으로 여성운동에 새로운 파고를 일으키고 있다.

앨커트래즈 섬에 있던 가혹한 교도소가 영원히 폐쇄된다. 그걸 기념이라도 하려는 듯, CIA는 국내 작전 부서를 새로 만들어 에드거 후버의 FBI 영역까지 파고든다.

로버트 케네디는 자신이 미국 문화에 끼치는 영향을 잘 안다. 카멜롯의 매력을 충분히 이해한 것이다. 그런데도 여전히 린든 존슨과 경쟁하는 데 집착한다. 아니, 린든 존슨을 경멸한다. 그런 감정을 숨기지 못하고 얼마나 공공연히 드러내고 다녔는지, 한 번은 친구들이 린든 존슨을 닮은 저주인형에 핀을 잔뜩 꽂아서 선물하기도 했다.

로버트는 거짓말을 못 견디는데, 로버트가 보기에 존슨은 입만 열면 거짓말을 늘어놓는 것 같다.

하지만 존슨한테는 로버트를 두렵게 만드는 무언가가 있었다. 한 번은 로버트가 백악관 직원에게 "나는 저 자식이 정말 싫어. 하지만 정말 만만찮은 놈이야"라고 말한 적도 있다.

열정적이고 저돌적인 두 정치인은 이렇게 쉬지 않고 물밑 경쟁에 열을 올리고 있다. 하지만 끔찍한 재난이 8개월 앞으로 다가왔다는 사실은 아무도 모른다.

리 하비 오즈월드는 시간이 갈수록 외톨이가 되었다. 집에 있는 벽장을 전부 서재로 바꾸었다. 그러고는 주변 세상을 향한 분노와 욕설을 글로 마구 뱉어낸다. 오즈월드는 걸핏하면 화를 내고 사람들은 점점 더 그를 두려워한다.

린든 존슨이 세인트오거스틴에서 연설한 다음 날인 3월 12일, 오즈월드는 댈러스 집에 숨겨놓은 권총과 잘 어울리는 총을 한 자루 더 구입하기로 결정했다. 《월간 미국 소총》 1963년 2월호를 통해서 이번에는 소총을 구매했다. 이탈리아에서 만든 '만리커-카르카노' 91/38모델로, 원래는 1940년에 제2차 세계대전에 출전하는 이탈리아 보병을 위해 만든 총이었다. 동물 사냥용이 아니라 인간 살상용이다. 해병대 일등사수 출신인 오즈월드는 그런 차이는 물론, 총을 청소하고 조립하고 장전하고 겨냥하고 정확하게 발사하는 방법까지 잘 알았다.

세상 여기저기에서 엄청나게 멋진 일이 수도 없이 일어나던 1963년 3월에 우편으로 소총을 주문한 사건 정도야 아주 시시해 보일 수 있다. 하지만 전쟁 뒤에 남아돌던 수동식 노리쇠 소총을 19달러에 주문한 이 작은 사건은 몇 개월 후 세상에 엄청난 충격을 안겨다준다.

소총은 3월 25일에 도착했다. 마리나는 그럴 돈으로 식료품이나 사지 괜한 짓을 한다고 투덜댔지만 오즈월드는 소총을 손에 넣은 게 어쩌나 좋은지 걸핏하면 버스를 타고 강가로 가서 제방을 과녁 삼아 사격 연습을 했다.

3월 31일, 마리나가 빨래걸이에 기저귀를 너는 동안, 오즈월드는 위아래를 까만 옷으로 색깔을 맞춰 입고 뒷마당으로 나갔다. 권총을 허리춤에 찌르고, 한 손으로는 소총을 높이 치켜들고, 다른 손에는 공산주의 신문 두 부를 든다. 그러더니 재미있게 구경하는 마리나에게 사진을 찍으라고 한다. 《노동자》와 《투사》 편집부에 사진을 보내서 자신은 계급전쟁을 벌일 준비가 됐다는 사실을 보여주려는 것이다.

1963년 4월 6일, 리 하비 오즈월드는 '재거스-칠스-스토발'에서 해고당한다. 동료들에게 공산주의를 지나치게 공격적으로 선전하는 데다가 직장 상사 역시 그를 도무지 신뢰하지 못했기 때문이다.

1963년 4월 10일, 오즈월드는 이제 누군가를 죽일 때가 왔다고 생각한다.

10

목숨이 7개월밖에 남지 않은 사내가 윈스턴 처칠과 이야기를 나누고 있다.

백악관 장미정원, 많은 사람들이 존 F. 케네디 앞에 모여서 온화한 표정으로 바라본다. 예전에 수상으로 재직하면서 탁월한 영감으로 제2차 세계대전에서 영국을 구한 92세의 처칠은 런던 자택에서 인공위성으로 지켜본다. 사람들이 장미정원에 모인 이유는 윈스턴 처칠에게 미국 시민권을 부여하기 위해서다. 외국 지도자에게 명예 시민권을 부여하는 건 라파예트(미국독립전쟁이 일어나자 도미하여 독립군에 참가했으며, 워싱턴 장군의 신임을 얻고 여러 전투에서 승리를 거둔 프랑스 정치가. 1824년 미국 의회는 그에게 미국 시민권과 20만 달러의 보상금을 주었다–옮긴이) 이후로 처음이다. 케네디는 처칠의 어머니 니 제니 제롬 여사가 미국 시민이란 사실을 언급하면서 연설을 시작한다.

"미국의 아들이자 영국 재상께서는 평생을 미국 시민과 미합중국의 성실하고 믿음직한 친구로 살아오셨습니다."

51세가 된 처칠의 아들 랜돌프는 존 F. 케네디 옆에 있다. 재클린은 남편 바로 뒤에 있다. 미합중국과 영국을 대표하는 외교관들과 지인들이 장미정원을 가득 메웠다. 제2차 세계대전 직전에 영국 대사로 재직한 적이 있는 대통령의 아버지 조지프는 백악관 실내에서 휠체어에 앉아 지켜보고 있다. 조지프 케네디는 2년 전에 뇌졸중으로 쓰러졌다.

저명하고 전설적인 세계 지도자를 존경하는 사람들이 미소를 머금고 따뜻한 눈길로 바라보는 목가적인 모임에서, 정작 케네디의 머릿속은 다른 '처칠', 그리고 열기가 무르익어가는 또 다른 전쟁 생각으로 가득했다.

동남아시아에 공산주의가 퍼지는 걸 막기 위해 베트남에 미군을 처음 파병한 대통령은 드와이트 아이젠하워다. 하지만 취임 이후, 베트남 일부가 공산주의로 넘어가자 다른 아시아 국가들까지 자본주의에 등을 돌리는 도미도 현상을 예방하기 위해 병력을 점차적으로 늘리라고 명령한 대통령은 바로 존 F. 케네디 자신이다.

하지만 그런 전략은 이미 실패했다. 미국이 베트남에 파견한 소수의 '군사고문'은 어느새 조종사와 전투병을 합쳐 1만 6천 명으로 불어났다. 미군 조종사들은 미국이 후원하는 사이공 정권을 도와서 베트콩 군대를 물리치려고 하늘에서 네이팜탄을 투하했다. 이때 베트콩 병사 수천 명이 전사했다. 그러나 무고한 베트남 농민 수천 명도 함께 죽었다. 오폭 사건이 발생한 직후, 연합통신은 "폭격당한 시장 한가운데에 새까맣게 탄 아이와 아기 시신들이 잔뜩 널브러져 있었다"고 보도했다.

미군 조종사들은 한 달에 수백 번씩 베트남 상공을 비행했다. 고엽작전을 체계적으로 진행하는 중이었다. 적군이 숨을 수 없도록 미군 공군기가 하늘을 날며 정글에 고엽제를 뿌려서 모든 식물을 고사시키는 작전이다. 그 과정에 당연히 무고한 농민들이 심은 곡식도 큰 피해를 입었다. 이 '초토화 작전'은 다양한 문제를 파생시켜 이후 미합중국을 괴롭힌다.

CIA도 베트남전쟁에 합류해 공산주의가 지배하는 북부에서 은밀하게 온갖 교란작전을 수행했다. 미군 헬리콥터에 탑승한 기총사수는 핑음을 내며 날아오는 헬리콥터를 보고 놀란 농부가 몸을 돌려 무성한 나무 너머로 도망칠 때마다 마음대로 사격할 권한이 있었다. 농부가 도망친다는 건 적군이기 때문이라는 것이다. 원시적인 마을 상공에 갑자기 나타난 헬리콥터를 보고 미신과 공포에 사로잡혀서 그럴 수 있다는 가능성은 전혀 고려하지 않았다.

존 F. 케네디는 미국이 나서서 베트남전쟁을 끝내야 한다고 확신했다. 하지만 아직 그런 생각을 공표할 마음의 준비는 전혀 되어 있지 않았다. 이런 마음은 퓰리처상을 받은 언론인 찰스 바틀릿에게 케네디가 사석에서 한 말에서도 잘 드러난다.

"우리도 베트남에 머물 생각이 없어요. 그곳 사람들은 우리를 싫어하거든요. 그래서 우리를 어떤 식으로든 몰아내려고 해요. 하지만 그 나라를 공산주의자들에게 통째로 넘겨주고 나서, 나를 대통령으로 다시 뽑아달라고 미국 시민에게 요청할 순 없잖아요."

재선에 성공하기 위해서는 1964년 선거를 마칠 때까지 베트남에서 미군을 빼낼 도리도, 그럴 의지도 없었다. 유권자들이 아직은 전쟁을 지지하기 때문이다. 그래서 케네디는 매일 아침마다 보고서를 읽으며 고 딘 디엠 베트남 대통령이 미군의 추가 병력 투입을 끌어내려고 멍청하고 무책임한 짓을 저질러 상황을 악화시키지 않기만을 기도했다.

디엠은 케네디 가문과 마찬가지로 가톨릭 신자다. 하지만 그의 광신적인 믿음이 공산주의와 싸우는 것에 집중하는 걸 가로막고 있었다. 전선이 두 개로 나뉘어 전쟁하는 꼴이 되어버린 것이다. 하나는 베트콩과 싸우는 전선이었고, 또 하나는 베트남에서 다수를 차지하는 불교신자와 싸우는 성전이었다.

그런데도 존슨 부통령은 디엠을 '아시아의 윈스턴 처칠'이라고 치켜세운 유명한 일화가 있다. 케네디 형제는 이렇게 터무니없는 과장을 싫어한다. 진짜 윈스턴 처칠과 달리 디엠은 미국 시민과 미합중국에게 성실하고 믿음직한 친구가 아니다. 개인적인 영광을 욕심 내어 대량학살을 자행한 살인범에 지나지 않는다.

디엠의 바로 이런 자기도취증은 스스로를 결국 파멸로 이끌고 만다.

장미정원에서 케네디가 연설을 마쳤다. 지금은 처칠이 준비한 원고를 대독하는 아들의 소리를 듣고 있다.

"우리한테 과거는 미래로 가는 열쇠입니다. 선(善)을 지향하는 우리의 정열과 잠재력, 영원한 힘을 누구도 과소평가하지 못하게 합시다."

처칠이 케네디와 비슷한 점이 아주 많은 지도자라는 사실을 잘 보여주는 대목이다.

그런데 모든 사람이 선을 지향하는 영원한 힘을 믿는 건 아니다.

존 F. 케네디는 폭력을 좋아하는 성격이 아니다. 총을 싫어하고 동물 사냥을 혐오한다. 하지만 리 하비 오즈월드의 성향은 정반대다. 4월인데도 몹시 무더운 어느 날 밤, 오즈월드는 댈러스의 어두운 골목에 숨어 있었다. 새로 구입한 소총으로 반공을 공공연하게 주장하는 테드 워커 예비역 육군소장을 향해 겨냥한 자세로.

워커는 댈러스 자택 서재에서 1962년치 소득신고 서류를 찬찬히 살피고 있었다. 웨스트포인트 사관학교를 졸업한 워커는 이제 53세로, 동성연애를 즐기고 반공을 부르짖는 사람으로 유명하다. 지금은 4월 10일 수요일 밤, 그는 문제 많은 전국 순회강연을 마치고 막 돌아와 집에 혼자 있다. 탁상용 스탠드의 불빛 하나가 실내를 밝히며 조그만 유리창을 통해 바깥의 어둠으로 퍼져나갔다. 평소 같으면 유리창을 활짝 열어서 달콤한 봄바람이 들어오도록 했겠지만 오늘은 최고 온도가 38도나 됐다. 저녁 9시인데도 아직 더위가 가시지 않아 에어컨을 켜둔 상태다.

리 하비 오즈월드가 숨은 골목과는 15미터밖에 떨어져 있지 않다. 오즈월드는 이탈리아제 소총에 달린 망원경으로 워커가 움직이는 동작을 자세히 지켜본다. 오즈월드가 조심스럽게 움직이는 소리는 에어컨 팬 소리에 파묻힌다. 워커 집 뒷담에 숨은 오즈월드는 담장 격자 사이로 총열을 집어넣은 상태다. 집 근처에 있는 교회에서는 신자들이 모여 수요예배를 드리는 중이다.

오즈월드의 몸에는 억압당한 노동자의 피가 흘렀다. 그래서 그는 공산주의와 사회주의 이상에서 힘을 얻곤 한다. 미국으로 돌아와서 1년을 보내는 동안, 그는 또다시 불평등한 자본주의 제도에 분노를 느꼈다. 그 분노는 공산주의에 노골적으로 반대하는 사람은 모조리 죽이고 싶을 만큼 강렬했다.

오즈월드가 애초부터 사람을 죽이려고 구입한 소총으로 테드 워커의 머리를 겨누게 된 것은 이 때문이다. 예비역 소장 워커는 오즈월드가 경멸하는 인물 명단에서 제일 앞에 있다. 워커는 신문기자에게 해리 트루먼과 엘리너 루스벨트가 공산주의자들과 흡사하다는 얘기를 해서 18개월 전에 군대를 떠날 것을 요구받았다. 그런데 워커는 퇴역 대신 사임을 선택해서 모든 권리를 포기했다. 일부러 연금까지 포기하며 반발하는 모습을 보여줌으로써 자신의 이미지를 제고한 것이다. 제2차 세계대전과 한국전쟁에 참전한 경력을 가진 그는 군에서 나온 이후 정치계에 얼굴을 내밀었다. 정치적으로 현저한 극우 성향을 가진 사람이, 그것도 민주당을 무척이나 싫어하는 주민들이 대다수여서 소수 민주당 지지자는 정치적 신념을 공개적으로 드러내는 것조차 꺼리는 댈러스에 사는 사람이, 텍사스 주지사 민주당 경선에 출마하는 엉뚱한 선택을 한 것이다. 결국 존 코널리가 승리한 그 경선에서 워커는 꼴찌를 했다. 다시 그는 미시시피로 가서 미시시피 대학에 흑인이 입학하는 걸 막으려고 애썼다. 폭동이 잇달아 일어나 2명이 죽고 보안관 6명이 총상을 입는 사건까지 있은 후, 워커는 정신병원에 잠시 수감당한 상태에서 폭동을 선동한 죄로 연방정부에 구속되었다. 미국 시민의 인권에 반대해 폭동을 일으킨 죄목으로 워커를 구속하라고 명령한 사람은 바로 로버트 케네디였다.

하지만 오즈월드는 인권에는 아무 관심도 없었다. 오즈월드가 워커의 집을 찾은 건 오즈월드가 정기 구독하는 공산주의 신문《노동자》가 워커를 공산주의의 적으로 지목했기 때문이고, 밤새도록 말을 달려 영국군의 진격을 미국 민병대에 알린 애국자 폴 리비어처럼, 워커가 '밤새도록 말 달리기 작전'에 참여해서 미국인들에게 공산주의를 지옥으로 선전하며 지금까지 전국을 돌아다녔기 때문이다. 오즈월드가 소총을 구입한 것도 미시시피 대배심이 워커를 무죄로 판결했기 때문이다.

오즈월드는 이탈리아제 소총을 손에 넣고부터 버스를 타고 워커의 집 주변을 자주 돌아다녔다. 큰길과 골목길을 걸어 다니면서 주변 지리를 익히고 스케치하고 연구해 탈출로를 짜고, 교회 예배 시간도 암기했다. 인근 지역을 사진으로 찍어서 4월 6일 해고되기 전에 직장에서 현상도 했다. 그렇게 얻은 다양한 정보는 파란 클리어 파일에 차곡차곡 보관했다.

오즈월드는 워커가 저녁시간을 서재에서 보낸다는 걸 익히 알고 있었다. 골목에서 서재까지는 꽤 가까운 거리여서 워커를 맞히지 못할 가능성은 없었다.

오즈월드는 오늘 밤에 자신이 가는 곳을 마리나에게 알리지 않았다. 하지만 연립주택을 떠나기 전에 자신이 검거될 경우에 대비해 자기가 지불한 청구서와 생활비로 남긴 돈, 그리고 댈러스 교도소가 있는 위치까지 종이에 상세히 적어두었다. 마리나가 충분히 이해하도록 러시아어로. 그 쪽지는 서재로 바꾼 조그만 벽장 책상에 올려놓았다. 마리나가 들어가면 안 되는 곳이지만, 자신이 장시간 보이지 않으면 당연히 들어갈 거라고 생각한 것이다.

골목 어두운 곳에서 오즈월드는 숨죽이고 총을 겨냥했다. 워커의 왼쪽 옆얼굴이 보였다. 까만 머리칼을 두피에 바싹 붙인 헤어스타일이다. 머리칼 한 가닥까지 망원경에 선명하게 잡혔다. 오즈월드는 지금까지 사람한테 총을 쏜 적도 없고, 홧김에 방아쇠를 당긴 적도 없었다. 물론 해병으로 근무하는 동안 사격 훈련장에서 많은 시간을 보냈고, 지난 몇 주일은 트리니티 강가에서 제방을 과녁삼아 사격 연습을 열심히 하긴 했다. 살인 계획을 세운 사람이 버스를 타고 오가며 사격을 연습하는 것도 그렇지만, 살인 현장까지 버스를 타고 오가는 것도 코미디가 아닐 수 없었다. 하지만 리 하비 오즈월드에겐 선택의 여지가 없었다. 승용차가 없기 때문이다.

워커는 의자에 앉아서 서류에 적힌 숫자들을 열심히 바라보고 있다. 오즈월드가 숨을 깊이 들이마셨다가 천천히 내쉬었다. 천천히 내쉬는 숨이 몸에서 거의 빠져나간 순간에 방아쇠를 당겨야 한다는 걸 오즈월드는 잘 안다. 방아쇠를 갑자기 당기지 말고 아주 천천히 당겨야 한다는 것도.

해병대에 있을 때에는 사격 훈련장에서 진지하게 연습한 적이 거의 없었다. 총알이 목표물을 벗어났다는 표시로 빨간 깃발이 올라오면 낄낄대며 웃기도 했다. 그러나 자신이 원할 때는 사격 솜씨를 유감없이 발휘할 수 있다. 해병대 일등사수 자격증이 그걸 입증한다.

지금이 바로 오즈월드가 원하는 때다.

방아쇠를 당긴다. 총알은 딱 한 발 발사되었다. 그러고는 돌아서서 최대한 빨리, 최대한 멀리 도망쳤다.

"내가 워커를 쐈어!"

오즈월드가 가쁜 숨을 내쉬며 마리나에게 말했다. 밤 11시 30분이다. 마리나는 벌써 쪽지를 읽고 잔뜩 걱정하던 참이었다.

"그래서 죽었어?"

마리나가 묻자, 오즈월드는 러시아어로 대답했다.

"모르겠어."

"맙소사, 경찰이 곧 들이닥칠 거야!"

마리나가 울부짖었다. 하지만 쓸데없는 걱정이다. 경찰은 누가 워커를 쐈는지 전혀 몰랐다.

"소총은 어떻게 했어?"

"땅에 묻었어."

오즈월드는 이렇게 말하고 자기가 뉴스에 나오는지 확인하려고 라디오를 켰다. 마리나는 공포와 불안에 떨면서 초조한 표정으로 실내를 서성이는데, 지칠 대로 지친 남편은 침대에 눕더니 바로 깊은 잠에 빠져들었다.

다음 날 아침, 워커 암살 시도에 관한 뉴스가 신문과 라디오를 장식한다. 오즈월드는 한마디도 놓치지 않는다. 하지만 총알이 완벽하게 빗나갔다는 뉴스에 기겁한다. 목격자는 현장에서 사내 두명이 자동차를 몰고 도망쳤다고 하고, 댈러스 경찰은 오즈월드가 쏜 것과 완전히 다른 총알을 발사한 총을 찾으러 다닌다. 오즈월드는 기가 꺾였다. 자기가 워커를 쏜 것은 공산당에서 영웅(특별한 사람)이 되고 싶어서였다. 그런데 그렇게 쉬운 사격을 실수한 데다, 경찰은 생판 다른 인물을 찾아다니고 있다. 나중에 경찰은 총알이 유리창에 부딪치면서 방향을 틀어 워커 머리 옆으로 살짝 빗나갔다고 추측했다. 총에 달린 망원경이 장거리용이라서 유리창을 통과하는 순간 각도를 살짝 틀게 되는데, 오즈월드는 그런 사실을 모른 채 겨냥하고 사격한 것이다.

하지만 지금 이 순간 리 하비 오즈월드한테 그런 건 조금도 중요하지 않다. 실패한 건 그런 대로 견딜 수 있으나, 아무도 몰라준다는 사실만큼은 견디기가 정말 힘들다.

❖

3일 뒤, 리 하비 오즈월드는 파란 클리어 파일을 태웠다.

이제 워커네 집은 경찰이 24시간 경계 중이어서 두 번째 암살 시도는 거의 불가능했다. 그런데 마리나가 보기에 정서가 불안한 남편은 성격이 끈질긴 데다가 공산주의를 반대하는 세력을 향한 분노가 엄청나다.

마리나는 너무 걱정스러워 뉴올리언스로 이사하자고 제안한다. 경찰이 당장이라도 들이닥칠 것만 같았기 때문이다. 인민을 억압하는 경찰국가 소련에서 성장한 마리나는 한밤중에 교도소로 끌려가서 영원히 사라질 수도 있다는 두려움이 몸에 배어 있다.

4월 21일, 마리나는 허리춤에 권총을 차고 밖으로 나갈 채비를 하는 남편을 목격한다. 일요일이다. 정장까지 입었다. 마리나가 어디에 가는지 말하라고 매섭게 다그치자, 오즈월드는 "닉슨이 온대. 한번 확인하러 가는 거야"라고 대답한다.

쿠바에서 공산주의를 반드시 몰아내야 한다고 주장한 전직 부통령의 발언이 머리기사를 장식한 직후였다. 워커 장군과 마찬가지로 리처드 닉슨 역시 공산주의를 비난하는 것으로 명성을 날렸다.

"당신 표정을 보면 뭐 하러 가는지 대번에 알겠어."

마리나는 단언했다. 남편이 한번 확인하러 나간다는 건 사람에게 총을 쏘러 나간다는 의미다. 남편을 남편 자신으로부터 구해야 한다. 마리나는 사람이 극한적인 상황에 처하면 얼마나 큰 힘을 발휘할 수 있는지를 보여주었다. 남편을 조그만 욕실에 몰아넣고 꼼짝도 못하게 만든 것이다. 덕분에 오즈월드는 창살 없는 감옥에서 하릴없이 남은 하루를 보내야 했다. 그리고 마리나가 풀어줄 즈음에는 자신이 살기 위해서라도 다른 곳으로 떠나야 한다는 사실을 또렷이 깨닫는다.

케네디가 장미정원에서 연설하고 5일이 지난 날, 대통령 부부는 영부인이 임신한 사실을 언론에 공개했다. 그로버 클리블랜드 대통령 부부가 1893년에 아기를 낳은 이래로 현직 대통령 부부가 아기를 임신한 건 처음이었다.

소식을 전해 들은 시민들은 환호했다. 조금 놀랍기도 했다. 아직 임신 4개월이긴 하지만 재클린의 배는 불러오는 티가 전혀 나지 않았기 때문이다. 새로 태어날 아기는 존 주니어가 아기 때 사용한 하얀 요람을 사용할 예정이었다. 조그만 방 한 칸을 커튼도 새로 달고 양탄자도 새로 깔아서 아기 방으로 꾸몄다.

케네디 가족은 매순간을 여유롭게 사는 것처럼 보였다. 모든 일이 순조롭게 풀리고 하루하루가 전날보다 매력적으로 보였다. 에이브러햄 링컨이 대통령 업무를 수행하면서 잔뜩 긴장해서 살아가느라 어깨가 축 늘어지고 얼굴에 주름살이 늘어났다면, 존 케네디는 대통령직을 진심으로 즐기는 게 얼굴에 그대로 드러났다. 대통령의 측근들은 케네디가 대통령에 취임한 이후 지도자로 빠르게 성장하는 모습을 날마다 확인할 수 있었다. 업무를 처리하는 왕성한 활력도 줄어들기는커녕 갈수록 커지는 모양새다.

하지만 미국은 급변하는 중이었다. 지금까지 힘들게 쌓아온 대통령의 실력을 유감없이 보여주어, 복잡다단한 변화를 조정할 시기가 다가오고 있었다. 쿠바 문제와 베트남 문제, 마피아 권력 문제, 인종갈등 문제, 심지어는 개인적인 문제까지, 대통령 자리를 끊임없이 위협하는 산적한 문제들이 여전히 해결되지 않은 채 그대로였다.

지금 당장은 이런 문제가 부글부글 끓고만 있다. 그러나 1963년 봄에서 여름으로 넘어가는 사이, 많은 문제가 동시다발적으로 폭발한다.

11

1963년 5월 3일
앨라배마 버밍햄
오후 1시

"우리는 가리라, 걸어서, 걸어서, 걸어서. 자유…… 자유…… 자유……."

시위자들이 노래를 부르며 '16번가 침례교회'의 묵직한 참나무 대문을 나란히 걸어 나온다. 어린 흑인 학생들이다. 모두 학교에 있어야 하는 금요일이지만, 인종차별 철폐를 주장하며 행진을 준비하는 중이다. 개중에는 열 살이 안 된 아이도 있지만, 대부분은 10대 청소년들이다. 축구선수도 있고 학교 퀸 선발 대회 우승자도 있고 육상선수도 있고 치어리더도 있다. 대부분 단추를 단정하게 채운 셔츠 차림에다 남학생은 깨끗한 바지를 입고, 여학생은 치마를 입고 허리띠를 맸다.

천 명이 훨씬 넘었다. 여기에 오려고 모두 수업을 빠졌다. 자물쇠로 잠긴 학교 대문을 넘어온 학생들도 있다. 이들의 행진 목적은 부모들이 살면서 단 하루도 경험한 적이 없는 세상을 직접 체험하는 것이다. 인종차별 없는 버밍햄, 그래서 간이식당과 백화점, 공중화장실, 수돗물을 백인과 평등하게 사용하는 버밍햄을 체험하는 것이다.

뉴스위크가 '어린이십자군'이라고 이름 붙인 시위대는 대열을 이루고 드넓은 켈리 잉그람 공원을 가로지르며 노래한다.

"우리는 가리라, 걸어서, 걸어서, 걸어서. 자유…… 자유…… 자유……."

아주 평화롭다. 신성한 기운까지 감돌 만큼. 하지만 참가자들은 온몸으로 전율을 느낀다. 지금 자신들은 공공연하게 불법 행위를 저지르고 있다.

시위 계획은 백인 상업 지구로 행진해서 각종 상점과 식당에 평화롭게 들어가는 것이다. 어제도 똑같이 행진하다가 600명이 넘는 학생들이 체포되었다. 그들 중에는 8살짜리 아이도 있었다. 그래서 '어린이십자군'은 전국적인 관심을 끌어모았다. 1,600킬로미터가량 떨어진 곳에서 로버트 케네디 법무장관까지 어린이 시위를 조직한 흑인 인권운동 지도자를 노골적으로 비난하며, "거리 시위에 어린 학생을 동원하는 건 아주 위험합니다. 아이들이 다치거나 불구가 되거나 죽을 수도 있어요. 그런 대가는 우리 중 누구도 원치 않습니다"라고 말했다.

심지어 미국에서 가장 격렬한 흑인 지도자 '맬컴 엑스'(미국의 급진파 흑인 해방운동가. 원래 이슬람 운동가였으나, 종교를 초월한 아프리카계 미국 흑인통일기구를 설립하였다. 1965년 2월 21일 집회에서 연설 중 암살당했다-옮긴이)조차 '어린이십자군' 방식을 비난하며 "진짜 남자라면 자기 아이를 싸움터로 내몰지 않습니다"라고 말했다.

하지만 아이들은 스스로 원해서 여기에 모였다. 대부분 부모가 반대하는 걸 무릅쓰고 나왔다. 누구도 아이들을 막을 수 없었다. 엄마나 아빠가 행진하다가 체포되면 일자리를 잃을 수 있고, 그러면 며칠이든 몇 주일이든 수입 없이 살아야 한다는 걸 아이들은 잘 안다.

이번 시위가 단순히 공중화장실 문제가 아니라는 사실도 아이들은 잘 안다. 이번 시위는 반항이요, 도전이다. 약 4개월 전, 앨라배마 주지사 조지 월리스는 취임을 며칠 앞두고 "나는 우리 주에서 인종분리를 통치 원칙으로 만들겠습니다. 나아가 인종분리를 이 나라 전체의 통치 원칙으로 만들겠습니다"라며 자신의 입장을 분명히 하더니, 취임식에서는 이렇게 선언했다.

"나는 제퍼슨 데이비스가 예전에 한 주장을 그대로 이어받아 여러분에게 맹세합니다. 남부연합의 요람이던 이 곳에서, 위대한 남부 앵글로색슨의 심장이던 이 곳에서, 오늘날 우리는 자유의 북소리를 울리고자 합니다……. 우리 모두의 핏속에서 용솟음치는 자유를 위해 일어납시다……. 지금까지 이 땅을 밟은 가장 위대한 인종의 이름으로 나는 땅에다 금을 긋고자 합니다. 참주정치에 도전하고자 합니다. 그래서 이렇게 선언하는 바입니다. 오늘도 인종분리! 내일도 인종분리! 영원히 인종분리!"

이는 역설적으로 인종분리에 반대하는 흑인과 흑인의 입장을 지지하는 일부 백인들이 궐기할 수밖에 없게 만드는 연설이기도 했다. 때문에 마틴 루서 킹 목사는 인종통합을 위해 이른 봄에 버밍햄을 찾았다. 현지 흑인 지도자들은 백인 채권자들에게 보복당하는 게 두려워 킹 목사의 방문을 반기지 않았다. 인권운동 지도자는 넌지시 그들을 비겁자라고 조롱했다. 창피를 주어서 투쟁에 참여하도록 만들려는 것이었다.

어쨌든 킹 목사가 가까운 친구 랠프 애버내시(미국의 흑인 목사이자 인권운동 지도자. 인권투쟁을 하면서 킹 목사와 함께 여러 번 투옥되었다-옮긴이)와 함께 최선을 다하여 싸웠지만, 버밍햄 싸움은 일주일 전에 동력을 잃었다. 몇 달 동안 시위하고 체포당하기를 반복하는 사이에 언론의 관심을 잃은 것이다. 수백 명이 체포되었지만, 그들을 빼낼 보석금도 더 이상 모이지 않았고, 설상가상으로 시위자 숫자까지 줄어들었다. 버밍햄 공안위원회 위원장인 유진 '불'(Bull, 황소라는 뜻의 유진 코너 별명-옮긴이) 코너가 이끄는 분리주의자들의 승리가 코앞에 다가왔다. 이번 전투를 열광적으로 즐긴 KKK단(Ku Klux Klan, 남북전쟁 후에 생겨난 인종차별주의적 극우 비밀조직-옮긴이) 출신 65세 유진은 마침내 흑인을 '제자리'에 묶어두게 되었다며 크게 환호하고 있던 상황이었다.

그런데 5월 2일 어제, 처음으로 어린이 시위가 일어나면서 유진의 계획은 차질을 빚었다. 최초의 어린이 시위 이후 어린이들이 보여준 용기를 응원하기 위한 마틴 루서 킹 목사의 연설을 들으려고 수천 명이 '16번가 침례교회'로 모여들었다. 그 자리에서 킹 목사는 시위를 계속하겠다고 맹세하면서 언론에게 "우리는 협상할 준비가 되었습니다. 다만, 유리한 위치에서 협상할 생각"이라고 선언했다.

하지만 유진 '불' 코너의 계획은 달랐다.

❖

"우리는 가리라, 걸어서, 걸어서, 걸어서. 자유…… 자유…… 자유……"

어린이십자군은 켈리 잉그람 공원 느릅나무 그늘에 이르렀다. 기온은 27도였지만, 습기가 만만치 않았다. 아이들은 앞에 설치된 바리케이트와 쭉 늘어선 소방차들을 바라보았다. 사람을 공격하도록 훈련받은 독일 셰퍼드 경찰견이 어린 학생들을 보고 으르렁거리며 짖어댔고, 공원 동쪽에서는 흑인과 백인 구경꾼들이 잔뜩 모여서 앞으로 어떤 사태가 일어날지 지켜보았다. 아이들이 〈우리 승리하리라〉를 부르는 동안에도 흑인 어른들은 경찰을 비웃고 있었다.

마틴 루서 킹 목사는 교회 밖으로 나가기 전에 아이들한테 대의명분을 위해 교도소에 가는 건 상관없지만, 무슨 일이 있어도 경찰에게 반격하면 안 된다고 일러주었다. 행진이 폭동으로 변하면 숭고한 노력이 수포로 돌아가기 때문이다.

아이들이 백인 전용의 상가 거리로 들어서는 걸 허용할 수 없었던 유진 '불' 코너는 버밍햄 소방관들에게 물탱크와 연결된 호스의 노즐을 열어 아이들에게 뿌릴 준비를 하라고 명령했다. 노즐을 완전히 다 열면 나무껍질이나 건물 회칠이 벗겨질 정도로 파괴력이 강한 물대포가 쏟아질 것이다. 아이들이 상가 거리에 들어선 뒤에 물대포를 쏘면 값비싼 점포들이 손상을 입을 수 있다. 이쯤에서 아이들을 막아야 했다.

대열 맨 앞에 선 아이들이 물대포를 맞았다. 노즐을 절반만 열었는데도 아이들이 꼼짝 못할 만큼 강력했다. 폭력 시위를 하거나 반격하지 말라는 지시에 따라, 일부 아이들은 길바닥에 앉은 채로 물대포를 견뎠다.

유진 '불' 코너는 절반 정도의 세기로는 단단히 결심한 아이들한테 효과가 없다는 걸 확인하고 세기를 최고로 높이라고 명령한다. 아이들 모두가 바닥에 쓰러졌다. 또 많은 어린이들이 도로와 인도로 쓸려나가며 콘크리트와 풀밭에 몸뚱이를 긁혔다. 물대포를 견디려고 건물에 바싹 달라붙는 실수를 저지른 아이들은 순식간에 완벽한 표적이 되고 말았다. 한 아이는 이렇게 회상했다.

"물이 대포처럼 때리고 채찍처럼 휘감겼어요. 우리는 마치 10킬로그램짜리 헝겊인형처럼 넘어지고 떠밀렸어요. 건물을 붙잡으려고 했지만 아무 소용도 없었어요."

마침내 유진 '불' 코너가 경찰견을 풀었다.

독일 셰퍼드의 악력(이빨로 깨무는 힘)은 150킬로그램에 달한다. 거대한 백상어나 사자가 무는 힘의 절반이다. 하지만 독일 셰퍼드는 백상어나 사자에 비해 덩치가 훨씬 작다. 따라서 동일 체중으로 비교하면 버밍햄 경찰견의 악력과 겨룰 상대가 없는 것이다.

유진 '불' 코너는 낄낄거리며 독일 셰퍼드가 아이들한테 달려들어 옷을 찢어내고 살을 물어뜯는 광경을 구경했다. 허리와 엉덩이가 볼록한 체구에 안경을 쓰고 대머리인 그는 겉보기에는 온순하게 보이지만, 실제로는 월리스 주지사 이상으로 강력하게 인종 분리를 주장하는 전형적인 남부 출신의 사악한 인물이었다. 유진

경찰견이 인종평등을 주장하는 비폭력 시위대를 공격하는 장면을 담은
이 한 장의 사진이 유진 '불' 코너가 경찰력을 동원해서 저지른
잔인한 행위를 미국 전역에 알렸다.

(빌 허드슨/연합통신)

'불' 코너 버밍햄 공안위원장은 한창 진압 작전이 수행되는 와중에 경찰한테 바리케이트를 열라고 명령한다. 덕분에 버밍햄의 백인 시민들은 경찰견이 추악한 행위를 저지르는 생생한 현장을 지켜볼 수 있었다.

오후 3시가 되자 모든 게 끝난 것처럼 보였다. 아이들은 물대포 직격탄을 맞아 온몸이 멍든 채로 체포되거나, 갈기갈기 찢어진 옷

차림으로 물에 빠진 생쥐가 되어 쩔뚝거리며 집으로 돌아갔다. 더이상 대담하게 저항하는 아이들은 없었다. 아이들은 이제 잔뜩 화난 부모에게 옷이 넝마가 된 이유와 학교까지 빠진 이유를 설명해야 하는 불쌍한 신세가 되었을 뿐이다.

이번에도 유진 '불' 코너가 이겼다.

적어도 겉으로는 그렇게 보였다.

하지만 그날 오후 버밍햄 거리에서 구경하던 사람들 가운데에는 연합통신 사진기자 빌 허드슨이 있었다. 그는 현장감 있는 사진을 찍기 위해서라면 어떤 위험도 기꺼이 감수하는, 훌륭한 기자 가운데 한 명이었다. 한국전쟁 당시에는 전투 현장에서 총알 세례를 피하며 뛰어다녔고, 인권운동 시위가 벌어지면 담벼락에 몸을 숨긴 채 사진을 찍었다.

이날 버밍햄에서 빌 허드슨은 인생 최고의 사진을 찍었다. 물론 흑백사진이다. 1.5미터 거리에서 찍은 이 사진에는 셔츠와 넥타이를 단정하게 차려입고 선글라스를 낀 경찰관들이 독일 셰퍼드에게 흑인 고등학생 월터 가스덴한테 달려들어 배를 물어뜯게 하는 장면이 담겨 있었다.

다음 날 아침, 이 사진은 《뉴욕타임스》 1면에 3단 칼럼과 함께 실렸다.

언제나 여러 종류의 신문을 읽으면서 아침을 시작하는 케네디는 버밍햄에서 찍은 이 사진도 당연히 발견했다. 케네디는 일부러 기자들을 불러 "보는 눈이 창피할 정도로 구역질나는" 사진이라고 말했다.

사진을 보는 순간, 존 F. 케네디는 본능적으로 미국을 비롯해 전 세계가 이 사진을 보고 분노할 거란 사실을 깨달았다. 당연히 1964년 대통령 선거에서는 인종차별 철폐 문제가 핵심 이슈로 떠오를 것이다. 그렇다면 인종차별 철폐운동을 더 이상 소극적으로 바라보기만 해서는 안 된다. 남부에서 아무리 많은 표를 잃는다 해도 이제 분명한 조치를 취해야 할 때가 왔다.

한편, 마틴 루서 킹 목사의 인기는 상승곡선을 그리고 있다. '어린이십자군' 덕분에 킹 목사가 버밍햄 상황을 유리한 쪽으로 풀어갈 가능성이 높아진 것이다. 유진 '불' 코너의 승리 이후로 여론이 급격히 악화된 탓에 앨라배마 행정당국으로서는 변화를 모색할 수밖에 없었기 때문이다.

하지만 마틴 루서 킹 목사와 존 F. 케네디는 상황을 보는 눈이 서로 다르다. 그러니 두 사람은 결국 충돌할 수밖에 없다.

미국에서만 인종차별 철폐를 주장하며 시민 불복종 운동이 전개된 건 아니다.

버밍햄에서 아이들이 물대포와 경찰견을 향해 행진한 지 닷새가 지난 뒤, 그리고 미군 중위가 사이공 외곽에서 베트콩에게 살해되고 이틀이 지난 뒤, 불교신자들이 베트남 중부 항구도시 '후에'로 모여들었다. 오늘은 1963년 5월 8일, 2527주년 석가탄신일이다.

사람들이 모인 목적은 베트남에서 불교 깃발을 내거는 것을 불법화하겠다는 고 딘 디엠 대통령의 새로운 법안에 항의하기 위해서다. 디엠 대통령은 베트남이 가톨릭 국가로 전환되기를 누구보다 열망하는 지도자다. 그러려면 베트남에서 다수를 차지하는 불교도를 체계적으로 억누를 필요가 있었다. 디엠 대통령은 케네디 대통령에게 변함없는 지지를 받으면서도, 미국의 외교 정책과는 어긋나게 반(反)불교 정책을 펼치면서, 불교도로 알려진 관리는 승진조차 시키지 않았다. 반면에 가톨릭 성직자 단체가 사설 군사조직을 만들어 불교신자들이 다니는 절을 약탈하고 파괴하는 행위는 모른 척했다. 디엠 대통령은 자신이 벌이는 성전의 필요성을 미국 정부에 역설하기 위해 불교는 공산주의와 똑같다고 주장하는데, 이는 인권운동이 공산주의와 똑같다는 에드거 후버의 경직된 신념과 다를 바가 없었다.

비무장 불교신자 3천 명이 새로운 법안에 반대 의사를 표현하기 위해 '향강' 근처에 모여서 행진하는 순간, 경찰과 군대가 군중을 향해 발포했다. 인파 사이로 총알과 수류탄이 날아들어, 행진에 참여한 여성 1명과 어린아이 8명이 죽었다.

여론이 들끓자, 디엠은 사람을 죽인 건 베트콩의 짓이라고 주장했다. 경찰과 군대는 베트콩이 아닌 게 분명한데도 말이다. 디엠이 총을 발포한 범인을 처벌하길 거부하자, 이른바 '불교 위기'가 점차 고조되었다.

5월 한 달 동안 베트남 전역에는 긴장감이 감돌았다. 디엠도 버밍햄의 유진 코너처럼 겉으로는 이기는 것처럼 보였다. 디엠이 휘두르는 무지막지한 쇠주먹을 막을 자는 어디에도 없는 것 같았다. 6월 3일, 정부 군대는 '후에'에 모인 불교신자들을 해산시키려고 최루탄과 군견까지 사용했다. 그런데 사람들은 도망은커녕 오히려 더 많이 모여들었고, 시위대는 정부군에게 욕설을 퍼부으며 폭력성을 떠어갔다. 그러자 정부군은 거리에 앉아서 기도하는 사람들 머리에다 정체불명의 빨간 액체를 끼얹었다. 그 자리에 있던 남녀노소 67명이 두피와 어깨에 심한 화상을 입고 병원으로 실려갔다.

시위대를 더 이상 통제할 수 없게 되자, 디엠 군대는 후에 전역에 계엄령을 선포했다.

하지만 '어린이십자군'이 새로운 동력을 불어넣기 전까지 버밍햄의 인종차별 철폐운동이 갈수록 시들해졌던 것처럼, 외국 언론들은 '불교 위기'도 따분하게 여기기 시작했다. 디엠이 불교신자를 탄압하는 게 새로운 일도 아니었기 때문이다.

그런데 1963년 6월 11일, 73세의 고승이 나타나 외국 기자들에게 완전히 새로운 국면이 도래했음을 보여주었다.

오전 10시가 되어갈 즈음, 인파가 붐비는 사이공 대로에 틱 쿠앙 둑 스님이 노란색 승복 차림으로 좌선을 하고 있다. 틱 쿠앙 둑 스님은 청빈한 생활을 몸소 실천하며 명상수행하는 고승이다. 오늘 아침, 스님은 몸을 불살라서 자신의 믿음을 박해하는 정부에 항의할 계획이다.

이건 충동적인 결정이 아니었다. 불교 공동체는 자신들이 겪는 고통을 온몸을 바쳐서 세상에 알릴 주인공을 찾았다. 놀라운 사건으로 전 세계 언론의 관심을 끌어볼 계획이었다. 그래서 하루 전날, 외국 기자들에게 내일 뭔가 특별한 광경을 보고 싶으면 캄보디아 공사관 앞으로 나오라는 말까지 전했다.

초대에 응한 기자는 많지 않았다. 그래서 판 딘 풍 도로와 레 반 두옛 거리가 만나는 교차로를 향해 회색 오스틴 승용차가 천천히 다가오는 장면을 목격한 기자는 아주 적었다. 승용차 바로 뒤로는 불교신자 300여 명이 베트남어와 영어로 디엠 정권을 규탄하는 문구가 적힌 깃발을 들고 따랐다.

오스틴 승용차가 교차로에서 멈추었다. 차에서 내린 틱 쿠앙 둑 스님이 의상으로 몸을 감쌌다. 거리에 방석 하나가 놓였고, 노승은 거기에 앉았다. 결가부좌를 한 스님은 "부처님 나라로 들어가서 영원한 진리를 함께하리라"는 염불을 외기 시작했다.

기꺼이 자신의 생명을 내어놓기로 결심한 틱 쿠앙 둑 스님은 빡빡 깎은 머리에 휘발유 5갤런을 붓는 것 말고는 이 순간을 위해 아무것도 준비하지 못하게 했다. 휘발유가 승복을 적시면서 등을 타고 흘러내려 스님이 앉은 방석에까지 흠뻑 배어들었다.

경찰이 방해하지 못하게 수많은 스님들이 틱 쿠앙 둑 스님을 둥그렇게 에워쌌다. 틱 쿠앙 둑 스님은 한 손에 참나무로 만든 염주를 들고 다른 손에는 성냥을 들고 있다.

틱 쿠앙 둑 스님이 성냥을 켰다.

성냥불을 몸에 댈 필요도 없었다. 온몸을 흠뻑 적신 휘발유 증기로 불을 켜는 순간 그대로 화염에 휩싸였기 때문이다. 화염 사이로 보이는 큰스님의 얼굴은 고통으로 일그러지기는커녕 평온했다. 고통스러운 신음 소리도, 비명 소리도 들리지 않았다. 살갗은 불에 타 까맣게 변해갔다. 눈꺼풀이 타면서 눈을 덮었다. 그렇게 1분이 지나고 또 1분이 지나도 큰스님은 여전히 그대로 앉아 있었다.

경찰들은 큰스님에게 접근할 수 없었다. 다른 스님들이 둥그렇게 에워싸서 완전히 차단했던 것이다. 불자동차가 물을 뿌려서 불을 끄려고 다가왔지만 다른 스님 여럿이 소방차 바퀴 밑으로 몸을 던져 접근을 막았다.

그렇게 숨막히는 10분이 지나자 비로소 틱 쿠앙 둑 스님이 앞으로 쓰러지며 열반에 들었다.

동료 스님들이 새까맣게 탄 시신을 들어서 미리 준비한 관에 넣었다. 시신이 관에 담기지 않아, 양쪽 팔이 관 뚜껑에서 삐져나온 그대로 사리사(Xa Loi Pagoda, 1956년에 지어진 호치민에서 가장 큰 사찰-옮긴이)로 옮겨졌다. 심한 화염에도 불구하고 심장은 전혀 손상되지 않은 것으로 밝혀졌다. 스님들은 고승의 흉부에서 꺼낸 심장을 유리관에 넣어서 일반에 공개했다.

그 후 몇 달 동안 여러 스님이 잇따라 순교했다. 그런 가운데 남베트남의 한 관리는 기자한테 "실컷 분신하라고 하세요. 우리가 열심히 박수칠 테니까요"라고 말하는 실수까지 저질렀다.

버밍햄에서 그랬던 것처럼, 사이공에서도 권력을 장악한 세력이 추락을 향해 치닫기 시작하는 순간이었다. 새로운 변화를 가져온 건 이번에도 연합통신 사진이었다.

연합통신 사이공 지부장 맬컴 브라운은 틱 쿠앙 둑 스님이 소신공양하는 장면을 목격한 몇 안 되는 기자들 가운데 하나였다. 전 세계가 브라운이 찍은 소신공양하는 스님의 사진을 보고 전율했다. 경찰견이 무고한 시위대를 공격한 빌 허드슨의 사진이 그랬던 것처럼, 이 사진 역시 1960년대를 상징하는 영상의 하나로 영원히 남는다.

이번에도 존 F. 케네디는 조간신문을 읽다가 사진을 보고 전율했

불교 승려가 소신공양하는 장면을 담은 이 끔찍한 사진은
베트남 반전운동에서 가장 지속적인 상징 가운데 하나였다.
(맬컴 브라운/연합통신)

다. 동시에 베트남 사태가 심각하게 꼬이고 있다는 사실을 깨달았
다. 이제 더 이상은 디엠 대통령을 지지할 수 없다. 이렇게 끔찍한
사진까지 나왔으니 온 세상이 베트남 지도자를 비난할 게 뻔하다.
디엠을 권좌에서 몰아내야 한다.

　이제 케네디는 자신과 같은 가톨릭 신자를 쫓아낼 방법을 찾아
내야 했다.

5월 29일 오후 5시 45분, 워싱턴. 케네디 대통령은 집무실에서 회의를 잇달아 주재하며 바쁜 하루를 보낸다. 하지만 빨간색 넥타이는 여전히 목에 단정하게 묶여 있고, 짙은 감색 맞춤정장은 오후 1시 낮잠 이후에 입은 그대로 산뜻하다. 이제 존 F. 케네디는 집무실 아래층 해군 식당으로 내려가야 한다. 대통령은 책상에서 천천히 일어나며 기지개를 켠 다음, 아래층으로 짧은 행보에 나섰다.

대통령은 잠시 후에 펼쳐질 장면을 상상한다. 오늘은 46번째 생일이다. 직원들이 갑자기 사라진 걸 보면 해군 식당에 일찌감치 내려가서 나름대로 깜짝 파티를 준비하는 모양이다.

오늘은 생일인데도 국제 문제에 대한 근심을 털어버릴 수가 없다. 자신을 위한 파티가 열릴 식당으로 걸어가는 사이에도 새롭게 벌어진 사태가 대통령의 어깨를 짓누른다. 이번 문제는 인종이나 종교, 전쟁과는 상관이 없다. 인간의 원시적인 욕망(섹스)에 관한 문제다. 하지만 버밍햄이나 베트남 이상으로 대통령에게 심각한 영향을 끼칠 가능성이 다분하다.

존 F. 케네디는 자신의 엽색 행각이 공개되면 지금까지 가정을 중시하는 인물로 보이려고 그토록 열심히 갈고닦은 이미지는 물론, 정치생명까지 끝날 수 있다는 사실을 오래전부터 인식하고 있었다. 그런 몰락이 어떤 것인지는 영국의 사례를 보면 잘 알 수 있다. 전쟁 영웅이자 정치인으로, 말쑥하게 보이는 48살 존 프러퓨모가 21살 쇼걸이자 모델인 크리스틴 킬러와 관계를 맺은 사실이 드러난 것이다. 영화배우 출신인 아내 발레리 홉슨은 남편 프러퓨모를 용서하기로 결정했다. 주인공이 평범한 사내였다면 당혹스런 사태는 이쯤에서 마무리되었을 것이다.

하지만 존 프러퓨모는 영국 맥밀런 내각에서 국방장관을 맡은 유력 정치인 가운데 하나였다. 게다가 크리스틴 킬러는 프러퓨모하고만 잠자리를 가진 게 아니라 소련 해군 무관보와도 섹스를 즐겼다. 이 문제가 하원 의사당에서 처음 불거졌을 때만 해도 프러퓨모는 부인했다. 그런데 6월 5일에는 더 이상 버틸 수 없는 상황이 되었고, 어쩔 수 없이 자신의 거짓말을 인정했다. 동료들은 망신살이 뻗친 프러퓨모를 외면했고, 프러퓨모는 결국 사임하고 말았다. 그러고 나서 그는 정부와 상류사회에서 그 존재가 완전히 지워졌다.

이후 프러퓨모는 엄청난 굴욕감에 시달리면서도 속죄하기 위해 부단히 노력했다. 런던 빈민구제소에서 자발적으로 화장실 청소를 시작한 것이다. 이렇게 아주 오랫동안 속죄 행위를 한 결과, 엘리자베스 여왕은 10년이 훨씬 지난 1975년에야 비로소 그에게 다시 작위를 내려서 사회적 지위를 회복시켜주었다.

그런데 반전이 생겼다. 경솔한 행동이라곤 저지른 적이 없는 맥밀런 수상이 프러퓨모가 잠자리에서 무심코 발설했을 수도 있는 그 모든 극비 사항에 대해 최종 책임을 지게 된 것이다. 영국 국민의 71퍼센트가 맥밀런이 사임하거나 조기 총선을 통해서 수상을 새로 선출하자는 주장을 지지한다는 조사 결과가 나왔다.

케네디로서는 관심이 쏠릴 수밖에 없는 스캔들이었다. 그냥 지나치기엔 자신 역시 존 프러퓨모와 비슷한 점이 너무나 많다. 나이도 비슷하고 아내가 매력적이란 사실도 같으며, 제2차 세계대전 참전이라는 멋들어진 경력도 그렇고, '존'이란 이름까지 똑같다.

하지만 바람피우는 방식은 달랐다. 존 F. 케네디는 프러퓨모와는 비교도 안 될 만큼 경솔한 짓을 많이 저질렀다. 지금까지 대통령과 잠자리를 가졌다고 떠벌인 여자가 하나도 나오지 않은 게 천만다행이다. 물론 백악관에서 밤을 보낸 여자 가운데 첩자가 있다고 판단할 근거는 어디에도 없다. 하지만 동생 로버트의 말대로, 황색언론에다 입을 놀리는 여자가 하나만 나와도 자신은 완전히 망가질 수 있다. 마릴린 먼로가 돌연 사망하기 전에 할리우드 주변에 퍼뜨렸던 소문을 능가하는 파괴적인 결과를 초래할 수 있다.

재미있는 건 재클린이 임신하면서 대통령이 어느 때보다 아내와 가족에게 헌신적으로 바뀌었다는 사실이다. 대통령이 잠자리에 들기 전에 무릎 꿇고 기도하는 장면을 보는 사람은 재클린밖에 없지만, 백악관 직원들은 요즘 들어 대통령이 영부인과 손을 맞잡고 시간을 함께 보내는 모습을 자주 본다. 지난 3월에는 두 아이를 데리고 여행에서 돌아오는 재클린을 직접 공항까지 마중 나온 대통령을 보고 경호원들이 깜짝 놀라기도 했다. 경호원 클린트 힐은 "당시에 대통령은 가족을 많이 생각했다"고 회상했다.

재클린의 배가 확연하게 불러오면서 케네디 부부가 주말을 함께 보내는 시간도 늘어났다. 주로 캠프 데이비드 대통령 별장에서 보냈는데, 드와이트 아이젠하워가 손자 이름을 따서 이름을 지은 것으로 유명한 별장이다. 메릴랜드 커톡틴 산맥 40만 제곱미터에 자리한 별장은 울창한 숲으로 감싸인 산책 코스가 몇 킬로미터나 이어지고, '사시나무 산장'으로 알려진 커다란 산장이 있으며, 골프 연습장과 스키트 사격 연습장, 마구간, 물을 따뜻하게 데울 수 있는 실외 수영장까지 있었다. 게다가 전체를 전기선으로 두른 담장 너머에는 해병이 한시도 경계를 늦추지 않고 순찰을 돌았다. 무엇보

숱하게 바람을 피우면서도 케네디 대통령은 가족에게 헌신했다. 1963년 부활절에 찍은 사진.
(세실 스토튼/보스턴/존 F. 케네디 대통령 박물관 도서관)

다 대통령 경호원이 하루 종일 주변을 맴돌지 않아도 되는, 세상에
서 하나밖에 없는 곳이 캠프 데이비드라는 점에서 케네디 가족은
이곳을 좋아했다. 해병대가 경호하는 걸로 충분했기 때문이다.

해군 식당으로 다시 돌아가자. 남편이 들어오는 순간, 재클린의
선창으로 모여 있던 사람들은 다 함께 〈생일 축하합니다〉를 합창

하고, 케네디는 깜짝 놀라는 척하면서 한 손으로 샴페인 잔을 받았다. 직원들이 각자 준비한 익살맞은 물건들을 그에게 선물했다.

하지만 재클린은 훨씬 놀라운 선물을 비밀리에 준비해두었다. 해군 식당에서 벌어진 생일파티를 대통령 전용 요트 '세쿼이아(Sequoia, 거목)'로 옮긴 것이다. 그곳에는 아주 가까운 친지 몇 명만 초대되었다. 세쿼이아가 포토맥 강을 유람하며 천천히 오르내리는 동안, 생일파티 분위기는 무르익어갔다. 1955년산 동 페리뇽 와인이 넘쳐흘렀고, 후미에 배치한 살롱에서는 3인조 밴드의 연주가 울려 퍼졌다. 트위스트는 유행이 지났지만, 대통령이 워낙 좋아하는 댄스곡이라 밴드는 흑인 가수 처비 체커 노래를 연주하고 또 연주했다. 대통령 경호원 클린트 힐은 케네디 대통령 부부가 함께 "트위스트도 추고 차차차도 추고 이런저런 춤을" 추면서 그토록 즐겁게 보내는 모습은 그때가 처음이었다고 회고했다.

파티는 10시 30분에 끝날 예정이었지만, 이렇게 즐거운 시간을 끝내는 게 못내 아쉬웠던 존 F. 케네디는 선장한테 한 시간만 더 요트를 운행하라고 지시한다. 한 시간은 다시 두 시간으로 늘어났다. 하지만 더 이상은 날씨가 도와주지 않았다. 번개와 비바람이 몰아치자 로버트와 에델을 비롯한 손님들은 파티를 중단하고 선내로 피신할 수밖에 없었다.

세쿼이아는 새벽 1시 20분이 되어서야 선착장으로 돌아왔다. 워싱턴 전체가 깊은 잠에 빠진 시각이었다. 하지만 케네디 부부는 로맨스에 흠뻑 젖어들며 아주 특별한 밤을 보냈다. 아침이 되면 버밍햄과 베트남, 프러퓨모 사건이 다시 대통령을 괴롭히겠지만, 지금 당장은 머리에서 깨끗하게 지워졌다.

앞으로 살 날이 6개월밖에 남지 않은 사내는 그렇게 생각하지 않았지만, 그날 배에 있던 가까운 친지들은 이번에 치른 마지막 생일파티를 케네디 인생 최고의 생일파티로 기억한다.

12

"프러퓨모 사건에 관한 기사, 읽었죠?"

케네디가 손님에게 묻는다.

대통령은 마틴 루서 킹 목사와 단둘이서 백악관 장미정원을 거닐고 있다. 두 사람이 만난 건 이번이 처음이다. 케네디는 키가 162센티미터밖에 안 되는 인권 지도자를 내려다본다. 오늘은 토요일, 백악관에서는 인권운동을 후원하기 위해 사업가 모임을 잇달아 가질 예정인데, 오늘이 그 조심스런 모임의 첫날이다. 앞으로 서너 시간 뒤면 대통령은 인종 문제가 들끓는 현장을 잠시 뒤로한 채 전용기에 올라서 유럽으로 떠나야 한다. 그렇게 되면 백악관은 끊임없이 다투는 린든 존슨과 로버트 케네디에게로 넘어간다.

존 F. 케네디는 백악관을 떠나기 전에 킹 목사에게 중요한 사항을 알리고 싶다. 인권운동 지도자가 망신살이 뻗친 영국 정치인 존 프러퓨모와 비슷하다는 확실한 증거를 에드거 후버에게서 받았기 때문이다.

그렇다고 말을 장황하게 늘어놓을 건 아니다. 킹 목사한테 성적 욕구를 지혜롭게 처리하라고 경고하는 것으로 충분하다. 두 사람 모두를 위해서.

케네디는 자신이 지닌 권한을 총동원해서 인권운동을 지원하지만, 실은 마지못해 하는 일이다. 우선, 대통령한테는 흑인 친구가 하나도 없다. 제일 가까이서 접한 흑인 문화라고 해봐야 춤추면서 처비 체커 음악을 듣는 정도가 전부였다. 케네디가 살아온 세상에서 흑인은 주로 하인이고 요리사이고 웨이터이고 식모였다. 조상은 아일랜드에서 온 가난한 이민자였지만 케네디 가문은 재빨리 미국식 자유를 활용해서 부를 축적했다. 그러니 케네디로서는 자유가 인간의 당연한 권리다. 하지만 노예의 후손들은 몇 세대를 내려오는 동안 그런 기회를 단 한 번도 누린 적이 없다.

그런 케네디가 새로운 입장을 취하게 된 건 동생 로버트 때문이다. 로버트는 어느새 인권운동의 열렬한 지원자가 되어 있었다. 남부에서는 그의 이름이 욕설을 대신할 정도다. 이런 점에서 보면 대통령이 흑인의 인권운동을 지지하게 되었다는 사실은 로버트로서는 큰 성공이 아닐 수 없다.

1963년 5월은 인종차별주의자 조지 월리스 앨라배마 주지사 때문에 버밍햄에서 시위가 끊임없이 일어나 힘들게 보낸 달이었다. 하지만 전투는 아직 끝나지 않았다. 앨라배마 대학에서 인종차별에 관한 규정을 없애는 데 성공한 뒤인 6월 11일, 케네디는 텔레비전에 나와 전 미국인을 향해 인권운동을 주제로 연설했다. 원고를 급히 작성하느라 일부는 즉흥적으로 나왔지만 훗날 케네디 최고의 작품 가운데 하나로 인정받는 이 연설에서 자신이 이끄는 행정부는 인종차별을 없애기 위해 모든 노력을 다 하겠노라고 약속했다. 그리고 의회를 향해 "미국인 모두가 공공기관에서 일할 권리를 보장하는 법안을 입법하라"고 촉구했다.

그런데 바로 다음 날, 인권 활동가 메드거 에버스(미국 흑인지위향상협회의 초기 활동을 주도했다. 백인우월주의자 바이런 벡위스에 의해 살해당했다-옮긴이)가 미시시피 자택 앞에서 총에 맞아 죽었다.

하지만 인종차별 철폐는 단순히 옳은 일을 하는 문제가 아니었다. 존 F. 케네디가 한 약속은 광범위한 분야에 영향을 끼칠 수밖에 없다. 예를 들어, 그 당시 미국인 상당수는 인권운동을 공산주의와 비슷하다고 생각했다. 냉전의 파고가 거세게 일어나는 시기에 공산주의자나 흑인 동조자로 낙인 찍히는 건 케네디에게 치명적일 수 있다. 그렇지만 케네디는 머지않아 미국 최남부 여러 곳에서 불가피한 변화가 일어날 것임을 알고 있었다.

그런 와중에 마틴 루서 킹 목사의 섹스 스캔들을 알게 되었다. 인권운동가라면 대부분이 알고 있는 사실이었다. 여러 지방을 다니는 킹 목사는 객지에서 아내와 떨어져 지낼 때가 많았는데, 부인 코레타는 남편의 성실성을 의심하면 안 된다고 생각하는 여자였다. 하지만 FBI 서류에 적힌, 킹 목사와 가깝게 지내는 랠프 애버내시의 고백에 따르면, 킹 목사는 창녀와 동료 활동가는 물론이고 유부녀와도 잠자리에 들었다. 친구들의 추궁에 킹 목사는 자신이 저지른 경솔한 행동을 부인하는 대신, 투쟁으로 인해 긴장감이 고조되는 시기에는 극심한 외로움에 시달리게 되고, 섹스를 해야 그런 불안감을 달랠 수 있다고 변명했다. (마틴 루서 킹 목사가 1968년에 암살당하고 거의 10년이 지난 뒤, 킹 목사의 사생활을 기록한 FBI 파일은 2027년까지 봉인된다.)

킹 목사를 공산주의자라고 믿었던 FBI 후버 국장은 킹 목사의 전화기와 모텔 방을 1년 반 동안 도청했다. 어떡하든 킹 목사를 잡아넣으려고 덫을 놓은 것이다. FBI 국장은 인권운동 지도자 킹 목사를 "성도착증에 걸린 수고양이"로 묘사했다. 그런 가운데 1963년 타임지가 킹 목사를 '올해의 인물'로 선정하니, 후버 국장으로선 분노가 하늘을 찌를 수밖에 없었다. (1961년에는 케네디가, 1964년에는 존슨이 '올해의 인물'로 선정되었다.)

에드거 후버는 비밀리에 녹음된 킹 목사의 밀담 내용을 몇 시간 짜리 테이프로 만들어 대통령과 법무장관에게 건네주었다. 킹 목사를 사기꾼으로 여기는 재클린의 회상에 따르면, 케네디는 녹음을 듣고 나서 킹 목사가 "호텔 등지에서 여자 세 명을 불러 혼성 파티, 그러니까 일종의 난교 파티를 열었다"고 말했다고 한다.

그중에서도 가장 수치스런 것은 1964년 1월 6일 워싱턴 윌라드 호텔에서 녹음한 내용이었다. 킹 목사가 "나는 신을 위해 (섹스)한다. 오늘 밤만큼은 나도 흑인이 아니다!"라고 말한 게 녹음에 잡힌 것이다.

존 F. 케네디가 이런 이간질에 쉽게 넘어가는 사람은 아니다. 킹 목사가 개인적으로 무얼 하든 그건 킹 목사 자신이 알아서 할 일이다. 하지만 대통령도 이제 인권운동에 발을 담근 처지다. 이 분야에서 목소리가 제일 큰 킹 목사와 좋든 싫든 정치적으로 단단하게 연결된 것이다. 그런데 대통령은 이런 현실이 정말로 마음에 들지 않았다. 킹 목사와 동맹하는 것에 몸속에 들어 있는 정치적 유전자가 송두리째 일어나서 반발한다. 두 사람 사이에는 평행선을 그리는 게 아주 많았다. 케네디는 가끔 충동적으로 행동하긴 하지만 선거에 관해서만은 아주 꼼꼼하고 조심스럽다. 이런저런 간통 사건과 공산주의 동조자라는 이미지, 그리고 거침없는 인권운동의 주인공인 킹 목사와의 공개적인 연대는 정치적으로 엄청난 위기를 불러올 수 있다. 상대적으로 비밀이 보장되는 장미정원을 마틴 루서 킹 목사와 단둘이 거니는 것조차 식은땀이 난다. 대통령은 킹 목사가 도착하기 전에는 로버트한테 "킹 목사는 아주 위험한 인물이야. 지금 카를 마르크스가 백악관으로 찾아오는 느낌"이라며 걱정스러운 속마음을 털어놓기도 했다.

대통령의 불안 따위 안중에도 없는 마틴 루서 킹 목사는 8월에 워싱턴 광장에서 대규모 행진을 계획 중이라면서 케네디의 불안감을 증폭시킨다. 이렇게 되면 미국 최남단에서 시작된 인권전쟁이 대통령 집무실 코앞까지 확산되는 셈이다. 케네디는 킹 목사의 계획을 듣자마자 끔찍하다는 표정을 지으며, "사람들이 워싱턴 기념비에 오줌을 싸면 어떡하죠?"라고 묻는다.

대통령의 질문에서 고통스런 진실을 엿볼 수 있다. 쿠바 미사일 위기나 피그스 만 침공 실패와 달리, 인권운동은 케네디가 직접 어찌 해볼 수 있는 여지가 많지 않다. 반면에 마틴 루서 킹 목사는 인권운동 최전선에 있다. 버밍햄에서 승리한 뒤부터 칼자루를 쥔 사람은 킹 목사다. 두 사람 모두가 인정하는 사실이다.

존 F. 케네디는 칼자루를 일부라도 빼앗고 싶은 마음에, "완전 밑바닥까지 사찰한다는 사실은 선생도 알지요?"라면서 인권운동 지도자에게 경고한다.

킹 목사는 그런 사실을 몰랐지만, 그렇다고 놀라지도 않는다. 날씬하고 키 큰 케네디에 비해 목사는 통통하고 작달막하다. 두 사람이 성장한 배경 역시 천지차이였다. 하지만 마틴 루서 킹 목사는 교육을 충분히 받고 많은 책을 읽었으며, 대통령만큼이나 정치 수완이 탁월하다. 백인과 드잡이질만 하면서 여기까지 온 게 아니란 얘기다. 킹 목사가 경고를 웃음으로 받아치자, 케네디의 불안감은 더욱 커졌다.

공군 1호기가 대통령을 기다리고 있었다. 쿠바 미사일 위기 이후 유럽은 처음 방문이다. 냉전 상황도 심각했다. 존 F. 케네디로서는 정치적 수렁 한 곳에서 다른 정치적 수렁으로 넘어갈 수밖에 없다. 어느 문제도 소홀히 할 수 없다.

하지만 대통령은 떠나기 전에 킹 목사가 상황을 제대로 이해했는지 알아야 했다. 그래서 목사가 보이는 애매한 태도에 못을 박는다. 프러퓨머 사건을 예로 들어 킹 목사의 십자군 운동이 어떻게 자신의 대통령 자리를 위협할 수 있는지 설명한다.

존 F. 케네디는 정치적으로 두리뭉실하게 말해서 듣는 사람이 나름의 결론을 내리도록 유도하는 편이다. 하지만 지금은 노골적이고 직설적이다. 착오가 있으면 안 되기 때문이다. 킹 목사는 공산주의자와 맺은 관계를 단절해야 하고 바람피우는 것도 조심해야 한다. 그래서 아주 확실하게 경고한다.

"선생께서는 대의명분을 잃는 일이 없도록 조심해야 합니다. 사람들이 선생한테서 등을 돌리면 우리한테도 등을 돌릴 테니까요. 그러니 조심하세요."

미합중국 대통령으로서 자신의 입장은 분명히 밝혔다. 이제 시간이 없다. 케네디는 대화를 정리하고 전용기를 타러 떠난다.

마틴 루서 킹 목사는 살아갈 날이 앞으로 딱 5년이다.

존 F. 케네디는 앞으로 딱 5개월이다.

한편, 백악관 통솔을 둘러싼 전쟁이 시작되었다. 각료 회의실에서 오후 회의가 열릴 즈음, 케네디 대통령은 최고위 측근 대부분을 데리고 유럽으로 떠났다. 6월 22일, 인권운동 관련 안건을 마무리 짓는 건 린든 존슨과 로버트 케네디의 몫으로 남았다.

린든 존슨이 모임을 주재한다. 대통령은 뜻밖에도 존슨을 책임자로 지명했다. 그러지 않았을 경우에 일어날 갈등이 두려웠던 것이다. 부통령은 각료 회의실 직사각형 탁자 한가운데에 놓인 대통령 의자에 앉는다. 높은 등받이 의자가 즐비했지만, 머리받침까지 달린 의자는 권력의 중추를 의미했다. 로버트 케네디는 건너편 끝에 앉는다. 인권운동 지도자 29명이 조그만 회의실을 가득 채운다. 의자가 부족하다. 여러 사람이 의자 뒤에 설 수밖에 없다. 각료 회의실에 흑인 얼굴이 이렇게 많이 보인 건 역사 이래 최초라고 해도 과언이 아니다.

로버트 케네디와 린든 존슨한테 이번 회의는 사람들에게 누가 대장인지를 보여줄 좋은 기회다.

케네디는 동생 로버트 때문에 새로운 입장을 취한다. 마틴 루서 킹 목사를 비롯한
인권운동 지도자들이 1963년 백악관을 공식 방문해 로버트 및 부통령과 함께 포즈를 취했다.
(세실 스토튼/보스턴/존 F. 케네디 대통령 박물관 도서관)

    부통령은 장광설을 늘어놓는 것으로 자신의 권위를 보여주면
서, 인권운동 지도자들에게 자신이 왜 좋은 동맹 세력인지 설명한
다. 대통령이 회의를 주재할 때면 린든 존슨은 최대한 입을 다문다.
자기만의 방식으로 거창한 연설을 하고 싶은 욕구를 꾹 누르는 것
이다. 하지만 본인이 회의를 주재하는 지금, 인권운동에 대한 존슨
의 장광설은 그칠 줄 모른다. 세인트오거스틴에서 연설한 이래 열

렬히 지지하기 시작한 이슈다. 전몰장병 기념일에는 펜실베이니아 게티즈버그에서도 똑같은 주제로 연설했다.

게티즈버그에서의 감동적인 연설은 커다란 승리였다. 5월이 끝날 즈음의 그 연설로 존슨은 인권운동 이슈를 둘러싸고 케네디 형제와 맞먹는 위치로까지 올라서는 성과를 올렸다. 이런 성과를 더욱 다지기 위해 존슨은 워싱턴으로 돌아오자마자 '대통령과의 15분 독대'를 청했고, 케네디는 그의 요구를 들어주었다. 존슨은 그 시간을 인권운동 전쟁에 깊숙이 파고드는 기회로 활용했다.

입을 다물 줄 모르는 린든 존슨을 보고 있자니 로버트 케네디는 불쾌하다. 인권은 자신의 영역이며, 형이 그 일에 합류하도록 만든 일등공신 역시 자신이다. 로버트는 존슨이 인권 문제에서 떨어지는 건 물론이고, 백악관에서도 완전히 사라지길 바란다. 남부에서 존슨의 정치적 영향력이 급속히 줄어드는 터라 케네디 형제는 1964년 재선에서 존슨이 필요하지 않을 수도 있다. 캘리포니아에서 승리해 선거인단 32명을 확보한다면 존슨이 텍사스에서 가져올 25명을 잃는다 해도 지장이 없다. 게다가 존슨은 출신 주에서도 영향력이 많이 떨어져, 설사 존슨을 러닝메이트로 삼는다 해도 어차피 텍사스를 잃을 거란 증거 역시 계속 늘어나고 있다. 1964년 재선에서 케네디-케네디 러닝메이트가 나온다는 소문도 나돈다.

그러니 로버트가 각료 회의실 탁자 맞은편에 앉은 존슨을 두려워할 이유가 없다. 무례를 저지를 정도로 말이다.

법무장관은 손가락을 까닥거려서 흑인 신문 편집자를 부르더니, 옆으로 다가온 루이스 마틴에게 "내가 약속이 있어서 그러는데, 부통령한테 이제 연설을 끝내라고 말 좀 전하시겠소?"라고 속삭인다.

마틴은 겁이 났다. 두 사람 모두 분노를 터뜨리면 대단하다는 걸 잘 알기 때문이다. 그래서 원래 있던 벽 자리로 슬그머니 물러났다. 로버트는 포기하지 않고 다시 손짓으로 마틴을 불러, "내가 부통령한테 입 좀 닫으라는 말을 전하라고 하지 않았소?"라며 다그친다.

마틴으로선 이제 선택의 여지가 없다. 그는 로버트 케네디한테 빚진 게 있다. 그것도 아주 커다란 빚이다. 가까운 친구 마틴 루서 킹 목사가 1960년에 인권 시위로 교도소에 갇히자, 로버트가 킹 목사의 부인 코레타에게 위로전화를 거는 식으로 킹 목사를 지원한 적이 있었다. 물론 이 일은 케네디 형제에게도 정치적으로 큰 도움이 되었다. 흑인들에게서 몰표를 받은 것이다.

각료 회의실은 마틴이 불편한 모습을 숨길 만큼 넓은 공간이 아니다. 탁자 주변에 둘러서거나 앉은 사람 모두 뭔가 문제가 생겼다는 걸 직감한다. 린든 존슨이 머리받침이 달린 의자에 앉아서 열변을 토하는 중인데, 로버트가 50살이나 먹은 마틴을 자기 옆으로 두 번이나 불렀기 때문이다.

마틴은 나중에 '흑인 정치계의 대부'가 될 인물로 평가받는 사람이다. 로버트가 아랫사람 부리듯 할 수 있는 사람이 아니다. 무게감이 확실한 사람이다. 그런 루이스 마틴의 귀에 대고 법무장관이 뭔가 싫은 말을 속삭인 게 분명했다.

마틴이 사람들과 의자들 사이를 비집고 조심스레 나아간다. 린든 존슨은 못 본 체한다. 하지만 그는 언제나 주변 상황을 한눈에 파악하는 사람이다.

마틴은 조심스럽다. 식탁을 돌아 느릿한 속도로 나아갔지만, 사람들은 그에게서 눈을 떼지 못한다.

린든 존슨은 아무 일 없다는 듯 연설을 계속한다. 이제 모든 시선이 존슨에게로 쏠린다. 루이스 마틴이 마침내 존슨 뒤에 도달한 것이다.

마틴이 허리를 숙여서 존슨의 귀로 입술을 가져간다. 그러는 동안에도 부통령은 말을 멈추지 않는다.

"로버트 장관님이 가셔야 하니, 이제 그만 연설을 끝내라고 하십니다."

마틴이 속삭이자, 존슨이 고개를 돌려서 루이스 마틴과 시선을 마주친다. 부통령은 차가운 눈으로 쳐다보면서도 입은 말을 쏟아낸다. 그렇게 15분이 더 흐르자 로버트 케네디는 참을 수 없이 짜증이 난다.

백악관 장악을 둘러싸고 둘이 전쟁을 벌이는 이유는 존 F. 케네디가 유럽으로 떠나면서 열흘 동안 비운 자리 때문이 아니라, 1964년 재선의 러닝메이트라는 정말로 중요한 자리 때문이다. 이번 전투에서 린든 존슨이 거둔 성과는 연설을 끝까지 마쳤다는 것뿐이지만, 로버트는 진짜 권력을 움켜쥔 사람이 누군지 모두에게 행동으로 보여주는 개가를 올렸다.

이번 전투에서 압승을 거둔 쪽은 로버트 케네디였다. 린든 존슨은 그 사실을 자각할수록 좌절감과 실망감에 시달렸다. 린든 존슨은 원래 몸무게가 줄어드는 중이었는데, 이번 일로 스트레스가 심했는지 여름을 보내면서 아주 뚱뚱해졌다. 얼굴에 검버섯까지 핀 것으로 보아 술을 마구 퍼마셨던 모양이다.

워싱턴 D.C. 최고의 정치 브로커를 자임하던 사람이 케네디 형제한테 완전히 무너진 것이다.

리 하비 오즈월드는 1963년 여름을 지내면서 두 가지에 푹 빠졌다. 독서와 거짓말이다.

6월 한 달은 뉴올리언스에 있는 레일리 커피회사에서 정비원으로 일하며 보냈다. 이렇게 직장에 다니면서 실업수당까지 받았다. 뉴욕 소재 '쿠바를 위한 페어플레이 위원회'에 편지를 보내 자신이 그들을 위해 많이 노력한다는 사실도 알렸다. 그리고 하이델이란 가명에 '페어플레이' 의장 직함을 붙여서 명함을 찍는 건 물론, 가짜 신분으로 여권까지 신청했다. 공산주의의 열렬한 신봉자가 되어갈수록 공산주의 확장에 기여할 뭔가 대단한 일을 하고 싶다는 열망도 커져갔다.

직장 상사는 오즈월드의 업무 수행 능력에 문제를 제기했다. 근무 시간에 총과 관련된 월간지를 너무 많이 읽는다는 것이었다.

마리나는 여전히 오즈월드와 함께 살지만, 새로 이사한 연립주택도 견디기 힘든 건 똑같았다. 초라한 침상에서 잠을 자야 하고, 밤마다 들어오는 바퀴벌레를 막으려면 침상 주변 바닥에 방충제를 빙 둘러 뿌려야 한다. 남편이 소련으로 돌아가려고 비자를 신청한 건 알고 있지만 마리나는 돌아가고픈 마음이 없다. 남편이 자기 비자는 따로 신청한 걸 보면 임신한 자신과 어린 딸만 러시아로 돌려보내려는 것일 수도 있다.

리 하비 오즈월드는 자신이 언젠가는 위대한 인물이 되리라고 확신하지만 현실은 달랐다. 짬시간이라도 나면 블랙베리로 술을 담그는 데 보내고, 직장에서는 목이 달랑달랑하고, 가족은 그에게 성가신 존재일 뿐이었다.

독서는 오즈월드가 느끼는 분노에 기름을 부었다. 그는 일주일에 서너 권씩 책을 읽었다. 마오쩌둥 자서전에서 제임스 본드 소설까지 다양한 종류의 책을 읽으면서 1963년 여름을 몇 주 보내던 어느 날, 예전에 한 번도 본 적이 없는 새로운 장르를 접한다. 존 F. 케네디가 쓴 책이었다.

윌리엄 맨체스터의 베스트셀러 《대통령의 초상》을 재미있게 읽은 오즈월드가 뉴올리언스 공공도서관에 그 책을 반납하고 나서 이번에는 케네디가 쓴 《용감한 사람들》을 대출한 것이다. 존 F. 케네디가 위대한 인물 8명의 다양한 업적과 삶을 정리한 것으로, 1957년에 퓰리처상을 받은 책이었다.

가족이 뉴올리언스에서 비참하고 우울한 여름을 보내는 동안, 리 하비 오즈월드는 존 F. 케네디가 공들여서 집필한 책을 읽으며 언젠가는 자신도 그런 용기를 보여줄 날이 있으리란 희망을 불태 웠다.

유럽 방문 7일째 되는 날, 케네디는 캐딜락 컨버터블을 타고 지붕을 젖힌 채 아일랜드 골웨이의 비좁고 구불구불한 거리를 지난다. 수많은 인파가 환호하며 캐딜락으로 몰려든다. 길이 심하게 구불구불해서 캐딜락 운전사는 자동차를 기어가는 속도로 몰아야 했다. 그런 만큼 대통령 경호원들은 위험한 환경이라고 생각한다. 그래서 모퉁이를 돌면서 차량 행렬이 속도를 늦추면 경호원들은 미리 가서 교차로마다 철저하게 조사한다.

큰 각도로 꺾어지는 모퉁이만 위험한 게 아니다. 도로 양쪽으로 길게 늘어선 건물 대부분이 2층 높이였다. 2층 창문에서 대통령 차량 행렬까지 거리는 1963년 4월 10일 리 하비 오즈월드가 테드 워커 장군을 쏘았던 거리의 3분의 1에 불과하다.

이 말은 존 F. 케네디가 암살당하기에 딱 좋은 거리라는 뜻이다. 총을 든 사내가 있다면 방아쇠를 당긴 다음, 인파 사이로 쥐도 새도 모르게 숨을 수 있다. 대통령 자신도 그런 일이 일어날 가능성을 인식한 게 분명하다. 최근 들어 순교에 대한 생각을 많이 하면서 아일랜드 시인 토머스 데이비스의 시를 자주 언급한 걸 보면 말이다.

그대만큼은 죽지 않으리라 우리는 생각했소⋯⋯. 그대만큼은 떠나지 않으리라 우리는 확신했소.
그런데 크롬웰이 무자비하게 공격하던 그 잔혹한 시절,
하얀 눈이 하늘을 가리던 시절, 목동 없는 양떼만 남기고 그대는 떠났구려.
아, 오그한이여, 우리를 왜 떠났소, 왜 죽었소?

하지만 오늘은 저승사자가 오지 않을 것 같다. 지금은 1963년 6월 29일, 토요일이다. 아일랜드 서해안의 시끌벅적한 항구도시에는 수십만에 달하는 아일랜드 시민이 거리마다 늘어섰다. 환호하는 군중을 아일랜드공화국 경찰 600명이 통제한다.

재클린은 2년 전에 남편과 함께 유럽을 순회하며 유명세를 탄 적이 있지만, 지금은 임신으로 고생하고 있어 이번엔 동행하지 않았다. 오늘 군중의 환호는 케네디의 독차지다.

이처럼 위급한 시기에 대통령이 굳이 유럽을 순방할 필요가 있는지 의문을 제기하는 사람이 많다. 《뉴욕타임스》는 지난 일요일 판에 '이번 순방이 꼭 필요한가?'라는 제목의 사설에서 "가지 않는 게 바람직하다는 여러 이유와 근거에도 아랑곳하지 않고 케네디 대통령은 가장 어려운 시기에 유럽 순회를 밀어붙였다"고 논평했다.

하지만 정치적으로 적절한 시기를 선택하는 게 얼마나 중요한지 잘 아는 존 F. 케네디는 이번 순회 방문에서 지금까지 놀라운 성공을 거두었다. 인권을 둘러싼 심각한 갈등이 대통령 자리를 위협하는 시기에, 유럽 순방을 통해 세상에서 가장 인기 좋고 카리스마넘치는 인물은 바로 자신이란 사실을 확실하게 입증한 것이다. 일주일 전 쾰른에 들어설 때는 차량 행렬이 가는 곳마다 100만이 훨씬 넘는 독일 시민이 늘어서서 환호했다. 텔레비전으로 시청한 유럽인은 2천만이 넘었다. 서베를린에서도 100만 시민이 환호하는 가운데 민주주의를 역설하는 힘 있는 연설로 "케-네-디"를 외치는 사람들의 마음을 사로잡았다. 케네디는 "자유를 누리는 사람은 어디에 살든 베를린 시민입니다. 따라서 나 역시 자유를 누리는 사람답게 '이히 빈 아인 베를리너(Ich bin ein Berliner, 나는 베를린 시민입니다)'임을 자랑스럽게 선언합니다!"라고 외쳤다.

쿠바 미사일 위기를 해결한 자유세계의 최고 지도자로서 케네디의 인기는 다시 한 번 솟구쳤다.

존 F. 케네디의 베를린 연설 행사는 대통령을 지켜야 하는 경호대한테는 끔찍한 일이었다. 수많은 사람이 지켜보는 가운데 대통령은 아무런 보호 장치도 없이 연단에 홀로 서 있었다. 물론 무기를 소지한 사람이 있는지 알아내기 위해 그 많은 사람의 몸을 일일이 다 검사한 것도 아니었다. 게다가 지붕에 올라가거나 창문을 열고 구경하는 사람도 부지기수였다.

한 경호원의 표현대로, 존 케네디는 한마디로 '손쉬운 목표물'이었다. 다른 경호원은 "총알 한 방이면 모든 게 끝나는" 상황이었다고 말했다.

니키타 흐루쇼프 소련 수상은 케네디의 인기가 동베를린 붕괴로 이어질까 두려운 나머지, 모스크바에서 분단도시로 한달음에 날아와서 소련의 기득권을 거듭 확인했다. 물론 케네디를 만나진 않았다. 하지만 케네디를 환호한 수많은 인파는 흐루쇼프 역시 장벽 건너편에 왔다는 사실을 알아채고 케네디에게 열광적인 지지를 보냄으로써 흐루쇼프는 이미 사양길에 접어들었다는 메시지를 확실하게 전달했다.

존 F. 케네디의 유럽 순방은 거만한 프랑스 대통령 드골한테도 영향을 끼친다. 파리에 근거지를 둔 드골은 서방 유럽 정치계에서 거물로 활약하지만 존 F. 케네디의 인기를 상대하기엔 버겁다. 이 점에 놀란 뉴욕타임스 기자는 "드골 대통령은 난생처음으로 미래에 대한 확신과 궁극적 승리에 대한 확신이 자신만큼 대단할 뿐 아니라, 서방 세계에서 가장 강력한 나라를 대변하는 지도자와 맞닥뜨렸다"라는 기사를 썼다.

이번 순방에서 두 사람이 만나지는 않았지만 드골은 케네디의 행보 하나하나를 유심히 지켜보았다.

지금 케네디는 다음 행선지인 아일랜드에 와 있다.

케네디가 유럽 방문 일정에 아일랜드를 넣자, 스케줄 담당 비서 켄 오도넬은 "아일랜드에 가신다면 사람들은 각하가 유람 여행을 가신다고 말할 겁니다"라고 지적했다. 그 말에 케네디는 "내가 원하는 게 바로 그거요. 아일랜드 유람 여행"이라고 대답했다.

케네디가 가는 곳마다 조그만 섬나라 국민들은 친아들이 금의환향라도 한 듯 뜨거운 갈채를 보내며 열렬히 환호했다.

골웨이에 도착한 것은 아일랜드 방문 나흘째 날이었다. 스스럼없이 현지인과 만나고 환하게 미소 짓는 케네디의 얼굴 어디에도 미국 국내 문제와 외교 문제는 물론이고 셋째 아이 출산이 임박했다는 부담의 그늘은 보이지 않았다.

11시 30분에 대통령 전용 헬리콥터가 해안가 푸른 풀밭에 착륙하자, 세인트 머시 수녀원에서 온 아이들 320명이 환영했다. 아이들은 제각기 노란색과 녹색, 하얀색 의상을 입고 색깔대로 나란히 서서 아일랜드 국기 모양을 만들었다.

지붕을 접은 리무진에 올라탄 대통령이 도심 한가운데에 있는 에어 광장으로 짧은 거리를 이동한다. 주택가를 지날 때는 운전사에게 차를 세우라고 하더니 어느 주택 앞에 모여 있던 아낙들과 잠시 대화를 나누기도 한다.

에어 광장에서 존 F. 케네디는 대통령 재직 중에 한 그 어떤 연설보다도 개인적이며 따스한 연설을 한다. 보스턴에서 정치에 첫걸음을 내딛던 때의 감동적인 연설이 떠오를 만큼. 대통령은 (나중에 이날을 기념하여 대통령 이름으로 개명한) 광장을 가득 메운 사람들을 편안한 표정으로 바라본다. 지금은 선거운동도 아니고, 기금마련 만찬 자리도 아니며, 엄숙하고 진지한 표현으로 연설해야 할만큼 역사적으로 중요한 순간도 아니다. 고향을 찾은 지금, 절실하게 필요한 것은 사람들의 따뜻한 환영이다. 케네디는 이미 사람들의 따뜻한 반김에 깊이 감동했다. 자신 역시 연설을 통해 고향 사람들에게 똑같은 감동을 되돌려주고 싶은 마음이 간절하다. 환호하는 사람들에게 대통령이 말한다.

"날씨가 아주 맑은 날 바다가 보이는 언덕에 올라 서쪽을 바라보면, 그리고 시력이 아주 좋다면, 매사추세츠 주 보스턴이 보일 겁니다. 그러고 나면 보스턴으로 떠난 여러분의 사촌들인 도허티와 플래허티와 라이언들이 선착장에서 열심히 일하면서 성공을 향해 나아가는 모습도 보일 겁니다."

대통령이 미국에 친척이 있는 골웨이 주민은 손을 들어보라고 요청한다. 말이 떨어지기가 무섭게 광장을 가득 메운 사람 모두가 손을 하늘로 추켜올린다. 서로가 같은 핏줄임을 확인하는 폭소와 환호성이 터진다. 사람들은 대통령과 진심으로 하나가 된다.

효과는 엄청났다. 케네디가 아메리칸 드림에 대한 확신을 말했기 때문이다. 하지만 이곳 사람들에게 그건 단순한 드림 이상이다. 전 세계 역사 어디에서도 이민자의 아들이 고향 땅으로 돌아와서 이런 환대를 받은 적은 없었다. 빈손으로 미국으로 건너간 이민자 가족이라도 얼마든지 최고의 자리에 오를 수 있다는 확실한 증거가 바로 지금 눈앞에 있다. 환한 얼굴로 군중을 둘러보는 케네디 자신이 그 증거다. 아일랜드가 낳은 아들 존 F. 케네디가 세계에서 가장 권세 있는 자리에 올라 고향으로 돌아온 것이다.

그날 케네디는 흑인 이민자는 미국에서 아직 그런 기회를 누리지 못하고 있다는 사실은 말하지 않았다. 하지만 케네디는 이 문제도 해결하려고 노력하는 중이다. 대통령은 자신이 아일랜드에서 보낸 멋진 며칠에 대해 고마움을 표한 다음, 이렇게 연설을 마무리한다.

"미국에 온다면 워싱턴을 찾아오세요. 대문을 지키는 사람이 누구냐고 물으면 골웨이에서 왔다고 대답하세요. 그러면 'Cead Mile Failte'란 아일랜드 인사를, '십만번 환영한다'는 인사를 받을 겁니다. 고맙습니다. 안녕히 계십시오."

케네디는 여기에 도착한 지 정확히 45분 뒤에 리무진을 타고 온 길을 거슬러서 헬리콥터로 돌아갔다. 고향 사람들이 보여준 따뜻한 사랑이 혈관에서 용솟음쳤다. 카퍼레이드를 하면서 케네디가 이런 사람들을 두려워할 이유가 뭐란 말인가.

그날 수많은 사람이 존 F. 케네디를 카메라에 담았다. 그 뒤로 골웨이의 술집과 가정집 벽들에는 케네디의 사진이 걸렸다.

killing kennedy

13

배가 잔뜩 부른 몸을 가슴 높이의 울타리에 기댄 재클린은 5살 캐롤라인이 승마 교육 받는 모습을 지켜보며 뉴잉글랜드의 여름을 즐기고 있다. 영부인은 두 아이를 데리고 '검은딸기 별장'이라는 아늑한 집을 빌려서 여름을 보내고 있다. 하이애니스포트에 있는 케네디 가 소유지에서 멀지 않은 곳이다. 평소 같으면 그곳에 있는 저택에서 머물렀을 것이다.

그곳에는 케네디 저택과 대통령 부친의 저택, 로버트의 저택이 나란히 있다. 주변에 드넓게 울타리를 쳐서 외부와 차단한 집안 소유지는 가족들이 모두 모여 이런저런 선거운동을 계획하고 결혼식을 축하하고 미식축구를 신나게 즐기는 낙원 같은 곳이다. 하지만 케네디가 대통령이 되면서 매사추세츠 케이프 코드 역시 유명세를 톡톡히 치르고 있다.

그래서 해마다 여름이면 수많은 관광객이 사방에서 몰려든다. 존 케네디나 재클린의 모습을 살짝이라도 엿보려고 비좁은 해변 앞길을 교통지옥으로 만들고 꽃나무를 짓밟는 게 일상이 됐다. 하이애니스포트 저택은 비밀경호대에게도 끔찍했다. 그래서 대통령 가족은 1963년 여름을 보내기 위해 훨씬 한적한 목장 주택을 빌렸다. 재클린은 두 아이와 거기에서 계속 지내고 대통령은 주말마다 워싱턴에서 날아왔다.

검은딸기 별장은 아름드리나무가 사방을 가리고 외부에서 들어오려면 자갈이 깔린 좁다란 외길을 자동차로 한참을 달려야 한다. 사생활 보호와 보안을 위해 다른 집을 빌린 건 정말 잘한 일이었다.

재클린이 검은딸기 별장을 선택한 이유는 또 있다. 재클린은 임신한 모습을 사진 기자들한테 찍히는 게 싫었다. 심지어 마을에도 내려가지 않아 재클린이 남몰래 좋아하는 타블로이드는 비밀경호대의 파견부 책임자인 클린드 힐이 가져온다.

오늘은 수요일, 클린트 힐이 쉬는 날이다. 그는 영부인을 보호하기 위해 경계를 늦추지 않는 사람이다. 그래서 일주일에 6일을 출근하고, 하루에 16시간씩 근무할 때도 많다. 하지만 지금은 폴 랜디스 특별경호원이 임무를 대신한다. 랜디스는 동그란 승마 연습장 근처에서 훈련받은 눈으로 영부인을 살피고, '어린이 담당'인 린 메레디스 특별경호원은 캐롤라인을 지키며 주변을 맴돈다.

재클린이 갑자기 복부에서 날카로운 통증을 느낀다. 통증이 잇달아 일어난다. 잠시 뒤 통증은 멈출 줄 모른다. 위기를 감지한 재클린이 소리친다.

"랜디스 경호원, 몸이 안 좋아요. 나를 집으로 데려가는 게 좋겠어요."

"알겠습니다, 영부인."

랜디스가 대답은 하면서도 서두르는 기색을 보이지 않자, 재클린은 "지금 당장, 랜디스 경호원!" 하고 소리친다. 숨 가쁜 목소리가 날카롭다.

랜디스가 자동차로 달려가서 뒷문을 연다. 뒷좌석으로 들어가는 재클린의 얼굴에 공포가 어린다. 통증이 일어나는 부위는 자궁이다. 결혼 초기에 임신으로 고생하다가 두 아이를 잃은 뼈아픈 기억 때문에 두려움은 갈수록 커진다. 재클린은 1955년에 유산했다. 두 번째 임신에서 자신이 남편과 함께 '애러벨라'라는 이름까지 지어준 여자애는 1956년 8월 23일 사산했다. 아이를 하나만 잃어도 마음이 무너지는 법이다. 그런데 둘이나 잃었으니, 그 고통은 말로 표현할 길이 없다. 다른 두 아이를 건강하게 낳은 뒤였지만, 아기를 세 번째로 또 잃는 건 도저히 견딜 수 없을 것 같다.

출산 예정일이 겨우 1~2주일밖에 남지 않았지만 재클린은 배 속에 있는 아기에 관한 한 무엇이든 조심 또 조심이다.

캐롤라인을 메레디스 경호원에게 맡긴 랜디스는 비좁은 자갈길을 시속 130킬로미터로 달리는 동시에 무전으로 의사와 헬리콥터를 준비하라고 알린다.

아기가 나오려 하는 조짐이 분명해지면서 영부인의 불안감은 더욱 커진다.

"제발 서둘러요!"

제시간에 병원에 도착해야 한다. 그러지 못하면 공무용 세단 뒷좌석에서 랜디스가 대통령의 아이를 직접 받아내야 한다.

랜디스 경호원은 액셀을 힘껏 밟았다.

워싱턴에서 케네디 대통령은 전혀 다른 문제에 직면한다. 여론 조사에 따르면 텍사스라는 아주 중요한 주에서 대통령 지지도가 최저 수준으로 떨어진 것으로도 모자라 지금도 계속 하향곡선을 그리고 있다. 주 전체가 보수적인 분위기에 빠져들어 공화당 지지 비율은 계속 상승세다. 텍사스에서 린든 존슨의 정치적 영향력은 없어진 지 오래다. 이 사태를 해결하지 못하면 선거인단 숫자는 물론이고 자금 조달에도 차질이 생긴다. 유전을 비롯한 대기업 소유주들이 두둑한 지갑을 연 덕분에 텍사스는 지금까지 오랫동안 민주당의 자금 조달 창구 역할을 톡톡히 해왔다. 예전에는 린든 존슨을 통해 그런 자금을 언제라도 가져올 수 있다는 자신이 있었다. 하지만 텍사스 현임 주지사 존 코널리는 보수적인 민주당원이다. 지갑을 꼭 움켜쥐고 열 생각을 않는다. 게다가 뒤돌아서면 케네디를 지지하는 시늉조차 하지 않는다.

존 F. 케네디가 '기금 마련 텍사스 순회 모임'을 준비하라고 존슨을 밀어붙인다. 하지만 순회 모임을 하면 자신이 영향력이 없다는 사실만 드러날 뿐이라고 여기는 존슨은 기금 마련 순회 모임을 준비하는 데는 존 코널리가 적격이라고 제안한다. 이로써 존슨이 러닝메이트로 남을 가능성 역시 그만큼 줄어들었다.

더욱 복잡한 문제는 대통령의 텍사스 순방 준비를 의도적으로 회피하는 게 린든 존슨만이 아니라는 것이다. 코널리 주지사 역시 케네디가 텍사스에 오는 걸 막으려 한다. 주지사는 자신이 케네디와 함께 대중 앞에 나서면 민주당 지지를 철회할 유권자가 많아질 것이라고 믿는다.

하지만 존 케네디는 텍사스에서 지지도 받고 자금도 모아야 한다. 그러니 무슨 일이 있어도 텍사스 순방 길에 올라야 한다.

8월 7일 아침, 대통령의 머릿속에는 이런 복잡한 생각들로 가득하다. 하지만 이 생각들은 잠시 뒤 거의 완벽하게 사라지고 만다.

대통령 경호원 제리 번이 에벌린 링컨의 책상으로 다가왔다. 오전 11시 37분이다.

제리 번 경호원은 대통령 개인비서에게 심각한 목소리로 영부인을 비행기에 태워서 케이프 코드 서쪽 매사추세츠 팰머스 부근에 위치한 오티스 공군기지 병원으로 이송하는 중이라고 보고한다. 덧붙여 산통이 아닐 수도 있으니 아직은 남편에게 걱정을 끼치는 일이 없기를 바란다는 영부인의 당부도 잊지 않고 전한다.

에벌린 링컨은 대통령이 출산 문제에 얼마나 관심이 큰지 잘 알고 있다. 그녀는 곧바로 대통령 집무실로 들어가 대통령과 손님을 쓸데없이 자극하지 않으려고 조심하면서 그 사실을 전달한다.

하지만 아무 소용이 없다. 대통령은 잠시도 지체하지 않고 회의를 연기하더니 여기저기 전화를 돌려서, 재클린에게 진정제를 투입했으며 이제 제왕절개술로 신생아를 꺼내려 한다는 소식을 확인한다. 그러고는 곧바로 전용기를 대기시키라고 지시한다. 그런데 하필 오늘은 대통령 전용기 네 대 가운데 준비할 수 있는 게 한 대도 없다.

존 F. 케네디는 상관없으니 아무 비행기나 당장 준비하라고 지시한다.

한 시간 뒤, 미합중국 대통령과 비밀경호 파견대, 그리고 측근 몇 명이 6인승 제트스타 소형 비행기에 빼곡히 들어앉아 오티스 공군기지로 향할 즈음, 갓난아기 '패트릭 부비에 케네디'가 첫 번째 숨을 내쉰다. 대통령의 둘째 아들은 몸무게 2.1킬로그램으로 태어났다.

그런데 호흡하는 데 심각한 문제가 있다. 숨이 약하고 힘들어 보인다. 갓난아기가 숨을 내쉴 때마다 그르렁거린다. 창백한 살갗에 푸른 기운이 감돌고 흉부 벽이 오그라든다. 의료진은 갓난아기를 곧바로 인큐베이터에 넣었다.

갓난아기 패트릭한테 비밀경호원을 배정하지만, 분명한 사실은 지금 신생아의 목숨을 위협하는 건 외부가 아닌 신생아 내부에 있다는 점이다. 허파는 자궁 안에서 마지막으로 성장하는 장기인데, 허파가 제대로 성장하지 않아 유리질막병(신생아 호흡곤란증후군)이 생긴 것이다. 이는 조산아 사망 비율이 가장 높은 질병이다.

영부인은 제왕절개 때문에 아직 마취에서 깨어나지 않아 이런 문제를 모른다. 대통령은 병원에 도착하자마자 모든 걸 지휘한다. 존 월시 박사부터 만나 신생아 상태에 관해 듣는다. 패트릭이 사망할 가능성이 많다는 박사의 설명에, 대통령은 가톨릭교회의 가르침에 따라 곧바로 군종신부를 불러들여 아들이 하늘나라에 가도록 세례의식을 진행한다.

그런 다음 월시 박사는 패트릭을 최신식 설비를 갖춘 보스턴 어린이 병원으로 이송해서 유리질막병을 치료할 것을 제안한다. 대통령은 곧바로 동의한다.

오후 5시 55분, 마취에서 막 깨어난 재클린이 아직 정신을 차리지 못하고 있는 동안, 패트릭 부비에 케네디는 구급차에 실려 한 시간 거리에 있는 보스턴으로 이송된다.

갓난아기는 아주 소중한 승객이다. 모나리자보다 훨씬 귀하다. 그래서 모나리자가 그랬던 것처럼 패트릭 역시 매사추세츠 경찰의 삼엄한 경비와 에스코트를 받는다. 마침내 구급차가 사이렌 소리를 울리며 공군병원을 빠져나간다.

차량 행렬은 한 번도 멈추지 않는다. 갓난아기를 살려야 한다.

이제 기다리는 일만 남았다. 입원실에서 회복 중인 재클린을 대신하여 대통령이 아기를 보살피기 위해 보스턴의 어린이 병원으로 이동한다. 1956년에는 처음 유산한 아내를 만나러 3일이 지난 다음에야 유럽에서 날아왔지만 이번에는 아니다. 대통령은 실험실

같은, 길이 10미터의 고압실을 무기력한 눈으로 바라본다. 안에서는 조그만 아들이 가쁘게 숨을 몰아쉰다. 고압실의 작은 유리창 사이로 패트릭이 또렷하게 보인다. 존 F. 케네디가 나타날 때마다 집중치료실의 방문객을 모두 내보내다 보니 대통령은 외로움만 더해진다.

"아기는 어떤가요?"

에벌린 링컨이 다정하게 묻는다. 대통령이 긴급한 업무를 살피고 처리하는 걸 도우려고 보스턴으로 날아온 것이다.

"살아날 가능성이 반반이래요."

케네디가 대답하자, 에벌린 링컨은 자신이 오랫동안 모신 상관을 안심시키기 위해 "케네디 가문 아기가 그 정도라면 충분히 살아날 거예요"라고 기운을 북돋아준다.

전 세계 지도자와 친구들이 너나없이 위로 전화와 전문을 보내왔지만 케네디는 새로 태어난 아들에게 온 신경을 집중한다. 대통령은 아이들을 워낙 좋아했다. 게다가 패트릭은 쿠바 미사일 위기 직후에 임신했다는 특별한 의미가 있었다. 미사일 위기가 세계적인 핵전쟁으로 이어졌다면 애초에 세상에 발을 들여놓을 수 없었을 아기다. 존 F. 케네디의 친할아버지와 재클린의 아버지 이름을 딴 패트릭 부비에 케네디는 영부인이 임신 사실을 공표한 날부터 많은 관심과 사랑을 받아왔다.

대통령은 보스턴 공원이 내려다보이는 리츠칼튼 호텔에 방을 구해서 패트릭이 힘겨운 시간을 보내는 생후 첫날밤을 핵실험금지협약에 관한 서류를 읽으며 보낸다. 하지만 둘째 날 밤에는 병마와 싸우는 아들과 좀 더 가까운 곳에서 지내고 싶은 마음에, 호사스런 리츠칼튼에서 텅 빈 병원 숙직실로 자리를 옮겼다.

8월 9일 새벽 2시, 비밀경호원 래리 뉴먼이 대통령을 조심스럽게 깨웠다. 존 F. 케네디는 즉시 일어나 월시 박사, 비밀경호원 뉴먼과 함께 5층의 소아과 병동으로 가려고 병원 승강기에 올라탔다. 백악관 경호원으로 오랫동안 근무해온 뉴먼은 대통령의 심정을 충분히 헤아렸다. 그는 쉽게 우는 사람이 아니라고 자부했지만, 대통령의 슬픔이 고스란히 전해져와 하마터면 눈물을 터뜨릴 뻔한 적이 여러 번이었다.

뉴먼은 고통이 대통령의 어깨를 내려누르는 장면을 지켜본다. 월시 박사가 대통령에게 패트릭의 상태가 아주 심각해져서 아침까지 생존할 가능성이 적다는 사실을 말해주고 있다. 폐가 충분히 성장하지 않아서 제 기능을 못한다는 것이다. 아기의 폐가 숨 쉬는 걸 거부하면서 아기는 이미 무호흡 상태에 빠졌다고 한다.

승강기 문이 열렸다. 이른 새벽이라 어두운 복도에는 아무도 없다. 케네디는 죽어가는 아들을 지켜보려고 집중치료실을 향해 천천히 발길을 옮겼다.

그런데 어디선가 아이들 웃음 소리가 들린다. 존 F. 케네디는 궁금한 듯 소리가 나는 병실을 기웃거렸다. 조그만 여자애 둘이 침대에 앉아 있다. 이제 서너 살쯤 된 어린애들이다. 둘 다 몸뚱이에 붕대를 친친 감고 있다.

"어떻게 된 건가요?"

대통령이 월시 박사에게 물었다.

의사는 화상을 입은 환자들이라고 설명한 다음, 여자아이 한 명은 이제 두 손을 사용할 수 없을 거라고 덧붙였다.

대통령이 주머니를 뒤져 만년필을 찾았지만, 만년필은 없었다. 이상할 건 없다. 평소에 주머니에 넣고 다니는 건 손수건이 전부였으니까.

비밀경호원 뉴먼과 월시 박사가 만년필을 가져왔다. 간호사는 대통령한테 종이도 없다는 걸 발견하고 간호실에서 가져왔다. 존 F. 케네디는 두 아이에게 용기를 잃지 말라고, 앞으로 잘살 수 있도록 미합중국 대통령이 보살피겠노라고 편지를 썼다. 간호사는 두 아이 부모에게 편지를 전하겠다고 약속했다. 뉴먼은 이렇게 회상했다. "대통령은 거기에 대해서 아무 말도 하지 않았어요. 자신이 할 일을 하러…… 아들을 지켜보러 묵묵히 갔죠. 부모 입장에서 온몸을 찢어발기는 느낌일 수밖에요."

케네디는 갓난아기 패트릭이 마지막 숨을 내쉴 때에 조그만 손을 꼭 잡는다. 너무나 끔찍한 순간이지만 대통령은 자신의 슬픔에만 빠져 있어서는 안 된다는 사실을 자각한다. 간호사와 의사, 백악관 측근들이 가만히 지켜보고 있다. 존 F. 케네디는 천천히 밖으로 나가서 병원 복도를 거닐며 끔찍한 고통을 마음속에 꾹꾹 눌러 담는다.

패트릭 부비에 케네디는 정확히 두 시간 뒤에 사망했다. 대통령은 최고위 측근 데이브 파워스에게 "아기가 정말 예뻤어. 아기는 끝까지 열심히 싸웠다네"라며 슬픈 어조로 탄식했다.

이 와중에도 바깥세상에서는 많은 일들이 일어난다. 케네디가 지휘한 고속어뢰정 109호의 침몰을 소재로 영화가 나와 여름 시장에서 뜨거운 반향을 일으킨다. 그러잖아도 영웅적인 대통령의 이미지가 더욱 치켜올려진다. 텍사스의 정치 상황은 몇 달 뒤에 대통령이 직접 방문해서 상황을 해결할 수밖에 없을 만큼 더 복잡하게 얽혀가고 있다. 시카고의 조폭 두목 샘 지앙카나는 케네디 형제가 범죄 조직 단속을 강화한 것에 불만을 품고 복수를 다짐한다. 플로리다에서 남쪽으로 150킬로미터 지점에서 피델 카스트로는 미국이 쿠바를 붕괴시키려는 음모를 계속 꾸민다면서 분노한다. 미국 수도에 있는 워싱턴 광장에서는 곧 마틴 루서 킹 목사가 시위대 수십만 명을 이끌고 인종평등을 외칠 것이다. 담배를 손에 달고 사는 골초이자 가톨릭 신자인 베트남의 독재자 디엠은 베트남을 통제 불능 상태로 만들고 있다. 마지막으로, 뉴올리언스에서, 제대로 하는 일이라곤 하나도 없는 리 하비 오즈월드란 작자가 공산주의 서적을 배포한 죄목으로 체포당함으로써, FBI는 결국 오즈월드에 대한 수사를 재개한다.

하지만 지금 이 순간의 존 F. 케네디에게는 이 중 어떤 것도 문제가 아니었다.

아들이 죽었다. 세상에 태어나 고작 39시간을 살았다. 견딜 수 없을 정도로 크나큰 슬픔이 몰려들었다. 존 F. 케네디는 승강기를 타고 자신이 잠자던 방으로 돌아와서는 침대에 앉아 머리를 숙이고 흐느꼈다.

"대통령은 울고 또 울고 또 울기만" 했다고 데이브 파워스는 회상한다.

❖

　남쪽으로 100킬로미터 떨어진 공군기지에 있던 재클린 역시 형
언할 수 없는 슬픔에 휩싸였다. 오티스 공군기지의 병원 바깥에는
기자들이 한가득 모여들었다. 서너 시간 뒤, 대통령이 아내를 보살
피려고 도착했다.

　영부인은 견딜 수 없는 아픔에 시달리면서도 슬퍼하는 남편을
위로했다. 그녀는 케네디에게 우리에게는 서로를 사랑하는 남편과
아내가 있고, 사랑스런 아들딸이 있으니, "나는 당신만 있으면 어
떠한 아픔도 이겨낼 수 있다"고 말했다.

14

―――――――

1963년 8월 28일

워싱턴 D.C.

오후

―――――――

"100년 전, 위대한 미국인이 오늘날 우리가 일어서도록 노예 해방을 선언했습니다."

마틴 루서 킹 목사가 연설을 시작했다. 원고에 적힌 내용이다. 그런데 연설하는 자세가 여느 때 없이 딱딱하다. 이렇게 많은 군중 앞에서 연설하는 게 처음이라 그런 것 같다.

대니얼 체스터 프렌치가 하얀 대리석으로 조각한 에이브러햄 링컨 조각상이 뒤에서 킹 목사를 굽어보고 있다. 링컨의 오므린 한쪽 주먹은 A로 보이고 다른 주먹은 L로 보인다. 어깨가 앞으로 굽고 고개를 살짝 숙인 위대한 해방자는 지금도 대통령이라는 엄청난 부담을 짊어진 듯한 모습이다. 링컨이 노예를 해방하고 100년이 지난 지금, 킹 목사는 수십만 군중에게 흑인은 아직 해방되지 않았다고 선언한다.

킹 목사가 연설을 시작하자 군중은 집중한다. 잔뜩 기대하는 분위기를 킹 목사도 느낄 수 있다. 이따금 환호하는 소리가 들렸지만 그리 크지 않고 점잖은 편이다. 킹 목사는 노예를 해방하고 100년이 지났지만 미국은 아직도 인종을 차별하는 국가라고 말한다. 주장은 강력했지만 말투가 무미건조해서 별다른 감동을 주지 못한다.

킹 목사의 단조로운 연설이 계속되는 동안, 음향 시설은 그의 목소리를 광장 구석구석까지 전달하고, 텔레비전 방송국의 카메라들은 그의 목소리와 영상을 미국 전역으로 내보낸다.

킹 목사 역시 존 F. 케네디만큼이나 단어와 표현을 안성맞춤하게 선택해서 연설하는 뛰어난 웅변가로 유명하다. 일요일 아침마다 교회 연단에 올라 수많은 강론을 하면서 다양한 기법까지 익힌 덕분에 어떤 면에서는 케네디보다 한 수 위라고 할 수 있다. 그는 천둥같이 목소리를 높이거나 속삭임처럼 목소리를 낮추기도 하고, 말하는 속도를 조절하여 한마디 한마디가 청중의 귀에 쏙쏙 꽂히도록 할 수 있다. 또 내용을 강조하고 싶을 때에는 't'를 강하게 발음하여 주목하게 하기도 하고, 음절을 늘리거나 줄여서 요점을 강조하기도 했다.

킹 목사의 평소 연설은 대담하고 단호하며 뜨거운 분노를 희망에 찬 기도로 뱉어내는 식이었다.

그런데 오늘은 연설이 맹맹하다. 원고를 미리 준비해서 음절을 길게 뽑아내며 연설하는데도 다른 연사들과 별다른 차이가 없다.

사실대로 말하면, 마틴 루서 킹 목사가 하는 연설치고는 맨송맨송하다.

킹 목사의 연설은 미국이 백인과 흑인을 차별한다는 사실과 흑인의 빈곤에 대한 이야기로 이어진다. 오늘은 에밋 틸이 살해당한 지 8주년이 되는 추모일이다. 킹 목사는 이 사건 이후로도 변한 게 전혀 없다고 주장한다.

모인 사람들 대부분은 오늘 이 자리에 참석하기 위해 수백 수천 킬로미터를 달려왔다. 흑인도 있고 백인도 있다. 그런데 몇 시간에 걸쳐 연사들의 따분한 연설을 듣다 보니 모두들 지치고 지루해한다.

지금까지 사람들은 마틴 루서 킹 목사가 연설할 차례가 오기만을 기다리고 있었다. 25만이나 되는 인파는 킹 목사가 연설을 시작하자, 지금까지의 지루함을 잊고 한마디 한마디에 귀를 기울인다. 이들이 여기에 참석한 이유는 인권이란 대의명분을 위해서이기도 하지만, 위대한 웅변가가 자신들에게 오늘의 의미를 규정해주는 멋진 연설을 듣기 위해서이기도 하다. 군중은 링컨기념관과 워싱턴기념탑 사이에 자리한 연못 너머로 울려 퍼지는 킹 목사의 목소리에 가만히 귀를 기울이며, 킹 목사가 위대한 이상을 중심으로 사람들의 마음을 하나로 모아주길 기대한다.

모두가 마틴 루서 킹 목사의 강력한 연설을 듣고 오늘이 평생 잊을 수 없는 날이 되기를 기대하는 것이다.

하지만 연설을 시작하고 9분이 지났지만, 가슴이 뻥 뚫리는 말은 없었다.

그러나 2분 뒤에는 모든 게 바뀐다.

한편, 백악관에서는 존 케네디가 텔레비전으로 킹 목사의 연설을 지켜본다. 재클린이 패트릭을 출산하고 3주일이 지났다. 재클린은 케이프 코드에 은둔한 채 커다란 선글라스로 침울한 시선을 가리고 슬픔을 달래는 중이다. 그러다 보니 대통령은 재클린과 함께 지내기 위해 워싱턴을 벗어날 기회만 엿본다.

하지만 오늘은 수요일, 워싱턴에서 절대로 벗어날 수 없는 날이다. 로버트와 매사추세츠 상원의원으로 당선된 막내 테디도 대통령과 함께 킹 목사의 연설 장면을 지켜본다.

법무장관은 인권운동을 누구보다 강력하게 지지하지만, 킹 목사와 만나는 건 껄끄러워한다. 에드거 후버가 건넨 도청 녹음을 듣기도 했지만, 한편으로는 대통령을 보호해야 한다는 생각 때문이다.

킹 목사가 3개월 전에 '워싱턴 대행진'을 선포한 이후, 로버트는 행사 계획을 세우는 데 마지못해 참여했다. 링컨기념관에서 열리는 모임이 폭력 시위로 변하거나 참석자가 적으면 인권에 대한 대통령의 관심도 줄어들 게 분명했다. 그래서 법무부 관리들에게 대행진이 통제하기 쉬운 방식으로 진행되게끔 계획할 것을 지시했다. 이렇게 해서 킹 목사가 연설할 장소가 링컨기념관으로 정해졌다. 한쪽 끝은 포토맥 강이고 반대쪽 끝은 조수 조절용 둑이 있어서 폭동으로 변하더라도 군중을 훨씬 수월하게 통제할 수 있을 뿐아니라, 의회의사당과 백악관으로 행진하는 것도 막을 수 있기 때문이다.

그리고 워싱턴 경찰에게 경찰견을 현장에 동원하지 말도록 지시했다. 경찰견이 있으면 사람들이 '불' 코너와 버밍햄을 떠올릴 것이다. 그날 하루는 모든 술집과 술을 파는 상점의 문을 닫도록 조치했고, 대통령이 걱정하는 노상방뇨 문제를 해결하기 위해 이동식 화장실을 넉넉히 준비하고, 군중이 폭도로 돌변할 경우에 대비해 근처에 있는 군부대에 출동 준비를 갖추고 대기하라고 지시했다. 여기에 더해 인권운동을 흑인만 지지한다는 인상을 피하려고 '전미자동차노동조합'과 협의해서 백인 조합원들의 참여를 독려했다. 심지어 측근에게 마할리아 잭슨이 노래한 〈주님은 온 세상을 손 안에 두셨네〉 음반을 연단 밑에 준비해두었다가 폭력 선동 연설이나 반정부 연설이 나오면 바로 음악을 틀도록 지시했다. 대통령 눈에 시위가 초라해 보이거나 인권을 가장한 폭력 시위로 변질될 가능성을 애초에 차단한 것이다. 로버트는 이렇게 만반의 조치를 취해 마틴 루서 킹을 지원하면서도, 지난밤까지 킹 목사를 비난했다.

"킹 목사는 진정성이 떨어지는 사람이야. 사람들이 그의 추문을 알게 되는 순간, 그 사람은 완전히 끝장이야."

하지만 사람들이 대통령의 추문을 아는 순간, 케네디 형제 역시 끝장이다. 그래서 대통령은 두 동생과 함께 깊은 관심을 가지고 킹 목사의 연설을 지켜보면서, 믿음직하지 않은 정치 동맹자가 워싱턴 대행진 연설에서 새로운 비전을 제시하기를 간절하게 기도한다.

"미시시피의 흑인이 투표할 수 없고, 뉴욕의 흑인이 투표할 사람이 없는 한 우리는 만족할 수 없습니다."

마틴 루서 킹은 연설을 이어갔다. 하지만 만족할 수 없는 건 킹목사 자신도 마찬가지다. 그래서 구약의 아모스를 주제로 작성해온 연설문은 포기한다.

킹 목사는 커다란 행사를 앞두고서는 배탈이 날 정도로 극도의 긴장감에 시달릴 때가 많다. 그러나 이제 그 긴장도 사라졌다. 목소리에 힘이 실리기 시작한다. 긴 음절이 딱딱 끊어진다. '게토'를 말할 때에는 't' 발음이 강하게 나온다.

연설을 따분해하던 청중들의 분위기가 사라지기 시작한다. 킹목사도 분위기의 변화를 직관적으로 느낀다. 목소리가 더 커지고 높아진다. 지금까지는 원고를 읽었지만 이제는 물 흐르듯 말이 나온다. 딱딱한 원고가 단순명쾌하면서도 강력한 선언문으로 돌변한다.

마틴 루서 킹 목사가 자기 목소리를 찾은 것이다.

단조로운 말투는 자취를 감추고, 연설의 무미건조함도 사라진다. 이제 연단에 선 그의 모습은 양떼를 인도하는 목자(牧者)다. 목소리가 황금빛처럼 환히 퍼진다.

킹 목사가 앞으로 영원히 규정될 오늘 이 자리의 의미를 토해낸다.

"나에게는 꿈이 있습니다!"

드디어 마틴 루서 킹 목사는 군중을 사로잡았다. 광장 전체가 뜨거운 열기에 휩싸인다.

킹 목사가 자신의 꿈에 대해 말한다. 미국이 흑인과 백인이 한데 어울리는 지상낙원이 되는 자신의 꿈을 말한다. 그는 미시시피 같은 적대적인 남부에서도 그런 기적이 이루어지길 꿈꾼다고 말한다. 킹 목사가 꾸는 꿈은 지금의 미국 현실에서는 완전히 극단적인 환상에 불과하다. 하지만 킹 목사는 이 꿈을 인권운동이 나아가야할 궁극적인 목표로 제시한다. 명쾌하면서도 강력한 선언으로 참석자 모두가 뜨거운 감동과 자부심을 느끼도록 만든다. 흑인이든 백인이든 그 자리에 있는 모두가 숨을 죽이고 그의 말을 경청한다. 정확하게 16분 걸린 연설은 킹 목사가 바라던 대로 이날을 미국 역사에서 인권을 주창한 가장 위대한 날로 만들었다.

킹 목사가 마지막으로 마이크에 대고 소리친다. 입에서 침이 튄다. 킹 목사가 '노예해방선언' 정신을 부르짖는 소리에 뒤에서 지켜보던 링컨도 감동한다. 링컨이 오래전에 시작한 일을 이제 킹 목사가 마무리하리란 걸, (인종차별로 얼룩진 한 세기를 사이에 둔) 두 사람이 오늘부터 동일한 역사로 영원히 기억되리란 걸 광장에서 지켜보는 사람 모두가 선명하게 깨닫는다.

킹 목사가 흑인 영가를 인용한다.

"마침내 자유, 마침내 자유! 전능하신 하느님 덕분에 우리는 드디어 자유!"

광장을 가득 메운 인파가 미국 역사상 가장 중요한 순간을 직접 보고 들었다는 사실을 깨달으며 환호성을 터뜨릴 때, 존 F. 케네디도 로버트를 보면서 지금 막 목격한 장면을 평가했다.

"정말 잘하는군."

한 시간이 지나자 마틴 루서 킹 목사가 의기양양하게 대통령 집무실로 들어와서 존 F. 케네디를 만난다. 린든 존슨을 포함해 다른 사람 11명이 참석했지만, 그렇다고 미합중국 대통령과 인권운동 최고 지도자가 만나는 정상회담은 아니다. 하지만 케네디는 킹 목사에게 이번 행사에 자신이 관심을 기울였다는 사실을 분명히 하기 위해 "나에게는 꿈이 있습니다"라고 말하며 고개를 끄덕여서 공감을 표시한다. 킹 목사에 대한 우려도 잠시나마 사라진다.

그렇다고 워싱턴 대행진이 남부에서 일어나는 인종전쟁까지 해결한 건 아니었다. 앨라배마의 흑인 소년소녀들이 백인 소년소녀들과 손잡는 마틴 루서 킹 목사의 꿈을 전 미국인이 지켜본 지 3주도 채 되지 않은 1963년 9월 15일 오전 10시 22분, 흑인 어린이 26명은 일요일 아침예배를 드리기 위해 '16번가 침례교회' 지하실로 내려갔다. '모든 걸 용서하는 사랑'을 주제로 한 어린이 강론을 들을 예정이었다.

16번가 침례교회는 1963년 5월 버밍햄에서 '어린이십자군'을 시작한 교회로, '불' 코너가 경찰견으로 무고한 흑인 청소년과 초등학생들을 물어뜯게 한 공원 바로 맞은편에 자리하고 있는데, 인종평등을 막으려고 끊임없이 몸부림치는 버밍햄의 백인우월주의 단체들이 유난히 증오하는 공간이었다.

그런데 일요일 아침예배에 참석한 아이들은 KKK단원 4명이 지하실 근처에 다이너마이트를 한 상자나 설치했다는 사실을 알지 못했다. 영적인 분위기로 충만해야 할 예배 시간에 다이너마이트가 터지는 아무도 예상치 못한 사건이 일어났다. 다이너마이트의 폭발력은 엄청나서 지하실이 무너진 것은 물론 교회 뒷담이 날아가고 교회 스테인드글라스까지 모조리 깨졌다. 그런데 유일하게 살아남은 스테인드글라스에는 예수 그리스도가 어린아이들을 돌보는 형상이 담겨 있었다.

살아남은 스테인드글라스에 새겨진 형상처럼 다행히도 지하실에서 일요일 아침예배를 드리던 아이들 대부분이 끔찍한 재난을 피할 수 있었다. 하지만 에디 매 콜린스, 신시아 웨슬리, 캐롤 로버스튼, 데니스 맥네어는 그렇지 못했다.

4명은 더 이상 꿈을 꿀 수 없었다.

15

대통령이 받은 기념 명판에는 "아, 하느님. 당신이 만드신 바다는 참으로 광활하나 제가 탄 배는 참으로 작나이다"라는 글씨가 새겨져 있다.

오늘은 미국 근로자의 날, 케네디는 검은딸기 별장 해안 쪽 풀밭 마당에서 버드나무 의자에 편히 앉아 아메리칸 옵티컬 사라토가제(製) 선글라스를 벗으며 멀리서 흔들리는 조그만 배를 바라본다. 대통령 맞은편에는 CBS 방송국 기자인 월터 크롱카이트가 대통령과 똑같은 자세로 앉아 자신의 인생에서 가장 중요한 텔레비전 인터뷰를 준비한다. 오늘의 인터뷰 주제는 '미합중국 대통령은 파도가 몰아치는 거친 바다를 어떻게 헤쳐나갈까'이다. 두 사람 모두 검은색 정장 차림인데, 9월 햇살이 뜨겁게 내리쬔다. 크롱카이트는 두 다리를 꼬고 앉았지만, 케네디는 두 다리를 앞으로 쭉 내밀었다. 바람이 정성스레 빗질한 머리칼을 계속해서 헝클어뜨리고 있다. 그 탓에 케네디는 아무 생각 없이 몇 분 간격으로 손을 올려 머리칼을 쓸어넘긴다. 하지만 크롱카이트는 대머리라서 그런 문제가 없다.

46살로 케네디와 나이가 엇비슷한 월터 크롱카이트는 미국에서 최고로 손꼽히는 텔레비전 취재기자다. 두 사람은 서로 스스럼없는 사이다. 그래서인지 케네디는 대통령 집무실에서 심각한 문제를 골똘히 생각할 때 그런 것처럼 인터뷰가 진행되는 동안에도 방석이 깔린 의자에 등을 바싹 기대어 아주 편한 자세를 취한다.

마이크를 시험하면서 농담을 주고받던 두 사람은 녹화 시작 10초를 앞두고 카운트에 들어가자 느긋하게 앉아서 서로를 바라본다. 드디어 카메라가 돌아가고 크롱카이트가 인터뷰를 시작한다. 굵직한 바리톤과 편안한 말투를 번갈아가며 여러 가지를 질문하는데, 크롱카이트에게는 예민한 문제도 부드럽게 꺼내 상대를 안심시키는 재주가 있다. 케네디는 마음 편하게 인터뷰에 응한다. 인터뷰를 하는 게 아니라 미국 정치를 아주 잘 아는 친구 둘이서 허심탄회하게 대화를 나누는 것 같다. 사실 크롱카이트의 정치성향은 케네디와 크게 다르지 않다. 시청자 앞에서 드러내지는 않지만 그 역시 열렬한 민주당원이다.

"64년 대선에서 남부 주를 잃을 거라고 생각하십니까?"

크롱카이트가 묻는다. 여론조사 관계자나 직업 정치인만 아는 은밀한 정보를 시민들에게 전달하는 것이 언론인의 역할이다.

케네디는 잠시 생각에 잠겼다가 어쩔 수 없다는 듯이 웃으며 고통스런 정치적 약점을 드러낸다.

"으음, 60년 대선에서도 몇 개 주를 잃었으니, 이번에도 그럴 것 같네요, 어쩌면 더 많을지도 모르지요. 단정하기에는 아직 이르지만, 내가 남부 지역에서 제일 유명한 인물인지 확실하지 않으니까요. 하지만 괜찮아요. 앞으로 1년 반이란 시간이 남았으니, 그때 가 보면 알 수 있겠죠."

대통령의 눈빛에 투지가 깃든다. 차기 대선 이야기만 나오면 열정이 치솟는다. 케네디는 스릴 넘치는 정치투쟁을 좋아한다. 대통령 역할도 좋아한다. 박진감 넘치는 모험을 하는 게 좋다. 권력투쟁 자체도 즐긴다.

크롱카이트가 대통령을 압박한다.

"64년 대선에서는 무엇이 핵심 이슈로 등장할 거라고 보십니까?"

"으음, 물론 대외적으로는 미합중국의 안전이 되겠지요. 미국을 안전한 나라로 만드는 노력, 자유라는 대의명분을 유지하는 것. 대내적으로는 아무래도 경제가 핵심 문제가 되지 않을까요? 일자리 문제, 미국인 모두에게 기회를 주는 것."

대통령은 참고 자료 없이도 다양한 통계수치를 줄줄 읊어낸다. 그는 감세 정책으로 경기 후퇴를 극복해야 한다고 주장한 다음, 세금을 줄여서 경제를 살릴 구체적인 방법까지 설명한다.

크롱카이트가 마침내 베트남이란 민감한 주제로 넘어간다. 어느덧 미국인들은 골치 아픈 나라에 미국이 관여하는 걸 걱정스런 눈으로 바라보기 시작했다. 언론이 디엠의 불교 탄압 사건들을 끊임없이 다루는 탓에 미국인들은 베트남에 미군을 투입한 가장 큰 이유가 공산주의의 확산을 막기 위해서라는 사실조차 잊어버린 것이다. 미국은 동남아시아에서 손을 떼고, 베트남 문제는 베트남 국민이 스스로 알아서 하도록 놔두라는 여론이 점차 커지고 있다.

크롱카이트는 베트남의 '남' 자를 강조해서 발음하며 이렇게 말한다.

"사람들은 행정부가 베트남 문제를 외교적으로 해결하길 원합니다. 우리는 지금까지 모든 방법을 사용했습니다. 국민이 완전히 등을 돌려 금방이라도 붕괴될 것 같은 베트남 정부를 데리고 우리가 무얼 할 수 있을까요?"

화면에 비치는 모습이 안정적이면서 지적인 크롱카이트는 시청자들에게 신뢰를 주는 앵커다. 대통령은 베트남에 대한 입장을 크롱카이트에게 이해시키면 가정에서 시청하는 국민들도 충분히 납득할 거라고 믿는다.

"전쟁 상황은 좋아지고 있어요. 그렇다고 해서 지난 두 달 동안 일어난 여러 가지 사건을 긍정적으로 받아들인다는 의미는 아닙니다. 나는 베트남 정부가 확실하게 노력하지 않으면 전쟁에서 이길 수 없다고 생각합니다. 결국에는 그들이 싸워야 할 전쟁이고, 전쟁에서 이기거나 지는 쪽 역시 그들이니까요."

다른 나라 전투에서 싸우다가 전사한 미국인이 벌써 수십 명에 달했지만 대통령은 미군을 철수시키겠다는 말은 하지 않는다. 오히려 베트남이 공산주의자들의 수중에 들어가면 다른 아시아 국가들도 안전하지 않을 가능성이 크다며 목소리를 높인다. 케네디는 그 후보국들로 태국에서 인도까지 쭉 언급하면서 "우리는 공산주의와 필사적으로 싸우는 중이며, 나는 아시아가 중국으로 넘어가는 걸 원치 않습니다"라고 주장한다.

케네디의 목소리가 점점 커지면서 베트남의 디엠 대통령과 공산주의를 퍼뜨리려는 적들에 대한 모멸감을 드러낸다. 케네디는 이제 잘생긴 외모와 아버지의 경제력을 등에 업고 당선된 유약한 젊은이가 아니었다. 진정한 세계 지도자로 성장했다. 원칙에다 강력한 업무 윤리와 지식, 용기와 열정까지 돋보였다.

20분에 걸친 인터뷰가 끝나자, 대통령은 윗옷 주머니에서 선글라스를 꺼내 다시 썼다. 그리고는 크롱카이트와 함께 30분짜리 텔레비전 프로그램을 제작하는 비용에 대해 한참 잡담을 나누더니, 수면을 스치며 한가롭게 움직이는 조그만 돛단배로 관심을 돌린다. 끝없이 뻗어나간 수평선 끝에 까만 점이 걸친 것처럼 보인다. 배를 좋아하는 두 사람은 바다 풍경에 흠뻑 빠져든다.

멀지 않은 곳에서는 거친 물결이 일었지만, 케네디가 있는 해안가의 날씨는 평온했다. 인터뷰는 완벽하게 끝났다. 이제 대통령은 지난달에 겪은 모든 고통과 슬픔을 내려놓고 남은 오후 시간을 가족과 함께 느긋하게 지낼 수 있다.

케네디가 옷에 달린 소형 마이크를 떼어낼 때쯤에는 두 사람의 대화 주제가 항해로 바뀌었다. 고작 몇 미터 떨어져 있는 검은딸기 별장 내부에서는 슬픔에 잠긴 재클린이 카메라(세상)를 피해 숨어 있다. 요 근래 대통령은 예전보다 훨씬 많은 시간을 재클린은 물론이고, 캐롤라인과 존 주니어와 함께 보냈다. 가족들은 바다에서 수영을 하고 대통령 전용 헬리콥터를 탔으며, 캐롤라인의 승마 훈련도 지켜보았다. 케네디는 아내가 언론 앞에서도 의연한 태도를 보이기를 바랐지만, 재클린은 아직 그럴 준비가 되지 않았다.

하지만 이로부터 얼마 되지 않아 재클린은 스스로 선택한 은둔 생활에서 벗어나기로 결정한다. 친정 동생 리 라지월과 그리스에 가서 몇 주를 함께 보내며 슬픔을 달래기로 한 것이다. 아직 한 달이나 남았지만 여행을 생각하는 것만으로도 영부인의 얼굴에는 이따금 미소가 떠올랐다.

월터 크롱카이트가 존 F. 케네디와 작별 인사를 나눈다. 대서양에서 시원한 바람이 불어오고 태양이 따뜻한 햇살을 선사하는 완벽한 근로자의 날에 두 사람 모두 모르는 사실이 있다. 앞으로 정확히 12주가 지나면, 크롱카이트가 텔레비전 방송에 나와서 충격적인 뉴스를 전해 미국과 전 세계를 깜짝 놀라게 만든다는 것을.

16

11월 21일과 22일이 다가온다.

케네디는 두 날짜를 마음속으로 떠올리며, 옐로우스톤 카운티 박람회장 로데오 경기장을 가득 메운 군중 앞에서 연설했다. 5만 3천에 불과한 몬태나 빌링스 주민이 모두 나와서 대통령을 환호하는 듯했다. 밴드 공연이 화려한 구경거리까지 제공했다.

케네디는 "이 지역은 가능성이 무한합니다"는 말로 연설을 시작했는데, 마치 자신의 최근 상황을 얘기하는 것 같다. 지난 닷새 동안만 해도 막대한 분량의 밀을 소련에 판매하는 걸 승인해서 몬태나 농민을 도왔고, 국제핵무기실험 금지를 중재했으며, 소득세를 삭감했을 뿐 아니라, 유엔총회에서 인간을 달에 보내겠다고 장담했다. 특히 유엔총회에서의 연설은 소련까지 케네디에게 박수갈채를 보낼 정도로 탁월했다.

대통령이 경기장 맨땅에서 연설하는 동안 햇살은 줄어들었지만 여전히 따사롭고, 로키산맥은 드높이 솟구쳐서 주변을 압도한다. 벌써 가을 냄새가 솔솔 풍긴다. 수많은 청중들이 입고 있는 청바지와 카우보이 부츠에 비해 케네디가 입은 정장과 넥타이 차림은 이질적으로 보이고, 서부 사람들에게 보스턴 어투는 어색하게 들린다. 거기에다 광활한 서부에 대해 말하면서 헨리 데이비드 소로를 예로 들었는데, 소로는 매사추세츠에 살면서 미시시피 강을 건넌 적이 단 한 번도 없는 사람이다.

하지만 몬태나 사람들은 이에 개의치 않고 매우 우호적이다. 대통령이 서부 11개 주를 순방하면서 자기네 마을까지 왔다는 것만으로도 반가워서 존 F. 케네디가 하는 말 한마디 한마디에 열중한다. 대통령이 여기까지 온 목적은 단 하나다. 다가오는 대선에서 지지받는 것! 1960년만 해도 서부에서 자신을 지지한 주는 네바다 하나에 그쳤다. 몬태나에서 패배해 선거인단 4명을 잃었고, 옐로우스톤 카운티에서는 60 대 38로 패배했다.

하지만 그건 3년 전 이야기다.

오늘은 공군 1호기가 빌링스 공항에 착륙하는 순간부터 인파가 몰려들었다. 남녀노소를 불문하고 대통령과 악수하려고 성화였다. 케네디는 비밀경호대의 걱정 따윈 아랑곳하지 않고 밀려드는 인파 속으로 기꺼이 뛰어드는 위험을 감수했다. 지금 이 사람들이 원하는 건 오늘 밤에 집으로 돌아가 대통령과 악수했다고 가족들에게 자랑을 늘어놓는 것이란 걸 대통령은 잘 알고 있었다. 박람회장으로 이어진 도로변에도 수많은 사람이 늘어섰는데, 말 등에 올라탄 사람까지 보였다.

당장 내일이 선거일이라면, 몬태나에서의 승리는 따놓은 당상 같다. 서부에서의 승리는 케네디의 재선 전략에서 대단히 중요했다. 게다가 텍사스에서까지 승리한다면 1964년 재선에서 성공할 가능성 역시 그만큼 높아질 터였다.

그래서 스케줄 담당 비서 켄 오도넬은 케네디가 갈망하는 텍사스 기금 마련 순회 여행에 나설 날짜로 11월 21일과 22일을 골라 놓았다.

대통령은 주요 도시 다섯 군데, 샌안토니오·포트워스·댈러스·휴스턴·오스틴을 돌며 텍사스 대장정을 시작하겠다고 마음먹는다. 하지만 보수적인 민주당원으로 대통령과 정치적으로 거리를 유지하고 싶어하는 존 코널리 텍사스 주지사는 속으로 이번 순회 여행이 떠들썩하게 진행되지 않기를 바란다. 댈러스 같은 도시는 케네디의 구역이 아니다. 여기에서는 '케네디 형제를 KO시키자'라는 글귀가 적힌 스티커를 붙인 자동차들이 당당하게 거리를 질주한다. "어느 케네디를 제일 혐오하는가?"라는 게임도 많은 사람들이 즐긴다. 어린애들은 교실에서 대통령의 이름을 우스개 농담거리로 삼고, 현지에서 가장 유명한 케네디 포스터에는 살벌한 얼굴에다 "배신자 지명수배. 미합중국을 배신한 죄목으로 수배함"이라고 적혀 있다.

더욱 불길한 건 암살을 둘러싼 농담까지 떠돈다는 것인데, 이것은 댈러스의 살인발생률이 특히 높은 현실에 비추어보면 가볍게 넘길 일이 아니었다. 텍사스 주는 살인발생률이 다른 어느 주보다 높은데, 그중에서도 댈러스는 특히 더 높았다. 주 정부는 무기 등록이나 규제를 하지 않았고, 살인 사건의 72퍼센트가 총격으로 발생했다.

존 F. 케네디가 '남부의 남서부 수도'라는 별명으로 흔히 언급되는 댈러스를 방문하면 갖가지 말썽이 일어날 가능성 역시 그만큼 크다는 것은 의심할 여지가 없다.

대통령은 다음 주에 백악관에서 텍사스 순회를 둘러싼 여러 가지 문제와 함께 이 문제를 놓고도 존 코널리와 논의할 예정이다. 그런데 그런 논의에 참석하라는 통보는 물론, 그런 회의가 있다는 것조차 부통령에게는 알리지 않았다. 이건 케네디가 구상하는 미래에 린든 존슨은 들어 있지 않다는 사실을 확인시켜주는 또 다른 사례였다.

텍사스 순회 여행이 무엇보다 어려우리란 사실을 보여주는 통계 하나는 1960년에 댈러스 유권자의 62퍼센트가 케네디를 거부했다는 점이다.

하지만 존 F. 케네디는 도전을 좋아한다. 몬태나 빌링스를 확보할 수 있다면 댈러스라고 안 될 이유가 뭐겠는가?

한편, 케네디 대통령이 몬태나에서 연설하는 바로 그 시각에 리하비 오즈월드는 텍사스로, 아니 그 너머로 가는 길에 오른다. 오즈월드는 편안한 바지에 지퍼가 달린 윗옷 차림으로 휴스턴행 대륙 횡단 장거리 버스 5121호에 몸을 실었다. 휴스턴에서 버스를 갈아

타고 남쪽에 있는 멕시코시티로 내려갈 예정이다. 1846년 멕시코-미국전쟁에서 (그랜트 장군과 리 장군이 젊은 시절에 참여한) 미국 기병대가 거기까지 가는 데 1년이나 걸린 것과 달리, 오즈월드는 단 하루면 도착할 수 있다.

오즈월드는 다시는 돌아오지 않을 사람처럼 차리고서 여행길에 나섰다. 하기야 머물 집도 없다. 뉴올리언스에 있던 누추한 연립주택에서 지금 막 도망쳤기 때문이다. 집주인이 밀린 월세 17달러를 요구하자, 오즈월드는 며칠 안에 주겠다고 거짓말을 하고 야반도주를 했다.

이제 오즈월드가 소유한 재산은 지갑에 있는 돈과 버스 짐칸에 실린 옷가방 두 개가 전부다.

이제는 가족도 없다. 배가 산만하게 부른 마리나와 생후 19개월짜리 딸 준은 이틀 전에 댈러스 외곽에 사는 마리나의 친구 러스페인네 집으로 보냈다. 지난 몇 달 동안 마리나는 소련 시민권자인 신분 덕분에 오즈월드가 소련으로 돌아가는 데 꼭 필요한 인질에 불과했다. 그러던 오즈월드가 지금은 멕시코로, 미국에서 완전히 벗어나게 해줄 나라로 가고 있다는 사실을 이 당시에 마리나가 알고 있었는지는 확실하지 않다.

오즈월드는 훨씬 영리한 계획을, 마리나가 없어도 되는 계획을 세웠다. 그래서 연립주택에서 야반도주했고, 가족까지 버렸다. 장거리 버스 5121호가 텍사스 해안고속도로 양옆의 울창한 소나무 숲과 늪지대에서 벗어날 때쯤에는 오즈월드 역시 결혼이라는 혼란스럽고 고통스러운 사슬에서 벗어난다.

오즈월드는 소련으로 돌아가는 계획을 잠시 미루는 대신, 야자나무가 길게 늘어선 노동자의 낙원 쿠바에서 살기를 꿈꾼다. 하지만 미합중국이 쿠바와 외교 관계를 단절했기 때문에 미합중국에서 쿠바 여행 비자를 받기는 불가능하다. 그래서 멕시코 주재 쿠바 대사관으로 찾아가려고 멕시코시티행 버스에 오른 것이다.

리 하비 오즈월드는 어디를 가든 제대로 적응한 적이 없었다. 그는 사람들과 어울리려고 노력하다가 거부당한 이방인이 아니다. 오히려 예측할 수 없는 인물, 아주 위험한 인물에 훨씬 가까웠다. 그는 자신이 정한 원칙과 리듬에 따라 제멋대로 행동하는 예민하기 짝이 없는 외톨이였고, 위대한 인물로 대접받는 상황을 끊임없이 찾아다니는 몽상가였다.

오즈월드는 쿠바가 그런 곳이라고 확신한다. 그래서 마음속으로는 쿠바 지도자 피델 카스트로가 감동할 만한 일을 수도 없이 수행했다. 뉴올리언스에서 '쿠바를 위한 페어플레이 위원회'를 홍보하는 선전물을 돌린 것 역시 피델 카스트로한테 충성했다는 증거로 삼을 수 있다. 마리나의 주장에 따르면, 오즈월드는 비행기를 납치해서 아바나로 곧장 날아갈 계획을 세운 적도 있었다.

9월 26일 새벽 2시, 리 하비 오즈월드는 휴스턴에서 대륙횡단 장거리 버스 5133호로 갈아탄다. 그리고 하루가 지나서 멕시코시티에 도착한다. 그는 버스를 타고 오면서 옆 승객에게 강렬한 인상을 주려고 열심히 수다를 떨고 자기 자랑을 늘어놓는다. 자신이 소련에서 살았다는 이야기와 '쿠바를 위한 페어플레이 위원회'와 함께 작업한 일들을 과장해서 털어놓는다. 심지어 여권에 찍힌 소련 관인까지 굳이 보여준다. 식사시간이 돼서 버스가 멈출 때마다 깡마른 오즈월드는 멕시코 요리를 커다란 접시에 가득 담아서 게걸스럽게 먹는다. 쿠바에서 새로운 인생을 살아가려면 에스파냐어를 배워야겠지만 지금 당장은 하나도 모른다. 그래서 메뉴판에 적힌 음식을 손가락으로 찍어서 주문하며 마음에 드는 음식이 나오기만 바란다.

지갑에는 돈 200달러 정도와 멕시코를 15일 동안 돌아다닐 수 있는 멕시코 여행자 카드, 그리고 여권 두 개가 있다. 하나는 소련에서 사용하던 여권이고, 다른 하나는 미국 정부가 최근에 새로 발행해준 여권이다. 파란 스포츠 가방에는 에스파냐-영어 사전 한 권과 자신이 쿠바를 위해 선전 활동을 하다가 체포된 걸 입증하는 신문기사 스크랩, 민스크에 있을 때 사용했던 러시아어로 된 노동허가증, 소련 시민과 결혼한 증명서까지 들어 있다. 자신이 러시아어를 알고, 공산당의 헌신적인 동무임을 말해주는 서류도 있다.

공산주의자라면 누구나 그렇듯, 노골적인 무신론자인 리 하비 오즈월드는 성공적인 여행이 되게 해달라고 기도하는 대신, 자신이 들고 온 두툼한 서류 더미와 기록들을 철석같이 믿는다.

하지만 오즈월드도 이번 여행이 도박이란 걸 잘 안다. 멕시코시티까지 먼 길을 갔다가 거절당할 수도 있다. 그렇게 되면 여행비와 음식비와 숙박비로 소중한 돈만 탕진하는 셈이다. 그러나 그 정도 부담은 감수할 수밖에 없다.

오전 10시에 버스가 멕시코시티에 도착하자, 오즈월드는 새로 사귄 사람들과 헤어져 다시 떠돈다. 그는 일단 버스 정거장에서 네 블록 떨어진 코메르시오 호텔에 하룻밤에 1달러 28센트짜리 방을 정한 다음, 24시간이나 버스를 타서 녹초가 된 몸이었지만 개의치 않고 쿠바 대사관을 찾아간다.

꽃 모양 장식

　케네디는 서쪽으로, 오즈월드는 남쪽으로, 재클린은 동쪽으로 간다. 여동생과 함께 그리스로 출발한 것이다. 그리스에 도착하면 요트 '크리스티나' 선상에서 2주일을 보낼 예정인데, 이 선박의 주인 아리스토텔레스 오나시스는 음지의 오입쟁이로 유명한 데다가 불투명한 사업 운영으로 지난 20년 동안 FBI에게 감시를 받아왔다. 다른 무엇보다 오나시스는 1950년대 중반 미국 해양법을 어기고 미국 정부에게 사기를 친 혐의로 오랫동안 조사를 받았다. 1961년에 영부인이 혼자 해외를 친선 방문할 당시, 케네디 대통령이 영부인 경호대원들에게 "그리스에 있는 동안 절대로 영부인이 아리스토텔레스 오나시스와 만나는 일이 있어서는 안 된다"고 단호하게 지시한 건 당연한 처사였다.

　까무잡잡한 그리스 선박왕은 재클린보다 나이가 스무 살 이상 많고 키는 8센티미터나 작다. 하지만 세계 최고의 부자 가운데 한 명이다. 그가 소유한 요트는 수많은 사람들의 만남의 장소로 활용되어 존 케네디나 윈스턴 처칠 같은 인물도 탑승했다. 배의 길이가 100미터나 되는 '크리스티나'에 영부인이 마지막으로 탑승한 건 거의 10년 전 존 F. 케네디와 함께 손님으로 왔을 때인데, 지금은 수도꼭지를 순금으로 달아서 더욱 화려하게 꾸민 걸로 유명하다. 당시만 해도 재클린은 크리스티나가 저속하다고, 특히 고래 음낭으로 덮개를 씌운 높고 둥근 의자는 역겹다고 생각했다. 하지만 지금은 여동생이 이 뚱뚱한 그리스인을 로맨틱하게 여기며 쫓아다니는데, 정작 당사자인 오나시스는 오페라 가수 마리아 칼라스와 한창 연애 중이다. 재클린은 상황을 파악하고 옆에서 동생을 지원하기로 마음먹었다.

미국 땅에서는 영부인이 비키니 차림으로 사진이 찍히는 모험을 감행할 수 없다. 속살이 다 드러나는 수영복 사진은 대형 스캔들감이다. 남편인 대통령에게 정치적으로 커다란 타격을 줄 수도 있다. 하지만 그리스는 미국에서 지구의 절반이나 떨어진 곳이니, 영부인이라는 멍에와 원치 않는 관심에서 벗어날 수 있을 것이다.

재클린은 잠시나마 이 모든 규제에서 벗어나고 싶다. 앞으로 2주일 동안 마음껏 사치를 누리며 자유분방하게 지내고 싶은 마음이 굴뚝같다. 임신으로 불어났던 체중도 제자리로 돌아왔다. 재클린의 소녀 감성은 날씬해진 몸매를 화려한 요트에서 자랑해보라고 은근히 부추긴다. 그래서인지 10월 1일 그리스행 TWA 707호에 탑승하기 직전에도 측근에게 가방에 비키니를 챙겨 넣었는지 몇 번이고 확인했다.

패트릭이 죽은 비극을 겪고 52일이 지났다. 그리고 말로 형용할 수 없는 또 다른 비극을 겪기 52일 전이다.

17

미합중국 대통령은 지금 심기가 몹시 불편하다. 일요미사에 참석하려고 골프 카트를 캠프 데이비드 군부대 성당 쪽으로 돌린 상태다. 자갈이 깔린 도로가 구불구불 이어지며 울창한 숲을 지난다. 3분 동안 카트를 모는 사이에 산사나무, 월계수, 플라타너스, 린든통나무 오두막이 차례대로 나타난다. 케네디 옆에는 5살 먹은 캐롤라인과 다음 달에 만 3살이 되는 존 주니어가 있다. 대통령이 화가 난 건 정치 때문이 아니다. 텍사스 순회 방문은 이미 결정됐다. (존 코널리 텍사스 주지사와 이틀 전에 만나서 전격 합의했다.) 업무적인 부담 때문도 아니다. 캐롤라인이나 존이 귀찮은 것도 아니다. 대통령은 두 아이와 함께 지내는 시간을 아주 좋아한다. 그래서《루

남편의 반대를 무릅쓰고 영부인은 1963년에 그리스 선박왕 아리스토텔레스 오나시스의
요트 크리스티나에서 손님으로 2주일을 보냈다.
(연합통신)

크》지의 전설적인 사진기자 스탠리 트레티크한테 셋이서 함께 노
는 사진을 찍어달라는 개인적인 부탁까지 할 정도였다.

그렇다, 대통령을 화나게 만드는 건 영부인이다. 도대체 전화를
받지 않는다.

재클린이 아리스토텔레스 오나시스와 지중해를 신나게 돌아다
니는 건 대단히 위험하다. 대통령은 오나시스를 믿을 수 없다. 하지
만 그보다 나쁜 건 재클린이 그리스에서 즐겁게 노는 사진이 전 세

계 유명 언론의 1면을 장식하고, 수많은 사람이 대통령에게 미국 정부에 사기 친 혐의로 조사받는 사내가 영부인을 접대하도록 놔두는 이유가 무어냐고 묻는다는 것이다. 하지만 더더욱 나쁜 건, 아리스토텔레스 오나시스가 유명한 바람둥이라는 사실이다.

재클린과 전화 통화라도 하면 화가 조금은 가라앉겠는데, 도무지 전화선을 연결할 수가 없다. 시차를 감안하고 전화를 해도 세상에서 가장 막강한 권력을 가진 사내가 아내와 통화조차 할 수가 없는 사태에 처한 것이다. 아내가 일부러 피하는 건지, 크리스티나에 정말로 현대적인 통신 시설이 없는 건지 도통 알 수가 없다.

이러니 화가 치밀 뿐 아니라 질투심까지 치솟을 수밖에.

4개월. 기나긴 4개월. 이는 오즈월드가 소련 비자를 발급받는 데 걸리는 기간인데, 쿠바 관리는 그에게 여행 허가 서류를 발급하려면 소련 비자가 꼭 필요하다고 한다.

하지만 오즈월드는 4개월이나 기다릴 여력이 없다. 지금 당장 쿠바로 가야 한다. 그래서 멕시코시티 쿠바 대사관에서 에우제비오 아즈크 대리 영사와 소련 비자 문제로 심하게 다툰다. 차분한 대화는 오래전에 사라졌다. 쿠바 대사관 직원이 보기에 오즈월드는 "극도로 흥분했고, 잔뜩 화가 났다." 그래서 자신이 공산주의 국가로 입국하는 걸 결정할 상대에게 공손하게 나오는 대신 고함을 지른다.

대리 영사 아즈크도 참을 만큼 참았다. 외교관 특유의 인내심은 완전히 사라졌다. 그래서 어설픈 영어로 "당신 같은 사람이 쿠바 혁명을 지원한다는 건 피해만 될 뿐"이라고 독설을 퍼붓는다. 외교관은 오즈월드에게 쿠바 입국 서류를 영원히 못 받을 거라고 못 박는다.

대리 영사가 몸을 돌려서 자기 사무실로 돌아가고 나니 오즈월드는 완전히 허탈해진다. 쿠바로 탈출하겠다는 꿈이 산산조각난 것이다. 대사관 직원 한 사람이 종이에 자기 이름과 연락처를 적어주면서 필요하면 다시 연락하라고 했지만 희망은 사라졌다.

낙담한 오즈월드는 멕시코시티에서 주말을 보내며 현지 음식을 먹고 투우 경기도 구경한다. 하지만 좌절감은 갈수록 커져만 간다. 이곳에서 4개월을 버티는 건 불가능하다. 결국 버스를 타고 댈러스로 돌아온 오즈월드는 YMCA에서 묵을 방을 구한 뒤 겸연쩍은 어투로 마리나에게 전화한다. 둘째 아기 출산을 앞둔 마리나는 러스 페인과 살고 있다. 교육 수준이 높은 데다 CIA와 끈이 있는 것처럼 보이며 오즈월드 자신이 1962년 여름에 직접 만난 적도 있는 소련 출신 조지 드 모렌쉴트가 퀘이커 신자라며 러스 페인을 소개해주었다.

러스 페인은 러시아어를 가끔 사용해서 마리나의 심리 안정에 도움을 준다. 마리나가 가져온 물건은 주차장에 모두 쌓아놓았다. 개중에는 둘둘 말아놓은 녹갈색 담요도 있는데, 그 안에는 오즈월드가 구입한 소총이 있다. 퀘이커 신자는 평화를 중시하니 자기네 차고에 총을 숨겨두는 걸 반대했겠지만, 러스 페인은 그게 거기에 있다는 사실조차 모른다.

오즈월드는 마리나에게 멕시코에 갔던 이야기를 익살스럽게 늘어놓으면서 쿠바행을 포기했다는 사실도 털어놓는다. 가만히 듣던 마리나는 이제 남편이 철이 좀 든 것 같다고 생각한다. 하지만 같이 사는 건 거절이다. 그래서 오즈월드는 일자리를 찾으면서 기회가 닿을 때마다 아내에게 전화하거나 댈러스 외곽으로 나가는 자동차를 얻어 타고 페인네 집을 찾아간다.

러스 페인이 친절하게 도와준 덕분에 오즈월드는 마침내 직장을 구했다. 아이큐가 118로 머리가 비교적 좋은 오즈월드 같은 사내에겐 너무 단순한 육체노동이다. 화물로 운반할 책을 상자에 포장하는 작업이 전부다. 하지만 오즈월드와 마리나는 좋아한다. 인생을 새롭게 시작하는 계기가 될 수도 있다.

10월 16일 수요일 오전 8시, 리 하비 오즈월드는 텍사스 교과서 창고 건물로 첫 출근을 한다. 7층짜리 빨간 벽돌의 창고 건물은 엘름 가와 노스 휴스턴 가 모퉁이에 있어, 예전의 댈러스 모닝 뉴스 편집인의 이름을 딴 '딜리 광장'이 한눈에 보인다. 정말 바람직한 건 '파크랜드 메모리얼 종합병원'이 6킬로미터 거리라서 마리나가 둘째 아이를 출산할 경우 근무 중에도 찾아갈 수 있다는 것이다.

10월 18일, 오즈월드는 깜짝 생일선물을 받는다. 멕시코시티 쿠바 대사관이 이해할 수 없는 이유로 방침을 바꿔서 여행 비자를 발급한 것이다. 하지만 늦었다. 이미 직장을 구했다.

10월 20일, 마리나가 파크랜드 메모리얼 병원에서 아기를 낳는다. 그러나 오즈월드는 아내와 아기를 보러 가지 않는다. 자신이 지불할 수 없는 비용을 병원 측에서 청구할까 봐 겁이 났기 때문이다.

딸이 태어났는데도 아빠가 함께하지 않는 현실은 마리나와 갓난아기에게 평생 동안 익숙한 현실이 된다. 오즈월드가 어린 딸이 성장하는 과정을 지켜볼 수 없는 상황으로 빠져들기 때문이다.

재클린이 워싱턴으로 돌아왔다. 케이프 코드에서 여름을 보내고, 로드아일랜드 뉴포트에서 9월의 절반을 보내고, 그리스에서 2주일을 보냈으니, 백악관에는 거의 4개월 만에 돌아왔다. 이날은 10월 21일, 지금은 백악관에서 저녁식사를 하는 시간이다. 영부인은 벤 브래들리 뉴스위크 특파원 부부를 늦은 저녁식사에 초대했다. 저녁식사는 백악관 2층 가족 숙소에서 있을 예정이다. 재클린이 1961년에 수리하면서 고풍스런 벽지를 발라서 미국독립전쟁 분위기를 생생하게 연출한 곳이다.

오늘 밤에 먹을 음식은 가볍고 대화는 활기차겠지만, 이 방에는 유령이 있다. 윌리엄 헨리 해리슨 대통령이 1841년에 이 방 침대에서 폐렴으로 사망했다. 1862년에는 11살 먹은 에이브러햄 링컨의 아들 윌리가 이 방에서 병으로 사망했다. 총격으로 사망한 링컨 자신은 이 방에서 방부 처리됐다. 마지막으로, 세기가 바뀌기 직전에 윌리엄 매킨리가 천장이 높은 이 방을 침실로 사용하다가 암살자의 총탄에 살해당했다.

패트릭이 죽기 전만 해도 영부인은 이렇게 즉흥적인 저녁식사 모임을 자주 즐겼다. 그러고 보면 케네디 부부가 친구들과 어울려 즐거운 자리를 가진 것도 참 오랜만이다. 재클린은 1964년 1월까지 공식적인 자리나 모임은 모두 취소했지만, 이번의 간단한 식사 모임은 정상적인 일상생활을 다시 시작하려는 재클린의 의도가 실려 있다고 볼 수 있다. 재클린은 늦은 오후까지 기다려 대통령의 스케줄이 빈 것을 확인했다. 브래들리 부부는 오후 7시나 되어서야 초대를 받았지만 모든 일정을 취소하고 기꺼이 달려왔다.

대통령은 끔찍한 하루를 보냈다. 버밍햄에서의 인종갈등은 더욱 악화되고, 여기 워싱턴에서는 상정해놓은 인권수호 법안을 놓고 난타전이 벌어지고 있다. 대통령은 우울했다. 하지만 브래들리 부부는 워싱턴에서 케네디 부부에게 가장 가까운 친구들 가운데 하나여서 그들과는 허심탄회하게 대화할 수 있다. 재클린이 브래들리 부부를 초대하길 잘한 것이다. 케네디는 와이셔츠 차림으로 식탁에 앉아 술잔을 홀짝이면서 정치 얘기를 나누는 것으로 기분을 누그러뜨린다. 화제는 툭하면 재선에 성공한 다음에 추진할 정책으로 옮겨간다. 그럴 때마다 케네디는 "그런 건 1964년이 지난 다음에"라는 말만 되풀이한다.

케네디 자신도 잘 안다. 이대로라면 1964년 재선에 실패할 수도 있다는 걸. 카멜롯의 분위기가 어둡다. 심지어 재클린이 최근에 다녀온 휴가조차 여론에 불리하게 작용한다. 유럽 문화와 패션에 흠뻑 빠진 재클린은 평소에도 미국인 다수의 현실적인 감성과 뚜렷한 차이를 보여왔지만, 그래도 그동안에는 재클린에 대한 시민들의 애정 덕분에 정치적으로 공격하는 사람이 없었다. 하지만 이제 그것도 사정이 달라졌다. 아기를 잃는 크나큰 슬픔을 겪은 지두 달도 되지 않았는데, 공화당 의원들은 재클린을 집중 공격하기로 결정했다. 그들은 영부인이 사치와 쾌락만 추구한다면서 그리스 여행을 공개적으로 비난한다. 오하이오 상원의원 올리버 볼튼은 "영부인이 자기네 나라 대신 유럽을 흥청망청 돌아다니는 이유가 도대체 뭐란 말인가?"라며 문제를 제기한다.

언론 역시 오나시스 요트에서 빈번하게 연 파티에 대해 장문의 글을 실어댄다. 영부인을 제멋대로 구는 사람으로 묘사한 글도 보인다.《보스턴글로브》는 "아기를 잃고 슬퍼하는 여자가 어떻게 이런 행동을 할 수 있단 말인가?"라고 묻는다. 크리스티나에서 구릿빛의 건장한 몸을 드러낸 젊은 사내의 시중을 재클린이 태평하게 받고 있는 사진까지 언론에 실린다. 재클린이 비키니 차림으로 일광욕을 즐기는 사진은 전 세계 언론의 1면을 장식했다. 언론이 대통령 가족을 이렇게 집중 공격하는 건 처음 있는 일이다.

심지어 UPI 연합통신은 "영부인이 미합중국에서는 결코 허락하지 않을 위치와 자세로 사진을 찍도록 허락했다"면서 재클린의 '도발적인' 일광욕 모습에 도덕적인 문제까지 제기한다. 기자는 여기에다 아리스토텔레스 오나시스가 미합중국에 들어오면 대통령과 영부인은 예의상 백악관으로 초청해서 정중하게 답례해야 할 거라는 짓궂은 말까지 덧붙인다.

지금 백악관에서 저녁식사를 하는 순간에도 진하게 태운 영부인의 살갗은 남편이 겪는 정치적 곤경을 그대로 대변한다. 하지만 재클린은 자기 때문에 어떤 사태가 벌어졌는지 모르는 것 같다. 남편과 브래들리 부부에게 오나시스가 '활력이 넘치는 사람'이라며 문제의 그리스인을 치켜세우니 말이다. 당연히 그런 말은 젊은 대통령의 속을 더 끓게 만들 뿐이다.

케네디가 크리스티나 선상에서 일어난 일과 일어나지 않은 일 모두를 아는 건 아니었다. 하지만 마사지를 받은 것이나 철갑상어 알을 먹은 것이나 보드카를 잇달아 들이켠 사실은 잘 안다. 아내가 화려한 크리스티나 요트와 아리스토텔레스 오나시스가 자랑하는 막대한 재력에 매력을 느낀 것도 이해는 한다. 대통령이 모르는 건 자기 아내가 바람을 피웠는지 아닌지다. 그런 일은 없을 거라고, 함께 간 여동생이 오나시스에게 홀딱 빠졌다니까 그럴 가능성은 없을 거라고 짐작할 뿐이다. 하지만 대통령은 아내에게서 뭔가 이상한 느낌을 받는다. 그래서 '재클린이 느끼는 죄책감'에 대해서는 벤 브래들리에게 이미 털어놓기도 했다.

이제 대통령은 아내가 느끼는 죄책감을 이용하려고 조심스레 웃으면서 "당신도 다음 달에 우리와 함께 텍사스에 가는 거요"하고 말한다. 벌써부터 이번 순회 여행에는 반드시 재클린과 동행하겠다고 마음먹었다. 영부인이 미국보다 유럽을 훨씬 많이 돌아다녔다는 비난을 잠재울 의도 때문만은 아니다. 영부인은 남부에서, 특히 여성 유권자들 사이에서 대통령 자신보다 훨씬 인기가 높다. 1960년 이후로는 재클린이 지방 순회에 모습을 드러낸 적이 없지만, 재클린이 함께 가면 대통령 방문을 둘러싼 남부의 적대감이 상당히 줄어들 수도 있다. 그래서 케네디는 이렇게 덧붙인다. "당신이 텍사스 여성들에게 패션에 대해서 한 수 가르쳐줘요."

사실 재클린도 남편과 함께 지내고픈 마음이 크다. 어떤 식이든 상관없다. 남편과 떨어져서 지내는 생활도 이제 지겹다.

재클린이 10월 5일 크리스티나를 타고 바다로 나가자마자 케네디에게 진심이 담긴 손편지를 쓴 것도 이런 심정 때문이었다. 그때 재클린은 그리스 섬 키오스의 이름을 딴 전용 객실에 혼자 들어가 "당신과 결혼하지 않았다면 나는 비극적으로 살았을 거예요. 비극은 낭비를 의미하니까요"라고 편지를 썼다. 재클린은 습관대로 마침표를 줄표로 대신하며, 우리 딸 캐롤라인이 아버지처럼 훌륭한 사내와 결혼할 수 없어서 안타깝다고까지 했다.

케네디 부부는 서로에 대한 애정 표현을 억제할 때가 많다. 하지만 미국 시민들이 케네디와 재클린이 나란히 선 모습만 봐도 둘 사이의 뜨거운 애정을 또렷이 느낄 만큼 서로를 사랑하는 마음은 확실했다. 영부인이 쓴 편지는 그런 감정으로 가득했다. 그날 한 줄 한 줄 써내려간 편지는 결국 일곱 장으로 늘어났다. 재클린은 "나는 당신을 처음 본 날부터 사랑했어요. 그런데 10년이 지난 지금, 그때보다 당신을 훨씬 더 사랑해요"라고 고백한다. 9월 12일은 결혼 10주년 기념일이었다.

그로부터 2주일이 지난 오늘, 자신이 그토록 사랑하는 사내가 백악관에서 텍사스에 같이 가자고 제안한다. 재클린이 어떻게 싫다고 대답할 수 있겠는가? 영부인은 "물론이죠, 여보. 그럴게요. 지역 순회에 함께 가요"라고 대답한다. 크리스티나에서 무슨 일이 있었든, 그건 다 지난 일이다. 자신의 미래는 지금 자기만 바라보는 아름다운 녹회색 눈동자 속에 들어 있다.

"당신이 원한다면 어디든 갈게요."

영부인은 다시 한 번 약속한 뒤 빨간 스케줄 공책에 연필로 11월 21일, 22일, 23일 칸에다 '텍사스'라고 적었다.

제3부

악이
이기다

18

재클린은 아무것도 모른다. 이렇게 기분 좋은 저녁에 가까운 친구 아들라이 스티븐슨이 댈러스에서 어떤 일을 겪고 있는지 제대로 알았다면, 남편과 함께하는 텍사스 순회 방문을 그렇게 긍정적으로 받아들이지 않았을 수도 있다.

'Big D'라는 별명으로 유명한 댈러스는 여름이면 미칠 정도로 뜨겁고 겨울에는 아주 시원하지만 건조해서 먼지가 많은 도시다. 주변 풍경은 미국 전체에서 가장 볼품없다. 상업과 유전으로 발전한 삭막한 도시, 돈을 가장 중요하게 여기는 도시다. 나중에 텔레비전으로 방송한 〈댈러스 시리즈〉(1978년부터 1991년까지 방영된 연속극-옮긴이)는 화려한 물질주의에 초점을 맞춘 풍자극으로 유명한

데, 진짜 댈러스도 별로 다르지 않다.

50년이 지난 다음에는 다양한 인종과 다국적 기업이 자리를 잡으면서 국제적인 대도시로 성장하지만, 1963년만 해도 댈러스는 74만 7천 명에 불과한 인구의 대부분이 백인이며 97퍼센트는 개신교 신자로, 텍사스와 루이지애나의 시골에서 유입되는 인구가 보수적인 풍토를 갈수록 강화해가던 도시였다.

댈러스는 법과 치안이 강력한 도시다. 말이 그렇다는 얘기다. 범죄 행위에 대해 벌금을 세게 물려서 매춘부들을 모두 근처 포트워스로 쫓아냈는데도 살인 사건은 계속 늘어만 가는 그런 도시 말이다. 댈러스는 침례교도와 감리교도들이 사방에 즐비했지만 '아카잭 루비'라는 별명의 마피아 조직원으로 의심받는 52살 남성 야콥 루빈스타인이 도심에 스트립 바인 '카루솔 클럽' 같은 술집을 버젓이 소유하고, 경찰과 기자가 그 술집에 나란히 앉아서 술을 들이켜는 도시이기도 하다.

하지만 가장 중요한 건 외지인들의 정치적 견해를, 그중에서도 양키의 진보적인 이념을 유독 배척하는 도시라는 사실이다. 게다가 인종적 모멸감을 적극적으로 드러내, 유대인 상점에다 나치 표식을 낙서하는 경우도 드물지 않았다.

바로 이날 밤, 아들라이 스티븐슨은 이른바 '댈러스의 증오' 현상을 직접 체험한다. 스티븐슨은 유엔 창설을 주도하고 유엔 주재 미대사를 오랫동안 역임한 인물로, 드와이트 아이젠아워를 상대로 대선에 두 번이나 출마해 두 번 모두 패배한 민주당 중진이다. 텍사스는 스티븐슨을 지지하는 주가 절대 아니다. 그런데도 지금 메모리얼 강당에는 많은 인파가 모여들었다. 유엔 창설 기념일 행사 때문이다. 지난밤에는 열렬한 우익 인사 테드 워커 장군이 똑같은 장소에서 예전에 자신을 죽이려 한 리 하비 오즈월드가 참석한 가운데 유엔 반대 연설을 해서 대대적인 환호를 받았다.

오늘은 스티븐슨이 연설하려는데 시끄러워서 말을 할 수가 없다. '전미분노국민회의'라는 과격한 단체가 끊임없이 야유를 퍼붓는다. 게다가 그 품위 있는 외교관의 이름을 함부로 비꼬아 '애들-아이'(Addle-Eye, 썩은 눈)라고 하면서.

스티븐슨은 연단에 서서 갖은 비난을 참아내며 장내가 차분해지기를 기다린다. 하지만 분위기는 갈수록 정반대로 흘러간다. 스티븐슨은 마침내 야유를 보내는 한 사람과 맞선다.

"나는 텍사스식 예의범절을 가르치려고 일리노이에서 여기까지 온 게 아니에요, 그렇지 않은가요?"

이 말과 동시에 상황은 더욱 악화된다.

22살의 로버트 에드워드 해트필드가 연단으로 뛰어올라 스티븐슨의 얼굴에 가래침을 퉤 뱉는다. 자기를 붙잡는 경찰에게도 침을 뱉는다. 아들라이 스티븐슨은 더 이상 견딜 수 없다. 얼굴을 닦고 연단에서 내려간다. 그런다고 해서 혼란이 그치지는 않는다. 유엔 반대 시위자들은 스티븐슨이 호텔로 평화롭게 돌아가도록 내버려 두지 않는다. 그의 앞을 가로막고 욕설을 퍼붓는다. 47살 코라 프레더릭슨이라는 여성 선동가는 시위하던 피켓 막대기로 그의 머리를 때린다.

그런데도 스티븐슨은 외교적으로 해결하려고 애쓴다. 댈러스 경찰이 두 번째 인물을 체포하려고 달려드는 걸 63세의 정치외교관이 만류한 다음에, 자신을 때린 여자에게 "왜 그러시오? 내가 뭘

도와드릴까요?"라고 묻는다.

"왜 그러는지 당신이 모르면 내가 어떻게 알겠어? 모든 사람이 다 아는 걸 말이야!"

여자가 텍사스 사투리로 버럭 화를 내며 대든다.

케네디는 아들라이 스티븐슨을 좋아하지 않는다. 하지만 폭력 사태가 벌어졌다는 소식을 듣고는 흔들린다. 댈러스 방문에 반대하는 의견도 만만찮다. 케네디의 가까운 친구들은 이번 텍사스 순방에서 댈러스는 빼라고 충고한다. 10월 3일에는 아칸소 상원의원 윌리엄 풀브라이트가 케네디에게 댈러스는 아주 '위험한 곳'이라고 단정하면서 "나라면 가지 않겠어요. 각하도 가지 마세요"라고 충고한다.

빌리 그레이엄 전도사 또한 댈러스에 들어가는 걸 만류한다. 런던선데이타임스의 헨리 브랜든도 케네디 대통령이 오는 것만으로도 긴장이 고조될 것이므로, 이번 방문은 매우 위험하다고 확신한다. 형제 두 명이 댈러스에 거주하고 있어 댈러스 상황을 잘 아는 텍사스 상원의원 랠프 야보로우는 댈러스 전체가 케네디를 증오한다고 전해준다. 11월 초에는 텍사스의 민주당 전국위원 바이런 스켈톤이 댈러스에 가면 심각한 위험에 처할 가능성이 많다고 경고하면서 대통령에게 가지 말 것을 거듭 호소한다.

하지만 존 F. 케네디는 미합중국의 대통령, 미국 전체의 대통령이다. 미국이 아무리 넓더라도 방문하기가 두려운 지역이 있어서는 안 된다. 흔히들 어려운 골프 코스를 만나면 "중요한 건 내빼는 게 아니라 용기야"라고 하지 않는가. 그건 댈러스도 마찬가지다. 케네디는 'Big D'를 방문하기로 결심한다.

뒤로 물러날 수는 없다.

지구 건너편 사이공에서 오늘은 '위령의 날', 가톨릭교회 전체가 기도하는 날이다. 그래서 디엠 대통령은 동생과 나란히 성체를 받아 모신다.

하지만 두 형제가 기도하는 이유는 또 있다. 케네디도 그걸 잘 안다. 미국이 지원하는 군부가 쿠데타를 일으켜 디엠 정부를 무너뜨린 것이다. 군부 쿠데타가 진행되는 동안, 존 F. 케네디는 최고위 측근들을 소집해서 베트남의 미래에 대해, 그리고 디엠과 그의 동생의 운명에 대해 논의했다. 회의가 너무 오랫동안 끝나지 않아 케네디는 중간에 살그머니 빠져나와 미사에 참석하고 돌아가서 결론을 내렸다.

하지만 쿠데타가 터지자 디엠 대통령은 동생과 함께 대통령궁에서 빠져나와 말 그대로 목숨을 걸고 도망쳐 존 F. 케네디와 마찬가지로 미사에 참석한다. 그리고 지금 미사를 드리고 있는 사이공의 성 프란시스 자비에르 성당을 피난처로 삼는다.

그러나 오전 10시가 지나면서 대통령 형제의 소재가 파악된다. 대통령은 동생과 함께 체포되어 국외로 추방당하리라고 예상한다. 이런 순간에 대비해서 가방에 미국달러를 가득 쟁여놓기도 했다.

베트남공화국 육군 장군 마이 흐 수안이 장갑호송차 한 대와 지프 두 대를 이끌고 성당 마당으로 들어선다. 디엠은 항복하면서 자신과 동생을 공항으로 데려가기 전에 대통령궁에 들렀다 가게 해달라고 부탁한다. 수안 장군은 일언지하에 거절한다. 그는 부하들에게 포로를 육군본부로 당장 압송하라고 명령한다. 군인들은 대통령과 동생의 두 손을 뒤로 묶어 장갑호송차에 태운다. 겉으로는 두 사람을 보호하려는 것처럼 보인다. 장교 두 명이 뒷자리에 함께 올라타자, 쇠로 만든 육중한 문이 닫힌다.

호송대는 철로 교차로 앞에서 멈춘다. 장교 한 명이 반자동 권총을 가만히 꺼내더니 디엠 대통령의 뒤통수에 대고 총알을 발사한다.

19

1963년 11월 1일

텍사스 어빙

오후 2시 30분

금요일 오후, 제임스 호스티는 지칠 대로 지친 표정으로 러스 페인네 집 현관에 다가서서 초인종을 눌렀다. 덩치가 좋은 35살 FBI 수사관은 포트워스 근방에서 하루 종일 다양한 케이스를 조사했다. 확인해야 할 케이스가 40여 개나 되니 건성건성할 수밖에 없다. 하지만 에드거 후버가 전쟁으로 인식하는 공산주의 관련 케이스는 무엇보다 중요해, 호스티는 곧장 댈러스로 돌아가 주말을 즐기기보다 러스 페인의 집을 방문하는 쪽을 선택했다. 수사관은 지금 리 하비 오즈월드를 찾는 중이다. 오즈월드가 지난달에 멕시코시티에서 쿠바 대사관을 찾아갔다는 정보를 CIA로부터 입수했으니, 오즈월드를 어서 찾아야 한다.

러스 페인이 문을 열었다. 호스티는 배지를 보여주고 FBI 특별수사관이라고 자기소개를 한 다음, 잠시 대화를 나눌 수 있느냐고 물었다.

러스 페인은 최근에 힘든 나날을 보내고 있다. 5년을 함께 산 남편이 집을 나가더니 이혼 서류를 보내왔다. 그래서 외로움을 달랠 생각으로 마리나에게 생활비를 부담할 돈이 전혀 없다는 걸 알면서도 마리나를 집에 들였다. 하지만 재정적인 문제는 마리나의 남편 오즈월드가 주말마다 찾아와서 이상하게 행동하는 문제에 비하면 아무것도 아니었다. 러스 페인은 오즈월드가 자기 집에서 살겠다는 걸 거절했다. 도무지 신뢰할 수 없었기 때문이다.

하지만 제임스 호스티한테는 아주 친절하다. 안으로 들어오라고 하더니, FBI 수사관을 직접 만나는 건 난생처음이라며 호들갑이다.

호스티는 평범한 수사관이 아니다. 노트르담 대학을 졸업하고 은행원으로 취직해 댈러스 지점에서 10년 가까이 일했다. 그래서 댈러스 주변은 물론, 끊임없이 확장되는 교외 지역까지도 꿰고 있다. 게다가 아주 성실해서 금요일 근무가 거의 끝나는 시간에 러스 페인의 집을 방문하는 것쯤은 대수롭지 않게 생각한다.

하지만 무엇보다 중요한 건 FBI 호스티 특별수사관이 오즈월드 부부 담당자란 사실이다. 지난 3월에는 소련 시민들의 동향을 파악하는 차원에서 마리나 관련 서류를 열어보았다. 그리고 공산주의 성향을 살피기 위해 오즈월드 관련 서류도 다시 살펴보았다. 그런 다음에는 오즈월드가 댈러스에서 뉴올리언스로, 그리고 다시 댈러스로 돌아와 살던 연립주택을 조사했다. 뉴올리언스 FBI 지부는 오즈월드가 쿠바 지지 활동을 하다가 체포된 전과를 알려주었다. 그런데 지금은 오즈월드의 행방이 묘연하다.

호스티가 러스 페인에게 오즈월드가 있는 곳을 아는지 물었다.

마리나가 두 딸과 함께 자기네 집에서 산다는 걸 인정한 페인은 잠시 주저하다가 오즈월드가 사는 곳은 모르지만 댈러스 도심에 있는 텍사스 교과서 창고에서 일하는 건 안다고 솔직하게 털어놓았다. 전화번호부를 가져와서 주소까지 찾아준다. 엘름 가 411번지다.

호스티는 수첩에 알아낸 사실을 모두 적었다.

마리나가 주춤거리며 거실로 나왔다. 낮잠에서 막 깨어난 모양이다. 러스 페인이 러시아어로 호스티를 FBI 수사관이라고 소개했다. 깜짝 놀라는 마리나의 표정엔 두려워하는 기색이 역력했다. 호스티는 공산주의 국가에서 성장한 사람들이 이렇게 반응하는 모습을 많이 보아왔다. 오즈월드 부인은 비밀경찰이 자신을 잡으러 왔다고 생각하는 게 분명했다. 호스티는 곧바로 페인에게 부탁해, 자신은 "부인을 해치거나 괴롭힐" 목적으로 찾아온 게 아니며, "FBI가 하는 일은 사람을 괴롭히는 게 아니라 보호하는 것"이라고 통역해달라고 부탁했다.

마리나는 러스 페인이 옮겨준 말을 듣더니 불안감이 좀 가시는지 빙그레 웃는다.

호스티가 떠나려고 일어섰다. 면담하는 데 거의 25분이 걸렸다. 댈러스로 돌아가기 전에 조사하고 싶은 케이스가 아직 두 개나 남았다. 호스티 특별수사관은 페인에게 오즈월드 근황에 대해 알리고 싶은 게 있으면 연락하라며 이름과 전화번호를 적어주면서도 마음속으로는 오즈월드를 따로 조사할 필요는 없겠다고 정리했다.

호스티가 보기에 오즈월드는 부부생활에 문제가 있고 공산주의를 좋아하고 직장을 자주 옮기는 젊은이에 지나지 않았다.

촌각을 다투어 처리할 것까지는 없다. 리 하비 오즈월드는 머지 않아 다시 모습을 드러낼 것이다. 호스티 특별수사관은 그럴 거라고 확신했다.

11월 11일, 호스티가 러스 페인 자택을 방문한 후 처음 맞는 월요일이다. 백악관 파견 비밀경호대의 윈스턴 로손 특별경호원은 대통령이 댈러스로 간다는 사실을 통보받았다.

30대 초반에 한국전쟁에 참전한 경험이 있는 로손은 대통령 공식 방문 일정을 계획하는 전문가다. 이 일에서 무엇보다 중요한 것은 대통령의 연설과 카퍼레이드 행사가 안전하게 진행될 수 있도록 대통령에게 위해를 가할 가능성이 농후한 인물을 색출해서 적절한 조치를 취하는 일이다.

댈러스 도심에서 카퍼레이드를 진행하는 것에는 아직도 반대 의견이 많다. 2만 개가 넘는 창문이 대로변을 따라 길게 늘어선 탓에 아주 끔찍한 사태가 벌어질 수 있다. 창문이 많다는 건 그만큼 암살자가 대통령의 리무진을 겨냥할 장소가 많다는 걸 의미한다.

하지만 로손은 그 문제를 잠시 뒤로 미루고 비밀경호대 예방조사부(PRS)가 보내온 파일들을 꼼꼼하게 조사하기 시작했다. 이 파일들에는 지금까지 대통령을 협박했거나 위협할 가능성이 있는 인물들이 모두 들어 있다. 11월 8일, 로손이 확인한 예방조사부의 파일에는 댈러스 지역에 사는 위험 인물은 없는 것으로 되어 있었다.

다음으로 워싱턴에서 텍사스로 이동해 현지 경찰과 여러 연방수사기관과 접촉해야 한다. 존 F. 케네디 목숨을 위협할 만한 사람들을 좀 더 자세히 조사하는 것이다. 요주의 대상은 몇 주일 전에 발생한 아들라이 스티븐슨 사건에 관여한 시위자들이다. 로손은 그들의 얼굴 사진을 확보해, 대통령이 방문하는 날 비밀경호대와 댈러스 경찰에게 나눠주려고 마음먹는다. 그러면 사진에 실린 사람이 행여 대통령 주변을 어슬렁거리기라도 하면, 사방에서 그의 일거수일투족을 놓치지 않을 것이다.

로손은 성실하게 일한 덕분에 FBI로부터 존 F. 케네디의 목숨을 해칠 만한 댈러스 인근 거주자 명단까지 제출받는 성과를 올렸다.

하지만 제임스 호스티 특별수사관은 아무것도 제출하지 않아서 리 하비 오즈월드란 이름은 명단에서 빠졌다. 단순한 말썽쟁이일 뿐, 미합중국 대통령을 살해할 가능성은 전혀 없다고 판단한 것이다.

11월 11일, 미국의 수도 워싱턴의 날씨는 쾌청하다. 햇살은 부드럽고, 컬럼비아 지역에서 포토맥 강 건너로 불어오는 바람이 알링턴 국립묘지에 늘어선 수많은 깃발들을 휘날린다. 군인과 시민 수백 명이 지켜보는 가운데 미합중국 대통령은 무명용사의 비석에 화환을 올려 재향군인의 날을 기념한다. 제2차 세계대전 참전 용사인 존 케네디가 차렷 자세를 취하고 나팔수가 위령 나팔을 분다.

나팔수는 키스 클라크 병장이다. 그는 미군 군악대 선임 나팔수답게 아주 구슬픈 가락을 잘 분다. 클라크 병장이 뽑아내는 선율이 하얀 비석들과 초록 풀밭이 드넓게 펼쳐진 묘지에 아름다우면서도 구슬프고 쓸쓸하게 퍼져나간다.

케네디 대통령은 국립묘지에 얽힌 드라마틱한 역사에 깊이 감동한다. 알링턴은 원래 남군 총사령관 리 장군 가족이 살던 곳인데 남북전쟁 당시에 북군이 공동묘지로 조성하는 바람에, 남군의 장군은 그곳의 대저택에서 살려던 마음을 완전히 거두었다고 한다. 케네디는 그게 리 장군에게 얼마나 커다란 손실인지 단번에 알 수 있었다. 포토맥 강 너머로 굽이치는 산야가 워싱턴으로 곧장 이어지기 때문이다. 어쨌든 모든 일이 신속하고 은밀하게 진행되는 워싱턴과 달리 국립묘지의 분위기는 고요하고 평화롭다.

대통령은 나중에 헤일 보그스 상원의원에게 "지상에서 가장 아름다운 곳이에요. 여기에 영원히 머물고 싶어요"라고 말한다. 그냥 한번 해본 이야기가 아니었다. 케네디는 로버트 맥나마라 국방장관에게도 똑같은 심정으로 "언젠가는 나도 여기에 묻히고 싶어요"라고 말했던 것이다.

20

1963년 11월 13일

백악관

늦은 저녁

앞으로 살 날이 아흐레밖에 남지 않은 사내는 링컨 방에서 그레타 가르보가 신발을 벗고 침대에 똑바로 눕는 모습을 감격스런 눈으로 바라본다.

오늘 밤 카멜롯에서는 지금은 은퇴한 유명한 스웨덴 영화배우가 주빈으로 초대되어 만찬 파티가 열렸다. 재클린은 성격이나 취향이 자신과 비슷한 가르보에게 "흠뻑 빠졌다"고 고백한다. 하지만 58세 미인에게 '대저택'을 안내하겠다고 나선 사람은 대통령 자신이다.

식탁에서 가르보는 긴장해서인지 보드카를 연거푸 들이켰다. 하지만 대통령은 모든 걸 절제했다. 시가도 안 태우고 알코올도 한 모금도 마시지 않았다. 나중에 가르보는 "담배에 불을 붙일 때에 아주 창피한 느낌이 들었답니다"라고 회상했다.

존 F. 케네디도 가르보의 매력에 흠뻑 빠졌는데, 이는 상대방도 마찬가지였다. 그래서 케네디는 식사를 마치고 나면 자리에서 살 그머니 빠져나오는 평소 습관과 달리 오늘은 '대통령이 된 이후 처 음으로 오랫동안' 머물렀다.

케네디는 가르보를 오늘 밤에 처음 만났지만, 두 사람은 금세 친 구가 되었다. 이게 다 케네디가 초우트 사립 기숙학교에 다닐 때부 터 친하게 지내온 친구에게 친 짓궂은 장난 덕분이었다. 렘 빌링스 는 존 F. 케네디의 세상에서 가장 친한 친구다. 두 사람은 형제처럼 가깝게 지내는 사이로, 빌링스는 백악관에서 묵는 날이 많아 3층 침실에는 옷장까지 있다. 1960년에 광고 회사 중역으로 근무하던 44살의 친구는 케네디가 대선을 치르는 동안 아무런 대가도 바라 지 않고 일부러 휴가까지 내서 도와주었다. 그런 친구에게 존 F. 케 네디는 새로 창설한 평화봉사단 대표 자리를 제안했지만 빌링스는 행여 우정에 금이 갈까 우려하여 거절했다.

미혼인 빌링스는 여름휴가차 혼자 프랑스 남부에 갔다가 그레타 가르보를 만났다. 그리고 미국으로 돌아와서 대통령 부부 앞에서 가르보와 함께 아주 즐거운 시간을 보냈다고 자랑을 늘어놓았다. 재클린이 영화배우 얘기는 이제 그만 좀 하라고 나무랄 정도였다.

대통령은 장난끼가 발동했다. 가르보를 초대해서 빌링스에게 짓 궂은 장난을 치면 아주 재미있을 것 같았다. 그래서 여배우에게 전 화해서 제안했다.

"우리 친구 빌링스가 당신을 잘 안다고 자랑합니다. 그러니 빌링스가 들어오면 생판 모르는 사람처럼 행동하세요."

케네디는 이 재미있는 계략을 사전 점검할 요량으로 가르보에게 백악관 만찬 모임에 좀 일찍 와달라고 부탁했다.

카멜롯에서 '일찍'은 보통 오후 8시 30분께를 뜻한다. 오늘 밤도 예외는 아니었다. 늘 그렇듯이 대통령은 바쁜 하루를 보내야 했기 때문이다.

오늘 스케줄은 오전 9시 45분에 특별기고가 앤 랜더스를 만나 1963년 크리스마스 실 홍보를 논의하는 것에서 시작해서, 오후 6시 30분에 미국 인권위원회 존 한나 의장을 만나는 걸로 끝났다. 그 사이에는 체코슬로바키아 대통령을 만났고, 남쪽 잔디밭에서 '블랙 워치'(Black Watch, 1725년에 창설된 영국 최강의 여단급 육군 전투 부대. 체크 무늬가 있는 검은 제복을 입는다 해서 이런 이름이 붙었다-옮긴 이)의 백파이프와 드럼 공연을 관람했으며, 켄터키 동부 지역에서 발생한 가뭄 문제를 해결하기 위해 15인 회의를 열었고, 초저녁에 는 딘 러스크, 맥조지 번지와 함께 크리스천 허터 전임 국무장관을 만나서 외교 정책을 논의했다.

또 평소처럼 오후 1시 10분의 수영과 1시 40분의 점심식사도 있었다. 케네디는 잇달아 열리는 회의들에 참석만 하는 게 아니라 세 세한 내용까지 모두 꿰차고 다양한 사안에 결론까지 내려야 한다. 그러는 동안에도 대통령은 마음 한켠으로 다음 주에 시작할 텍사 스 순회 방문을 놓고 이런저런 구상을 했다.

존 F. 케네디가 그날 수영장에서 물살을 두 번째로 가른 건 오후 7시 15분이었고, 수건으로 물기를 닦고 마침내 침실로 올라간 것 은 오후 8시 3분이었다. 가르보는 벌써 도착해 있었다. 케네디는 자기가 조금 늦더라도 재클린이 여배우에게 잘 설명할 거라고 믿고 느긋하게 샤워하고 옷을 갈아입었다.

렘 빌링스는 가르보를 보자 어쩔 줄 몰라 하며 "아니, 그레타 선생님! 하느님 맙소사. 그동안 잘 지내셨어요?" 하고 소리쳤다.

멍한 눈빛으로 바라보던 가르보는 재클린을 힐끗 본 다음에 "사람을 잘못 보신 것 같네요. 나는 당신을 만난 기억이 전혀 없는데요"라고 대답했다.

바로 그 순간, 대통령이 들어서고 가르보는 빌링스를 모른다는 말만 되풀이한다. 대통령의 죽마고우는 당혹스러운 나머지 케네디에겐 눈길도 주지 않고 가르보에게 자신들이 어디서 어떤 사람들과 함께 만났는지 몇 번이고 설명했다. 빌링스가 아무리 설명을 해줘도 그레타는 태연스레 예전에 한 번도 만난 적이 없는 듯이 굴었다. 그러는 동안 케네디는 편안한 저녁식사 모임과 자신이 짠 짓궂은 장난을 마음껏 즐기면서 집무실에서 쌓였던 긴장을 풀었다. 렘 빌링스는 자신이 당했다는 사실을 이튿날 아침에야 비로소 깨달았다.

저녁식사가 끝난 뒤 케네디는 참석자들을 모두 데리고 백악관 투어에 나섰다. 그래서 술기운에 비틀거리던 그레타 가르보가 링컨 침실 침대보에 흙을 묻힐 수 없다며 신발을 벗고서 매트리스에 누운 것이다. 백악관 투어는 대통령 집무실에서 끝이 났다. 미국인 대부분은 모르지만, 케네디에게는 고래나 해마 이빨 세공품을 수집하는 기벽이 있어서 장식을 새겨넣은 고래 이빨 경매에 익명으로 참여하기도 했다. 그렇게 모은 이빨 세공품들을 유리 상자에 넣어 집무실에 전시해두었다. 가르보가 수집품을 보고 감탄하자, 대통령은 유리 상자를 열어 세공품 하나를 선물했다.

이게 카멜롯의 생활방식이다. 낮 시간은 세상의 문제들을 해결하고, 도중에 치료법의 일환으로 벌거벗은 채 두 차례 수영하고, 늦은 저녁에는 유명 인사를 초대해 함께 식사하고, 예전에 은퇴한 우아한 영화배우와 미국에서 가장 유명한 저택을 돌아다니는 것. 카멜롯이 아니면 어디에서 이런 일이 일어날 수 있겠는가?

하지만 저녁 모임은 갑자기 끝이 난다. 가르보가 "이제 가야겠어요. 너무 취했어요"라면서 서둘러 호텔로 돌아간 것이다.

카멜롯에서 마지막으로 열린 만찬 모임은 이렇게 끝났다.

하지만 마법 같은 밤에 대한 기억은 오랫동안 남는 법. 그레타 가르보 같은 유명 인사도 카멜롯의 매력에서 쉽게 빠져나올 수 없었다. 가르보는 재클린에게 "귀하와 함께 백악관에서 보낸 밤은 정말 황홀했습니다. 마법처럼 매혹적인 시간이었습니다. 대통령께서 선물하신 '이빨'이 아니었다면 꿈을 꾸었다고 생각했을 겁니다"라는 답례 편지를 보내왔다.

하지만 카멜롯은 꿈이 아니다. 그건 현실이다. 그런 현실이 지금 방향을 틀어서 미국을 영원히 바꾸려고 하고 있었다.

21

1963년 11월 16일

텍사스 댈러스

오후 1시 50분

13살 소년 스털링 우드는 사람의 머리 모양으로 생긴 과녁을 향해 30-30 윈체스터 소총을 겨냥하고, 숨을 내쉬면서 방아쇠를 당겼다. 오늘은 토요일이다. 스털링은 아빠 호머와 함께 사슴 사냥 시즌에 대비해서 사냥총 사격을 연습하러 실내 사격 연습장을 찾았다.

소년 스털링은 바로 옆 사격 부스에 있는 젊은 사내를 바라본다. 젊은 사내 역시 똑같이 생긴 과녁을 겨냥한다. 총에 관한 책을 많이 읽은 10대 소년은 그 남자가 사용하는 총이 이탈리아제 카빈 소총이라고 확신했다. 총열을 짧게 자른 것처럼 보이는데, 그래도 스털링이 사용하는 윈체스터보다는 몇 센티미터가 길다. 소총 개머리에 긁힌 자국이 많은 걸 보고 조숙한 댈러스 소년은 군대에서 흘러나온 무기일 거라고 추측했다. 보병이 휴대하기 편하도록 멜빵을 달았고, 목표물을 정확하게 볼 수 있도록 4배줌 망원경까지 장착된 총이다. 스털링은 아빠에게 "아빠, 이탈리아 6.5밀리 카빈 소총같이 보여요"라고 속삭였다.

젊은 사내가 총을 쏜다. 총열을 짧게 잘라서인지 총구에서 불꽃이 튄다. 화약이 터지면서 발산된 열기가 스털링에게까지 전해진다. 사내가 탄피를 주워 주머니에 넣는다. 자신이 그곳에 다녀간 증거를 남기지 않으려는 것 같다. 스털링은 총을 쏘고 나면 꼬박꼬박 탄피를 줍는 젊은 사내가 신기해 보인다.

사내는 종이로 만든 과녁이 진짜 사람이라면 눈이 되는 지점을 백발백중으로 맞혔다. 감탄한 소년이 낯선 사람에게 물었다.

"아저씨, 그건 이탈리아제 6.5밀리 카빈 소총이죠?"

젊은 사내가 대답했다.

"그래, 꼬마야."

"그리고 그건 4배줌 망원경이고요?"

"그래, 맞아."

스털링이 알기로 젊은 사내는 (총과 망원경이 제대로 기능하는지 확인하기 위해) '여덟 발에서 열 발 정도'만 쏘고 떠났다.

스털링의 증언에 따르면, 이 젊은 사내가 바로 리 하비 오즈월드다.

바로 그날 11월 토요일, 《댈러스모닝뉴스》는 케네디 대통령이

6일 후에 댈러스를 방문한다는 기사를 1면에 싣는다. 케네디 대통령의 차량 행렬이 도심을 지나며 행진할 코스까지 추측한 내용도 있다. 공군 1호기가 러브 필드 공항에 착륙하면, 공항에서 '트레이드 마트'로 알려진 대형 상업 중심 구역까지 이동해 연설한다는 것이다. 그렇다면 차량 행렬은 리 하비 오즈월드가 일하는 텍사스 교과서 창고 건물을 지나게 된다.

신문을 열심히 읽는 오즈월드는 케네디가 댈러스에 온다는 것을 한참 전부터 알고 있었다. 이날, 오즈월드는 이번 주말에는 마리나와 두 딸을 보러 교외로 나가지 않고 도시에 머물기로 결심했다.

오즈월드는 딱 한 달 전에 만 24살이 되었다. 지금까지 남에게 자랑할 만한 일을 한 적이 거의 없다. 아내와 두 딸을 잃었고, 별 볼일 없는 직장에 다닌다. 아는 건 많지만 학벌이 짧아서 인정받지 못한다. 게다가 자신이 미국인으로 살고 싶은지 쿠바인으로 살고 싶은지 소련인으로 살고 싶은지도 모른다.

그래도 위대한 인물, 중요한 인물, 이름을 후세에 남길 인물이 되고 싶은 마음은 여전히 강렬하다.

존 윌크스 부스 역시 에이브러햄 링컨을 암살하기 전에 그런 인물이 되고 싶은 욕구에 불탔다. 그래서인지 부스가 암살하기 며칠 전에 실내 사격장에서 사격을 연습했던 것처럼 리 하비 오즈월드 역시 그랬다.

13살 스털링 우드는 오즈월드에게 감탄한 첫 번째 인물이다. 오늘, 오즈월드는 자기 자신이 자랑스럽다. 쏘는 총알마다 사람 머리 모양 과녁 정중앙에 명중하다니, 정말로 자랑스럽다.

❖

카멜롯은 피그스 만 사태 당시에 존 F. 케네디가 피델 카스트로를 영원한 적으로 만들고, 자기 휘하의 CIA까지 분노케 한 순간부터 무너지기 시작했는지 모른다.

또는 존 F. 케네디가 1962년 10월 밤에 샘 지앙카나, 프랭크 시나트라 등 마피아와 맺은 관계를 단절하고, 동생 로버트가 범죄 조직를 열심히 파헤치는 걸 그냥 구경만 하던 순간부터 무너지기 시작했을 수도 있다.

아니면 쿠바 미사일 위기 당시에 존 F. 케네디가 니키타 흐루쇼프와 소련 제국을 상대로는 결정적인 승리를 거두었지만, 전쟁 개시를 거부해 미 최고위 장성들과 드와이트 아이젠하워가 말한 '군산복합체'를 좌절시킨 순간부터 무너지기 시작했을 수도 있다.

그렇다, 이런저런 일들이 카멜롯을 진작에 무너뜨리기 시작했는지 모른다.

하지만 실제로 무너지기 시작한 건 11월 18일, 특별경호원 선발팀 윈스턴 로손과 대통령 경호대 댈러스 지국 특별경호원 포레스트 소렐스, 댈러스 경찰국장 제시 커리가 러브 필드 공항에서 트레이드 마트까지 심사숙고해서 선택한 16킬로미터 구간을 자동차로 이동하던 순간이었다. 소렐스 특별경호원은 거리 양쪽으로 쭉 늘어선 수많은 창문을 올려다보면서 "맙소사, 꼼짝달싹도 못하겠는걸!"이라며 경악했다.

그런데도 그들은 대통령 카퍼레이드 코스를 그곳으로 결정하고 말았다.

미합중국 대통령이 인파가 붐비는 도시를 차량으로 지날 때에는 대통령의 목숨을 지키는 것과 대통령이 시민들과 충분히 접촉하도록 보장하는 것 사이에서 조심스럽게 균형을 맞춰야 한다. 대통령 경호란 대통령이 수많은 인파 사이를 무사히 지나도록 하는 것인데, 리무진 컨버터블 지붕을 열어놓기 때문에 상황은 그만큼 어려울 수밖에 없다. 완벽한 카퍼레이드 코스라면 암살자가 총을 겨눌 수 있는 높은 창문이 없어야 하고, 문제가 생길 경우에 대비해 다른 코스로 바꿀 수 있어야 하며, 대로가 널찍하고 사방이 탁 트여서 인파를 멀찌감치 떨어뜨릴 수 있어야 하고, 어쩌다 굽은 길이 있더라도 최소한이어야 한다.

그런데 댈러스 카퍼레이드 코스는 이런 원칙과 완벽하게 어긋났다.

대통령 리무진을 운전하는 윌리엄 그리어 비밀경호원은 굽은 길을 돌 때 자동차 속도를 상당히 줄여야 한다. 그럴 때마다 대통령은 암살자가 손쉽게 저격할 수 있는 과녁이 된다. 비밀경호대는 차량 행렬이 굽은 길을 돌려고 속도를 늦추기 전에 앞쪽의 양 도로를 미리 완벽하게 점검하는 게 원칙이다. 차량 행렬이 메인 가와 휴스턴 가 모퉁이처럼 90도로 도는 경우에는 그리어가 브레이크를 세게 밟을 수도 있다. 그런데 휴스턴 가와 엘름 가 모퉁이처럼 각도가 120도에 이르면 케네디가 탑승한 링컨 리무진의 속도는 그보다 훨씬 더 떨어질 수 있다.

그 정도는 사람이 빠르게 걷는 속도와 비슷해서 암살자의 소총에 고성능 망원경이 달렸다면 대통령은 백발백중이 가능한 과녁으로 전락할 수밖에 없다. 이런 일이 벌어지면 비밀경호원은 자기 몸을 방패 삼아 대통령과 인파 사이를 가로막으면서도 주변과 건물 창문을 살펴서 암살자나 총기가 숨어 있지는 않은지 살펴야 한다. 그래서 대통령 리무진에는 비밀경호원이 매달려서 대통령의 방패 역할을 하며 주변을 살필 수 있도록 양쪽에 발판이 달렸다. 금속 손잡이도 있어서 비밀경호원이 균형을 잡을 수 있게 해준다. 하지만 그렇게 하면 인파를 바라보는 시야를 가릴 수밖에 없어서 존 F. 케네디는 경호원이 발판에 올라타는 걸 싫어했다. 때문에 경호원들은 뒤에서 자동차를 타고 쫓아오곤 했다.

하지만 이런 보호 조치도 암살자가 카퍼레이드 코스를 정확히 파악하고 있다면 쓸모가 전혀 없을 수 있다. 따라서 특별경호원 소렐스와 로손이 11월 18일의 대통령 이동 코스를 선택해서 일반에게 공개하면, 대통령을 해치려는 사람 역시 공격 장소와 시간을 구체적으로 계획할 수 있다. 그 말은 케네디 대통령을 죽이려는 사람이 아무리 많더라도, 11월 18일 월요일이 오기 전에 댈러스에서 총을 쏠 만한 공간을 모두 제거해야 한다는 뜻이었다.

하지만 그건 불가능했다.

22

생애 마지막을 몇 시간 앞둔 존 F. 케네디 대통령이 공군 1호기
를 타고 날아간다. 그는 까만색 악어가죽 서류 가방을 가득 채운
'대통령 전용 극비 문서'란 글귀가 찍힌 정보 서류들을 검토하고
있다. 케네디는 코끝에 안경을 걸치고 1분에 평균 1,200자를 읽는
실력으로 서류를 읽으며 고심한다. 케네디의 공중 집무실 맞은편
격벽 너머 소파에서는 재클린이 에스파냐어를 낮게 읊조리며 휴스
턴에서 밤에 남미 출신 여성들을 대상으로 할 연설을 연습한다.

대통령 전용기에서 영부인 목소리는 언제 들어도 반갑다. 케네
디는 재클린이 자신과 함께 텍사스까지 간다는 게 얼마나 좋은지
평소와 달리 영부인이 수많은 인파 앞에서 입을 의상까지 함께 골

라주었다. 대통령은 개인적으로 분홍색 샤넬 순모 정장에 테 없는 모자로 멋을 낸 차림을 가장 좋아한다.

평소에는 패션에 별다른 관심이 없는 케네디가 지금 '공군 1호기' 실내 디자인과 장식을 자세히 훑어보고 있다. 케네디가 처음 취임할 때만 해도 대통령 전용기는 세 대였다. 어떤 비행기든 자신이 탑승하면 '공군 1호기'가 되는 식이었다. 하지만 세 대 모두 대통령 전용기라기보다는 일반 공군기처럼 보였다. 실제로 비행기 양쪽에는 '항공 수송 군용기'라는 글씨까지 새겨져 있었다. 거대한 비행기 동체에 페인트도 칠하지 않아서 금속이 그대로 드러나기도 했다.

하지만 꼬리에 26000이란 숫자가 있는, 지금 존 케네디가 탑승한 비행기는 확실하게 다르다. 대통령은 1962년 10월에 대통령 전용기로 전환된 보잉 707기를 새로 전달받았다. 그러자 재클린의 지휘 감독으로 백악관 장식이 새로 바뀐 것처럼 (케네디 부부가 텍사스로 날아가는 지금 이 순간에도 작업이 계속되어, 나중에 돌아오면 대통령 집무실에 새로 걸린 커튼을 볼 수 있는 것처럼) 케네디는 공군 1호기의 인테리어를 직접 지시했다. 예를 들어, 동체와 양쪽 날개는 대담하게 옅은 파랑색과 하얀색으로 칠하고, 타원형 유리창 45개가 쭉 늘어선 위쪽에는 미합중국이라고 자랑스럽게 표기했다. 내부는 개인 집무실과 회의실까지 양탄자를 두텁게 깔고, 침실에는 대통령이 사용하는 딱딱한 매트리스를 들였다. 벽에는 프랑스 농가 그림을 걸었고, 그 외 다양한 편의시설도 갖추었다. 게다가 비품 하나하나마다 대통령 문장도 넣었다. 케네디는 새 전용기가 아주 마음에 들어 꼬리에 26000이라고 쓰인 비행기를 타고

13개월 동안 무려 12만 킬로미터나 날았다.

케네디는 오늘 여정을 오전 9시 15분에 시작했다. 가장 먼저 대통령 부부는 백악관 3층에 있는 학교로 올라가는 캐롤라인에게 잘 있으라고 작별 인사를 했다. 하지만 다음 주에 만 3살이 되는 존 주니어는 엄마 아빠와 함께 대통령 전용 헬리콥터를 타고 백악관에서 공군 1호기가 있는 공항까지 날아가는 특권을 누렸다. 어린아이는 11월의 냉기를 막아주는 '런던 포그' 외투 차림으로 짧은 여행을 마음껏 즐겼다.

하지만 전용 헬리콥터가 대통령 전용기 바로 옆 활주로에 착륙하자, 존 주니어는 자기도 따라가겠다며 아버지에게 떼를 썼다.

"그건 안 돼."

대통령은 다정하지만 단호한 목소리로 거절했다. 영부인은 우는 아이를 타일렀다.

"며칠이면 돼. 우리가 돌아오면 네 생일파티 열어줄게."

존 주니어가 울음을 참으며 흐느끼자, 대통령은 "존, 엄마 말대로 며칠이면 돌아올 거야"라고 설명하더니 아들에게 키스하고 아이를 책임진 비밀경호원에게 점잖게 지시했다. "나 대신 존을 잘 부탁하오, 포스터 경호원."

보브 포스터는 별일이라고 생각했다고 한다. 평소에는 아들이 작별하면서 아무리 울고 보채도 케네디 대통령이 이렇게 말한 적은 없었다.

오전 11시 정각, 대통령은 아들을 마지막으로 포옹하고는 활주로에 들어서서 계단을 올라 공군 1호기에 탑승했다. 영부인은 대통령 옆에서 같이 움직였다. 그리고 5분 뒤, 비행기는 앤드류 공군기지에서 텍사스까지의 3시간 30분 비행에 나섰다. 존 주니어는 거대한 제트기가 하늘로 솟아올라 멀리 사라지는 광경을 지켜보았다.

공군 1호기는 먼저 샌안토니오에 착륙할 예정이다. 다음엔 휴스턴, 그다음엔 포트워스에 착륙해 하룻밤을 보낼 것이다. 댈러스 일정은 내일이다. 대통령 전용기 조종사 짐 스원달 대령이 대통령 부부를 태우고 포트워스에서 댈러스 러브 필드 공항으로 날아갈 예정이다. 비행 시간은 아주 짧다. 13분. 하지만 공군 1호기가 하늘에서 땅으로 내려오는 광경은 케네디가 리무진을 타고 평야를 가로지르는 56킬로미터를 달려서 문제 많은 도시로 들어서는 광경보다 훨씬 인상적으로 보일 것이다.

지금 대통령은 서류 검토를 잠시 멈추고 시가에 불을 붙인다. 재클린은 가족 전용실로 들어가서 옷을 갈아입는다. 존 F. 케네디는 시가를 태우며 깊은 생각에 잠긴다. 텍사스 방문은 정치적으로 많은 시련을 줄 수도 있다. 군중이 적대적으로 나올지 우호적으로 나올지 예측하기 힘들다. 재클린이 어떤 반응을 보일지도 걱정스럽다. 이번 순회 방문은 재클린이 1964년의 대선 유세에 기꺼이 참여해줄지 아닐지를 결정하는 시험대가 될 수도 있다.

케네디가 일어나서 가족 전용실로 다가간다. 문을 가볍게 두드리더니, 얼굴을 안으로 넣으며 "괜찮아요?" 하고 묻는다. 이제 곧 착륙할 예정이다. 그래서 재클린이 하얀 드레스로 갈아입는 중이다.

"괜찮아요."

영부인이 대답하면서 거울을 들여다보고 하얀 드레스와 까만 허리띠에 어울리도록 베레모를 이리저리 써본다.

"그냥 확인하고 싶어서."

대통령이 말하며 문을 닫는다.

공군 1호기가 하강을 시작하면서 대통령은 밑으로 살짝 내려가는 느낌을 받는다. 창밖을 내다본다. 8킬로미터 밑에서 텍사스 평야가 천천히 일어나며 자신을 반긴다.

댈러스 지상에서는 리 하비 오즈월드가 지시받은 대로 텍사스 교과서 창고에서 화물용 골판지 상자에 교과서를 가득 담는다. 그런데 오늘은 정신이 산만하다. 석간《댈러스타임스헤럴드》1면에 실린 카퍼레이드 코스 지도로 자꾸 눈길이 간다. 바로 옆에 있는 창문으로 내다보면 케네디 대통령의 리무진이 메인 가에서 휴스턴 가로 우회전하며 천천히 돌아갈 장소는 물론, 속도를 더 늦춰 좌회전하면서 엘름 가로 접어들 장소까지 정확히 알 수 있다. 차량 행렬은 창고 건물 유리창 바로 밑을 지날 예정이다. 유리창 아래의 거리만 내려다보면 대통령을 생생하게 구경할 수 있는 것이다.

하지만 리 하비 오즈월드는 대통령을 구경하는 것 이상을 할 생각이다. 그는 마침내 대통령을 암살할 계획을 세웠다. 딱 한 달 전, 둘째 아이를 낳기 며칠 전, 오즈월드는 마리나와 함께 〈갑자기〉와 〈우리는 이방인이다〉라는 영화를 관람했다. 둘 다 정부 관리를 암살하는 내용인데, 〈갑자기〉는 미합중국 대통령이 암살 대상이다. 오즈월드는 마리나와 함께 영화를 관람하고 나서 영화가 진짜 같다는 말까지 했다. 마리나가 듣기에 정말 이상한 말이 아닐 수 없었다.

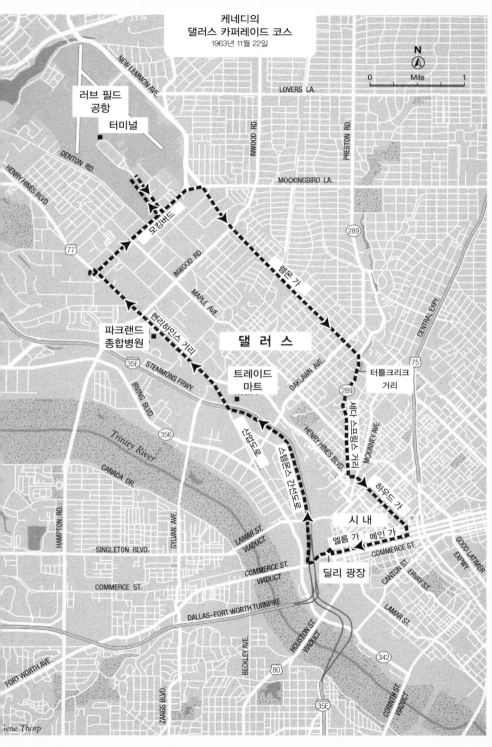

오즈월드는 대통령을 싫어하지 않는다. 존 F. 케네디를 죽일 이유가 없다. 하지만 존 F. 케네디 같은 사람이 온갖 특권을 누리는데에는 불만이 많다. 특권층 부모에게서 태어난 사람은 사회에서훨씬 쉽게 출세한다. 하지만 그런 불만 하나만 빼면 대통령에 대해특별히 나쁘게 얘기한 적은 없다. 아니, 존 F. 케네디를 닮고 싶은마음이 간절하다. 본인 역시 위대한 인물이 되고 싶기 때문이다.

"오늘 오후에 집까지 자동차를 얻어 탈 수 있을까?"

오즈월드가 동료 웨슬리 프레이지어한테 가볍게 묻는다. 19살프레이지어의 집은 마리나가 사는 러스 페인네 집에서 반 블록 떨어진 곳이다. 그래서 금요일이면 프레이지어가 모는 까만색 쉐보레를 타고 어빙으로 갔다가 월요일이면 다시 그 차를 타고 댈러스로 돌아올 때가 많다.

두 사람이 있는 곳은 텍사스 교과서 창고 건물 1층인데 옆에 커다란 탁자도 있다. 웨슬리가 대답한다.

"물론이지요. 내가 말했듯이, 언제든 필요하면, 부인을 보고 싶으면 언제든 태워줄게요, 나는 괜찮아요."

그러다가 프레이지어는 문득 오늘이 금요일이 아니란 사실을 깨닫는다. 오늘은 목요일이다. 오즈월드는 목요일에 어빙에 간 적이한 번도 없다.

"그런데 오늘은 왜 집에 가는 거예요?"

"커튼 막대를 가져오려고."

오즈월드가 대답한다. 그런 다음 창고의 화물 야적장에서 기다란 갈색 포장지 한 장을 훔쳐와 남은 근무 시간에 그것으로 '커튼 막대'를 숨길 가방을 만든다.

포장지를 접어서 소총을 숨길 가방으로 만드는 동안에도 리 하비 오즈월드는 자신이 케네디 대통령을 실제로 죽일지 결정을 못한다. 사실, 오즈월드가 진심으로 원하는 건 마리나와 재결합해서 두 딸과 행복하게 사는 것이다. 하지만 마리나가 거부하면 오즈월드로서는 선택의 여지가 없다.

리 하비 오즈월드는 진퇴양난에 빠져든다. 앞으로 영원히 행복하게 사느냐, 아니면 미합중국 대통령을 죽이느냐 하는 기로의 순간이 찾아온 것이다.

23

오즈월드 부부는 싸움을 벌였다. 또! 하지만 이번에는 다르다. 완전히 끝났다! 오즈월드는 회색 바지에 낡은 셔츠 작업복 차림으로 러스 페인네 비좁은 방 침대 옆에 섰다. 그러고는 왼손가락에서 결혼반지를 빼내 옷장에 올려놓은 머그잔에다 떨어뜨렸다. 예전에는 마리나를 향한 사랑을 상징하던 반지가 지금은 자기 인생의 처참한 실패를 상징했다.

하지만 오즈월드는 오늘 모종의 행동으로 이 모든 걸 뒤바꿀 생각이다. 자신은 낙오자가 아니란 사실을 증명할 것이다, 설사 목숨을 잃는 한이 있더라도!

오즈월드는 아내와 두 딸에게 작별 선물로 옷장에 현금 187달러를 내려놓았다. 이제 자신한테는 아무 소용 없는 것처럼.

마리나는 잠이 반쯤 깨서 침대에 누워 있다. 두 사람은 지난밤을 로맨틱하게 보내지 않았다. 오즈월드는 침대에서 계속 뒤척이고, 마리나는 아기 때문에 두 번이나 깼다. 두 사람은 사랑을 나누지 않았다. 새벽 3시에 마리나가 다정하게 접근했으나, 오즈월드는 버럭 화를 내며 발길질로 응대했다.

오즈월드가 집으로 온 가장 큰 이유는 소총을 가져오는 것이었다. 하지만 마리나가 함께 사는 데 동의하면 파괴적인 계획은 기꺼이 포기할 생각이었다. 그래서 저녁 내내 아내에게 다시 합치자고 간청했다. 두 딸하고 지내고 싶은 생각이 정말 간절하다는 말도 하고, 세탁기를 사주겠다는 약속까지 했다. 마리나가 세탁기를 정말 갖고 싶어한다는 걸 잘 알기 때문이다.

하지만 러스 페인이 정한 규칙을 어기고 목요일에 찾아온 오즈월드에게 마리나는 잔뜩 화가 났다. 그래서 간절하게 간청할수록 마리나의 화만 돋구었다. 그래도 오즈월드는 포기하지 않았다.

하지만 마리나는 오즈월드와 함께 사는 걸 원치 않는 것 같다. 두 사람은 밖으로 나가 가을빛이 물드는 러스 페인네 잔디밭에서 두 딸과 함께 놀며 초저녁 시간을 보냈다. 오즈월드는 또다시 함께 살자고 간청했다. 마리나는 잠시 흔들렸다. 리 하비 오즈월드는 한때나마 자신이 사랑하던 남자가 아니던가? 하지만 마리나의 마음은 결국 돌아서지 않았다.

오즈월드는 일찌감치 잠자리에 들었다. 가만히 누워서 곰곰이 생각했다. 마리나가 늦은 밤에 샤워하고 비누 냄새를 풍기며 뜨거운 몸으로 다가와도 오즈월드는 자는 척했다. 그렇게 시간이 흐르면서 오즈월드의 마음은 굳어져갔다. 이제 자신한테 남은 건 하나도 없다. 계획대로 나아가는 수밖에 없다.

새벽이 찾아오자, 리 하비 오즈월드는 작업복으로 갈아입고 세속적인 소유물들은 모두 옷장에 남겨놓았다. 뒤에서 마리나가 뒤척이는 소리가 들렸다.

"일어나지 마. 아침은 내가 알아서 차려 먹을 테니까."

마리나는 피곤해서 일어날 마음이 없다. 팔을 뻗어 칭얼거리는 둘째 딸을 달래주고 있다. 오즈월드는 작별 인사도 없이 방에서 조용히 빠져나갔다.

암살자는 주방에서 인스턴트커피를 타서 마신 후 소총을 꺼내려고 짐을 잔뜩 쌓아놓은 주차장으로 들어갔다. 황록색 해병대 군용 가방 옆에 놓인 담요를 풀자, 6.5밀리 이탈리아 보병 소총이 나왔다. 오즈월드는 어제 작업장에서 훔친 갈색 포장지로 소총을 싸서 '커튼 막대' 개머리를 손으로 잡고 주차장을 빠져나갔다. 이제 지나간 과거는 모두 뒤에 남겨졌다.

오전 8시, 웨슬리 프레이지어가 모는 자동차가 텍사스 교과서 창고 건물로 들어섰다. 오즈월드는 프레이지어가 시동을 끄기도 전에 자동차에서 내렸다. 손에는 갈색 포장지가 쥐어져 있다. 오즈월드는 프레이지어가 따라잡아 이렇게 서두르는 이유가 뭐냐고 묻기 전에 건물로 급히 뛰어갔다.

대통령을 가까이에서 돌보는 조지 토머스가 케네디가 묵고 있는 포트워스 호텔 최고급 객실로 들어섰다.

"비가 오네요."

그가 대통령을 깨운 시간은 오전 7시 30분 정각이다. 8층 아래 주차장에는 벌써 많은 인파가 모여서 대통령이 픽업트럭 짐칸에 올라 연설하기를 기다린다. 5천 명이나 되는 군중은 대부분 남성으로, 주로 노동조합 조합원들이다. 비를 맞으며 몇 시간째 기다리는 중이다.

"안타깝군."

케네디는 이렇게 대꾸하고는 침대에서 일어나 샤워실로 들어간다. 비가 온다는 건 댈러스에서 카퍼레이드를 할 때 리무진 지붕을 덮어야 한다는 의미다. 현지 주민들이 추위와 비를 참으며 대통령이 지나가기만 기다렸는데, 리무진 지붕을 닫아서 대통령과 영부인 얼굴조차 제대로 보지 못한다면 내년 11월 재선에서 표를 얻는 데 아무 도움이 안 될 게 분명하다.

대통령은 부목을 등에 대 단단히 감은 다음, 파리에서 카르댕이 디자인한 회색 줄무늬 하얀 셔츠를 입고 단추가 두 개 달린 파란색 정장에 진파랑 넥타이를 착용한다. 그러고 나서 CIA 상황 보고서를 읽다가 베트남 전사자 숫자에 특별한 관심을 보인다. 그런 다음에는 신문들을 훑어본다. 《시카고선타임스》 기사는 다가오는 재선에서 재클린이 가장 중요한 역할을 할 거라고 예상한다. 모두가 영부인을 사랑한다. 이번 순회 방문에서 가장 좋은 소식이다. 비키니 사진을 둘러싼 소동은 이제 깨끗하게 가라앉았다.

텍사스 순회 방문 첫날에 이곳 주민들은 존 F. 케네디에게 환호했다. 많은 사람들이 대통령의 방문을 환영하기 위해 거리로 나왔고, 대통령이 하는 말 하나하나를 놓치지 않으려고 귀를 기울였다. 하지만 자신이 받은 환영은 영부인이 받은 환영에 비하면 아무것도 아니었다. 재클린은 텍사스 전역에서 화제의 인물이 되었다. 영부인을 데려온 건 정치적으로 아주 현명한 처사였다.

오전 9시 정각, 픽업트럭 짐칸에 올라선 케네디가 당당하고 경쾌한 표정으로 사람들을 바라보며 만족스런 어투로 말한다. "포트워스에는 마음 약한 사람이 하나도 없네요." 케네디는 날씨 때문에 일정을 취소한 적이 없는 것으로 유명하다. 그래서 노동조합 조합원들은 비가 오더라도 참고 기다리면 보답을 받을 거라고, 연설을 취소하는 사태는 없을 거라고 확신했다.

"영부인은 어디에 계시나요?"

한 사람이 소리친다.

"영부인은 어디에 계시나요?"

다른 사람이 소리친다.

케네디는 빙그레 웃으며 영부인이 묵는 호텔 객실을 가리킨다. "영부인은 몸단장을 하시는 중이랍니다." 8층 화장대에 앉아서 장신구를 고르는 재클린의 귀에도 주차장에서 올라오는 소리가 들린다. 자기 이름을 부르는 소리와 남편이 군중에게 스스럼없이 농담하는 소리가 편하게 다가온다.

"영부인은 앞으로 시간이 조금 더 걸릴 겁니다. 하지만 준비를 다 마치면 당연히 우리보다 더 예쁘게 보이겠지요?"

군중이 폭소를 터뜨린다. 대통령이 사생활을 재미있게 털어놓는 좋은 술친구라도 된 것 같다.

사실대로 말하자면, 오늘 재클린은 준비하는 데 시간이 조금 더 필요한 정도가 아니다. 아주 많이 필요하다. 거울에 비친 자신의 얼굴이 눈에 띄게 피곤해 보인다. 순회 방문은 힘든 일이다. 그래도 끝까지 완주해야 한다고 다짐한다. 2주 뒤에 캘리포니아 순방이 또 있는데, 재클린은 그 일도 끝까지 잘 해내고 싶다. 내년 11월 재선까지는 남편 곁을 지키기로 단단히 결심하지 않았는가.

하지만 그 모든 것은 나중 일이다. 지금 중요한 건 텍사스 순방을 절반 마쳤다는 사실이다. 오늘 하루 일과만 제대로 마치면 편히 쉴 수 있다. 재클린은 거울에 비친 수척한 얼굴을 바라보며 "맙소사, 순방 하루 만에 삼십 년은 더 늙은 것 같아!"라고 한탄한다.

영부인은 자신의 젊은 인생에서 오늘이 그 어떤 날보다 나이 들어 보일 것이라는 사실을 전혀 모른다.

대통령은 포트워스 주차장에서 새로운 에너지를 보충하고, 강력하고 감동적으로 연설한다. 그리고 마무리하면서 "우리 모두 앞으로 나아갑시다!"라고 소리쳐서, 자신이 3년 전 취임식 연설에서 한 공약을 지키겠다는 다짐을 청중에게 각인시킨다. 또한 냉전은 과거요, 우리 앞에는 미국인 모두를 위한 카멜롯이 있다고 암시한다.

노동조합 조합원 수천 명이 딱딱하게 굳은 마음을 열고 열렬히 환호하자, 케네디는 텍사스가 자신에게 그렇게 불리한 지역은 아니라는 확신이 들었다.

대통령은 아드레날린이 솟구치는 걸 느끼며 무대에서 내려와 호텔로 들어갔다. 케네디는 시민들을 직접 만날 때마다 힘이 솟는다.

이른 아침에 추적추적 내리는 이슬비도 상관이 없다.

이렇게 느낌은 좋지만, 대통령은 11월 22일 금요일인 오늘, 남은 일정이 그리 호락호락하지 않으리란 사실을 잘 안다. 정치적인 관점에서도 그렇고, 개인적인 관점에서도 그렇고, 이제 자신은 꽁꽁 언 댈러스 주민들의 마음을 열 수 있느냐 없느냐를 결정하는 가장 중요한 순간으로 나아가야 한다.

또는 대통령이 재클린에게 경고한 것처럼, "오늘 우리는 마음이 호두처럼 딱딱한 지역으로 들어가야 한다."

24

텍사스 교과서 창고 건물 앞 모퉁이에 댈러스 주민들이 잔뜩 모여서 간절한 표정으로 기다린다. 대통령은 앞으로 3시간이 지난 다음에야 지나갈 예정인데도 사람들은 좋은 자리를 차지하려고 일찌감치 서둘렀다. 무엇보다 다행스럽게 해가 다시 나올 것 같다. 그러면 케네디 대통령과 재클린을 잠시라도 볼 수 있는 가능성이 커진다.

리 하비 오즈월드는 창고 건물 1층 창문에서 인파가 기다리는 거리를 내다보며 대통령 차량 행렬이 지날 코스를 가늠해본다. 엘름 가와 휴스턴 가가 만나는 모퉁이가 선명하게 보인다. 모퉁이를 끼고 왼쪽으로 돌 때 케네디의 리무진은 분명히 천천히 움직일 것이다. 그건 오즈월드에게 아주 중요하다. 저격할 장소는 창고 건물 6층에 벌써 골라났다. 6층은 60와트 백열전구가 얼마 없어서 불빛이 희미할 뿐 아니라 개조 공사를 하는 중이라서 아무도 없다. 엘름 가와 휴스턴 가가 굽어보이는 창문 옆에는 교과서 상자가 가득 쌓여 있어 소총을 밖으로 살며시 내밀고 차량 행렬이 모퉁이를 천천히 도는 광경을 몰래 살피기에 안성맞춤이다. 리 하비 오즈월드는 암살자 특유의 본능으로 자신에게 주어진 시간은 총알 두 발을 쏠 수 있는 시간이란 걸 안다. 노리쇠를 빨리 젖히면 세 발까지도 가능할 수 있다.

사실 오즈월드에게 필요한 건 딱 한 발이다.

짐 스윈달 대령이 조종하는 공군 1호기가 댈러스 러브 필드 공항 활주로를 향해 내려갈 때 기체가 살짝 바람에 흔들린다. 존 케네디는 기분이 아주 좋다. 비행기 창문 너머로 다시 떠오른 해와 화창한 날씨가 보인다. 자신을 환영하려고 텍사스 주민들이 잔뜩 모여 있는 모습도 보인다. 케네디가 켄 오도넬에게 들뜬 목소리로 말한다.

"이번 방문은 아주 대단하겠어요. 댈러스에 도착하고 보니, 텍사스 전체가 우리를 반기는 것 같아요!"

공항을 에워싼 경찰차들은 차 지붕에까지 경찰관들을 배치했다. 하지만 공항에서 불길하게 보이는 광경은 그게 전부다. 공군 1호기가 착륙하는 걸 보고 2천 명이 넘는 환영 인파가 환호한다. 현직 대통령이 댈러스를 방문한 건 1948년 이후 처음이다. 어른들도 까치발을 하고 수많은 인파 사이를 뚫고 바라본다. 공항 직원들도 사무실에서 나와 활주로와 주차장을 가르는 쇠사슬 울타리 옆으로 파고든다. 미 공군 C-130 화물기가 착륙해서 화물칸을 열어 방탄 시설을 갖춘 대통령 전용 리무진을 하역한다. 리무진 지붕은 화물기에 그대로 둔다. 지붕을 완전히 제거한 것이다. 현지 텔레비전 아나운서는 현장을 생중계하면서 흥분한 목소리로 리무진 지붕이 아예 보이지 않는다고, 시민 여러분은 대통령과 영부인을 '생생하게' 볼수 있겠다고 전한다. 아나운서는 시청자에게 대통령이 '2시 15분에서 30분 사이'에 러브 필드로 돌아와 오스틴으로 출발한다는 것도 알려준다.

린든 존슨은 대통령이 텍사스 순방에 나선 이후 기착지마다 아내와 함께 활주로에서 기다렸다. 부통령이 할 일은 비행기 계단 밑에서 대통령을 환영하는 것이다. 존슨은 이런 역할이 마음에 들지 않지만, 분홍색 샤넬 정장에 테 없는 모자가 잘 어울리는 화사한 모습으로 비행기 뒷문을 걸어나오는 재클린을 보고 억지웃음을 지었다. 두 걸음 뒤에서 케네디 대통령이 나오는데, 댈러스 주민 대부분은 대통령을 실물로 보는 게 처음이다.

"여기에서 햇볕에 그을린 피부가 한눈에 보입니다!"

현지 아나운서가 소리친다.

존 F. 케네디는 원래 리무진에 곧장 올라타 카퍼레이드를 시작할 예정이었으나, 잠시 틈을 내서 인파를 향해 다가간다. 손을 두세 차례 잡아주는 정도가 아니라 재클린을 잡아끌며 인파 속으로 깊숙이 파고든다. 두 사람이 수많은 인파에 1분 이상 파묻히고 군중은 환호한다. 대통령이 영부인과 함께 다시 나타났지만, 이번에는 다른 쪽 인파 사이로 파고든다.

현지 아나운서가 열광하며 "맙소사, 정말 대단합니다. 대통령은 여기에서 오랫동안 기다린 사람들에게 충분한 보상을 하는군요!"

비밀경호대가 전전긍긍하는 가운데 대통령과 영부인은 사람들과 영원히 악수할 것처럼 보인다. 현장을 지켜본 텍사스 주민 로니 더거가 수첩에 '케네디는 두려운 기색이 조금도 없다'고 적었을 정도다.

마침내 케네디 부부는 대통령 전용 리무진 쪽으로 걸음을 옮긴다. 존 코널리 주지사 부부가 두 사람을 기다리고 있다. 리무진은 좌석이 세 줄이다. 맨 앞에는 55세 운전사 빌 그리어가 앉는다. 운전사 바로 오른쪽에는 그리어와 마찬가지로 비밀경호원으로 오랫동안 근무한 로이 켈러먼이 앉는다. 켈러먼 특별경호원은 제2차 세계대전 초창기부터 백악관에 근무하면서 루스벨트와 트루먼, 아이젠하워를 거쳐 지금은 케네디를 경호한다.

존 F. 케네디는 맨 뒷줄 오른편에 앉아 인파에 휩쓸릴 때 헝클어진 머리칼을 쓸어 올린다. 재클린은 왼편에 앉는다. 영부인은 댈러스에 착륙하고 나서 받은 빨간 장미 꽃다발을 자신과 대통령 사이에 내려놓는다.

코널리 주지사는 보조좌석으로 알려진 중간 줄이자 대통령 바로 앞줄에 앉더니 수많은 군중이 자기를 볼 수 있도록 카우보이 모자를 벗는다. 주지사의 아내는 재클린 바로 앞이면서 운전대를 잡은 그리어 바로 뒤에 앉는다.

11시 55분에 차량 행렬이 러브 필드를 떠날 때 (비밀경호대 암

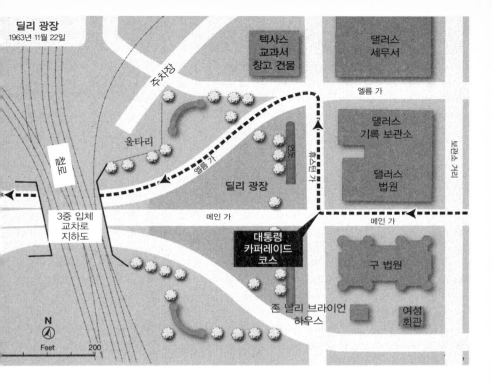

호명 SS-100-X) 대통령 리무진은 차량 중 두 번째 위치다. 양옆에
서 모터사이클 4대가 에스코트한다. 맨 앞에서 나가는 자동차에는
댈러스 경찰국장 제시 커리와 특별경호원 윈스턴 로손을 비롯한
현지 경찰들과 비밀경호원들이 타고 있다.

　케네디의 리무진 뒤에는 암호명 '하프백' 컨버터블이 따라온다.
케네디의 아일랜드 마피아 핵심 멤버 데이브 파워스와 켄 오도넬
이 권총과 자동소총으로 중무장한 비밀경호원들과 함께 탔다. 비
밀경호대 영부인 담당 대장 클린트 힐은 '하프백' 왼쪽 발판에 올
라서고, 특별경호원 빌 매킨타이어와 존 레디, 폴 랜디스도 발판에
올라섰다.

　부통령이 타고 있는 네 번째 자동차는 현지에서 빌린 컨버터블

리무진이다. 차량 행렬이 러브 필드를 빠져나갈 즈음, 린든 존슨은 단단히 토라진 모양이다. 다른 정치인들은 모두 인파를 향해 손을 흔드는데, 린든 존슨 혼자 굳은 얼굴로 앞만 바라본다.

맨 뒤에서 따라오는 다섯 번째 승용차(암호명 '대학대표팀')에는 텍사스 경찰 1명과 비밀경호원 4명이 타고 있다.

차량 행렬에서 멀찌감치 떨어진 앞쪽에는 자동차 여러 대가 나란히 달린다. 댈러스 경찰국장 제시 커리가 대통령 방문이 무사고로 진행될 수 있도록 노력한 결과다. 55세인 경찰국장은 평생을 경찰관으로 보냈다. 댈러스 하급 경찰관에서 시작해 FBI 경찰학교에서 공부하며 실력을 쌓아 고위직까지 오른 인물이다. 커리는 케네디의 댈러스 방문 계획을 논의하는 과정에 모두 참여하고, 경찰력 3분의 1에 해당하는 350명을 투입해 카퍼레이드 코스를 지키도록 하고, 공항에서는 대통령의 안전을 책임지고, 트레이드 마트에서 연설할 때에도 경찰력으로 군중을 통제할 만반의 준비를 갖췄다.

하지만 커리는 딜리 광장 인근에는 경찰력을 배치하지 않기로 결정했다. 그보다는 수많은 인파를 통제하는 게 훨씬 중요하다고 판단한 것이다. 카퍼레이드는 휴스턴 가에서 엘름 가로 방향을 돌려 육교를 한 번 지나서 우회전하고, 인파가 비교적 적은 스템몬스 간선도로를 지나 트레이드 마트로 들어설 예정이다. 따라서 사람들이 별로 없는 지역에 경찰력을 배치해서 낭비하기보다는 인파가 붐비는 대로 주변에 주로 배치하는 게 낫다고 본 것이다.

커리는 부하들에게 인파가 아니라 도로 쪽을 바라보며 서라는 명령도 내렸다. 오랜 시간 서서 근무하는 대가로 자신들이 보호할 사람을 구경한다고 해서 문제될 건 없다고 생각한 것이다. 하지만 이는 쭉 늘어선 경찰관들더러 도로 반대쪽을 향하도록 하면 수많은 창문에서 암살자나 소총이 나타나는 흔적을 살필 수 있어 대통령을 지키는 비밀경호원들을 도울 수 있다는 뉴욕시 조례를 무시한 조치다.

차량 행렬이 처음 몇 킬로미터를 나아가는 동안에는 이 조치가 아무런 문제도 되지 않았다. 사람이 별로 없고 할 일도 없어서 따분해진 재클린이 선글라스를 쓴 채로 광고판에다 손을 흔들며 장난까지 쳤을 정도로 말이다. 렘몬 대로에서 사무직으로 근무하는 인원 자체가 매우 적은 데다 그들은 열광하지도 않았다. IBM 공장에서 점심을 먹기로 결정한 사람이 대부분이었다.

이 시간은 텍사스 교과서 창고도 점심시간이다. 그래서 오즈월드의 직장 동료 대부분이 대통령을 구경하려고 밖으로 나갔다.

한 블록 밑에서는 FBI 특별수사관 제임스 호스티가 리 하비 오즈월드를 조사하는 건 깡그리 잊어버린 채, 자신이 숭배하는 케네디 대통령을 구경하려고 애쓴다.

리 하비 오즈월드는 오늘 점심 도시락을 싸오지 않았다. 식사할 생각 자체가 없다. 오즈월드는 우중충한 창고 건물 6층으로 올라가 상자를 옮겨 몸을 숨기고, 사격하기에 딱 좋은 공간을 만든다.

오후 12시 24분, 카퍼레이드를 시작하고 약 30분이 지났을 때 대통령 리무진이 메인 가 모퉁이에 있는 제임스 호스티 특별수사관 앞을 지나간다. 케네디를 직접 보는 소원을 이룬 FBI 수사관은 점심을 먹기 위해 몸을 돌려서 알라모 식당으로 들어선다.

12시 28분, 차량 행렬이 도심지에 들어선다. 멀리 딜리 광장과 아름다운 초록 잔디가 또렷하게 보인다. 사람들은 도로 양옆에 빽빽히 늘어서서 환호하며 박수치고, 비밀경호원들은 수많은 인파에 잔뜩 긴장한다.

12시 29분, 차량 행렬은 휴스턴 가로 들어서며 오른쪽으로 방향을 트느라 속도를 늦춘다. 바로 위 높은 곳에서, 6층에 마련한 은밀한 요새에서, 오즈월드는 태어나 처음으로 존 F. 케네디의 실물을 본다. 그러고는 소총을 재빨리 들어 망원경으로 딜리 광장 모퉁이를 크게 돌아오는 차량 행렬을 포착한다.

커리 경찰국장은 여기에는 인파가 많지 않을 거라고 예상했지만, 상당히 많은 사람들이 모여서 열광적으로 환영한다. 사람들은 자기 쪽으로 고개를 돌리도록 재클린과 대통령을 연호한다. 둘이 약속이라도 한 듯 존 F. 케네디는 도로 오른편 건물 앞에 모인 사람들에게 손을 흔들고, 재클린은 도로 왼쪽 딜리 광장 잔디밭에 길게 늘어선 사람들에게 손을 흔든다. 손을 흔들어 답하지 않았다고 느끼는 유권자가 한 명도 없도록.

이제 5분만 가면 케네디가 연설할 트레이드 마트다. 거의 다 왔다.

대통령 리무진 안에서 주지사 부인이 흔들던 손을 멈추고 오른쪽 어깨 너머로 돌아보더니 빙그레 웃으며 존 케네디에게 "댈러스 전체가 열렬히 환호하는 것 같습니다, 대통령 각하"라고 말한다.

바로 그 순간, 케네디가 고개를 들어 텍사스 교과서 창고 건물 6층을 쳐다보았더라면 열린 창문 사이에서 자기 머리를 겨냥하고 있는 총열을 보았을 수도 있다. 하지만 케네디는 고개를 들지 않는다.

비밀경호원들도 고개를 들지 않는다.

12시 30분, 마침내 특별경호원 빌 그리어가 SS-100-X의 핸들을 크게 꺾으며 120도 좌회전해 휴스턴 가에서 엘름 가로 접어드는 시각이 왔다.

사람은 누구나 죽을 날이 아주 오래 남은 것처럼 인생을 살아간다. 그래서 사랑하고 웃고 목표를 이루고 빼앗기며 하루하루를 보낸다. 행복한 순간이 있으면 고통스런 순간도 있다. 이런저런 약속을 잡고 전화하고 일하고 걱정하고 즐거워하고 이곳저곳 여행하고 마음에 드는 음식을 먹고 사랑에 빠지고 굴욕감을 느끼고 배고픔에 시달린다. 옷차림이나 입 냄새나 머리를 빗어 넘긴 방식이나 상체 근육이나 일하는 직장을 보고 사람을 판단하기도 한다.

어느 세상이든 아이는 자기 부모를 사랑하며 부모에게 사랑받기를 갈망한다. 얼굴을 어루만지는 부모의 손길에 행복해한다. 아무리 고통스런 나날이라도 누구나 미래를 꿈꾸고 가끔은 꿈을 실현하기도 한다.

이런 게 인생이다.

하지만 순식간에 인생이 끝날 수도 있다.

25

1963년 11월 22일

텍사스 댈러스 딜리 광장

오후 12시 14분

고등학생 유부남 아론 로랜드는 아내 바바라와 함께 딜리 광장에서 미합중국 대통령이 도착하기를 목을 빼고 기다린다. 고개를 들어 텍사스 교과서 창고 건물을 올려다본 로랜드는 6층 창문 귀퉁이에서 사내 얼굴을 발견한다. 유심히 살펴보니, 사내가 총을 들고 있다. 한 손은 총열을, 한 손은 개머리판을 잡았고, 소총을 비스듬히 들었다. 이건 미 해병이 사격할 때 소총을 드는 방법이다.

로랜드는 잔뜩 흥분했는데, 이유가 엉뚱하다. 아내에게 "비밀경호원을 보고 싶어?"라고 말한 것이다.

"어디에 있는데?"

"저기 건물 안에."

로랜드가 대답하며 손으로 가리킨다.

6분 후, 차량 행렬이 딜리 광장에 도달하기 10분 전, 근처 회계 사무실에서 일하는 로널드 피셔와 로버트 에드워스는 고개를 들어 6층 창문가에 있는 사내를 쳐다본다. 피셔는 이렇게 회상했다. "사내는 꼼짝도 하지 않았어요. 눈조차 깜빡이지 않았어요. 가만히 지켜보기만 했어요, 석상처럼."

똑같은 시각, 현지에 사는 배관공 하워드 브레넌은 카키색 군복 소매로 이마에 흥건한 땀을 훔쳐낸다. 날씨가 얼마나 더운지 궁금해서 텍사스 교과서 창고 건물 지붕 꼭대기에 달린 시계와 온도계를 쳐다보다가 석상처럼 꼼짝도 하지 않는 이상한 사내가 창틀에 걸친 소총을 목격한다.

바로 그 순간, 환호성이 터지고 차량 행렬이 가까이 다가온다. 메인 가에는 구름처럼 인파가 모여 있다. 사람들의 환호성이 댈러스 도심의 창문이 줄지어 있는 협곡을 따라 울려 퍼진다. 브레넌도 열광한다. 사내 한 명이 창틀에 소총을 걸치고 선 광경은 곧바로 잊는다. 대통령이 다가온다. 중요한 건 바로 그거다.

리 하비 오즈월드는 엎드린 자세로 사격하는 걸 좋아한다. 저격병한테는 이런 자세가 최고다. 배를 바닥에 깔고 엎드리면 딱딱한 바닥이 오른쪽, 왼쪽 팔꿈치와 완벽한 삼각형을 만들어 편안한 자세를 확보할 수 있다. 그러면 몸으로 소총을 받칠 때 근육에 힘이 들어가며 움찔하는 사태를 피할 수 있다.

현재 오즈월드는 이런 자세를 취할 수 없다. 일어서서 사격해야 한다. 하지만 일등사수 출신답게 몸을 최대한 편안하게 유지하는 법을 안다. 그래서 지금 왼쪽 창틀에 몸을 기대고 이탈리아 카빈 소총 개머리판을 오른쪽 어깨에 댄다. 그리고 긁힌 자국이 있는 개머리판 나무를 뺨에 댄다. 해병대에서 M-1소총으로 수도 없이 사격을 연습하던 자세 그대로다. 33년 된 방아쇠에는 오른손 검지가 부드럽게 얹혀 있다.

4배줌 망원경을 들여다보니, 케네디의 머리가 바로 앞에 있는 것처럼 보인다. 시간이 없다. 총알 두 발은 확실하게 쏠 수 있을 것 같다. 서두르면 세 발도 가능하다. 9초 안에 성공해야 한다.

오즈월드는 목표물을 또렷하게 확인하고 숨을 내쉬며 방아쇠를 부드럽게 당긴다. 총알이 나가는 반동에 어깨를 강하게 때리는 충격이 일어나지만 노리쇠를 가볍게 당겨서 격실에 다시 총알을 잰다. 첫 발이 충분한 타격을 주었는지는 모른다. 어쨌든 상관없다. 다시 발사하면 되니까.

암살자는 충동적인 성격이다. 그래서 미합중국 대통령에게 고성능 소총을 발사했다는 사실에 핏속에서 아드레날린이 요동친다. 어떤 인간이든 이런 행위를 저지르는 순간, 인생이 완전히 뒤바뀐다. 되돌릴 방법은 없다. 앞으로 영원히 쫓기는 신세가 되거나, 교도소에서 평생을 보내거나, 사형당할 수도 있다.

대통령한테 총을 쏜 다음에는 소총을 버리고 재빨리 도망치는 게 최선이다.

하지만 지난 4월에 워커 장군한테 그런 것처럼 첫 발이 어긋나면, 그래서 대통령이 살아나면, 자신은 바보멍청이가 될 수밖에 없다. 그것만큼은 절대로 용납할 수 없다. 그렇다, 계획은 케네디를 죽이는 것이다. 무슨 일이 있어도 계획을 완수해야 한다.

오즈월드는 두 번 생각할 것도 없이 방아쇠를 당긴다.

두 번째 총성은 밑에서 수많은 인파가 환호하는 소리보다 크게 울린다. 텍사스 교과서 창고 건물 내부 천장에서 석고 가루가 떨어지고 오즈월드가 기댄 창문틀이 흔들릴 정도다.

첫 발을 발사하고 8.4초가 지난 다음에 오즈월드는 세 번째 방아쇠를 당긴다. 그러고는 창틀에서 몸을 떼어 이제 필요 없는 이탈리아 카빈 소총을 내려놓고 숨어 있던 책 상자에서 나와 창고 건물 바깥으로 달린다.

댈러스 모터사이클 경찰관 마리언 베이커는 건물 안으로 재빨리 들어가서 계단을 오른다. 2층에서 권총을 들이대고 오즈월드를 세운다. 하지만 그곳 직원이란 사실을 확인하고 그대로 풀어준다.

60초 후에 리 하비 오즈월드는 창고 건물에서 빠져나와 환한 오후 햇살을 받는다.

암살자는 모든 어려움을 뚫고 도주에 성공한다.

딜리 광장에서 총소리를 들은 사람들은 창고 건물에서 총성이 세 번 울렸다고 증언했다. 한 발은 대통령 리무진을 완벽하게 벗어나는 바람에 그게 첫 번째 총알인지 세 번째 총알인지를 둘러싸고 지금까지 수십 년째 논쟁 중이다. 하지만 총알 두 발이 명중했다는 것만은 확실하다.

처음에 명중한 총알은 대통령 목 아래 뒤쪽을 강타했다. 6.5밀리 총알이 초속 507미터로 날아서 대통령 호흡기를 찢어발긴 다음, 단정하게 묶인 짙은 파란색 넥타이 매듭을 뚫고서 빠져나왔다. 부러진 뼈는 없으며, 오른쪽 허파가 찢어지긴 했어도 반대쪽 허파와 심장은 손상을 입지 않았다.

상처는 심하지만 대통령은 이때까지만 해도 생생하게 살아 있었다. 피가 숨통을 타고 올라와서 숨을 쉬거나 말하는 건 힘들었지만 그것만 아니면 목숨을 잃을 정도는 아니었다.

하지만 텍사스 주지사 존 코널리는 상황이 달랐다. 대통령 바로 앞 중간 좌석은 대통령 좌석보다 8센티미터가 낮다. 그래서 총알의 궤적을 조사해보니, 케네디를 관통한 총알이 코널리의 등을 파고들었다.

오즈월드가 총알을 발사하기 직전에 주지사는 몸을 돌려 대통령과 얼굴을 맞대고 무슨 말인가를 하려고 했다. 그래서 (초속 507미터로 날아온) 이른바 '마법의 총알'이 코널리의 살갗과 몸뚱이를 지나 오른쪽 가슴 아래를 뚫고 나갔다. '마법의 총알'의 위력은 이것으로 끝이 아니었다. 주지사의 손목을 지나다가 뼈에 부딪쳐 방향을 바꾼 총알이 왼쪽 넓적다리를 파고든 다음에야 비로소 멈춘 것이다.

강한 충격에 코널리 주지사는 허리를 숙이며 앞으로 쓰러졌고, 동시에 가슴이 피에 흥건하게 젖었다. 코널리는 "안 돼, 안 돼, 안 돼, 안 돼, 저들이 우리 둘을 죽이려고 해"라며 울부짖었다.

로이 켈러먼은 귀에 아주 익숙한 보스턴 특유의 억양이 "맙소사, 총에 맞았어!"라고 외치는 소리를 들은 것 같아서 왼쪽으로 고개를 돌려 대통령을 바라보았다.

그러고는 존 F. 케네디가 총알에 맞았다는 사실을 확인했다.

케네디 대통령과 코널리 주지사는 파크랜드 종합병원과 정확히 6킬로미터 떨어진 거리에 있다. 빨리 가서 응급조치를 하면 두 사람 모두 살릴 수 있다. 두 사람을 병원으로 데려가는 건 운전대를 잡은 빌 그리어 경호원에게 달렸다. 하지만 SS-100-X 운전대를 잡은 경호원 역시 대통령의 상태를 확인하려고 뒤를 돌아본다. 따라서 리무진은 응급실을 향해 전속력으로 달리는 대신 주춤한다. 사실 그리어가 운전대로 고개를 다시 돌린 순간에도 아직 대통령을 살릴 시간은 있었다. 전속력으로 달리기만 하면 됐다. 하지만 너무나 충격적인 사건에 정신이 얼떨떨했다. 켈러먼도 마찬가지였다. 지금 막 존 F. 케네디에게로 몸을 돌린 재클린조차 얼떨떨했다.

그래서 대통령의 리무진은 엘름 가를 여전히 너무 천천히 지나가고 있었다.

영부인 경호를 책임진 특별경호원 클린트 힐이 총성을 듣고 재빨리 반응한다. 대통령의 리무진 바로 뒤에서 쫓아오던 '하프백' 발판에서 뛰어내리며 앞으로 달려서 대통령 자동차 뒤에 삐져나온 조그만 발판으로 뛰어오른다.

그러는 동안 존 F. 케네디는 왼쪽으로 기울긴 했지만 허리는 여전히 꼿꼿하다. 재클린이 두 손으로 남편의 얼굴을 사랑스럽게 감쌌다. 그녀의 탱탱하고 아름다운 얼굴과 햇빛에 그을은 케네디의 깜짝 놀란 얼굴과의 거리는 단 15센티미터였다.

평범한 사람이라면 총알이 소리의 거의 두 배 속도로 강타하면 몸이 앞으로 고꾸라질 수밖에 없다. 바로 코널리 주지사가 그랬다. 케네디 역시 상체가 앞으로 고꾸라졌더라면 위기를 넘길 가능성이 많았다. 하지만 오랫동안 괴롭히며 고생시키던 요통이 마지막을 재촉했다. 등에 부목을 댄 탓에 허리가 꼿꼿했던 것이다.

대통령은 요통을 억누르기 위해 오늘 아침에 보호대를 휘감은 데다 양쪽 넓적다리에는 붕대까지 두텁게 감았다. 보호대만 아니었다면 5초도 안 돼서 날아온 두 번째 총알이 머리 위로 빗나갔을지도 모른다.

하지만 현실은 달랐다. 두 번째 총알이 케네디의 두개골을 관통했다.

두 번째 총알이 머리를 파고들면서 생긴 구멍은 연필 지름보다 약간 컸다. 하지만 엄청난 속도에 총알은 두개골을 뚫고 나올 수밖에 없었다. 느리게 날아온 총알이 에이브러햄 링컨의 뇌수에 박힌 것과는 정반대다. 링컨이 총알에 맞았을 당시, 의사들은 '넬라톤 탐색침'이란 기구를 뇌수에 삽입했다. 뾰족한 도자기 막대 탐색침은 총알이 지나간 궤적을 그대로 따라가다가 존 윌크스 부스가 발사한 단단한 금속 탄두를 만났다. 완벽한 일직선이었다.

하지만 리 하비 오즈월드가 발사한 6.5밀리 총알은 납덩어리로 만들어져서 파괴력이 훨씬 강했다. 겉으로 보기엔 총알이 가늘어서 파괴력이 떨어질 것 같지만 200미터 거리에서 사슴을 단번에 쓰러뜨릴 수 있다.

겉을 구리로 감싼 총탄은 존 F. 케네디의 목숨을 단번에 끝냈다. 뒤 두개골을 뚫고 부드러운 회색 뇌수를 가르다가 앞 두개골을 뚫고 나올 때까지 속도는 조금도 줄어들지 않았다.

재클린이 여전히 남편을 두 팔로 껴안고 있는 상황에서 앞머리가 터졌다. 뇌수와 피와 뼛조각이 영부인의 얼굴과 분홍색 샤넬 정장으로 쏟아지며 리무진 앞 유리창으로 튀었다.

케네디는 머리칼이 헝클어질 때마다 그랬던 것처럼 손으로 머리를 매만지려고 했다.

그런데 이번에는 머리 자체가 사라졌다.

링컨이 포드 극장 귀빈석 바닥에 쓰러졌을 때에는 입을 대고 인공호흡이라도 했지만, 이번에는 그럴 기회조차 없었다. 그래서 링컨과 달리, 사랑하는 사람들이 존 F. 케네디가 떠나는 순간을 하룻밤 지켜보면서 당신을 정말로 사랑했다고 말하며 이별의 고통을 천천히 누릴 여유조차 없었다.

고속어뢰정 109호 승무원을 구하기 위해 수십 킬로미터를 헤엄치던 사내가, 여러 나라의 국왕과 왕비와 수상과 악수하던 사내가, 민주주의와 자유를 굳게 믿으며 대담한 연설로 온 세상에 영감을 불러일으키던 사내가, 두 자녀에게 다가가서 볼을 어루만지던 사내가, 사랑하는 자녀를 잃고 고통스러워하던 사내가, 독재자와 당

당하게 맞서서 세상을 구한 사내가 머리를 관통한 총알 한 발로 즉
사했다.

　공포에 질린 눈으로 그날 그 자리를 지켜본 사람들과 별개로, 역
사학자와 음모론자는 물론, 이날 이후에 태어난 시민 대부분이 리
하비 오즈월드의 단독 범행인지, 아니면 다른 사람의 사주를 받았
는지를 둘러싸고 오랜 논쟁을 벌였다. 연방당국은 총알이 날아온
궤적과 함께 인간이 6.5밀리 총알을 장전한 이탈리아 카빈 소총으
로 과녁을 겨냥해서 발사하고 다시 장전하는 속도까지 스톱워치
로 조사했다. 수많은 사람들이 선명도가 떨어지는 가정용 비디오
에 찍힌 영상들을 보고 나서 나름대로 독특한 주장을 펼치며 다양
한 음모론을 제기했다. 그리고 이 음모론들에는 존 F. 케네디가 권
력에서 사라지길 바랐던 악당이 반드시 등장했다.

　이 음모론들의 영향력은 지금도 워낙 막강해서 어쩌면 언젠가는
1963년 11월 22일에 발생한 그 끔찍한 실체적 비극까지 위협할지
도 모르겠다.

　따라서 우리는 영원히 변할 수 없는 기록만 여기에 열거하겠다.

　존 피츠제럴드 케네디는 텍사스 댈러스에서 화창한 금요일 오후
12시 30분에 눈 한 번 깜짝할 사이도 없이 총에 맞아 뇌사했다.

　그의 죽음 뒤에는 아름다운 여인이 남았다.

　그의 죽음 뒤에는 귀여운 자녀들이 남았다.

　그의 죽음 뒤에는 사랑하는 국가가 남았다.

killing kennedy

26

대통령 리무진 내부는 혼란에 휩싸였다.

"아, 맙소사, 맙소사, 맙소사. 아, 하느님. 저들이 이이를 쐈어. 사랑해, 여보."

재클린이 울부짖는다. 거대한 충격이 몰려든다. 그래서인지 남편이 피살당한 직후에 자신이 한 행동을 나중에 기억조차 못한다. 먼 훗날, 비디오에 찍힌 자신을 보면서 다른 여자를 보는 느낌마저 들었다고 한다. 아이들은 어머니가 볼 수 있는 책마다 암살 사진을 뜯어내며 어머니를 보호하려고 노력했다.

"저들이 이이를 죽였어!"

재클린이 소리친다. 맨 앞에서 운전대를 잡은 빌 그리어와 로이 켈러먼 특별경호원이 대통령이 총에 맞은 사실을 무전으로 알린다. 코널리 주지사는 정신이 있지만 언제 혼절할지 모른다. 주지사 부인이 남편을 껴안는다. 뒷좌석에서 생명이 꺼져가는 대통령을 껴안고 있던 재클린이 울부짖는다.

"내 손에 뇌수가 묻었어!"

재클린이 좌석에서 벌떡 일어선다. 할 일이 있다.

클린트 힐 비밀경호원은 영부인이 무얼 하려고 그러는지 바로 알아챘다. 가만히 앉아서 남편 시신을 껴안고 있는 대신, 움직이는 대통령 리무진 트렁크의 짙은 파란색 차체에 묻은 두개골과 뇌수 조각을 끌어모으려는 것이다. 일부는 살갗이 그대로 달라붙어 살색을 띠었다. 재클린 뒤에 놓인 대통령의 몸뚱이는 왼쪽으로 기울긴 했지만, 허리는 여전히 꼿꼿했다. 머리에서는 새빨간 피가 콸콸 솟구쳐서 주변을 빨갛게 물들이며 바닥으로 흘러내린다.

'맙소사, 영부인이 자동차 뒤로 떨어지겠어.'

클린트 힐은 이렇게 생각하고 대통령 리무진 뒤에 달린 조그만 발판으로 뛰어오른다. 대통령이 총에 맞는 순간, 클린트 힐 비밀경호원은 "수박이 시멘트 바닥에 떨어지며 박살나는" 소리 같은 걸 들었다. 대통령 머리에서 콸콸 흘러나오는 피가 클린트 힐의 얼굴과 옷을 물들인다.

영부인의 두 눈에는 공포가 가득하다. 얼굴은 온통 빨간 피와 회색 물질 투성이다. 우아한 외모를 가장 중요하게 여기는 여성이 이렇게까지 변하다니. 하지만 지금 재클린은 외모 따위엔 관심도 없다. "맙소사, 저들이 이이의 머리를 날렸어!"라며 울부짖을 뿐이다.

빌 그리어는 파크랜드 종합병원을 향해 전력질주하고 클린트 힐은 재클린과 불과 몇 센티미터 거리에 있다. SS-100-X는 대통령을 위해 특별히 제작한 거대한 승용차다. 중간 좌석을 배치하려고 차축 길이를 3.4미터에서 4미터로 늘여, 무게가 거의 4톤에 육박한다. 350마력가량의 엔진이지만 가속 속도는 느리다. 하지만 고속도로에서 한 번 속도가 붙으면 누구도 막지 못할 것처럼 돌진한다.

지금이 바로 그런 순간이다. 빌 그리어는 경찰의 모터사이클 에스코트도 따돌리고 페달을 바닥까지 밟는다. 클린트 힐은 재클린이 자동차에서 떨어지는 걸 막으려고 자신도 뒤 트렁크로 몸을 날린다. 비밀경호원의 한 손은 트렁크에 설치된 손잡이를 잡았다. 리무진이 엘름 가를 쏜살같이 달리는 동안, 소중한 목숨을 한 손에 의지한 채 다른 손을 재클린에게로 뻗는다. 마침내 재클린의 팔꿈치를 움켜잡은 클린트 힐이 대통령 리무진 트렁크에서 균형을 잡는다.

클린트 힐의 가장 중요한 임무는 재클린을 보호하는 것이다. 클린트 힐은 트렁크에 납작 엎드린 채 재클린의 팔꿈치를 단단히 잡아서 뒷좌석으로 힘껏 끌어당긴다. 대통령이 재클린의 무릎으로 쓰러진다. 하얀 장갑을 낀 손으로 남편 머리를 잡은 재클린은 잠든 사람에게 말할 때처럼 속삭인다.

"여보, 여보, 저들이 당신을 어떻게 한 거예요?"

맨 앞에서 빌 그리어가 커리 경찰국장의 에스코트를 받으며 6킬로미터 떨어진 파크랜드 종합병원으로 달린다.

여전히 트렁크에 매달린 클린트 힐이 고개를 돌려서 '하프백'을 바라본다. 발판에 올라탄 경호원들이 보인다. 비밀경호원 폴 랜디스와 시선을 마주치자, 클린트 힐이 고개를 저으며 한 손을 내밀어

엄지를 밑으로 꺾는다.

비밀경호원 에모리 로버츠는 힐이 보낸 신호를 보고 다른 경호원들에게 린든 존슨 부통령을 보호하도록 무전으로 연락한다. 엄지를 밑으로 꺾은 신호는 단 한 번뿐이었지만 이제 린든 존슨이 미합중국 대통령 서리라는 사실을 확인하기에는 충분했다. 이제는 린든 존슨을 지키는 것이 비밀경호대의 제일 큰 과제가 되었다.

리무진 뒷좌석에서는 재클린이 남편의 머리를 잡고 조용히 흐느낀다.

"이이가 죽었어. 저들이 이이를 죽였어. 아, 여보, 아, 여보. 사랑해요!"

리 하비 오즈월드는 모든 걸 차분하게 풀어간다. 버스를 타려고 엘름 거리 동쪽으로 올라간다. 딜리 광장에 가득한 공포와 혼란도 점차 멀어진다. 누구도 오즈월드를 잡지 않는다. 아니, 당장은 누구도 의심조차 하지 않는다.

그러는 사이에 도주 계획은 거의 성공한다. 만약에 대비해서 권총을 가지러 숙소로 가는 중이다.

암호명 '코드 3'은 댈러스 지역 종합병원들에게 최고의 비상을 의미한다. 거의 사용하지 않는 암호명이다. 그래서 파크랜드 종합병원 관리자 앤 퍼거슨은 좀 더 구체적으로 알려달라고 하지만 "대통령이 총격을 당했다"는 말만 듣는다.

지금 시각은 오후 12시 33분이다.

3분이 지나자, 대통령 리무진이 요란하게 파크랜드로 들어와, '응급실' 간판이 걸린 곳을 바람같이 지나더니 응급차 주차장 세 자리 한가운데다 차를 세운다.

하지만 기다리는 들것도 없고 대통령을 살리려고 달려오는 응급 치료진도 없다. 의사소통이 제대로 이루어지지 않아 병원 응급처치 기능이 작동하지 않는 어이없는 사태가 벌어진 것이다.

그래서 대통령 리무진에 탄 사람들은 맥없이 기다릴 수밖에 없다.

주지사 부인은 남편 몸뚱이 위에 엎드려 있고, 재클린은 남편 머리를 껴안은 채 흐느낀다.

'하프백'이 잇따라 도착한다. 존 F. 케네디가 1946년 하원에 출마한 이후부터 지금까지 정치적 역경을 함께 겪어온 데이브 파워스와 켄 오도넬이 천운을 빌며 리무진으로 달려온다. 희미하기는 해도 아직까지 대통령의 맥박은 뛴다. 그래서 머리로 피를 한 움큼씩 쏟아낸다.

"일어나보세요."

비밀경호원 에모리 로버츠가 부탁하지만, 재클린은 꼼짝도 하지 않는다. 두 팔과 상체로 가려 존 F. 케네디 얼굴과 머리를 아무도 보지 못하게 한다. 사람들이 남편을 이런 식으로 기억하는 게 싫은 것이다.

로버츠가 재클린의 팔을 가만히 들어서 대통령이 사망했는지 여부를 확인한다. 한 번 본 걸로 충분하다. 뒤로 물러난다.

데이브 파워스는 동공이 풀린 채 허공만 물끄러미 바라보는 눈동자를 보고 울음을 터뜨린다. 제2차 세계대전 기간에 공군으로 복무한 오도넬은 군인 시절로 돌아가 차렷 자세를 취하며 존경심을 표한다.

설사 재클린이 지금 자리를 옮기겠다고 해도 빠져나갈 공간이 없다. 존 코널리가 축 늘어진 채 자동차 문을 가로막아, 미합중국 대통령을 리무진에서 옮기려면 텍사스 주지사부터 옮겨야 한다.

마침내 눈물을 훔치고 코널리의 양쪽 다리를 들어서 들것에 옮긴 사람은 병원 직원이 아니라 데이브 파워스였다. 주지사는 의식이 있지만 희미하다. 목숨을 위협하는 중상이라서 오늘 코널리의 목숨을 살리려면 파크랜드 응급실 의사들은 아주 바쁘게 서둘러야 한다. (이 일은 성공한다. 잔인한 날에 그나마 반가운 소식이었다.)

코널리가 바퀴 달린 들것을 타고 응급처치 2호실로 들어가면서 자동차 문을 가로막은 장애물이 사라지지만, 재클린은 여전히 남편을 놓지 않는다. 남편을 놓으면 영원히 떠난다는 사실을, 한 번 놓치면 끝이라는 사실을 잘 알기 때문이다. 영부인은 상체를 앞으로 숙여서 피가 홍건한 대통령 얼굴에 가슴을 대고 조용히 흐느끼며 남편의 몸뚱이를 껴안는다.

"영부인, 우리가 대통령 각하를 돕도록 도와주세요."

클린트 힐 비밀경호원의 말에 재클린은 아무런 반응이 없다. 하지만 자신이 아는 목소리다. 밤낮없이 자신을 위험에서 보호하던 사내가 부드럽게 부탁하는 소리다.

클린트 힐의 목소리는 재클린이 깊은 충격과 슬픔에 빠진 동안에 반응한 유일한 목소리다. 클린트 힐이 재클린의 어깨에 가만히 한 손을 올린다. 영부인이 부들부들 떨며 흐느낀다.

리무진을 에워싼 비밀경호원들과 케네디 측근들 모두 아무 말도 하지 않는다. 그러는 동안에도 시계의 초침은 빠르게 지나간다.

"제발, 영부인. 저희가 각하를 병원으로 모시도록 도와주세요."

클린트 힐이 간청하자, 재클린이 대답한다.

"나는 이이를 놓아줄 수 없어요, 클린트."

"저희는 각하를 안으로 모셔야 합니다, 영부인."

"싫어요, 클린트. 대통령이 죽은 건 당신도 알잖아요. 나를 그냥 두세요."

재클린이 흐느낀다. 고통이 온몸을 휩쓰는 듯 재클린이 갑자기 움찔한다.

클린트 힐은 새로운 사실을 깨닫는다. 영부인 자신이 보기에도 머리가 날아간 사랑하는 남자의 모습은 정말 끔찍하다. 그런 모습을 다른 사람에게 보여주고 싶지 않은 것이다. 재클린이 남편을 안고 슬퍼하는 와중에도 기자들은 파크랜드 병원으로 끊임없이 몰려온다. 재클린으로선 존 F. 케네디가 이런 상태로 사진에 찍히는 게 세상 무엇보다 싫을 수밖에 없다.

클린트 힐은 심신이 완전히 지친 상태다. 이번 순방 동안 식사도 제대로 못하고 잠도 제대로 못 자며 쉬지 않고 일했다. 하지만 재클린을 위해서 자신이 못할 게 무엇이 있겠는가. 클린트 힐 비밀경호원은 영부인의 마음을 파악하는 순간, 정장 상의를 벗어서 대통령의 몸을 부드럽게 덮는다.

대통령이 펑펑 흘린 피로 분홍색 정장과 하얀 장갑이 흥건하게 젖은 재클린도 정장 상의로 남편의 머리와 상체를 덮는 클린트 힐을 돕는다.

재클린 부비에 케네디가 자신이 사랑한 남자를 마침내 놓아준다. 사람들이 대통령을 바퀴 달린 들것에 싣고 빨간 선을 따라 응급처치 1호실로 급히 밀고 간다. 온통 황갈색 타일 벽으로 된 1호실에 놓인 대통령의 가슴에는 몸에 착 달라붙은, 장미처럼 새빨간 꽃이 피어 있다.

오즈월드는 피로 얼룩진 병원 응급실에서 6킬로미터가량 떨어진 엘름 가와 머피 가 모퉁이에서 버스에 올라타, 도주에 성공한다.

1865년 봄에 일어난 에이브러햄 링컨의 암살 사건에는 온갖 음모가 거미줄처럼 얽히고설켜 있었다. 암살자는 링컨이 포드 극장에서 총에 맞은 날 저녁에 부통령과 국무장관도 암살하려는 계획을 세웠다. 계획에 성공했다면 미국 행정부 최고위 관료들이 한꺼번에 사라졌을 것이다.

댈러스에서 첫 번째 총격이 일어나는 순간, 사람들은 곧바로 오래전의 그 사건을 떠올렸다. 그래서 피해가 확대되는 것을 방지하기 위한 모든 조치가 취해졌다. 장관 몇 명은 하와이를 지나 일본이 있는 서쪽으로 날아가다가 당장 귀국하라는 무전 연락을 받

killing kennedy

는다.

린든 존슨 부통령에 대해서는 임대한 리무진을 타고 파크랜드 종합병원에 도착하는 순간부터 상시 경호 조치가 취해졌다. 대통령 경호대는 서둘러 부통령을 부인과 함께 파크랜드 제약실 하얀색 조그만 방에다 밀어넣고 지켰다. 부통령 부부가 머물 공간을 마련하기 위해 환자와 간호사들은 바로 쫓겨났다. 대통령이 서거했다는 말은 아직 없지만 그런 총상을 입고 살아나기란 절대 불가능하다는 사실은 모두가 알았다. 대통령 경호대는 린든 존슨이 지금 당장 위험 지역에서 벗어나 워싱턴으로 날아가길 바란다. 그게 아니라면 댈러스에서 가장 안전한 공군 1호기로 피신이라도 하는 게 바람직하다.

하지만 존슨 부통령은 병원을 떠나는 걸 거부한다. 케네디의 서거를 직접 확인하고 싶기 때문이다. 대통령 경호대는 병원을 벗어나라고 계속 압박했지만 린든 존슨은 그럴 생각이 조금도 없다. 린든 존슨은 머릿속으로 앞으로의 계획을 그리고 있다. 대통령직을 공식적으로 승계할 때까지는 어떤 명령도 내리지 않을 생각이다. 대통령직을 공식적으로 승계하는 데 취임 선서가 꼭 필요한 건 아니다. 존 F. 케네디의 서거가 공표되는 것만으로도 충분하다. 그래서 린든 존슨은 파크랜드 병원의 조그만 제약실에서 벽에 등을 기대고 완벽한 침묵을 유지한 채 커피를 홀짝거리며 케네디 대통령의 서거가 공식 발표되기를 기다린다.

응급처치 1호실에서 의사들은 대통령을 속옷만 남기고 완전히 벌거벗긴다. 손목에서 금시계도 벗긴다. 맥박은 정상이 아니지만 아직까지는 가쁜 숨을 몰아쉰다. 머리와 목에 난 구멍에서 피가 계속 솟구치지만 다른 부위는 아무런 상처도 없다. 머리 위에서 형광등 불빛이 비추는 가운데 의료진이 바쁘게 움직인다. 레지던트 2년차인 찰스 카리코 현장 담당 의사는 상황을 제대로 파악하고 신속히 움직인다. 케네디의 목에 고무관을 삽입해서 기도를 열고, 오른쪽 넓적다리에 있는 대퇴정맥으로 식염수를 공급한다.

점점 더 많은 수의 외과의사들이 응급처치 1호실로 몰려들었고, 마침내 대통령을 살피는 의료진의 수는 14명이나 되었다. 응급처치실 바깥에는 재클린이 접이의자에 목석처럼 앉아 있다.

이제 34살 외과의사 맥 페리가 나타나서 수술팀을 이끈다. 맥 페리가 외과용 메스로 대통령의 목을 열어 기관 절개술을 실시하는 동안, 다른 의사들은 호흡을 정상으로 끌어올리기 위해 인공호흡 장치를 삽입한다.

그런데 재클린이 의자에서 일어나 응급처치실에 들어가려고 한다. 수혈과 인공호흡 소생술 이야기를 얼핏 듣고는 남편이 살아날 수도 있다는 희망을 살짝 품은 것이다. 영부인은 평소에는 점잖다가도 자신이 원하는 게 있으면 막무가내일 때가 있다. 그래서 "응급처치실로 들어갈 거예요"라는 말을 하고 또 하면서 길을 막는 간호사와 씨름하지만, 도리스 넬슨 간호사 역시 물러날 기색이 조금도 없다.

근처에 있는 의사가 "영부인, 진정제가 필요하겠어요"라고 말한다. 하지만 영부인은 감각을 둔화시킬 생각이 없다. 남편과 지내는 마지막 순간을 그렇게 보낼 순 없다. 그래서 "남편이 임종하는 순간을 옆에서 지켜보겠어요"라고 단호하게 말한다.

❖

　로버트 케네디는 에드거 후버에게서 나쁜 소식을 듣는다.

　후버는 미국 국내를 담당하는 최고 정보기관 수장답게 총격 사
건이 일어나자마자 보고를 받았다. FBI 국장은 냉정한 성격이지만
지금 이 순간만큼은 그럴 수 없다. 곧바로 법무부 청사 5층 책상에
놓인 수화기를 들어 로버트 케네디에게 연락한다. 오즈월드가 첫
번째 방아쇠를 당기고 15분이 지났을 때이고, 파크랜드 응급처치
수술팀이 대통령을 살리려고 고군분투할 때다.

　버지니아 자택 안뜰에서 막 참치 샌드위치를 먹으려던 로버트는
아내 에델에게서 '에드거 후버'한테 전화가 왔다는 얘기를 듣는다.

　로버트 법무장관은 직관적으로 중요한 사안이라고 느낀다. 그게
아니라면 집으로 전화할 리가 없다. 로버트는 샌드위치를 내려놓
고 전화기로 다가간다. 정부에서 특별히 설치해 '내선 163번'이라
고 명명한 직통선이다.

　"중요한 소식이 있습니다. 대통령께서 저격당하셨습니다."

　후버의 말이 끝나자 로버트는 전화기를 내려놓는다. 마치 느닷
없이 망치로 얻어맞은 것처럼 온몸의 기운이 쭉 빠진다. 하지만 늘
그랬듯이 대통령인 형을 보호하는 게 급선무라는 생각에 정신이
번쩍 든다. 로버트는 백악관으로 전화를 걸어 대통령의 파일 캐비
닛 자물쇠를 모두 바꾸라고 지시한다. 그 중요한 정보들을 린든 존
슨에게 보여줄 수는 없다. 그래도 특히 민감한 파일들은 이미 백악
관에서 빼내 아주 안전한 장소에 보관해둔 상태다.

　그런 다음, 로버트는 친구와 가족들에게 차례대로 전화를 돌린

다. 그는 애써 눈물을 참는다. 에델은 북받치는 슬픔으로 휘청이는 남편을 위해 빨개진 눈 주위를 가리도록 짙은 선글라스를 건넨다.

전화벨이 끊임없이 울리는 가운데 로버트는 형세가 역전됐다는 사실을 깨닫는다. 자신이 경멸하는 사내도 이제 곧 전화를 걸어올 것이다.

재클린은 윌리엄 켐프 클라크 의사에게서 나쁜 소식을 듣는다. 영부인은 오로지 남편 곁을 지키겠다는 마음 하나로 사람들의 반대를 무릅쓰고 응급처치실로 들어갔다. 그러고는 행여 수술에 방해가 될까 봐 귀퉁이에 가만히 서서 지켜본다.

눈앞에 펼쳐진 장면은 끔찍하다. 대통령의 입과 코와 가슴으로 고무관이 끼워져 있고, 살갗은 밀랍처럼 하얗고, 피를 수혈하는 중이다. 맥 페리는 심장이 다시 뛰도록 대통령의 가슴팍을 누르고 또 누르지만 심전도 기계 화면의 일직선 신호는 변하지 않는다. 파크 랜드 신경외과의 팀장 윌리엄 켐프 클라크가 심전도가 일직선에서 파동으로 바뀌는지를 살피며 옆에서 거든다.

마침내 클라크는 더 이상 어쩔 도리가 없음을 깨닫는다. 그는 시트를 끌어당겨 존 F. 케네디의 얼굴을 덮은 뒤 재클린 쪽으로 몸을 돌렸다.

"남편께서 치명상을 입으셨습니다."

"저도 알아요."

"대통령께서 서거하셨습니다."

클라르크의 말에 재클린은 클라르크 의사에게 상체를 기대어 뺨을 그의 뺨에 갖다 댔다. 최선을 다해줘서 고맙다는 표시다. 제2차 세계대전 당시에 태평양전쟁에서 복무했던 강인한 남자 켐프 클라르크도 더 이상 참을 수 없다. 결국 무너지며 흐느낀다.

상당수의 미국 시민들은 CBS 월터 크롱카이트 기자의 입을 통해 대통령 서거라는 경악스러운 소식을 들었다.

미국에서 가장 많은 사람이 신뢰하는 기자가 저격 사건이 발생한 지 딱 8분 뒤, 〈세상은 둥글다〉라는 멜로드라마 중간에 끼어들어서 암살범이 대통령한테 총알 세 발을 쏘았다고 보도했다. 미국 시민 대부분이 직장이나 학교에 있던 시간이라 텔레비전을 직접 보지는 못했지만, 오후 1시경엔 7천 500만이 넘는 시민이 이 소식을 알게 된다.

린든 존슨에게 이 비극적 소식을 전한 것은 켄 오도넬이다. 오후 1시가 지나자마자, 존 F. 케네디 스케줄 담당 비서 켄 오도넬이 병원 제약실의 조그만 백색 공간으로 들어왔다. 린든 존슨을 바라보는 오도넬은 아주 괴로운 표정이다. 웬만한 참사에 눈물을 흘리는 사내가 아니다. 그러나 지금은 누구나 한눈에 알아볼 정도로 망연자실한 표정이다.

그래서 오도넬이 입을 열기도 전에 린든 존슨은 자신이 공식적
으로 미합중국 36대 대통령이 되었다는 사실을 깨닫는다.

잭 루비는 미국 시민 상당수와 마찬가지로 텔레비전을 통해서
이 놀라운 소식을 들었다.

나이트클럽 주인인 잭 루비는 당시에 댈러스모닝뉴스 건물 2층
에 있었다. 딜리 광장에서 네 블록 떨어진 곳이다. 자신이 운영하는
스트립 바 '카루솔 클럽'을 '최고급 섹스 공간'으로 광고하는 문제
로 찾아온 참이었다. 광고비를 질질 끌면서 주지 않아 모닝뉴스 측
에서 더 이상 외상 광고는 사절하겠다고 통고했고, 결국 밀린 광고
비를 현금으로 지불하기 위해 직접 찾아온 것이다. 다가오는 주말
에 특별쇼를 한다는 광고를 낼 작정인데, 사실은 평소에 하던 광고
와 차이가 없다.

잭 루비는 키 173센티미터에 몸무게 80킬로그램으로, 현금을 다
발로 지니고 다니는 걸 좋아한다. 마피아에도 친구가 있고 경찰에
도 친구가 있다. 건강식을 좋아하며 번갯불에 콩 구워 먹듯 성격이
급하기로 유명하다. 그리고 가장 중요한 특징은 자신을 민주당원
이자 애국자로 여긴다는 것이다.

처음에는 비밀경호원 한 명이 살해됐다는 보도가 나오더니, 잭
루비가 자세히 들으려고 모닝뉴스 광고 담당자와 함께 조그만 흑
백 텔레비전 앞으로 다가선 순간, 끔찍한 진실이 드러났다.

잭 루비는 온몸에서 기력이 죄다 빠져나간 듯 비틀거리면서 의

자에 풀썩 앉았다. 그러더니 잠시 뒤, 잭 루비는 클럽 광고를 취소하고 대신 새로운 광고를 싣겠다고 선언했다. 잭 루비는 광고를 통해 케네디 대통령을 추모하는 의미에서 '카루솔 클럽'을 주말 내내 닫는다는 선언을 댈러스 시민 모두에게 알렸다.

잭 루비는 그 뒤 며칠 동안 사업과 관련된 일을 일절 하지 않았다. 대신 완전히 다른 일을 했다.

리 하비 오즈월드는 계속 이동하는 중이다. 암살 사건 때문에 교통 체증이 심해져 버스가 꼼짝하지 않자, 오즈월드는 버스에서 내려 조금 걷다가 택시를 잡아서 노스 베클리 1026번지로 갔다. 그러고는 재빨리 숙소에 들어가서 38구경 권총을 움켜잡아 허리춤에 찌른 뒤 서둘러 그곳을 떠났다.

하지만 오즈월드가 모르는 가운데, 현장을 목격한 증인이 경찰 측에 범인의 인상착의를 알렸다. 경찰들이 총출동해 '백인 남성, 약 30살, 날씬한 몸매에 키 175센티미터, 몸무게 75킬로그램'을 찾아나선다.

오후 1시 15분경, 댈러스 경찰국 소속 J. D. 티피트 경찰관은 10번가 동쪽에서 순찰차를 모는 중이다. 10번가와 패튼 가 교차로를 지나자마자, 범인의 인상착의와 비슷한 인물이 밝은색 계통의 재킷 차림으로 혼자서 걷고 있는 걸 목격한다.

티피트는 자녀 셋을 둔 유부남이다. 나이는 39살로 제2차 세계 대전 기간에 공수부대원으로 '청동성장' 훈장을 받았고, 학력은 고

리 하비 오즈월드의
도주 경로
1963년 11월 22일
오후 12시 33분부터
오후 1시 50분까지

오후 12시 33분
텍사스 교과서 창고
건물을 떠나다.

오후 12시 40분
버스를 타다.

시 내

오후 12시 44분
버스에서 내리다.

오후 12시 48분
택시를 부르다.

딜리
광장

오후 12시 54분
택시에서 내리다.

오후 1시 정각
숙소로 돌아가서
권총을 확보하다.

오후 1시 15분
티피트 경찰관이
오즈월드를
탐문하다가
살해되다.

오후 1시 40분
텍사스 극장으로
들어가서 잠시
뒤 체포당하다.

댈 러 스

Lake Cliff
Park

Trinity River

SINGLETON BLVD.
LAMAR ST. VIADUCT
STEMMONS FRWY.
COMMERCE ST. VIADUCT
INDUSTRIAL BLVD.
BECKLEY AVE.
DALLAS–FORT WORTH TURNPIKE
COLORADO BLVD.
COLORADO BLVD.
FIFTH ST.
FIFTH ST.
NEELY ST.
DAVIS ST.
EIGHTH ST.
EIGHTH ST.
EWING AVE.
MOORE ST.
ZANGS BLVD.
BECKLEY AVE.
JEFFERSON BLVD.
TWELFTH ST.
CLARENDON DR.
CANTON ST.
CADIZ ST. VIADUCT
CORINTH ST. VIADUCT
LAMAR S
COMMERCE ST.
JACKSON ST.
YOUNG ST.
AUSTIN ST.

엘름 가
메인 가
라마 가
우드 가
휴스턴 가
휴스턴 고가도로
크라우포드 가
패튼 가
10번가
제퍼슨 거리

N
0   Mile   1/2

Gene Thorp

등학교 1학년 중퇴이며, 연봉은 5,000달러다. 'J. D.'라는 머리글자에 아무런 의미도 없는 지극히 평범한 공무원이다.

댈러스 경찰국에서 11년을 근무한 티피트가 리 하비 오즈월드 옆으로 순찰차를 붙인다. 조심해야 한다는 생각과 철저하게 심문해야 한다는 생각이 동시에 든다.

오즈월드는 상체를 숙여서 순찰차 앞 유리창을 사이에 두고 티피트와 대화를 나눈다. 그런데 아주 호전적이다.

티피트는 몇 가지 물어보기 위해 차 문을 열고 밖으로 나가 순찰차 앞으로 돌아간다. 대답에 따라서 오즈월드에게 수갑을 채울지 말지를 결정할 생각이다. 그러나 티피트는 왼쪽 앞바퀴 이상 나가지 못한다. 리 하비 오즈월드가 38구경 권총을 꺼내서 네 발을 연속으로 발사한 것이다. 티피트는 즉사했다.

얼마 전에는 급히 서두르느라 워커 장군 한 명도 제대로 못 맞히던 오즈월드가 이번에는 45분 간격으로 미합중국 대통령과 댈러스 경찰관을 냉혹하게 살해했다.

하지만 이제 오즈월드에게도 선택의 여지가 없다. 돈은 떨어지고 탄약도 거의 떨어지고 댈러스 경찰은 자신의 외모를 파악했다. 계속 도주하려면 앞으로 몇 분 동안 아주 똑똑하게 굴어야 한다.

살인자는 권총에 총알을 재빨리 장전하고 도주를 계속해, 패튼 가로 접어든다. 이제는 걷는 대신, 천천히 달린다. 경찰이 자신을 쫓는 게 분명하다. 거리를 많이 좁힌 것 같다. 어서 여기를 벗어나야 한다. 시간은 오후 1시 16분이다.

오후 1시 26분, 린든 존슨은 대통령 경호대의 경호를 받으며 공군 1호기로 신속하게 이동해, 뒷문으로 이어진 계단을 뛰어 오른다. 그러고는 케네디 대통령의 개인 침실로 들어가 외투를 벗고 침대에 큰대자로 누워서 재클린이 비행기로 돌아오기만 기다린다. 재클린은 지금 남편 시신과 함께 이동하겠다고 버티며 파크랜드 병원에 남았다.

린든 존슨이 가만히 기다리며 저절로 굴러들어온 권력을 즐기는 동안에도 침실 바깥에서는 기술자들이 공군 1호기 후미에 있는 일등석 좌석을 여러 개 제거한다. 존 F. 케네디의 관을 안치할 공간을 확보하려는 조치다.

린든 존슨은 혼자 있고 싶어서 침실을 선택했다. 그런데 침대 옆에 케네디 대통령 전용 전화기가 눈에 띄자 자기가 증오하는 남자에게 다이얼을 돌린다.

전화선 건너편에서는 로버트 케네디가 수화기를 들어, 신임 대통령에게 직업적으로 인사를 건넨다.

리 하비 오즈월드는 사이렌 소리를 듣고 경찰이 다가오는 걸 알아차린다.

가장 가까운 은신처를 향해 마구 달린다. 텍사스 극장이라는 영화관이다. 오즈월드는 티피트 경찰관을 죽이고 나서 25분 동안 여덟 블록을 이동했다. 추적자를 혼란스럽게 만들려고 티피트를 사살한 직후에 재킷은 벗어서 버렸다. '베델 성전'을 급히 지나는데, 거기에 '하느님과 만날 준비를 하라'는 글이 커다랗게 적혀 있다.

그러나 리 하비 오즈월드는 조금도 두렵지 않다.

그런데 입장권도 끊지 않고 영화관으로 들어가는 멍청한 짓을 저지른다. 오즈월드는 아무도 자기를 보지 못하게 깜깜한 상영관으로 들어가서 자리에 앉는다. 1층 오른편 중간 통로 옆에 있는 좌석이다. 스크린에서는 〈전쟁은 지옥이다〉라는 영화를 상영하는데, 오즈월드가 자초한 지옥 같은 하루와 참으로 잘 어울리는 제목이다.

입장권 판매원 줄리아 포스틸은 어떤 남자가 돈도 안 내고 극장으로 뛰어든 직후에 경찰차가 티피트 경찰관 살해 현장으로 급히 가면서 울리는 사이렌 소리를 듣고 즉석에서 두 가지 사건을 하나로 연결했다. 포스틸은 지금 막 들어간 남자는 '뭔가 이유가 있어서 경찰한테 쫓기는 중'이라 판단하고 전화기를 들어서 경찰에 신고한다.

곧이어 경찰 순찰차들이 현장에 몰려든다. 극장 출구를 차단하고 극장 내부조명을 모두 켠다. 순찰경관 M. N. 맥도널드가 오즈월드에게 다가간다. 벌떡 일어난 오즈월드는 주먹으로 맥도널드의 얼굴을 때리고는 허리춤에 찬 권총을 잡으려 한다. 맥도널드는 조금도 당황하지 않고 바로 반격한다. 다른 경찰관들이 달려든다. 이렇게 해서 리 하비 오즈월드는 경찰의 무자비한 폭력에 비명을 지르면서 밖으로 질질 끌려나와 유치장에 갇힌다.

장의사 베론 오닐은 클린트 힐로부터 파크랜드 종합병원으로 제일 좋은 관을 가져오라는 전화 주문을 받았다. 오닐은 시신을 제대로 처리하는 장의사로 유명하다. 그는 무전 시설까지 갖춘 하얀색 영구차 일곱 대를 운영하며, 고인이 사망하면 곧바로 자신의 영안실로 이송해서 필요한 모든 조치를 취하기 때문에, 유가족은 대기실에서 커피를 마시며 기다리다가 나중에 영안실에서 고인을 추도만 하면 된다.

오닐이 존 F. 케네디를 위해 신속하게 선택한 관은 '엘진 관 회사'에서 만든 '브리타니아' 모델이다. 단단한 청동을 사용해 벽을 이중으로 제작한 뒤 내부에 공단을 깐 제품이다.

파크랜드 종합병원에 도착한 오닐은 잠시 기다려달라는 말을 들었다. 장의사가 도착한 것을 안 재클린이 손가락에서 결혼반지를 빼내 병원 잡역부의 도움을 받아 남편의 새끼손가락 마디에 끼웠다. 시신을 방부 처리하는 도중에도 빠지지 않도록 단단히. 그러고 나서 담배를 태웠다. 마음은 무너지고 몸은 지쳤다. 파크랜드 전체가 슬퍼하는 분위기지만 병원은 천천히 정상적인 일상으로 돌아가고 있다. 의사와 간호사들이 다른 환자들을 살피기 시작하면서 극심한 소외감이 재클린을 엄습했다.

"이제 비행기로 돌아가세요."

누가 말하는 소리에 재클린이 대답한다.

"그이가 함께 떠날 때까지 돌아가지 않을 거예요."

그동안 베론 오닐은 관 바닥에 비닐을 꼼꼼히 깔았다. 그러고 나서 케네디 시신에다 비닐 백을 일곱 개나 씌운 뒤 한 번 더 비닐로

감싼 뒤에야 비로소 대통령의 시신을 관에다 넣었다. 시신에서 흘러나오는 피로 공단 안감에 자국이 생길까 봐 걱정스러웠던 것이다.

사망 선고가 내려지고 거의 한 시간이 지나서야 존 F. 케네디는 파크랜드를 떠나 워싱턴으로 날아갈 준비를 마쳤다.

그런데 얄궂게도 처음에는 케네디가 오는 걸 달갑지 않게 여기던 댈러스가 이제는 존 F. 케네디를 보내지 않으려고 한다.

사람들은 미합중국 대통령을 죽인 건 연방 범죄에 해당되지 않는다는 사실을 거의 모른다. 대통령 암살을 여럿이 공모해야 연방법 위반이다. 그래서 에드거 후버는 케네디 대통령의 암살은 한 명이 아니라 여럿이 꾸민 사건이라고 주장했다. 암살 사건 수사를 자기가 맡고 싶었던 것이다. 그러나 법원에서는 그런 주장을 받아들이지 않았다. 관할권이 텍사스 주와 댈러스 시로 떨어진 것이다.

그래서 댈러스 관리들은 정식으로 부검하기 전까지 케네디의 시신을 텍사스 주 바깥으로 내보낼 수 없다며 길을 막았다. 이제 막 파크랜드에 도착한 댈러스 검시관 역시 이 문제에 관한 한 물러날 생각이 털끝만큼도 없다.

이제 모든 책임을 맡은 베테랑 비밀경호원 로이 켈러먼의 얼굴이 납빛으로 변했다. 그는 댈러스 검시관에게 "여보시오, 이건 미합중국 대통령의 시신이오. 워싱턴으로 모셔야 한단 말이오!"라고 입장을 분명하게 밝혔다.

하지만 댈러스 검시관은 "아니오. 그렇게 할 수 없소. 살인 사건이 벌어지면 우리는 검시해야 하오"라고 대답한다.

"시신은 우리가 가져갑니다!"

켈러먼이 다시 말하자, 상대편 얼굴에 대고 손가락을 흔드는 걸 좋아하는 강직한 검시관 역시 단호하게 주장한다.

"시신은 남아야 하오!"

법적인 분쟁이 일어나는 동안, 린든 존슨과 공군 1호기는 땅 위에 그대로 묶여 있다. 재클린이 남편 시신 없이는 떠나지 않고, 린든 존슨은 사람들에게 무정하단 소리 들을 게 겁나서 재클린을 두고 못 떠나기 때문이다.

이제 논쟁은 텍사스 특유의 대립으로(대통령 경호대와 검시관, 댈러스 경찰국의 힘겨루기로) 나아간다. 현장에 있는 40명이 서로를 밀치고 당긴다. 대통령 경호대도 결심이 단호하지만 댈러스 경찰 역시 물러서지 않는다. 마침내 케네디의 절친한 친구이자 측근인 켄 오도넬과 데이브 파워스가 대통령 경호대에게 존 F. 케네디의 관을 들고 경찰 사이를 뚫고 나가라고 지시한다. 오도넬은 관이 실린 장의사 카트를 출구 쪽으로 밀면서 "그냥 뚫고 나가자! 그 따위 법이 뭐라고 해도 우리는 개의치 않는다. 어서 여기를 벗어나자!"라고 소리쳤다.

마침내 대통령의 시신이 베론 오닐의 1964년형 흰색 캐딜락 영구차에 실렸다. 재클린은 남편 시신이 있는 바로 옆, 맨 뒤 중간좌석에 앉았다. 클린트 힐을 비롯한 경호원들은 앞좌석에 억지로 끼어 앉았다. 빌 그리어가 아직도 병원에 있지만, 로이 켈러먼은 기다릴 생각이 없다. 대통령 경호원 앤디 버거가 운전대를 잡고 러브 필드를 향해 최고 속력으로 달린다. 베론 오닐은 영구차가 빠져나가는 광경을 보고 비용은 언제 어떻게 받느냐고 소리친다.

캐딜락은 공항에 도착한 다음에도 멈추지 않았다. 타이어에서 마찰음이 일어났다. 버거 경호원은 '제한구역'과 '천천히. 화물차 충돌 위험'이란 푯말을 무시한 채 활주로를 질주했다. 그래서 그 어떤 위험도 아랑곳하지 않고 브래니프 항공사 격납고와 아메리칸 에어라인 격납고를 쏜살같이 지나서 공군 1호기 뒷문으로 오르는 계단 바로 앞에 영구차를 끼익 세웠다. 케네디의 친구와 경호원이 270킬로그램에 달하는 대통령의 관을 들고 이상한 각도로 기울여서 계단 통로에 부딪치며 비행기로 올랐다. 드디어 케네디가 세 시간 전에 빠져나온 뒷문을 지나 공군 1호기로 들어섰다. 나갈 땐 대통령답게 화려했지만 들어올 땐 끔찍하게 슬프고 우울하다.

재클린은 남편의 시신이 계단을 올라서 비행기에 탑승할 때까지 기다렸다. 공군 1호기 내부는 지옥 같다. 에어컨을 몇 시간이나 꺼놓은 데다 암살범이 또 나타나서 비행 창문 틈으로 사격할까 봐 블라인드까지 모두 내려서 칠흑 같다. 그런데도 린든 존슨은 공군 1호기가 이륙하기 전에 대통령 취임 선서를 하겠다고 고집을 부린다. 린든 존슨 대통령에게 직접 지명을 받은 사라 휴즈 연방 대법원 판사가 존 F. 케네디가 그토록 사랑했던 대통령 전용기로 급히 달려와 케네디 측근과 린든 존슨 측근이 서로 어깨를 맞대고 불편하게 서서 지켜보는 가운데 선언식을 진행한다.

"귀하, 린든 존슨은 미합중국 대통령의 직무를……."

"나, 린든 존슨은 미합중국 대통령의 직무를……."

린든 존슨이 공군 1호기 안에 꼿꼿이 서 있다. 왼편에는 재클린

존 F. 케네디 대통령이 암살당한 직후. 린든 존슨 대통령은 공군 1호기 안에서
재클린을 옆에 세우고 대통령 취임 선서를 했다.
(세실 스토튼/보스턴/존 F. 케네디 대통령 박물관 도서관)

이 피가 얼룩진 분홍색 정장 차림 그대로 서 있다. 전임 영부인은
옷을 갈아입지 않았다. 남편이 겪은 일을 온 세상에 생생하게 보여
주고 싶은 마음이 간절했던 것이다.

존슨 앞에는 판사가 있다.

그들 뒤로 몇 걸음 떨어진 곳에 존 F. 케네디가 주검이 되어 누워
있다.

대통령 취임 선서가 끝나자, 재클린은 비행기가 착륙할 때까지 관 옆에 앉아서 꼼짝하지 않았다.

지금은 11월 24일 일요일 아침. 존 F. 케네디 암살 사건은 미국 전역을 공황 상태에 빠뜨렸다. 새로운 사실이 밝혀질 때마다 전 국민이 텔레비전 앞으로 몰려들었고, 슬프고 절망스런 분위기에서 벗어나지 못했다. 남편의 죽음을 애도하며 칩거한 재클린은 사람들 앞에 모습을 드러내지 않았다. 그래서 사람들의 관심은 리 하비 오즈월드한테로 쏠렸다. 암살범은 지난 금요일에 기자들 앞에서 "나는 억울하다"고 주장해 사람들의 분노를 자아냈다.

한밤중에 댈러스 경찰국에서 아무 준비도 없이 연 기자회견은 정말 가관이었다. 기자들은 수갑을 찬 오즈월드와 직접 접촉할 수 있었다. 존 F. 케네디 암살에 격분한 많은 사람들이 댈러스는 물론 미국 전역에서 복수를 벼르고 있는 상황이었다. 그런데도 댈러스 경찰은 오즈월드를 보호하려는 어떤 노력도 하지 않았다.

잭 루비도 격분한 사람 가운데 하나인데, 총알이 장전된 콜트 코브라 38구경 권총을 상의 안주머니에 넣은 채 아무런 제지도 받지 않고 기자회견장에 들어섰다.

기자회견을 진행하는 내내 오즈월드에게 너무 가까이 다가서지 못하도록 사람들을 막는 경찰은 하나도 없었다. 그 와중에 범인은 소련에서 살았다는 이유 하나 때문에 경찰이 자신을 용의자로 몬다면서 기자들에게 억울함을 호소했다. 또한 대통령에게 총을 쏘지 않았다면서 "나는 죄가 없다. 억울하다"고 주장해 자신이 일종의 희생양임을 암시했다.

사람들은 이 말을 듣고 30년 전에 일어난 사건을 떠올렸다. 1933년 2월 15일 플로리다 마이애미에서 '조' 잔가라가 32구경 권총으로 프랭클린 루스벨트 대통령에게 총격을 가한 사건 말이다.

잔가라는 목표물을 놓치는 대신, 앤톤 서마크 시카고 시장을 죽였다. 재판은 놀라우리만치 신속하게 진행되었고, 잔가라는 딱 5주 만에 전기의자에서 처형당했다.

그런데 일각에서는 처음부터 루스벨트가 목표물이 아니었다는 주장이 나왔다. 애초부터 앤톤 서마크 살해를 목적으로 마피아가 꾸민 음모라는 것이다.

마피아 은어로 '잔가라'(범죄를 꾸민 주범은 뒤에 숨고 모든 죄를 뒤집어씌우기 위해 겉으로 내세우는 사람)는 희생양을 의미한다.

리 하비 오즈월드는 공개적으로 자신은 희생양이라고 주장함으로써 훨씬 거대한 세력이 존 F. 케네디를 죽였다는 음모론에 불을 붙였다.

지금도 미국인 중에는 리 하비 오즈월드 혼자서 존 F. 케네디를 죽인 게 아니라고 믿는 사람이 많다. 오즈월드가 억울하다고 주장하고, 에드거 후버는 거대한 음모가 있다고 주장했기 때문이다. 심지어 로버트 케네디조차 오즈월드의 단독 범행은 아니라고 확신했다.

하지만 진실을 확인할 방법이 영원히 사라지고 만다.

금요일에 기자회견을 한 오즈월드가 지금 일요일 아침, 기자들에게 몇 마디를 하고는 댈러스 경찰국 지하실을 통해 장갑차가 기다리는 곳으로 빠져나갔다. 교도소로 이송하려는 것이다. 사실 장갑차는 보안상의 이유로 마련한 미끼다. 오즈월드를 데려간 곳은 평범한 순찰차가 기다리는 곳이다.

기자들이 잔뜩 몰려들고 오즈월드는 수갑을 찬 채로 통로를 따라가면서 빙그레 웃는다. 오른팔에 찬 수갑이 J. R. 리벨레 형사 왼팔에 찬 수갑에 이어져 있다.

기자 40명과 70명이 넘는 경찰관들이 오즈월드가 나오기만 기다린다. 텔레비전 카메라도 세 대나 돌아간다.

누군가 "저기 온다!"고 외치는 소리와 함께 오즈월드가 밖으로 나온다.

기자들이 앞으로 달려든다. 여기저기에서 오즈월드한테 마이크를 내밀며 질문을 퍼붓는다. 사진기자들은 사방에서 섬광 전구를 터뜨리며 순간을 포착한다.

오즈월드는 경찰국 건물에서 열 걸음 정도 벗어나 경찰차가 기다리는 경사로 쪽으로 다가간다.

오즈월드 왼쪽 인파 사이에서 갑자기 잭 루비가 튀어나온다. 오즈월드를 보기 위해 두 번째로 찾아온 건데, 이번에도 권총을 지녔다. 아는 경찰과 기자들이 많아 포토라인 근처로 접근하는 데 아무런 어려움이 없다. 하지만 잭 루비는 거기에 나타날 하등의 이유가 없었다.

잭 루비는 강아지를 자동차에 남겨두고 왔다. 잭 루비는 자신이

반성할 줄 모르는 리 하비 오즈월드.
(연합통신)

운영하는 클럽에서 주정뱅이가 스트리퍼한테 손이라도 대면 단번에 주먹이 날아갈 정도로 성격이 급하다. 게다가 케네디가 암살당한 데 망연자실해서 펑펑 우는 모습을 친구들에게 들킨 적도 있다. 빙그레 웃는 오즈월드를 보는 순간, 분노가 솟구친 잭 루비는 이제 강아지를 두 번 다시 못 볼 걸 각오한다. 잽싸게 총을 꺼낸 루비는 오즈월드의 복부를 겨냥하여 한 발을 발사한다. 그때가 오전 11시 21분이었다.

경찰은 잭 루비를 그 자리에서 체포했지만, 쓰러진 리 하비 오즈월드는 되돌릴 길이 없다. 오즈월드는 파크랜드 종합병원으로 이송되어 케네디가 마지막을 보낸 응급처치 1호실 맞은편에 있는 응급처치 2호실로 들어간다. 오후 1시 7분, 존 F. 케네디가 서거하고 48시간 7분이 지난 뒤, 리 하비 오즈월드가 사망한다.

하지만 케네디와 달리 오즈월드의 죽음을 슬퍼하는 사람은 없다.

단 한 명도.

27

재클린은 불길이 활활 타오르는 벽난로 앞에서 단순하게 생긴 클럽용 가죽의자에 앉아 있다. 왼쪽 어깨 너머로 성조기가 보인다. 그렇게 명랑하고 쾌활하던 눈빛이 지금은 깊이 가라앉았다. 의상도 검은색이다. 맞은편에서는 카메라가 돌아가고 그 옆에서 시동생 로버트와 테디가 마음으로 힘을 보탠다. 특히 로버트는 지금까지 캐롤라인과 존 주니어한테는 아빠 역할을 대신해주고 재클린한테는 말동무가 되어주었다.

남편이 사망한 8주 전만 해도 재클린은 갈 곳이 없었다. 규정에 따라 백악관은 당장 비워야 했다. 그건 캐롤라인이 다니던 학교도 끝나고 존 주니어도 그렇게 좋아하던 대통령 전용 헬리콥터에 더 이상 타지 못한다는 의미였다. 재클린은 가난하지는 않았지만 사실 자기 이름으로 모아놓은 현금이 한 푼도 없었다. 존 F. 케네디가 남긴 유산을 정리할 때까지는 이런 상황이 지속될 수밖에 없다.

재클린한테 케네디는 인생 자체였다. 그래서 지금도 남편이 죽었다는 사실을 가끔 잊는다. 지금 재클린은 전국의 영화관들에서 뉴스 시간에 상영할 필름을 찍는 중이다. 그렇게라도 해서 함께 슬퍼해준 시민들에게 고마운 마음을 전하고 싶기 때문이다. 재클린에게 날아온 애도 편지만 80만 통이 넘는다. 재클린이 카메라에 대고 또박또박 말한다.

"저는 여러분이 제 남편에게 보내준 따뜻한 애정의 힘으로 지금까지 버티고 있습니다. 저희는 여러분이 보내준 따뜻한 사랑을 영원히 기억하겠습니다."

재클린은 미리 작성한 대본대로 읽는다. 대본은 시청자의 감성을 자극하는 데 초점을 맞춰서 재클린이 직접 작성했다. 대통령과 영부인을 영화배우 이상으로 사랑하던 미국인들은 궁지에 빠진 재클린을 모르쇠하지 않았다. 그래서 이제 영부인 신분이 아니지만, 재클린은 평생 동안 영부인이란 지위를 유지하며 사는 최초의 영부인이 된다.

하지만 겉으로 보이는 게 전부는 아니다. 개인적으로 끝없는 슬픔에 시달리는 재클린은 뉴포트 담배를 쉴 새 없이 태우고, 툭하면 손톱을 바싹 물어뜯는다. 너무 많이 울어서 두 눈은 언제나 빨갛다.

재클린은 눈물을 참기 위해 촬영을 여러 차례 중단하면서 호흡을 가다듬거나 눈을 껌뻑여야 했다.

"저에게 편지를 보내신 분들은 우리 모두가 그분을 지극히 사랑했으며, 그분 역시 그 사랑에 충분히 보답했다는 사실을 잘 알고 계십니다."

이제 재클린도 남편처럼 비전을 제시한다. 보스턴에 존 F. 케네디 대통령 박물관 도서관을 세워 전 세계에서 찾아오는 사람들에게 남편이 남긴 유산을 보여주겠노라고 선언한 것이다.

참으로 용감하고 통쾌한 발언이다. 그리고 2분도 안 돼서 재클린은 미국 시민들에게 애절한 말투로 고마움을 전한다. 슬퍼하는 모습도 아름답고, 우아한 모습도 아름답다. 위대한 카멜롯을 상징하는 모습에 미국 시민들은 벌써 향수를 느낀다.

재클린이 남편의 얼굴을 마지막으로 본 건 운명의 그날, 조용히 애도하던 분위기가 대통령 경호대와 댈러스 경찰의 추악한 싸움으로 돌변하기 직전, 파크랜드 종합병원 응급처치 1호실에서였다. 그 고요하던 순간에 재클린은 결혼반지를 빼서 남편의 새끼손가락에 끼워주었다. 재클린은 그 순간이 바로 어제 일처럼 생생했다. 그러나 그보다는 아름다웠던 시절들만 떠올리고 싶다. 갈등과 마찰이 있었던 순간들은 모두 잊고 싶다.

재클린이 끝까지 기억하는 남편은 감정을 차분하게 절제하는 사람이었다. 역사도 남편을 그렇게 기억하도록 만들고 싶다. 그래서 암살 사건 일주일 뒤에는 《라이프》 시어도어 화이트 기자에게 이렇게 말했다.

"남편이 바라본 역사에는 영웅이 가득해요. 남편은 아주 단순하면서도 복잡한 사람이에요. 그래서 이상적인 관점에서 영웅적인 측면을 보여주면서도 실용을 추구하는 색다른 측면도 보여주었답니다. 그분 친구들은 모두 아주 오랜 친구예요. 특히 '아일랜드 마

카멜롯의 최후. 로버트, 재클린, 케네디 대통령의 여동생 패트리샤,
그리고 두 자녀 캐롤라인과 존 주니어가 슬퍼하고 있다.
(애비 로위/국립묘지 장례식장/보스턴/존 F. 케네디 대통령 박물관 도서관)

피아'를 많이 좋아하셨답니다."

12월 6일 《라이프》지에 실린 인터뷰에서 재클린은 존 F. 케네디
가 잠자리에 들 때마다 카멜롯 음반을 들었으며, "잊지 마세요, 잠
시 화려하게 빛나던 순간에 카멜롯 왕궁이 있었다는 걸"이라는 마
지막 대사를 정말 좋아했다는 이야기를 세상에 처음으로 털어놓

왔다.

시어도어 화이트 기자가 뉴욕에 있는 편집자에게 이야기를 구술하는 동안, 재클린은 근처를 맴돌며 귀를 기울인다. 그리고 카멜롯 이야기에 초점을 맞춰달라고 부탁한다. 남편이 집권한 기간을 사람들에게 그렇게 기억시키고 싶은 것이다.

마침내 촬영을 마치고 (법무장관 직위를 9개월 더 유지한) 로버트 케네디의 집무실 클럽용 의자에서 일어나는 순간, 재클린은 이런 과정을 통해서 남편이 남긴 유산을 체계적으로 정리할 수 있다는 사실을 깨닫는다. 하지만 이제는 평범하게 살 때가, 세상이 기억하길 바라는 마법 같은 삶에서 벗어날 때가 되었다는 사실도 깨닫는다. 그래서 시어도어 화이트 기자에게 슬픈 표정으로 "이제 카멜롯은 두 번 다시 안 나타날 거예요"라고 말한다.

이 말은 오늘날까지도 사실로 남아 있다.

피살 사건 이후

    재클린 케네디는 암살 사건으로 깊은 슬픔에 빠졌지만 변함없이 우아한 자태를 유지해, 남편이 대통령직을 수행할 때 못지않게 대중에게 크나큰 사랑을 받는다. 재클린은 1968년에 패트릭을 잃은 슬픔에서 벗어나려고 찾아갔던 요트의 주인이자 그리스 선박왕 아리스토텔레스 오나시스와 재혼한다. 파파라치들은 '재클린 오'라는 별명으로 지칭했던 재클린 부부를 끊임없이 추적하며 사진을 찍어댔다. 하지만 불행하게도 오나시스는 재클린과 결혼한 지 7년 만인 69세에 호흡기 질환으로 사망했다. 이로써 재클린은 46살이란 젊은 나이에 두 번째로 과부가 된다. 오나시스가 사망한 뒤 공공의 시선에서 사라진 재클린은 뉴욕에 있는 바이킹 출판사에 편집자로 취업한다. 하지만 3년이 지난 다음, 회사 측에서 테드 케네디가 미합중국 대통령이 되고, 테드를 암살하려는 음모가 진행된다는 내용의 추리소설을 출간한 사실에 분개하며 바이킹 출판사에서 퇴직한다. 이후 더블데이 출판사로 직장을 옮긴 그녀는 마이클 잭슨, 카릴 시몬, 이집트 소설가로 노벨 문학상을 수상한 나기브 마푸즈 같은 다양한 인물에 관한 책을 편집하며 남은 여생을 보낸다. 그러다가 1990년대 초반, 평생을 즐긴 흡연 습관에 발목이 잡혀 1994년 5월 19일 64세의 나이에 '비호치킨성 림프종'으로 사망한다.

딸 **캐롤라인 케네디**는 헬렌 켈러 여사가 다녔던 래드클리프 대학을 졸업하고, 법학박사 학위는 나중에 컬럼비아 대학에서 받았다. 에드윈 슐로스버그와 결혼해 자녀 셋을 낳은 캐롤라인은 세인의 이목을 끌지 않으려고 무척 조심하면서 산다. 이 때문인지 가수 닐 다이아몬드는 2011년 12월이 되어서야 캐롤라인에게서 영감을 받아 수백만 장의 음반이 팔린 히트송 〈스위트 캐롤라인〉을 만들었다고 인정한다.

존 F. 케네디 주니어는 케네디 가문의 비극적인 역사를 상징한다. 어린 아들이 세 번째 생일에 아버지가 누운 관에 대고 경례하는 영상은 세상 사람들의 가슴을 무너뜨렸다. 언론에서는 '존-존'이란 엉뚱한 애칭까지 만들어냈다. 존 주니어는 브라운 대학을 졸업한 뒤 뉴욕 대학 법률 대학원에 들어갔다. 졸업하고는 짧은 기간 맨해튼 구역 검사로 근무했다. 1988년《피플》지는 존 주니어를 '생존하는 가장 섹시한 남성'으로 지명했다. 어머니와 마찬가지로 언론의 집중적인 추격을 당하던 존 주니어는 1999년 7월 16일, 경비행기를 몰다가 대서양 연안 마르타스 빈야드 해안에 추락한다. 이 사고로 존 주니어 자신과 아내 캐롤라인 베세트, 그리고 아내의 동생 로렌이 사망한다. 당시 존 주니어는 38살이었다. 존 주니어의 유골은 아내의 유골과 함께 바다에 뿌려졌다.

린든 존슨은 케네디 행정부가 끝내지 못한 여러 정책들을 물려받는데, 이 가운데 가장 유명한 건 베트남전쟁이다. 또 그는 1964년에 국회와 능수능란하게 연합해서 '시민의 권리에 관한 법률'(인종차별철폐법-옮긴이)을 통과시키는 역사적인 쾌거를 이룬다. 존슨은 법안에 대한 지지를 끌어모으기 위해 마틴 루서 킹 목사와 긴밀하게 협조했고, 이 법안의 비준이 존 F. 케네디가 남긴 유산이라며 분위기를 몰아갔다. 하지만 베트남은 도저히 풀 수 없는 난제로 남아 존슨의 골치를 썩힌다. 미국의 관여 여부 도저히 확인되지 않는 문제로 남게 된 디엠 암살 사건은 이 문제를 둘러싸고 수많은 사람이 논쟁을 벌였다. 그러나 그로 인해 상황이 더욱 심하게 꼬였다는 사실만큼은 논쟁의 여지가 없다. 1964년 대선에서 애리조나의 배리 골드워터를 상대로 압도적 승리를 거둔 린든 존슨은 베트남전쟁을 엉뚱하게 풀어가기 시작한다. 반전운동이 점차 세력을 확대하자, 린든 존슨은 패배가 두려운 나머지 1968년 재선을 포기하는 쪽을 선택한다. 그 뒤로 워싱턴을 떠나 텍사스 목장으로 돌아간 그는 그곳에서 1973년 1월 22일 64세에 심장마비로 사망한다.

존 F. 케네디의 서거 시에 그랬던 것처럼 린든 존슨의 서거를 가장 먼저 전국에 알린 사람도 **월터 크롱카이트**였다. 크롱카이트 자신은 1980년까지 CBS 뉴스의 아나운서로 재직했다. 그리고 2009년 92세로 사망할 때까지, CBS 저녁 뉴스 앵커 자리가 댄 래더한테 넘어간 걸 한탄했다.

린든 존슨의 1968년 재선 출마 포기로 제일 큰 반사 이익을 누린 사람은 **로버트 케네디**였다. 전임 법무장관은 형의 죽음에 엄청난 충격을 받았지만 슬픔을 이겨내고 대통령 후보로 나서기로 결심한다. 하지만 형이 그런 것처럼 로버트 케네디 역시 분노한 암살범 시르한 비샤라 시르한에게 암살당한다. 캘리포니아 예비 선거에서 승리한 직후에 로스앤젤레스 호텔에서 피격당한 것이다. 로버트는 26시간을 버티다가 1968년 6월 6일 42세로 사망한다.

리 하비 오즈월드는 존 F. 케네디가 알링턴 국립묘지에 묻힌 날과 똑같은 1963년 11월 25일, 텍사스 포트워스에 있는 '샤논 로즈힐 공동묘지'에 묻힌다. 1967년 오즈월드 사망 4주기를 맞던 날, 현지인이 묘비를 훔친다. 결국엔 다시 찾아냈지만 오즈월드의 어머니는 또 도둑을 맞을까 봐 훨씬 싼 묘비로 바꿔 세우고 원래의 묘비를 포트워스 자택 마루 밑에 숨긴다. 그런데 그녀가 1981년 73세의 나이로 사망하면서 집이 팔린다. 집의 새로운 주인은 마루 밑에서 60킬로그램에 달하는 석판을 찾아내, 소리 소문 없이 일리오니 로스코에 있는 자동차 박물관에 만 달러도 안 되는 돈을 받고 판다. 박물관 측은 오즈월드를 파크랜드 종합병원으로 이송한 응급차와 존 F. 케네디를 쏜 다음에 오즈월드가 잠시 탑승했던 택시까지 구입해서 진열한다.

박물관 주인은 1981년에는 오즈월드의 시신을 발굴해 다른 관으로 옮긴 뒤, 오즈월드가 처음에 누웠던 소나무 관까지 구입하려다 너무 섬뜩하다며 포기한다.

하지만 이름을 밝히지 않은 한 사람의 생각은 달라서 2010년 12월 경매를 통해 소나무 관을 87,468달러에 구입한다.

아카 야곱 루빈스타인, 즉 잭 루비는 댈러스의 명예를 되찾기 위해서 암살범 리 하비 오즈월드를 쏘았다고 주장했다. 샌프란시스코의 전설적인 변호사 멜빈 벨리는 재판에서 루비가 무죄라고 주장하지만, 배심원들은 총을 쏠 당시에 루비가 제정신이 아니었다는 주장을 받아들이지 않는다. 결국 잭 루비는 살인죄로 사형을 선고받는다. 그 후, 루비는 케네디 암살 사건을 조사하는 워런위원회에 출석해 증언하는데, 대법관은 총격 사건으로 도시 전체가 들썩이는 댈러스에서는 공정한 재판을 기대할 수 없었다는 루비의 주장을 받아들여, 잭 루비는 텍사스 항소법원에서 다시 한 번 재판받을 기회를 누린다. 하지만 잭 루비는 재판을 재개하기도 전에 독감에 걸렸고, 어느덧 전국적인 명소가 된 파크랜드 종합병원에 입원한다. 의사들이 루비의 간과 허파와 뇌수에서 암세포를 발견한다. 결국 1967년 1월 3일, 루비는 폐색전에 걸려 55세로 사망한다. 그 이튿날 그의 시신은 일리노이 노리지에 있는 웨스트론 공동묘지의 부모 묘소 옆에 안장된다. 어쩌면 루비는 자신이 암에 걸렸다는 사실을 알고 나서 오즈월드를 쏘았는지도 모른다.

마틴 루서 킹 목사는 인종평등을 위한 십자군 운동을 계속하여 전 세계에서 가장 존경받는 인물 가운데 하나가 된다. 하지만 1968년 4월 4일, 테네시 멤피스에서 인종차별주의 암살범 제임스 얼 레이가 쏜 총탄에 맞아 쓰러진다. 암살범은 캐나다로 피신했다가 영국으로 도피하지만 결국 체포된다. 제임스 얼 레이는 99년형을 선고받는데, 탈출을 시도하는 바람에 100년으로 형이 늘어난다. 브러시 마운틴 주립교도소에서 탈출했다가 3일 만에 붙잡힌 것이다. 제임스 얼 레이에게 공범이 있다고 확신하는 사람들도 있지만, 아직까지 검증된 건 전혀 없다. 마틴 루서 킹 목사와 로버트 케네디 암살 사건은 지리한 베트남전쟁과 함께 미국 전역을 환멸로 몰아가며, 희망과 평화를 상징하는 카멜롯과는 정반대 분위기를 연출한다.

여러 명의 대통령이 여러 차례에 걸쳐 FBI 국장을 교체하려고 시도해보지만, **J. 에드거 후버**는 끝까지 살아남는다. FBI 부국장 클라이드 톨슨과 워낙 가깝게 지내는 탓에 후버가 동성애자라는 소문도 무성하다. 존 F. 케네디가 피살당한 이후에도 후버는 유력자와 고위직 인사들과 관련된 비밀을 끊임없이 파헤치며 다양한 파일을 작성한다. 린든 존슨은 이런 관행을 십분 활용해 대통령직에 오르자마자 케네디 행정부의 요직을 차지한 채 자신을 놀리며 즐거워하던 '하버드 출신들'에 관한 자세한 파일을 요구하고, 그것도 모자라 경쟁자로 간주되던 인물 1,200명에 대한 정보까지 파헤치라고 명령한다. 케네디 생존 당시에 린든 존슨이 케네디 형제에게 조롱당하는 걸 옆에서 구경하던 에드거 후버는 기꺼이 명령에 따른다. 그리고 린든 존슨은 그에 대한 보상으로 후버를 정년퇴직에서 제외한다는 대통령령을 선포한다. 결국 후버는 1972년 77세로 사망할 때까지 FBI를 책임지는 국장 자리를 유지한다.

존 코널리는 댈러스 총격에서 살아남아 텍사스 주지사에 두 차례 재임한 다음, 워싱턴으로 돌아와 리처드 닉슨 밑에서 재무장관으로 재직한다. 그러고 나서 민주당에서 공화당으로 당적을 옮겨 1980년 대통령 후보 경선에 출마한다. 하지만 선거를 치르면서 실수를 연발하는 바람에 대의원을 한 명밖에 확보하지 못해 어쩔 수 없이 중도에 탈락한다. 그는 1993년 6월 15일, 폐섬유종에 걸려 76세로 사망한다.

마리나 오즈월드는 소련으로 영원히 돌아가지 않고 아직도 생존해 댈러스에서 산다. 잠시 재혼해서 아들을 낳지만 결국 이혼한다. 두 딸 준과 (이름을 레이첼 포터로 개명한) 오드리가 그런 것처럼 마리나 역시 1963년 11월 22일 이후 리 하비 오즈월드의 가족이라는 운명에 끊임없이 시달린다. 이 때문에 두 딸은 양아버지를 따라서 성까지 포터로 바꾸었다. 리 하비 오즈월드의 가족은 가끔 텔레비전에 등장하지만, 그러지 않을 때에는 대체로 은둔한 채 살아간다.

1977년 3월, 댈러스 소재 WFAA 텔레비전 방송국에서 한 젊은 리포터가 케네디 암살 사건을 조명하기 시작한다. 그는 베일에 싸인 소련 출신 대학 교수까지 인터뷰하려고 애쓴다. 1962년 댈러스에 정착한 오즈월드 부부와 가깝게 지낸 경험 때문이다. 리포터는 **조지 드 모렌쉴트**가 플로리다 팜비치에 있다는 사실을 확인하고 거기까지 날아간다. 당시에 조지 드 모렌쉴트는 1963년 11월 사건을 조사하는 상원위원회에 출두하라는 통보를 받은 상태였다. 리포터가 조지 드 모렌쉴트의 딸네 집에 도착해서 문을 두드리는데, 권총 소리가 난다. 그렇게 조지 드 모렌쉴트는 자살했다. 자신이 오즈월드하고 맺은 관계까지 땅속으로 끌고 들어가는 순간이었다.

그 리포터가 바로 빌 오라일리다.

중요한 사실 하나. 1년 전인 1976년에 조지 드 모렌쉴트는 당시 CIA 국장이던 조지 H. W. 부시에게 편지 한 장을 보낸다. 자신을 '쫓아다니는' 사람들을 막아달라고 요청하는 편지였다. 그래서 조지 부시는 모렌쉴트가 CIA와 연결된 건 물론, 케네디 암살을 둘러싼 새로운 정보까지 안다고 추측한다.

CIA 국장에서 퇴임한 **앨런 덜레스**는 1969년, 75세에 심각한 독감으로 사망한다. 오늘날까지도 음모론자들은 덜레스가 피그스 만 침공 실패에 대한 책임을 지고 해고당한 것에 앙심을 품고 케네디 암살에 개입했다고 믿는다. 그런데 덜레스는 존 F. 케네디 암살 사건을 조사하는 워런위원회에 참여하기도 했다.

음모론자들은 시카고 마피아의 두목 **샘 지앙카나** 또한 케네디 암살에 연관되었다고 생각한다. 지앙카나는 CIA와 마피아가 암살 사건에 관여했는지 여부를 조사하는 상원위원회에 출두해서 증언할 예정이었다. 하지만 증언하기 전인 1975년 6월 19일 자택에서 암살당한다. 암살자는 뒷머리를 쏜 다음에 몸을 돌려서 얼굴에 남은 총탄을 모두 발사했다. 그리고 아직까지 잡히지 않았다.

프랭크 시나트라는 케네디에게 냉대당하고 몇 년이 지난 다음에 공화당원이 되어 로널드 레이건을 후원한 것으로 유명하다. 하지만 존 F. 케네디에 대한 감정을 노골적으로 털어놓은 적은 없다. 그러나 존 케네디가 팜 스프링스에서 다른 저택에 머물게 되었다는 사실을 시나트라에게 전화로 통보하도록 요구받은 처남 **피터 로포드**는 다르다. 1966년 존 F. 케네디의 여동생과 이혼한 로포드는 케네디 가문에 대한 지저분한 소문들을 퍼뜨리기 시작한다. 그런 내용 가운데에는 마릴린 먼로가 존 F. 케네디는 물론이고 로버트 케네디하고도 정사를 나눴으며, 먼로를 죽인 건 로버트라는 주장도 있다. 이런 주장은 로포드가 간통과 음주와 마약 때문에 인기를 잃은 시점에서 나왔으며, 아직까지 사실로 입증된 건 하나도 없다. 피터 로포드는 1984년 61세에 간 기능 저하로 심장박동이 멈추면서 사망한다.

그레타 가르보는 84살까지 살다가 1990년 4월 15일 뉴욕에서 사망한다. 가르보는 삶을 마칠 때까지 결혼도 하지 않고 아이도 낳지 않은 채 독신으로 평생을 살았다. 하지만 전설적인 여배우는 아주 커다란 선글라스를 끼고 뉴욕 거리를 걸어다니는 걸 좋아해, 가르보를 숭배하던 재클린 역시 똑같은 습관이 생긴다. 가르보는 재테크 관리에 뛰어난 실력을 발휘해, 사망할 즈음에는 은퇴하고 40여 년이 지났는데도 질녀에게 3,200만 달러가 넘는 유산을 남겼다.

카멜롯 이야기는 재클린이 남편의 행적을 화려하게 치장하려고 꾸며냈다는 주장이 있다. 케네디가 생전에 자신이 이끄는 백악관을 카멜롯과 비교했는지 아닌지는 불분명하다. 하지만 비교 자체는 충분히 적절하고 재클린이 희망한 것처럼 사람들은 오늘날까지도 케네디가 수행한 대통령직을 카멜롯과 비슷하게 기억한다.

존 피츠제럴드 케네디는 자신이 사망하기 몇 주 전에 감탄해 마지않던 알링턴 국립묘지 중에 남군을 이끌던 리 장군의 옛날 저택 근처 경사지에 묻힌다. 알링턴에 묻힌 대통령은 두 명으로 나머지 한 명은 1930년에 사망한 윌리엄 하워드 태프트다.

재클린은 남편의 장례식을 에이브러햄 링컨과 최대한 비슷하게 진행할 것을 강력하게 주장했다. 그래서 남북전쟁 100주년 기념 위원회 감독 제임스 로버트슨 주니어 교수와 의회도서관에 근무하는 데이비드 먼스를 불러 존 F. 케네디가 피살된 뒤 매장하기까지의 짧은 시간 동안에 링컨 장례식을 조사시켰다. 그리고 백악관 동쪽 방을 1865년 링컨의 시신을 안치했을 때와 거의 비슷한 분위기로 꾸미고, 워싱턴 D.C.를 지나는 노제와 장례 행렬 역시 링컨이 떠난 마지막 여행을 그대로 모방했다.

알링턴 묘지의 케네디 무덤에는 재클린이 제안한 대로 영원히 타오르는 불꽃이 설치되었다. 불꽃은 케이프 코드 화강암으로 만든 지름 1.5미터의 원반 한가운데에서 타오르고 있다. 재클린은 사망한 뒤 태어나자마자 사망한 두 자녀 아라벨라, 패트릭과 함께 케네디 바로 옆에 묻혔다. 존 F. 케네디의 장례식을 텔레비전으로 생중계한 결과, 알링턴은 육군과 해군을 묻은 국립묘지들 중에서 아주 유명한 관광지로 변신했다. 하지만 오늘날까지도 알링턴 전체에서 케네디가 묻힌 무덤보다 유명한 곳은 없다. 케네디가 저격당하고 한 세대가 지나는 동안 해마다 400만이 넘는 사람들이 알링턴을 찾아와 케네디 대통령을 기린다.

더불어 그들은 케네디로 상징되는 위대한 비전도 기린다.

후기

우리는 애초에 존 F. 케네디를 에이브러햄 링컨과 관련해서 책을 집필했다. 그래서 마무리도 그렇게 끝내려 한다.

1962년 2월 10일, 존 F. 케네디는 워싱턴에 있는 랠프 베커 변호사에게 편지 한 장을 보낸다. 노예해방선언 100주년을 기념하는 자리에서 대독할 편지였다. 존 F. 케네디는 대통령직을 수행하는 내내 기회 있을 때마다 에이브러햄 링컨을 언급했다. 두 사람 사이에는 강력한 유대감이 있다. 다음에 나오는 편지는 존 F. 케네디와 에이브러햄 링컨이 같은 정신으로 끈끈하게 연결되었음을 나타내는 강력한 증거다.

행사를 준비하는 랩프 E. 베커 변호사에게

오늘 밤에 노예해방선언 100주년을 기념하는 여러분 모두에게
축하인사를 보내게 돼서 정말 기쁩니다.
저도 여러분과 함께하고 싶은 마음 간절합니다.
링컨은 독립선언문이 "이 나라에 사는 인민에게만 자유를 준 게 아니라
온 세상 인민에게 자유를 주길 바란다"고 말했습니다.
독립선언문이 "머지않아 모든 인간의 어깨에서 무거운 짐을 벗겨줄 것을,
그리고 모두에게 공평한 기회를 보장할 것을 약속한다"고 했습니다.
링컨의 이 말은 노예해방선언을 무엇보다 훌륭하게 설명합니다.
여기에 담긴 의미는 지금 이 순간에 무엇보다 중요하게 다가옵니다.
100년 전 이 나라가 노예가 짊어진 무거운 짐을 벗겨주자,
지금은 거의 모든 나라가 그렇게 했습니다. 하지만 자유와 평등이
모든 인간의 기본 권리라는 사실을 모두가 인정하는 세상으로 나아가는
길은 여전히 멀고도 험합니다.
우리가 발전한 건 확실합니다. 하지만 완성한 건 아닙니다.
링컨이 선명하게 밝힌 목적과 사상을 통해 우리는 우리 앞에 놓인
과제를 더욱 힘차게 풀어나가야 합니다.

존 F. 케네디

1962년 2월 10일

자료 출처

이 책을 집필하면서 1차 자료와 2차 자료를 모두 조사했다. 1차 자료 대부분은 빌 오라일리가 몇 년에 걸쳐 작업한 인터뷰와 보도 내용에서 찾았다. 실제로 오라일리는 WFAA-TV 방송국에서 근무하는 동안 존 F. 케네디 암살 사건을 보도해서 댈러스기자클럽상을 받았다. 새로운 정보는 사법 수사관들이 수사한 다양한 자료를 통해 조금씩 확보했는데, 리처드 위흘 FBI 수사관이 저격 사건 이후에 마리나 오즈월드에 관해 조사한 자료를 특히 많이 참고했다. 우리는 세상에 공개한 적이 한 번도 없는 자료를 협조해준 리처드 위흘 수사관에게 고마운 마음이 많다.

존 F. 케네디의 삶과 죽음에 대해서는 따로 화려하게 수식할 필요가 없다. 그 자체로 역사의 한 순간을 화려하게 장식했기 때문이다. 하지만 이 책에서 자세히 언급한 사건 대부분이 매우 드라마틱하면서도 몹시 끔찍하기 때문에, 그리고 매우 은밀한 부분을 아주 상세히 언급하기 때문에, 우리는 독자 여러분에게 이 책은 완벽한 논픽션이라고 강조하고 싶다. 모든 내용이 사실이다. 각자가 보인 행동과 다양한 사건이 실제 그대로다. 인용한 말 역시 실제로 했던 이야기들이다. 이렇게 상세히 정리할 수 있었던 것은 존 F. 케네디가 동시대를 살았던 역사적인 인물이며, 따라서 대통령직 수행 과정 자체를 여러 언론매체가 세세하게 기록한 덕분이다.

존 F. 케네디의 삶과 죽음에 관한 방대한 자료를 조사하며 원고를 집필하는 동안, 뜻밖의 내용을 발견하는 기쁨도 누렸다. 당사자가 직접 작성한 원고들을 통해 다양한 모임과 대화, 사건에 관한 구체적인 내용을 알 수 있었고, 케네디가 연설하는 장면과 텔레비전에 출연한 장면이 인터넷에 많이 올라와 있어 당시 분위기를 생생하게 파악하며 원고에 담을 수 있었다. 독자 여러분도 인터넷을 뒤져서 찬찬히 살핀다면 존 F. 케네디에 관해 훨씬 많은 내용을 파악할 수 있을 것이다. 특히 1963년 골웨이 연설을 추천하고 싶은데, 케네디 대통령의 재치와 애정과 활력을 제대로 느낄 수 있다.

케네디가 이끄는 백악관 내부 분위기에 대해 재클린이 하는 말을 직접 듣고자, 우리는 〈재클린 케네디: 존 F. 케네디와 살아가면서 나눈 역사적인 대화〉를 들었다. 이것은 암살 사건 얼마 뒤에 재클린이 제작한 시리즈물로, 전직 영부인이 솔직하게 털어놓은 내용이 정말 대단한데, 당시에 세상에서 가장 유명하고 강력한 인물 여럿에 관한 내용이 특히 들을 만하다. 남편에 뒤지지 않는 재치와 애정과 활력을 그대로 느낄 수 있다.

우리 두 사람은 케네디 도서관에서 근무하는 로리 오스틴과 스테이시 챈들러 팀에게 특별한 도움을 받았다. 어떤 자료를 요구해도 망설이지 않고 역사적으로 아주 중요한 자료들을 준비해서 제공해줬는데, 예를 들어, 존 F. 케네디의 일상 스케줄 복사본은 대통령의 하루 동선과 다양한 모임에서 만난 여러 인물들은 물론, 매일 오후에 수영장이나 '거처'로 빠져나가는 시간까지 정확하게 보여준다. 여기에 적힌 내용들을 읽으면서 우리는 대통령의 일상을 속속들이 알 수 있었고, 백악관에서 사는 기분을 생생하게 느낄 수 있었다. 그러니 보스턴에 가면 케네디 도서관을 꼭 방문해보기 바란다.

윌리엄 맨체스터가 집필한 《대통령의 초상》 역시 우리에게 많은 도움이 되었다. 암살 사건 직후에 집필한 책인데, 1963년 11월 22일 댈러스에서 존 F. 케네디 주변에 있던 사람 대부분을 직접 인터뷰한 내용이다. 맨체스터는 재클린과 케네디 가문의 완벽한 협조를 받으면서 책을 집필했다. 이런 사실 하나로 내용 자체가 상당히 구체적일 수밖에 없으며, 여러가지 질문에 대한 정확한 답변은 자료마다 다르게 나타나는 내용을 정리하는 중요한 기준이 되었다.

우리는 여러 서적과 잡지 기사, 비디오, 비방하는 내용도 많지만 중요한 내용도 많은 워런위원회 보고서를 참고하고, 댈러스·워싱턴·골웨이·텍사스 고원지대를 직접 방문하면서 이 책의 골격을 잡았다. 따라서 우리 두 사람은 존 피츠제럴드 케네디가 생존에 활동한 내용을 깊이 조사하며 탁월한 통찰력을 발휘한 수많은 연구자들에게 감사한다. 이제부터 자료 출처를 구체적으로 열거하고자 한다. 하지만 지면의 한계로 모든 자료를 넣을 수는 없어, 특히 중요한 자료를 중심으로 실었다.

서문   역사학자 아서 슐레징거가 쓴 《천 일》, 퓰리처상을 수상한 역사학자 도리스 컨스 굿윈이 쓴 《케네디 대통령과 케네디 가문》, 캐런 프라이스 호셀이 쓴 《존 F. 케네디 취임식 연설》, 서스턴 클라크가 쓴 《묻지 마라: 미국을 바꾼 존 F. 케네디 취임식 그리고 연설》 등을 참고했다. 《상류사회》(*Vanity Fair*) 2011년 2월호에 실린 토드 퍼듐의 취임식 기사와 국가기록원 자료 및 워런위원회 보고서도 많은 도움이 되었다.

1장   존 허시가 고속어뢰정 109호에 관해 《뉴요커》에 발표한 글은 당시에 겪은 고난을 가장 생생하게 묘사한다. 랜스 모로우가 쓴 《가장 화려한 나날》은 아주 재미있게 써서 술술 넘어가면서도 허시가 쓴 글에 이따금 나타나는 오류를 바로잡아주는 효과가 있었다. 전사자어머니회 연설과 아일랜드 마피아의 탄생에 관해서는 윌리엄 맨체스터가 쓴 《잠시 환하게 빛나는 순간》에 잘 소개되어 있다.

2장 백악관 박물관 웹사이트를 보면 백악관 건물 전체의 약도와 각각의 역사 및 사진이 자세히 나온다. 로버트 달레크가 존 F. 케네디의 신체적인 고통과 질병에 관해 쓴 글 역시 대통령이 복용한 여러 가지 약을 파악하는 데 커다란 도움이 되었다. 그리고 케네디 도서관 웹사이트는 백악관 생활을 구체적으로 파악하는 데 많은 도움을 주었다. 재클린에 관한 정보는 샐리 베델 스미스가 쓴 《우아한 권력》을 참고했다.

3장 윌리엄 R. 페일스가 쓴 《해병과 헬리콥터》에는 대통령 전용기의 변천 과정을 상세하게 수록하고 달레크의 《끝나지 않은 삶》과 홈버토 폰토바의 《피델: 할리우드가 좋아한 독재자》는 카스트로가 저지른 만행을 구체적으로 묘사한다. 날씨는 농사용 달력을 참고한 반면, 맨체스터가 쓴 《잠시 환하게 빛나는 순간》에서는 피그스만 사태에 대한 대통령의 생각을 참고했다. 다른 유익한 자료에는 딘 러스크가 쓴 《내가 본 그대로》, 에드워드 드랜치먼과 앨런 섕크가 쓴 《역대 대통령과 외교 정책》, 마이클 오브라이언이 쓴 《존 F. 케네디: 일대기》, 토머스 패터슨이 쓴 《승리를 모색하는 케네디》, 짐 라센버거가 쓴 《찬란한 참사》, 제임스 힐티가 쓴 《로버트 케네디》, 마호니가 쓴 《아들과 형제》, 리처드 굿윈이 멋들어지게 쓴 《미국을 기억하라》가 있다.

4장 독자 여러분에게 인터넷에 들어가서 재클린이 출연한 〈백악관 둘러보기〉(White House tour)를, 특히 끝부분에 나오는 대통령과 영부인이 몸짓으로 주고받은 은밀한 신호를 시청하길 권한다. 세이모어 허시가 쓴 《카멜롯의 어두운 측면》은 백악관에서 은밀하게 일어난 간통 사례를 그대로 드러낸 반면, 샐리 베델 스미스가 쓴 《우아한 권력》과 크리스토퍼 앤더슨이 쓴 《케네디와 재클린》, 로렌스 럼머가 쓴 《케네디 가문의 여인들》, 데이비드 하이만이 쓴 《재클린이라는 여인》은 그 이유를 설명하려고 노력하는 것 같다.

5장　존 F. 케네디 도서관 그리고 재클린이 제작한 〈존 F. 케네디와 살아가면서 나눈 역사적인 대화〉에 카멜롯이란 주제가 나오고, 《상류사회》 2004년 5월호에 샐리 베델 스미스가 쓴 〈은밀한 카멜롯〉도 마찬가지다. 랜디 타라보레리가 쓴 《마릴린 먼로의 은밀한 생활》, 톰과 필 쿤츠가 쓴 《시나트라 파일》, 그리고 FBI의 시나트라 사찰 서류에는 팜 스프링스에서 일어난 사건이 감탄스러울 정도로 자세히 나온다. 이반 토머스가 쓴 《로버트 케네디》는 로버트를 깊이 이해하도록 도와준다. 세이모어 허시가 쓴 《카멜롯의 어두운 측면》 역시 아주 소중한 자료다. 존 F. 케네디가 여성 편력을 둘러싸고 한 말은 《U.S. 뉴스 월드 리포츠》 측이 샐리 베델 스미스를 인터뷰하는 과정에 나온다(2004년 5월 9일). 갤럽 여론조사 웹사이트에는 대통령 지지율에 관한 내용이 나오는 반면, 샘과 척 지앙카나가 쓴 《배신》은 마릴린과 케네디 형제를 두고 마피아가 여러 가지 음모를 꾸밀 수밖에 없는 배경을 설명한다.

6장　케네디 도서관 웹사이트는 《뉴욕 타임스》를 날짜별로 검색할 수 있다는 장점이 있다. 그래서 대통령 순방에 대한 배경 지식과 동베를린에서 벌어진 참극, 소련 우주인과 혁명적인 무선 전화기 등과 같은 세계적인 관심사를 파악할 수 있다. 로버트 카로가 쓴 《권력으로 나아가는 길》은 린든 존슨의 다양한 습관, 특히 부통령으로서 겪은 갖가지 고난을 수록한 보물이다. 남부 지역의 생활 방식은 당시 상황을 기록한 FBI 보고서를 참고한 반면, 에밋 틸에 관한 이야기는 살인자 두 명이 월간지 《루크》와 인터뷰한 내용을 비롯해 여러 자료를 참고해서 입체적으로 정리했으며, 흑인을 상대하는 월간지 《흑단》(*Ebony*)에 실린 사진에서 심하게 구타당하고 머리가 함몰된 장면을 참고했다. 데이브 개로우가 《월간 대서양》(*Atlantic Monthly*) 2002년 7/8월호에 쓴 기사에는 FBI가 마틴 루서 킹 목사를 자세히 사찰한 기록이 있다. FBI 특별수사관 페인이 리 하비 오즈월드에 대해 회상한 내용은 페인이 워런위원회에 출석해서 증언한 내용을 참고했다.

7장 존 F. 케네디 침실 사진은 www.whitehousemuseum.org에서 볼 수 있고 그보다 자세한 내용은 맨체스터가 쓴 《잠시 환하게 빛나는 순간》에서 볼 수 있다. www.whitehouse.gov에 가면 백악관 역사에 관해 많은 걸 알 수 있는데, 재클린이 〈존 F. 케네디와 살아가면서 나눈 역사적인 대화〉 편에서 그곳 생활을 자세히 언급한 덕분이다. 어네스트 메이와 필립 젤리코우가 쓴 《케네디 테이프》와 테드 케네디가 쓴 《진정한 나침반》을 보면 쿠바 미사일 위기를 겪는 동안에 나눈 많은 대화를 자세히 확인할 수 있다. 또 주목할 자료에는 스턴이 쓴 《세계가 숨죽인 일주일》, 딘 러스크가 그로미코 소련 외무성 장관과 회담한 국가기록원 자료, 찰스 터스틴 캠프스가 쓴 《쿠바 미사일 위기》, 랜디 타라보레리가 쓴 《재클린과 에델과 조안》, 다이앤 할러웨이가 쓴 《오즈월드의 마음》, 윌리엄 토움먼이 쓴 《흐루쇼프》, 그리고 흐루쇼프 자신이 쓴 《니키타 흐루쇼프 회상록》 등이 있다. 로버트 달레크가 존 F. 케네디의 신체적인 고통과 질병에 대해 쓴 《월간 대서양》 이야기(2002년 12월) 역시 아주 유익하다.

8장 믿기지 않겠지만 유튜브를 찾으면 모나리자 제막식 행사를 볼 수 있다. 환상적인 자료다. 마거릿 레슬리 데이비스가 쓴 《카멜롯에 등장한 모나리자》를 보면 미국 역사에 있을 법하지 않는 사례들을 자세히 알 수 있다. 맨체스터가 쓴 《대통령의 초상》 용어풀이를 보면 대통령 비밀경호대의 암호를 알 수 있고, 워런위원회 보고서에는 대통령 암살 사건의 역사와 비밀경호대가 필요한 이유를 확실하게 정리한 내용이 있다. 이 내용은 비밀경호대 웹사이트에도 나온다. 다양한 경호원과 파견대에 대한 비공개 정보는 클린트 힐이 쓴《영부인 재클린과 나》, 제럴드 블레인이 쓴《케네디 파견대》, 에드워드 클레인이 쓴《정말 인간적이다》에서 충분히 확인할 수 있다.

9장 로버트 카로는《권력으로 나아가는 길》에서 린든 존슨에 관해서 아주 구체적으로 열거한다. 지앙카나가 쓴《배신》은 마피아의 여러 음모를 자세히 설명한다. 우리는 이 책을 쓰면서 여러 음모를 사실이 아니라 이런저런 이론으로 제시했는데,《배신》은 다양한 가능성을 아주 멋들어지게 펼쳐나간다. 이외에 9장에서 참고한 자료에는 이반 토머스가 쓴《로버트 케네디》, 버튼 허시가 쓴《로버트와 에드거》, 에드워드 클레인이 쓴《정말 인간적이다》, 짐 마스가 쓴《집중포화》, 린든 존슨 도서관 웹사이트가 있다.

10장 윈스턴 처칠 웹사이트에는 이날 행사를 수록한 반면, 노엄 촘스키가 쓴《카멜롯을 다시 생각하며》는 베트남전쟁 초창기를 상세하게 다룬다.

11장 행진에 관한 내용 대부분은 사건 다음 날 보도한《워싱턴포스트》기사를 참고했다. 글렌 에스크가 쓴《버밍햄이 아니었다면》과 다이앤 멕호터가 쓴《고향으로 보내주세요》는 놀라운 내용을 자세히 설명한다. 셸리 토거스가 쓴《버밍햄 1963》은 사진 한 장이 사람들의 마음을 얼마나 크게 움직일 수 있는지 보여준다. 세스 야곱이 쓴《냉전의 거물》은 스님들의 분신과 디엠 정권에 관해 섬뜩할 정도로 자세히 설명한다. 맨체스터는 여기에서도 케네디 백악관의 이면을 들여다볼 수 있도록 도와준다.

12장 테일러 브랜치가 쓴 《홍해를 갈라라》, 제시가 맥얼라스가 쓴 《마틴 루서 킹에 관한 모든 것》, 마셜 프래디가 쓴 《마틴 루서 킹: 생애를 중심으로》, 재클린 케네디의 〈존 F. 케네디와 살아가면서 나눈 역사적인 대화〉, 그리고 《뉴스위크》에서 발행한 악명 높은 1998년 1월 19일호 또한 아주 유익한 자료이며, 이반 토머스의 《로버트 케네디》, 로버트 카로의 《권력으로 나아가는 길》, 다이앤 할러웨이가 쓴 《오즈월드의 마음》, 클린트 힐이 쓴 《영부인 재클린과 나》 역시 다양한 관계를 파악하는 데 커다란 도움을 주었다.

13장 이번에도 맨체스터와 클린트 힐을 참고했다. 에드워드 클레인이 쓴 《정말 인간적이다》와 림어가 쓴 《케네디 가문의 남자들》도 많은 도움을 주었다.

14장 달레크의 《끝나지 않은 삶》, 토머스의 《로버트 케네디》를 참고했다. www.americanrhetoric.com.에 들어가면 마틴 루서 킹이 한 연설을 모두 들을 수 있다.

15장 크롱카이트가 존 F. 케네디를 인터뷰한 내용 역시 웹사이트에서 찾은 보물이다. 크롱카이트가 던진 여러 주제를 케네디가 매끈하게 설명하는 장면, 그리고 공식 촬영이 끝난 다음에 두 사람이 긴장을 풀고 대화하는 장면 역시 시청할 가치가 충분하다.

16장 존 F. 케네디 도서관과 《대통령의 초상》, 《권력으로 나아가는 길》, 워런위원회 보고서를 주로 참고했다. 데이비드 카이저가 쓴 《댈러스로 가는 길》은 깊이 통찰한 내용으로 많은 도움을 주었고, 아리스토텔레스 오나시스에 관한 FBI 파일은 흥미진진한 배경 지식을 제공해주었다.

17장 캠프 데이비드를 다룬 웹사이트는 여럿이다. 한번 들여다볼 가치는 모두 충분하다. 오즈월드에 관한 정보는 워런위원회 보고서를 참고했다. 대통령 관저 식당에 대해서는 데이비드 하이먼이 쓴

《재클린이라는 여인》과 백악관 박물관 웹사이트에서 상당한 도움을 받았다. 벤 브래들리가 참석한 이날의 저녁식사 분위기는 《케네디와 나눈 대화》에 잘 나타난다. 도널드 스포토가 쓴 JBKO는 재클린이 마지막 순회 여행에 나선 당시 모습을 상세히 다룬다. 맨체스터는 재클린의 역할을 상세히 다룬다. 그리고 하이먼과 럼어가 정리한 기록에는 요트 '크리스티나'에서 보낸 편지가 있다.

18장 여기에 실린 내용은 신문 기사와 맨체스터 작품을 주로 활용했다. 브래들리의 《대화》에서 미공개 내용을 채집했다.

19장 호스티 특별경호원이 워런위원회에 증언한 내용을 보면 러스 페인을 찾아간 내용이 나온다. 칼 스페라자 안토니가 쓴 《케네디 백악관: 가족의 삶과 다양한 사진, 1961~1963》에서 알링턴에 대한 언급을 찾아냈다. 존 F. 케네디 장례식에서 클라크 병장이 위령나팔을 불었다는 사실도 흥미롭다.

20장 배리 파리스가 쓴 《가르보》와 데이비드 피츠가 쓴 《잭과 렘》은 백악관 역사에서 사라진 이날 밤을 정교하게 묘사한다. 캘리포니아로즈의 카밀 리스필드 덕분에 두 저자에게 두 책에 실린 일화를 우리 책에 실어도 되느냐고 편지로 부탁해서 카멜롯의 마지막 만찬 모임을 실을 수 있었다.

21장 워런위원회, 그리고 카이저가 쓴 《댈러스로 가는 길》은 암살 사건을 앞둔 며칠 간에 대해 상세히 실었다. 여기에서는 어린 소년 스털링 우드가 목격했다고 증언한 사람은 오즈월드가 아닐 수도 있다는 의문점을 제기한다. 사격장 주인은 오즈월드를 다른 날에 목격했다고 증언하기 때문이다. 하지만 오즈월드가 혼자 와서 아주 독특한 이탈리아 소총으로 사격을 연습했다는 사실은 의문의 여지가 없다.

22장 힐, 맨체스터, 워런위원회 증언, 백악관 박물관 웹사이트를 참조

했다.

23~26장 다양한 웹사이트와 서적을 광범위하게 조사해서 존 F. 케네디 암살 사건을 둘러싼 다양한 진실을 파악했다. 사건 순서, 다양한 인물의 설명, 도착 장면, 총격과 파크랜드 종합병원으로 달린 광경은 일반적인 사실이다. 하지만 구체적인 대화 내용과 개인의 행위를 비롯한 구체적인 사실은 《대통령의 초상》, 워런위원회 보고서, 클린트 힐이 쓴 《영부인 재클린과 나》, 빈센트 버그리오시가 쓴 《역사 교정》, 존 F. 케네디의 신체적인 고통과 암살에 관해 로버트 달레크가 작성한 글, 그리고 자프루더 필름을 주로 참고했다. 우리는 이 필름을 기회가 있을 때마다 보면서 암살을 둘러싼 여러 가지 사건이 잇달아 일어나는 과정을 이해하려고 노력했는데, 그럴 때마다 끔찍한 마음이 들 뿐 아니라 결말 역시 항상 동일했다.

27장 재클린이 영화 뉴스 시간에 등장하는 필름은 온라인에서 쉽게 찾을 수 있는데, 슬퍼하는 모습을 지켜보는 게 여전히 놀라울 정도로 고통스럽다. 재클린 전기를 집필한 작가는 누구나 이 필름을 조금씩 언급한다. 하지만 여기에 나온 모습 역시 조금도 이상하지 않다. 가르보와 지낸 밤이나 모나리자와 지낸 밤과 마찬가지로 필름에 찍힌 모습 역시 독특하고 놀라운 광경으로, 쉽게 묵과할 수 없는 중요한 자료다.

고마운 마음을 전합니다

탁월한 에이전트 에릭 시모노프는 놀라운 통찰력을 발휘하며 모든 업무를 창조적으로 펼쳐나갔습니다.

마케다 움네는 20년이 넘게 나와 함께 일하면서 쉽지 않은 일을 매끄럽게 진행하도록 도와주었습니다.

편집 분야에서 최고 실력을 발휘한 스테판 루빈에게도, 그리고 〈폭스 뉴스〉에서 두려움 모르는 똑똑한 투사로 활약하는 상관 로저 에일스 팀장님에게도 고마움을 전합니다.

- 빌 오라일리

언제나 바위처럼 든든한 길리언 브레이크, 스테판 루빈, 에릭 시모노프를 포함해 이 책이 세상에 나오도록 도와주신 모든 분에게 고마움을 전합니다. 영혼의 동반자이자 여신이며, 나와 누구보다 가까운 역사학자 칼린 두가드에게 뜨거운 사랑과 감사를 보냅니다.

- 마틴 두가드

김옥수

서울에서 태어나 한국외국어대학교 영어과를 졸업했다.
임프리마 코리아 영미권 부장, 도서출판 사람과책 편집부장을 거쳐
현재는 전문 번역가로 활동하고 있다. 옮긴 책으로는 《아시모프의 파운데이션 시리즈》,
《돼지가 한 마리도 죽지 않던 날》,《푸른 돌고래섬》,《천상의 예언》,
《레모네이드 마마》,《행운을 부르는 아이》등이 있다.

킬링 케네디 Killing Kennedy

1판 1쇄	2015년 6월 5일
지은이	빌 오라일리 · 마틴 두가드
옮긴이	김옥수
펴낸이	조경숙
펴낸곳	아름드리미디어

출판등록	1998년 7월 6일 제10-1612호
주소	경기도 파주시 문발로 214-12
전화	(031) 955-3251~4
팩스	(031) 955-3271
E-mail	arumdri@chol.com

ISBN 978-89-98515-12-6 (03840)

이 도서의 국립중앙도서관 출판시도서목록(CIP)은 서지정보유통지원시스템
홈페이지(http://seoji.nl.go.kr)와 국가자료공동목록시스템(http://www.nl.go.kr/kolisnet)에서
이용하실 수 있습니다.(CIP제어번호: CIP2015013484)